Leonie Swann
Gray

Leonie Swann

Gray

Kriminalroman

GOLDMANN

Originalausgabe

Der Goldmann Verlag weist ausdrücklich darauf hin, dass im Text
enthaltene externe Links vom Verlag nur bis zum Zeitpunkt
der Buchveröffentlichung eingesehen werden konnten.
Auf spätere Veränderungen hat der Verlag keinerlei Einfluss.
Eine Haftung des Verlags ist daher ausgeschlossen.

»Bad Romance«. Text und Musik von Stefani Germanotta und Nadir Khayat.
Originalverlag: House Of Gaga Publishing.

Dieses Buch ist auch als E-Book erhältlich.

Verlagsgruppe Random House FSC® N001967

1. Auflage
Copyright © der Originalausgabe 2017 by Leonie Swann
Copyright © dieser Ausgabe Mai 2017
by Wilhelm Goldmann Verlag, München,
in der Verlagsgruppe Random House GmbH,
Neumarkter Str. 28, 81673 München
Umschlaggestaltung: Uno Werbeagentur, München
Umschlagmotiv: FinePic®, München
Satz: Uhl + Massopust, Aalen
Druck und Bindung: GGP Media GmbH, Pößneck
Printed in Germany
ISBN 978-3-442-31443-0
www.goldmann-verlag.de

Besuchen Sie den Goldmann Verlag im Netz

Erstes Vorspiel: oben

Er ist dem Himmel so nah, und der Himmel ist wunderbar, satt und samtig und schwarz wie ein Tintenfass. Darunter treiben Wolken wie faule Seekühe, golden erleuchtet vom Schein der Stadt unter ihm.

Cambridge. Zitadelle der Wissenschaft. Licht im Dunkel.

Ein Fluss. Eine Stadt. Ein paar Kühe. Viele Akademiker. Ein Labyrinth von Colleges. Ein Labyrinth von Wissen und Unwissen.

So viel Vergangenheit.

So viel Zukunft – wenn man ihrer nur habhaft werden könnte.

Momentan ist es um die Zukunft eher schlecht bestellt.

Er steht im Nichts, vierzig Meter über dem Erdboden gegen einen Kirchturm gepresst, die Füße in einen lächerlich schmalen Vorsprung gekeilt, die Arme ausgebreitet wie ein Kreuz. Seine Hände umklammern zwei steinerne Rosen. Die rechte Wange berührt rauen Stein.

So kühl. So alt. So unbeteiligt.

Seine Mission war erfolgreich. Doch was jetzt?

Was von unten noch unkompliziert ausgesehen hat, erweist sich auf den zweiten Blick als technisch anspruchsvoll. Es gilt, ein Stück blanken Stein zu überwinden, um dann darunter ein schmales Sims zu erreichen. Er spannt

sich zwischen den beiden Steinrosen auf und tastet vorsichtig mit dem linken Fuß.

Zum ersten Mal wird ihm klar, wie hoch über dem Erdboden er hier klettert. Sterbenshoch.

Seine Hände sind feucht vor Schweiß. Er wirft noch einen Blick hinunter zum Vorplatz der Kapelle und über die Colleges und Gärten. Dahinter, in der Ferne, der Fluss, ein schimmerndes Band.

So weit. So tief. So klein wie Spielzeug.

Ein Lufthauch streichelt seine Wange wie ein Kuss.

Fast da! Es ist ja gar nicht weit!

Ein Dehnen, ein Griff – das ist alles.

Doch zuerst muss er den Halt an einer der steinernen Rosen aufgeben, sich durch nackte Luft strecken und alles einer einzigen Steinnase, einer einzigen Hand anvertrauen. Ein unangenehmer Geruch erreicht seine Nase. Ein Hauch von Verwesung. Er hat gehört, dass manchmal Tauben in die Hohlräume der Türme geraten, dort sterben und zerfallen. Ein Taubenfriedhof der Extraklasse, vielleicht nur Zentimeter von seinem Kopf entfernt hinter dem alten, gelben Stein. Tod und Verfall. Generationen grauer Federn. Generationen feiner, bleicher Knochen. Er hat keine Lust, einer der Knochen zu werden. Er muss zurück ins Leben!

Er streckt die Hand aus, weiter und weiter, und kann den rettenden Vorsprung doch nicht erreichen. Vorsichtig lockert er auch den Griff der linken Hand. Dies gibt ihm ein wenig mehr Spielraum, und endlich fühlt er dort drüben Stein unter den Fingern, erst nur dessen Kühle, dann auch Feuchte und Textur.

Wie Krötenhaut.

Gesichert durch diesen neuen Halt, kann er sich strecken und mit dem linken Fuß ...

Doch dann ... Leere!

Ein Fuß gleitet von dem Vorsprung.

Seine linke Hand rudert im Nichts.

Seine Rechte schnellt verzweifelt nach vorne – und greift ins Leere.

»Mörder!«, wettert eine Stimme wie in weiter Ferne.

»Mörder! Mörder! Mörder ...«

Zweites Vorspiel: unten

Der junge Mann sah aus wie ein Engel, heiter, gelassen und irgendwie unirdisch. Weißblonde Haare hatten sich aufgefächert wie ein Heiligenschein, graue Augen starrten mit einer gewissen Entschlossenheit gen Himmel. Auf den Lippen ein Lächeln, halb erstaunt, halb spöttisch. Eine schlanke Hand ruhte über dem Herzen, bleich und kräftig und selbst im Tode anmutig.

Das war die eine Seite.

Die andere Seite sah weniger gut aus. Roh und offen. Unförmig. Blut und spitze weiße Stückchen. Eine zähe Flüssigkeit tropfte aus einem halben Ohr.

Gefallen.

Der Porter blickte kurz hinauf zu den elfenbeinfarben aufragenden Zinnen der Kapelle. Die Zigarette fiel ihm aus der Hand, zu Boden. Er merkte es kaum. Dann rannte er los, um einen Notarzt zu rufen.

Rannte, obwohl es zu spät war.

1. Bad Romance

Dr. Augustus Huff, Fellow und Anthropologe, saß in seinem Sessel und versuchte, irgendwie den Mut für Seite acht seiner Abhandlung aufzubringen. Acht: zweimal die Vier. Vier: zweimal die Zwei. Keine gute Zahl, geradezu miserabel. Eine der schlimmsten! Die Zwei allein war schon riskant, die Vier vage bedrohlich, zusammen jagten sie Augustus Schauer über den Rücken. Aber Abhandlungen hatten nun einmal Seiten, und wenn er den sicheren Hafen von Seite neun erreichen wollte, musste er sich ...

Es klopfte.

Huff blinzelte, halb erleichtert, halb irritiert. Kein schönes Geräusch, das Klopfen.

Fordernd. Harsch. Gar nicht respektvoll.

Sicher schon wieder ein Student! Das war der Nachteil, wenn man so eng mit ihnen zusammenlebte! Augustus Huff seufzte und sank etwas tiefer in seinen grünen Denksessel. Fast sein ganzes Leben hatte er davon geträumt, in einem der altehrwürdigen Colleges von Cambridge zu leben und zu arbeiten, und nun, endlich hier, waren seine Gefühle durchaus gemischt. Oh, er liebte sein Fach und den geistigen Austausch mit Kollegen und sogar die Studenten, solange sie aufmerksam in Tutorien saßen und auf ihren Stiften herumkauten, aber ...

Es klopfte erneut.

Augustus berührte nervös die linke Sessellehne. Einmal. Zweimal. Beim dritten Klopfen würde er öffnen müssen.

Doch dann klickte einfach die Klinke nach unten, und eine Frau steckte ihre etwas unordentliche Frisur und ein gerötetes Gesicht ins Zimmer. Höchst unerfreulich. Wer war das denn?

Etwas zu alt für eine Studentin. Zu unbekannt für eine Kollegin. Trotzdem kam ihm die Frau vage vertraut vor, etwa wie ein Möbelstück, an dem man Tag für Tag vorbeiläuft, ohne es groß zu beachten.

Dann hatte er es: Frau... äh, jedenfalls eine der Damen, die die Zimmer von Studenten und Professoren in Ordnung hielten. Die Bettenmacherin.

»Ich wollte Sie wirklich nicht stören, Professor, aber... da drüben...« Ihre Stimme überschlug sich.

Augustus Huff winkte ab. Schon gestört. Zu spät. Viel zu spät. Außerdem war er noch gar kein richtiger Professor. Er klappte sein Buch zu, stand auf und ging hinüber zur Tür, um zu sehen, wo genau der fordernd ausgestreckte Finger der Frau hinzeigte.

»Ich habe gerade das Zimmer saubergemacht, Sie wissen schon, *sein* Zimmer, und dann...« Die Frau bekreuzigte sich und murmelte etwas, das für Huffs geübte Ohren wie ein slawischer Fluch klang. Eine interessante Kombination. Er hätte sich gerne eine Notiz gemacht, aber dafür war jetzt natürlich keine Zeit. Stattdessen äugte er am nun wieder ausgestreckten Frauenarm entlang aus seinem Apartment den langen Gang hinunter, wo in der Ferne eine Tür offen stand. Die dritte Tür von rechts...

Elliots Tür.
Ach so.
Natürlich.

»Ah. Tragischer Unfall«, murmelte er. »Aber was will man ... Ich weiß wirklich nicht ...«

»Er wurde *ermordet*«, zischte die Frau. »Und jetzt geht da sein *Geist* um! Und *ich* soll es saubermachen!«

»Er wurde *nicht* ermordet. Er ist gestürzt.« Absurdes Gewäsch.

»Gestürzt! Ha!« Die Dame verschränkte die Arme und blickte ihn mit auffallend hübschen dunklen Augen an. »Das *sagt* man natürlich so. Aber *Sie*, Professor, wissen es besser, nicht wahr?«

Langsam dämmerte Augustus, was hier los war. Wenn ein Student so plötzlich und so theatralisch das Zeitliche segnete, lagen die Nerven blank. Und zu wem kamen sie? Natürlich zu ihm, dem Hexendoktor! Wie in aller Welt war es dazu gekommen, dass er bei allen am College als der Mann fürs Übernatürliche galt?

Dabei glaubte er noch nicht einmal an Geister. Ganz im Gegenteil! Er erforschte ... Zusammenhänge. Aberglauben. Magisches Denken. Und vielleicht – sehr vielleicht – würde er dabei irgendwann auch herausfinden, warum Links besser war als Rechts und was die Acht zu einer so schrecklichen Zahl machte. Das war natürlich mehr, als er dem Reinigungspersonal erklären konnte.

Huff ergriff die Flucht nach vorn.

»Na gut. Ich seh mir die Sache an!«

Er trat über die Schwelle, den linken Fuß zuerst. So weit, so gut. Er schloss seine Tür, sperrte ab und prüfte dreimal,

ob auch wirklich gut abgeschlossen war. Die Reinigungsfrau warf ihm einen seltsamen Blick zu. Augustus kannte diesen Blick, er war ihm schon allzu oft begegnet. »Nicht normal«, sagte der Blick. Er lächelte verlegen, dann ging er mit festen Schritten auf Elliots Zimmer zu und trat beherzt ein.

Wow.

Er hatte eine dieser schrecklichen Studentenhöhlen erwartet, mit abgetretenen Teppichen, unordentlichen Bücherstapeln und hässlichen Postern an der Wand. Von wegen! Sonnenlicht und altes Holz. Über dem Kamin hing ein vergoldeter Spiegel. 18. Jahrhundert? Augustus hätte es fast zu wetten gewagt. An der gegenüberliegenden Wand prangte ein mannshoher Gobelin. Ein Edelmann ritt durch leuchtende Blautöne mit seinem Falken zur Jagd, zu seinen Füßen Wildblumen und Windhunde, im Hintergrund Zinnen und wehende Fahnen. Wunderschöne Details. Augustus trat näher. Er wagte nicht einmal zu spekulieren, wie alt der Wandbehang war. Vielleicht so alt wie das College. Vielleicht sogar noch älter. Schwindelerregend. Der Edelmann blickte nach oben, hinauf zu einem Stern, der Vogel hingegen... Auf einmal kam es Augustus so vor, als würde ihn der Falke mit kaltem, kalkulierendem Raubvogelblick mustern. Er trat einen Schritt zurück und besann sich auf den angeblichen Geist.

Hier, zwischen Mittelalter und Aufklärung, steckte er jedenfalls nicht. Auch der Rest des Zimmers schien dem Übernatürlichen nicht viel Raum zu bieten. Elliot hatte sich für ein Hochbett entschieden, vermutlich, um Platz für den imposanten Schreibtisch zu schaffen. Alles blank, ordentlich und vollkommen gespensterfrei. Elliot hatte sich oft über die beengten Wohnverhältnisse hier im College beschwert, zu Unrecht, wie Augustus fand. Aber wenn man ein Fairbanks war, hatte man da vermutlich andere Maßstäbe.

Vom Schreibtisch aus konnte man den Cam bei seinen gemessenen Fließbewegungen beobachten und den Kühen auf dem Common beim Grasen zusehen. Friedlich. Perfekt.

Trotzdem war irgendetwas nicht in Ordnung. Aber was?

In der Mitte des Raums stand, profan und einigermaßen fehl am Platz, ein großer brauner Staubsauger, vermutlich in der Hast von der Bettenmacherin zurückgelassen, und auf einmal wusste Augustus, was nicht stimmte: Der Staubsauger war aus, nicht einmal eingesteckt, und trotzdem hörte er leise, aber deutlich ein Staubsaugergeräusch – hier im Raum, ganz nah.

Komisch war das schon.

Er sah sich erneut um.

Vielleicht war dies alles doch mehr als nur überreizte Putzfrauenfantasie. Wieder so ein geschmackloser Studentenstreich! Wahrscheinlich saß irgendwo jemand und zeichnete alles mit einem dieser verdammten Smartphones auf.

Huff straffte sich, um auf YouTube eine gute Figur abzugeben. »Ein Geist«, sagte er laut und vielleicht etwas lehrerhaft. »Und er saugt. So, so. Überaus originell. Wo er wohl steckt?«

»Auf dem Hochbett!«, tönte es aus dem Gang. Die Reinigungsdame war ihm gefolgt und umklammerte draußen zweifelnd ihren Besenstiel. Elena. Jetzt erinnerte er sich.

Sie hieß Elena.

Ein Luftzug fuhr durch das halb geöffnete Fenster in den Raum. Huff sah noch einen Moment lang Elenas erschrockenes Gesicht, dann knallte die Tür vor ihrer Nase zu, und Augustus war allein mit den auserlesenen Hinterlassenschaften des toten Studenten.

Das Staubsaugergeräusch verstummte.

Eine einzelne graue Feder schwebte zu Boden.

Er blickte nach oben, dann – absurderweise – hinüber zu dem Falken auf dem Gobelin. Nichts. Natürlich nicht.

»Doof!«, näselte deutlich erkennbar die Stimme von Elliot Fairbanks auf ihn herab.

Augustus merkte, wie er blass wurde. Eine Aufzeichnung, natürlich eine Aufzeichnung, aber wer tat so etwas Makabres – und warum?

Er ging in die Knie, um zu sehen, ob vielleicht ein Sendegerät unter dem Schreibtisch verborgen war.

»Knapp daneben ist auch vorbei!«, spottete Elliot. »Kalt. Ganz kalt. Die Trauben kannst du dir abschminken!«

Elena hatte recht: Die Stimme kam eindeutig vom Bett herab.

Augustus stellte sich auf irgendeine Art von unerfreulicher Entdeckung ein und setzte seinen linken Fuß auf die Hochbettleiter.

Zwei Sprossen weiter oben konnte er endlich ins Bett sehen. Was er dort erblickte, jagte ihm Schauer über den Rücken: ungemacht. Offensichtlich war Elena ihren Bettmachpflichten hier noch nicht nachgekommen. Augustus' Hände kribbelten unangenehm.

Immerhin lag hier oben keiner – nicht Elliot, wie er

widersinnigerweise befürchtet hatte, und auch sonst niemand.

»Hallo?«, fragte er und kam sich blöd vor.

»Hallo Stinker!«, antwortete Elliots Stimme aus dem zerwühlten Bett, fast zärtlich, jeder Vokal perfekt geformt. Arroganter Schnösel! Niemand konnte einem besser das Gefühl geben, ein hoffnungsloser Prolet zu sein, als Elliot.

»*Rah-rah-ah-ah-aah! Ga-ga-uhh-la-laa*«, sang es plötzlich zwischen den Laken hervor. Eindeutig nicht Elliot. Augustus kannte den Song.

»*I want your love and
I want your revenge!
You and me! Ohh-la-laa!*«

Dazu bewegte sich etwas unter der Bettdecke. Nichts allzu Großes – etwa Kaninchengröße. Eine Ratte? Eine singende Ratte?

»*Ga-ga-uh-la-laaa!*«, grölte die Beule unter der Bettdecke und wippte rhythmisch mit. »*Want your bad romance!*«

Dann ertönte wieder das Staubsaugergeräusch.

Jetzt wurde es doch zu bunt! Augustus fasste sich ein Herz und zog die Decke weg.

Im selben Moment ertönte ein schriller Schrei. Nicht menschlich, und auch sonst hatte Augustus noch nie so einen Schrei gehört, nicht einmal bei seiner Amazonas-Expedition vor fünf Jahren.

Fast wäre er von der Leiter gefallen, dann starrte er einfach nur fassungslos auf das kleine graue Etwas, das ihn mit angelegten Federn von der Matratze aus ankreischte.

»Fuck me! Fuck me! Die Bude brennt! Monster! Mörder! Mörder!«

Selbst jetzt klang der Vogel nach Elliot. Der Papagei hatte sich in die hinterste Ecke des Bettes zurückgezogen, hielt die Flügel leicht abgespreizt und beobachtete Augustus Huff mit überraschend intelligentem Blick, nicht so kritisch wie der Falke, aber womöglich noch feindseliger. Der Flaum auf seiner Brust hob und senkte sich rasend schnell. War das etwa der Herzschlag? War das normal?

Augustus beugte sich etwas weiter vor.

»Die Trauben kannst du dir abschminken!«, drohte der Papagei.

Plötzlich musste Augustus lachen, nicht ohne eine gehörige Portion Erleichterung. Bloß der Vogel! Ach so! Elliot hatte im zweiten Semester die Erlaubnis bekommen, einen Graupapagei zu halten, angeblich für Verhaltens- und Sprachstudien – in Augustus' Augen, weil Elliot jede Extrawurst haben musste, die er kriegen konnte. Er hatte keine Ahnung gehabt, dass der Papagei wirklich so gut sprechen konnte. Manchmal hatte man den Studenten mit dem Vogel auf der Schulter durch die Gänge des Colleges laufen sehen, aber sonst hatte Augustus von dem ungewöhnlichen Haustier bisher kaum Notiz genommen. Im ersten Schreck nach dem Unfall hatte natürlich niemand an das arme Vieh gedacht, und jetzt saß es hier schon den zweiten Tag mutterseelenallein im Zimmer. Hatte es Wasser? Hatte es Futter?

Augustus merkte, dass der Papagei mitlachte, eine perfekte Imitation Augustus' eigenen, etwas hysterischen Gelächters. Die Federn sahen jetzt flaumiger aus, der Vogel reckte den Hals und flappte mit den Flügeln.

»Okay, Vogel«, sagte Augustus. »Okay. Keine Angst. Ich hole jemanden, der sich mit dir auskennt.«

»Auskennt!«, wiederholte der Papagei zweifelnd. »Auskennt? Auskennt!« Er legte den Kopf schräg, schüttelte sich und musterte Augustus mit seinen verständigen hellen Papageienaugen. Dann schien er einen Entschluss zu fassen und hüpfflatterte aus der Ecke heraus auf Augustus zu. Augustus zog instinktiv den Kopf ein und kniff die Augen zu, aber natürlich half das nichts. Im nächsten Moment spürte er, wie sich spitze Vogelkrallen durch seine Strickjacke bohrten. An seinem Ohr fühlte es sich auf einmal warm und überraschend weich an.

»He!«, protestierte er, die Augen noch immer fest geschlossen. Hier oben auf der Hochbettleiter konnte er keine scheuchenden Armbewegungen machen. Also trat er hastig den Rückzug an, die Leiter hinunter, den rechten Fuß voran. Schlecht. Ganz schlecht.

Als er wieder festen Boden unter den Füßen hatte, wagte er es endlich, die Augen zu öffnen, zuerst nur einen Spalt. Er schielte nach seiner linken Schulter. Das Erste, was er sah, war ein scharfer schwarzer Schnabel, nur Zentimeter von seinem Gesicht entfernt.

Augustus wedelte halbherzig mit den Händen Richtung Papagei.

»Geh weg!«, flüsterte er.

»*Want your bad romance!*«, erklärte der Vogel.

»Na toll!«, murmelte Augustus. Er sah sich hilfesuchend um. Wie sollte er das Vieh jetzt wieder von der Schulter bekommen?

»Professor! Professor!«, tönte es bang aus dem Gang. »Professor! Ist alles in Ordnung?«

Huff öffnete die Tür. »Wie man's nimmt!«

Er hatte erwartet, dass Elena auch lachen würde, vermutlich über ihn, aber beim Anblick des Papageis verfinsterte sich ihr Gesicht.

»Der Vogel! Schon wieder der blöde Vogel! Er muss in seinem Käfig bleiben, das haben wir ihm schon hundert Mal gesagt!«

»Er spricht!«, sagte Augustus.

»Nicht mit mir!« Elena schritt an ihm vorbei durch den Raum und öffnete links eine diskrete schmale Tür. »Da hinein!«

Sie traten in ein sonniges kleines Erkerzimmer, leer bis auf einen geräumigen Vogelkäfig, eine frei stehende Sitzstange und ein Regal voller kleiner bunter Dinge, vermutlich Papageienspielzeug. Vielfarbige Würfel, Bälle, Plüschtiere, Holzplättchen, Kordeln und Papiergebilde. Ein Luxuspapageienzimmer der Extraklasse.

Augustus spürte, wie der Vogel beim Anblick des Käfigs still und steif wurde und seine Krallen noch tiefer in die Strickjacke senkte.

»In den Käfig!« Elena machte Anstalten, nach dem Vogel zu greifen, zog aber angesichts des wehrhaften Papageienschnabels die Hände im letzten Augenblick zurück.

»Sollen wir es mal mit Futter versuchen?« Sie griff in den Käfig und holte einen Futternapf heraus, in dem noch ein paar Nüsse lagen. Der Vogel machte den Hals lang, aber Elena hielt das Futter außer Reichweite. Dann stellte sie den Napf zurück in den Käfig und machte dazu einladende Schmatzgeräusche.

Augustus sah aus dem Augenwinkel, wie der Papagei den Kopf schräg legte und den Inhalt des Futternapfes beäugte, nicht ohne eine gewisse Sehnsucht. Aber er bewegte sich nicht vom Fleck.

»Vielleicht ist es ja das falsche Futter«, murmelte Augustus. »Er hat was von Trauben gesagt!«

Elena sah ihn mitleidig an.

»Mal sehen, ob er auf so eine Stange geht!« Sie löste eine der Sitzstangen aus dem Käfig und versuchte, sie unter die Füße des Papageis zu schieben. Augustus spürte einen Schmerz am Ohr. Wohldosiert, fast vorsichtig. Ein Warnbiss!

»Aua!«

»Stellen Sie sich nicht so an! Kommen Sie her! Wie soll ich denn da rankommen?«

Augustus, der viel größer war als die Reinigungsfrau, beugte sich hilfsbereit vor und fand sich auf einmal Aug in Aug mit zwei wohlgerundeten Brüsten, appetitlich verpackt in einer weißen Bluse mit V-Ausschnitt. Der Papagei gab einen anerkennenden Pfiff von sich, dann hörte Augustus ironische Schmatzgeräusche.

Er spürte, wie ihm das Blut in den Kopf schoss, und richtete sich schwitzend auf. »Das... äh, das war der Vogel. Ich glaube, das bringt so nichts, er frisst mir sonst noch das Ohr ab!«

Elena biss sich auf die Unterlippe und nickte. Sie war rot im Gesicht, wenn auch vermutlich nicht so rot wie Augustus. Der Vogel saß jetzt wieder stumm und wohlerzogen da und schien sie beide mit diskreter Missbilligung zu mustern.

Auf einmal war es Huff in dem kleinen Erkerzimmer zu warm und zu eng. Es hatte schon seine Gründe ge-

habt, dass früher nur unattraktive Frauen mittleren Alters als Bettenmacherinnen zugelassen gewesen waren! Heute hingegen… Jedenfalls war es Zeit, den Rückzug anzutreten, Papagei hin oder her!

»So wird das nichts! Ich… ich lasse ihn einfach erst einmal auf meiner Schulter. Eigentlich… eigentlich stört er gar nicht so. Ich gehe zurück in meine Wohnung, und dann äh… wird ihm schon irgendwann langweilig werden. Und wenn er erst einmal unten ist, dann… dann fange ich ihn ein!«

Es war das Beste, was ihm auf die Schnelle einfiel. Ohne ein weiteres Wort stürmte er aus dem Zimmer und den Gang entlang und fummelte mit zitternden Fingern den Schlüssel ins Schloss. Der Papagei auf seiner Schulter hatte auch zu zittern begonnen. Er zitterte, während Augustus seine Tür aufsperrte und beim Eintreten dreimal an den Türrahmen klopfte, und er zitterte noch immer, als Augustus schließlich im Badezimmer vor dem Spiegel stand und den Schaden beäugte. Sein Ohr schien in Ordnung, gerötet, aber intakt, der Papagei daneben war kleiner, als er es sich ausgemalt hatte, die Federn eng angelegt, die Vogelaugen starr, ein graues Häufchen Elend.

»*Bad romance!*«, beschwerte er sich.

»Das kannst du laut sagen!« Augustus wusch sich die Hände, einmal, zweimal und dann zur Sicherheit noch ein drittes Mal. Er bemerkte, wie der Vogel wieder den Kopf schief legte und sehnsüchtig nach dem Waschbecken schielte.

Wasser! Natürlich! Vielleicht konnte er ihn so von der Schulter bekommen! Huff füllte seinen Zahnputzbecher und hielt ihn dem Papagei hin. Der Vogel stieß einen aufgeregten Pfiff aus und reckte den Hals. Augustus zog die Hand zurück und stellte den Becher gut erreichbar auf den Waschbeckenrand. Wasser interessierte das kleine Vieh ganz eindeutig. Es machte den Hals erstaunlich lang und kletterte sogar ein Stück den Arm hinunter. Augustus hielt den Atem an. Doch dann, kurz vor dem Ellenbogen, verlor der Vogel den Mut und zog sich widerwillig auf die Schulter zurück.

»*Bad romance!*«, erklärte er.

Augustus sah sich die Szene im Spiegel an: er im grauen Cardigan, der Vogel im Federkleid mit korallenroten Schwanzfedern und entschlossen gesenkten Krallen, beide mit frustriertem Gesichtsausdruck. Nichts als einen scharfen Schnabel und ein paar graue Zellen, um sich gegen die Welt da draußen zu verteidigen. Auf einmal bewunderte er den kleinen Papagei. Er wog so gut wie nichts, aber er hatte eindeutig einen Plan, und er würde die Stellung halten, komme, was wolle. Elliots Tod musste seine Routine vollkommen durcheinandergebracht haben, und jetzt hatte er sich Augustus' Schulter ausgesucht, um der Welt von dort aus die Stirn zu bieten. Vielleicht hatte Elliot ja eine ähnliche Strickjacke besessen? Zum ersten Mal betrachtete Augustus den Vogel mit so etwas wie Sympathie.

Er nahm den Becher vom Waschtisch und hielt ihn wieder hoch, diesmal in Reichweite. Der Papagei trank mit delikaten kleinen Bewegungen, hob und senkte den Kopf, wetzte dann und wann den Schnabel an der Strickjacke. Ab und zu musste Augustus nachfüllen, weil sich der Vogel nicht traute, den Kopf zu tief in den Becher zu stecken.

Schließlich schien es genug zu sein.

Der Papagei plusterte sich und gab kleine zufriedene Quietschlaute von sich.

»Danke«, sagte er höflich.

»Gern geschehen«, entgegnete Augustus überrascht.

Damit war der Etikette Genüge getan. Augustus Huff ging zurück in den Wohnraum und überlegte, was er mit dem Rest des gründlich vermasselten Tages anfangen sollte. Seite acht konnte er unter diesen Umständen natürlich vergessen, und mit dem Vogel auf der Schulter traute er sich nicht in die Öffentlichkeit. Er ordnete die Stifte und Briefbeschwerer auf seinem Schreibtisch, dann verzehrte er einen Müsliriegel, nicht ohne vorher ein paar Nüsse abzubrechen und an den Papagei zu verfüttern. Das klappte überraschend gut, auch wenn ihm der Vogel in der Aufregung beinahe ein paar Finger abfraß. Anschließend machte Augustus sich Notizen für seine Vorlesung im nächsten Semester, ordnete Stifte und Briefbeschwerer und korrigierte ein paar Essays. Es ging besser als erwartet. Der Vogel saß still, die Augen zu Schlitzen verengt, vermutlich erschöpft vom Stress der vergangenen Stunden, und murmelte nur manchmal Unverständliches in Augustus' Ohr.

Als er mit der Arbeit fertig war, ordnete Augustus zur Vorsicht noch einmal Stifte und Briefbeschwerer und zog sich dann in seinen Denksessel zurück. Das Anlehnen mit Papagei war etwas schwierig, aber schließlich fanden sie eine Position, die für sie beide angenehm schien. Der Vogel döste. Eigentlich hätte Augustus die Stille nutzen sollen, um einen Plan auszuhecken, wie er den Papagei endlich von der Schulter bekam. Stattdessen machte er sich Sorgen: War sein Schreibtisch wirklich aufgeräumt? Er hätte gerne nachgesehen, wollte aber den Vogel nicht wecken. Er nahm ein Buch zur Hand, um sich abzulenken, aber seine Gedanken glitten an den Zeilen ab. Er dachte an den wundervollen Gobelin, den er gerade gesehen hatte. Elliot! Dieser kalte Schnösel hatte so etwas Schönes nicht verdient!

Dann erinnerte er sich daran, dass Elliot jetzt irgendwo bleich und zerbrochen in einem Leichenschauhaus lag. Das hatte er vermutlich auch nicht gerade verdient – oder etwa doch?

»Ermordet«, hatte Elena gesagt. Das war natürlich Quatsch, aber...

Elliot war ein berüchtigter Fassadenkletterer gewesen. Im ersten Semester wäre er fast von der Uni geflogen, nachdem er eine nackte Sexpuppe mit Fahrrad auf dem Dach des Senats zur Schau gestellt hatte – und er, Augustus, hatte ihn als sein Tutor unter dem Druck der Familie aus dem Schlamassel boxen müssen. Danach war es mit der Kletterei angeblich vorbei gewesen, aber Huff wusste es besser: Er hatte Elliot noch vor kurzem nachts die Fassade der Bibliothek hinaufklettern sehen, ein Schatten mit unverkennbar weißblond leuchtendem Schopf, anmutig und präzise, mit vollendetem Selbstvertrauen. Huff hatte selbst ein wenig Klettererfahrung und verstand genug davon, um zu sehen, dass hier ein Meister am Werk war. Je länger er darüber nachdachte, desto unwahrscheinlicher kam es ihm vor, dass Elliot so einfach abgestürzt sein sollte, kurz vor Ende des Semesters, in einer windstillen, trockenen, mondhellen Nacht. So was passierte vielleicht norma-

len Leuten, aber nicht Elliot Reginald Fitzroy, dem künftigen Lord Fairbanks. Es war ein dummer Unfall gewesen, und Elliot war alles andere als dumm. War er bei seiner Klettertour allein gewesen? Damals an der Bibliothek war Elliot ein zweiter Schatten gefolgt, dunkler, unbeholfener. Wer war der zweite Kletterer?

War Alkohol im Spiel gewesen? Unwahrscheinlich. Elliot war so gut wie der einzige Student, den Huff noch nie betrunken gesehen hatte, nicht bei College Dinners und auch sonst nicht. Mehr als einmal war Augustus in den Gassen von Cambridge einer Horde grölender Studenten begegnet, sturzbetrunken, alle bis auf Elliot, der einige Schritte hinter den anderen ging, schlank und aufrecht, die Hände in den Hosentaschen, einen spöttischen Ausdruck in den Augen. Wer waren die anderen gewesen? Langbeinige Mädchen. Studenten mit teuren Schuhen und schlechter Haut. Hatte Elliot Freunde? Vielleicht sollte er mit ihnen sprechen, herausfinden, ob Elliot Sorgen gehabt hatte, Probleme? Ein bisschen spät, sicher, aber Augustus fühlte sich seltsam verantwortlich. Selbstmord? Bei einem seiner Studenten? Vor seiner Nase? Hatte Elliot genug emotionale Tiefe für Selbstmord besessen? Jedenfalls war er nicht der Typ gewesen, der einfach so von Dächern fiel – eher schon der Typ, der andere schubste...

Augustus Huff gähnte. Er dachte an Ritter und Falken, dann plötzlich an die Ifriten des Morgenlands, Dämonen in menschlicher Gestalt, die sich das Vertrauen irgendeines arglosen Dummkopfes erschlichen und ihn dann, wenn er einwilligte, sie auf seiner Schulter zu tragen, langsam zu Tode ritten.

Er dachte an Mädchen mit langen Beinen.
Er dachte an vergoldete Spiegel.
Er spürte noch im Halbschlaf, wie sich etwas Weiches an sein Ohr schmiegte.

★

Es klopfte, aber Augustus wollte nicht aufwachen, und öffnen wollte er schon gar nicht. Er wusste genau, was dann passieren würde: Elena würde ihn zwingen, in Elliots Zimmer zu gehen, und dann würde er mit einem Papagei auf der Schulter enden und – noch schlimmer – mit Zweifeln an Dingen, an denen man besser nicht zweifeln sollte.

Nichts da!

»Herein!«, sagte überraschend eine vornehm näselnde Stimme auf seiner Schulter. Sein Unterbewusstsein? Sein Über-Ich?

Die Tür öffnete sich.

Augustus schnellte aus seinem Sessel und versuchte noch im Aufspringen, sich die Haare zu glätten. Er kam sich fürchterlich unaufgeräumt und zerknittert vor. Niemand sollte ihn so sehen, schon gar nicht Professor Sybil Vogel mit den seidigen Haaren und fröhlichen Augen, mit der er fast so etwas wie eine Beziehung hatte. Unverständlich, aus Augustus' Sicht, aber wenn man unter dreißig war und am College lehrte, hatte das vermutlich einen gewissen Sex-Appeal.

»Hey Huff!«, sagte sie freundschaftlich.

»Hey Huff!«, wiederholte der Papagei. »Hey Huff! Heyhuff! Huffhuffhuff!« Die Laute schienen ihm zu gefallen.

»Ach, *du* kümmerst dich jetzt um Gray! Ich hab mich schon gefragt, was wohl jetzt aus ihm wird. Ich habe es mir auch überlegt, weißt du, aber ganz ehrlich, der Krach und der ganze Dreck ... Das ist echt anständig von dir, Huff!«

Krach? Dreck?

»Huff!«, sagte der Vogel anerkennend.

»Ich ...« Augustus wollte ihr erklären, dass der Papagei auf seiner Schulter ein Versehen war, beinahe so etwas wie ein Unfall, dass der Vogel ihn ins Ohr gebissen hatte, dass er ihn einfach nicht mehr losbekam – aber er traute sich nicht. Es war erstaunlich genug, dass Sybil manchmal abends seidig und glatt in sein Zimmer glitt, da wollte er die junge Beziehung nicht durch Demonstration völliger Hilflosigkeit angesichts eines Fünfunddreißig-Zentimeter-Vogels belasten.

»Äh ...« Was hatte Sybil gesagt? »Gray?«

»Gray«, bestätigte der Vogel.

Sybil war schon wieder halb aus der Tür. »Ich wollte dir nur schnell den Aufsatz vorbeibringen, über den wir gestern gesprochen haben, bin gespannt, was du sagst, und dann habe ich eine Sitzung mit diesem schrecklichen Klops und dann – wir sehen uns heute Abend beim Dinner, ja? Huff? Alles in Ordnung, Huff?«

Natürlich war nicht alles in Ordnung. Augustus stellte sich vor, mit Papagei an den High Table zu treten, vor all die grauen Eminenzen des Colleges, den Master, den Dean, den heutigen Ehrengast, einen nobelpreisgekrönten Physiker, während der Vogel auf seiner Schulter »Ga-gaa-uh-la-laa« grölte. Undenkbar.

»Ich ... ich glaube nicht, dass ich kommen kann. Erkältung, äh, Kopfweh.« Das mit dem Kopfweh war noch nicht einmal gelogen.

Er hatte das furchtbare Gefühl, dass der Schreibtisch hinter ihm in einer schrecklichen Unordnung war, aufgeräumt werden musste, sofort, aber er hatte gelernt, diese Impulse unter Kontrolle zu halten, zumindest in Gegenwart Dritter und vor allem gegenüber Sybil; Sybil, die aus unerfindlichen Gründen noch immer dachte, dass er nett und normal sei, trotz täglicher Gegenbeweise.

»Oh, schade! Na, bis morgen dann!« Sybil ließ den Aufsatz einfach zu Boden flattern. Die Seiten fächerten sich trotz Heftklammer unordentlich auf.

Augustus schluckte. Er wollte nicht, dass sie schon wieder ging. Mit ihr als Publikum konnte er sich vormachen, dass dies ein ganz normaler Tag war, keine große Sache, sogar der Vogel. Ordentlich. Geplant. Ein Tag unter Kontrolle.

Er versuchte, sie aufzuhalten, irgendwas zu sagen, das sie interessieren würde.

»Glaubst du, Elliot war depressiv?«

Es rutschte ihm einfach so heraus.

Sybil erstarrte mitten in der Bewegung und sah ihn einen Moment lang mit seltsamem Gesichtsausdruck an. Dann lachte sie trocken. »Wer, Elliot? Der hätte meiner Meinung nach ruhig ein bisschen depressiver sein können.« Sie lächelte verlegen. »Versteh mich nicht falsch – natürlich ist es schrecklich, was da passiert ist... Warte mal, du denkst, Selbstmord, stimmt's?« Schnell wie ein Pfeil, Sybil. Sie schüttelte ihr Seidenhaar. »Nee, nee, nicht Elliot. Er war mein Student, und mir blutet das Herz, wenn ich

an die brillante Doktorarbeit denke, die er eines Tages geschrieben hätte, aber ganz ehrlich... auf menschlicher Ebene...«

Sie ließ den Rest ungesagt, aber Augustus wusste genau, was sie meinte: Auf menschlicher Ebene hätte es keinen Besseren treffen können.

»Hm, tschüs dann. Der Klops wartet! Ich hoffe, dein Kopfweh wird besser.«

Weg war sie, und Augustus, der sein Angstgefühl nicht länger unterdrücken konnte, wirbelte herum.

Der Schreibtisch war in einer schrecklichen Unordnung.

»O mein Gott, das ist... o mein Gott!« Er wusste gar nicht, wo er anfangen sollte. Ein Bleistift war angefressen und entzweigeknickt, ein Füllfederhalter lag in einer Tintenlache. Zwei Briefbeschwerer waren zu Boden gefallen, ein dritter – ein schmiedeeiserner Frosch – lag umgedreht da, Bauch nach oben. Die Essays zeigten Bissspuren, Papierschnipsel bedeckten den Tisch. Nichts, aber auch gar nichts war da, wo es hingehörte.

Augustus' Herz klopfte bis zum Hals.

»Das ist... das ist...« Er rang nach Worten, die dem Papagei das Ausmaß der Katastrophe klarmachen würden. »Bad romance!«, sagte er schließlich. »Bad bad romance!«

Dabei war das Chaos noch nicht einmal das Schlimmste. Das Schlimmste war, dass der Vogel ganz offensichtlich seine Schulter verlassen hatte, und er, Augustus, hatte es verpennt! Er hätte heulen können.

Stattdessen machte er sich mit zitternden Händen daran, den Schreibtisch halbwegs unter Kontrolle zu bekommen, Stapel zu ordnen, Vogelkacke wegzukratzen.

»Sorry«, murmelte der Vogel in sein Ohr. »Sorry, sorry, sorry.«

Von wem er das wohl gelernt hatte? Jedenfalls nicht von Elliot!

Schließlich war wieder so etwas wie Ordnung eingekehrt. Augustus saugte mit Löschpapier die letzten Tintenkleckse auf, polierte die Tischplatte, hauchte und polierte weiter. Seine Briefbeschwerer hatten alle überlebt, die meisten der Stifte auch. Mit ihren zerfressenen Rändern sahen die Papierstapel natürlich nicht mehr so gut aus. Es tat ihm in der Seele weh, aber hier war nichts zu machen, schließlich konnte er die Essays seiner Studenten schlecht durch neue ersetzen.

Er stürmte hinüber ins Badezimmer, um sich ein paarmal gründlich die Hände zu waschen. Er fühlte sich grün vor Ärger. Diese Ungerechtigkeit! Womit hatte er das verdient? Dass der Papagei ausgerechnet bei ihm gelandet war, kam ihm wie eine letzte, posthume Gemeinheit Elliots vor.

Seine Gedanken wanderten zurück zu dem angeblichen Unfall. Auch an dieser Unfallgeschichte war irgendetwas... unaufgeräumt. Warum war Elliot gefallen, und warum schien sich niemand wirklich dafür zu interessieren, nicht einmal Sybil? Wie unverblümt sie gesprochen hatte! Normalerweise war sie bereit, in jedem das Beste zu sehen – er selbst war dafür ein gutes Beispiel –, doch vorhin hatte sie fast gehässig geklungen.

Es war, als sei Elliots Tod etwas, das sich alle heimlich gewünscht hatten. Doch was sich alle heimlich wünschten, passierte unter normalen Umständen eher selten – es

sei denn, man ließ es passieren. Da waren ... Diskrepanzen. Wo es Diskrepanzen gab, wurde es in der Wissenschaft interessant. Diskrepanzen bedeuteten, dass die Wahrheit komplexer war als bisher angenommen.

Ermordet? Wer von ihnen hätte den hochnäsigen Flegel nicht gerne dann und wann ein wenig geschubst?

Augustus trocknete sich die Hände. Der Sturz war so etwas wie Fleisch gewordenes kollektives Unterbewusstsein. Er passte *zu* gut.

Würde es Ermittlungen geben? Gottesdienste? Ansprachen? Wo waren die Eltern? Wer hatte Elliot eigentlich gefunden? Würden sie eine Autopsie durchführen? Auf Drogen testen? Oder doch lieber alles schnellstmöglich unter den nächsten Teppich kehren?

Einer Sache war er sich sicher: Elliot würde nicht so einfach unter dem Teppich bleiben, dazu war die ganze Geschichte zu ... unbequem. Es würden Dinge passieren – und er, Augustus Huff, Fellow und Anthropologe, würde da sein, um sie zu beobachten. Er sah schon den Titel seines Aufsatzes vor sich: *Das Unheimliche im vertrauten Setting. Primitive Strukturen am Beispiel eines Colleges* – oder so.

Aber erst einmal zu praktischen Dingen: Wenn er das Dinner meiden wollte, sollte er sich vorher Essen aus der Küche holen. Das bedeutete, dass er mit Papagei hinaus in den Gang musste, drei Treppen hinunter, quer durch einen Hof und ein Tor und dann noch eine Passage entlang. Eine herkulische Aufgabe. Augustus sah auf die Uhr: kurz vor fünf – nicht die beste Zeit, aber auch beileibe keine der schlechtesten. Wenn er Glück hatte, begegnete er unterwegs kaum jemandem.

Er wusch sich zur Sicherheit noch einmal die Hände und warf einen kritischen Blick in den Spiegel.

»Benimm dich!«, sagte er – halb zu dem Papagei, halb zu sich selbst, dann trat er aus der Tür, linker Fuß zuerst, sperrte ab, kontrollierte. Kontrollierte. Kontrollierte.

Den Gang entlang.

Drei Treppen hinab.

Hinaus in den Hof, alles mit links. Solange er die Dinge mit links machte, würde alles in Ordnung gehen.

Draußen schwitzte er in seiner Strickjacke. Es war ein ungewöhnlich heißer Junitag. Die Sonne füllte den Hof, glänzte auf Dächern, prallte von Fenstern ab und schmiegte sich schmeichelnd um gepflegte Staudenbeete und goldene Kalksteinmauern. Augustus sah kaum hin, sondern steuerte, geblendet vom Licht, quer über den Rasen auf das gegenüberliegende Tor zu. Neben ihm gab Gray kleinlaute Fieptöne von sich.

Es war ein Privileg, den Rasen betreten zu dürfen, es war nur Fellows des Colleges erlaubt, und normalerweise empfand Augustus dabei Stolz und Ehrfurcht, fast Rührung. Er war hier! Auf dem Rasen, der die Welt bedeutete! Wer hätte das gedacht?

Aber heute pflügte er durch das Gras, weil es eben der kürzeste Weg war. Dutzende von Fenstern guckten auf ihn herab, dahinter womöglich unzählige Augenpaare, die sehen konnten, dass er einen Vogel hatte, und es so schnell nicht vergessen würden. Studenten waren ein grausames Volk.

Durch das Tor.

In die Passage.

Durch die Tür in die Küche, linker Fuß zuerst.

Glücklicherweise war die Küche menschenleer, bis auf einen Steward, der damit beschäftigt war, Hunderte von Tellern mit Petersilie zu garnieren. Augustus winkte kurz, dann machte er sich an die Arbeit: Brot, kalter Braten, Kartoffelsalat. Ein grüner Salat, der Gesundheit wegen. Lemon Tarte zum Nachtisch. Und noch eine zweite Lemon Tarte für die Nerven.

Gray hatte beim Anblick des Kühlschranks begonnen, aufgeregt den Kopf zu recken. Augustus griff sich eine Banane, einen Apfel und... hatten sie Trauben? Ja, dort hinten, schön, rot und üppig.

Der Vogel war jetzt wirklich aus dem Häuschen.

»Professor!«, sagte er eindringlich. »Professor, Professor!« Er musste es von der Bettenmacherin aufgeschnappt haben.

»Schsch!«, zischte Augustus. Es war ihm etwas peinlich, weil er streng genommen noch kein Professor war.

Er quetschte noch einen Müsliriegel und eine Flasche Rotwein auf sein Tablett, dann war er, bevor der erstaunte Steward etwas zum Thema Tiere in der Küche sagen konnte, wieder draußen, in der Passage.

Schritte in der Ferne, gedämpftes Studentenlachen, aber noch immer niemand in Sicht. Mehr Glück als Verstand, und das bedeutete in seinem Fall eine ganze Menge Glück.

Der Papagei reckte den Hals nach dem Tablett, länger, als Augustus es je für möglich gehalten hätte.

Nochmals respektlos über den Rasen.

Eine Treppe hinauf.

Gray hing inzwischen fast an seinem Ellenbogen.

»Huff!«, schmeichelte er. »Professor! Professor Huff!«

Genau in diesem Moment bog Augustus um eine Ecke und wäre um ein Haar mit der Schatzmeisterin des Colleges kollidiert. Melissa Jennings war eine kleine, solide gebaute, mittelalte Frau, mit der nicht gut Kirschen essen war – oder Trauben oder sonst irgendetwas. Sie blieb stehen und musterte Augustus wie einen besonders unappetitlichen Lebensmittelschädling oder – noch schlimmer – eine falsche Zahl in ihrer Buchhaltung. Die Vier – oder sogar die Acht! Wieder der Blick: *nicht normal.*

Vermutlich dachte sie jetzt, dass Augustus »Professor Huff!« murmelnd durch die Gänge zog – eine Beschwörungsformel in Sachen Beförderung. Und wenn schon! Augen zu und durch! Er nickte ihr knapp zu, hielt sich an seinem Tablett fest und steuerte entschlossen an der Jennings vorbei auf die rettende Tür zur nächsten Treppe zu. Fast hätten sie es geschafft, aber im letzten Moment drehte Gray den Kopf und schleuderte ein vernehmliches »Fuck me!« über Augustus' Schulter Richtung Schatzmeisterin.

Die Jennings fuhr herum wie eine gebissene Bulldogge, in den Augen ein unheilverkündendes Leuchten.

»Dr. Huff?«

Augustus, der schon dabei war, mit dem freien Ellenbogen die Türklinke herunterzumanövrieren, erstarrte in der Bewegung.

»Was ist das da an Ihrem Arm, Dr. Huff?«

»Das...«, begann Augustus, kam aber nicht zu Wort.

»Schaffen Sie ihn ab, Huff. Sie kennen die Regeln. Wenn wir hier alle einfach immer machen würden, was wir wollen...«

Sie schwang sich zu einer langen Rede auf, aus der hervorging, dass nur der Abschaum der Menschheit auf die Idee kommen konnte, mit Papageien an den Extremitäten durch eine weltweit führende Universität zu laufen, dass sein Platz am College alles andere als gefestigt war, dass dieser Regelverstoß Konsequenzen haben würde, alles, ohne auch nur Luft zu holen.

Augustus ließ von der Klinke ab und versuchte das Tablett gerade zu halten, trotz Gray, der sich vorsichtshalber wieder auf die Schulter zurückgezogen hatte und den Ausbruch der Schatzmeisterin inspirierend zu finden schien.

»*I want your love and*
I want your revenge!
Ga-ga-uhhh-laaa!«

Gut gelaunt wippte Gray von einem Fuß auf den anderen.

»Hey, Stinker!« Das hatte er eindeutig von Elliot.

Die Schatzmeisterin wurde röter und röter und donnerte schließlich davon.

»Konsequenzen«, äffte Gray in perfektem Schatzmeisterinnenton. »Nachspiel! Die Trauben kannst du dir abschminken! Monster!«

»Schschh«, murmelte Augustus.

Innerlich kochte er. Die Jennings war ein Bully, einfach nur eine miese, gemeine Drangsaliererin, die Spaß daran hatte, andere herunterzumachen, und er, der er sich in der College-Hackordnung noch relativ weit unten befand, war ihr wie gerufen gekommen.

Gray abschaffen? Nichts da! Der Vogel war wertvolles Forschungsmaterial für Verhaltens- und Sprachstudien, hochtrainiert, einzigartig, und daran konnte auch die Jennings mit ihrer kleinkarierten Weltsicht nichts ändern!

Er stellte sein Tablett auf das nächstliegende Fensterbrett, verdrückte zur Beruhigung schnell eine Lemon Tarte und verfütterte drei Trauben an Gray, dann steuerte er schnurstracks auf das Büro des Masters zu.

Er klopfte und wurde hereingebeten.

Augustus Huff betrat das Büro des Masters als freier Mann und verließ es als offizieller temporärer Halter und Trainer des afrikanischen Graupapageis und Versuchssubjekts Gray.

Er war selbst ein wenig überrascht angesichts der Genugtuung, die er dabei verspürte.

»Hey Huff!«, sagte Gray. »Bad romance!«

Und das fasste es eigentlich ganz gut zusammen.

2. Konsequenzen

Sie verzehrten ihr erstes gemeinsames Abendessen an Augustus' großem Küchentisch, am Fenster, mit Blick auf schiefergedeckte Dächer, verspielte Zinnen und einen rosafarbenen Sonnenuntergang. Kartoffelsalat, Braten, Wein und die zweite Lemon Tarte für Augustus, Banane, Trauben und etwas grünen Salat für Gray. Der Papagei erwies sich als überaus unappetitlicher Tischgenosse.

Anschließend räumte Augustus auf, sammelte Bananenfragmente und Salatfetzen von Tischplatte, Fensterbrett, Schoß, Schulter und Fußboden und wusch sich ein paarmal gründlich die Hände.

Dann wurde es ernst. Der Erfolg dieser wahnwitzigen Adoption hing wesentlich davon ab, ob er es schaffen würde, Gray ohne großes Drama von seiner Schulter zu bekommen. Er klappte seinen Laptop auf, um mehr über afrikanische Graupapageien herauszufinden. Wissen war normalerweise die beste Verteidigung.

Nach ausführlicher Internetrecherche war er sich dessen nicht mehr so sicher: Höhendominanz. Neurosen. Traumata, Futterverweigerung, Federrupfen, Aggression, Langeweile, Lungenkrankheiten – Graupapageien schienen hochkomplizierte Kreaturen zu sein. Gray, der sich anfangs noch für die Bilder anderer Papageien auf dem

Bildschirm begeistern konnte, döste schnell weg. Augustus hielt durch.

Einige Stunden Recherche später hatte er so etwas wie einen Plan: Papageien wie Gray fühlten sich offenbar an hohen Standorten am sichersten. Deswegen hatte er sich Augustus' Schulter ausgesucht, und deswegen konnte es schwierig werden, ihn in den viel niedriger gelegenen Käfig zu bekommen. Eine hohe Sitzstange, wie Augustus sie in Elliots Zimmer gesehen hatte, würde Gray um einiges leichter unterzujubeln sein, vor allem wenn er sie mit Hilfe seiner Jacke attraktiv machte. Augustus' Plan war sogar, die Strickjacke mit Gray darauf auszuziehen und beide gleichzeitig auf die Stange zu bugsieren.

Vogel und Stange würden dann ins Badezimmer kommen, wo der Papagei vermutlich am wenigsten Schaden anrichten konnte. Augustus würde seine Zahnbürste wegsperren, den Boden unter der Stange mit Zeitungen auslegen und das Beste hoffen. So weit, so theoretisch.

Erst einmal musste er sich die Vogelstange aus Elliots Räumen besorgen.

Händewaschen. Vor die Tür. Absperren. Dreimal kontrollieren.

Den Gang hinunter, linker Fuß voran.

Alles lag ruhig und dunkel. Die tintenschwarzen Dielen knarzten.

Fast unheimlich.

Es war Examenszeit. Die meisten Studenten saßen in ihren Zimmern und lernten. Die Lehrenden genossen die Flaute oder waren damit beschäftigt, endlich etwas Publizierbares aufs Papier zu bringen. So gesehen war die Stille

hier draußen keine große Überraschung, doch Augustus kam sich auf einmal sehr allein vor.

Der letzte Mensch im College. In Cambridge. Auf der Welt.

Allein mit Papagei.

Er wurde von Zweifeln geplagt: Hatte er seine Tür wirklich gut verschlossen? Fast wäre er umgekehrt, aber im letzten Moment nahm er sich zusammen. Er *wusste*, dass er abgeschlossen hatte – nur fühlte er es nicht.

Schnell legte er die letzten Schritte zu Elliots Tür zurück und drehte den Knauf. Ein Knarzen und dann ein gedämpftes, klackendes Geräusch. Offen. Zum Glück. Hatte Elena nicht abgesperrt? Zögernd steckte Augustus den Kopf in den Raum. Das letzte Mal war er auf Bitten des Reinigungspersonals hier gewesen, sozusagen als offizieller Vertreter des Lehrkörpers, diesmal fühlte er sich wie ein Dieb in der Nacht. Kein Licht brannte, natürlich nicht, aber Mondlicht fiel durch das große Fenster auf den Holzboden, spielte mit dem Spiegel und warf Flecken an die Wand. Der Gobelin lag dunkel. Der Schreibtisch ruhte in der Nacht wie ein Schiff.

Augustus tastete nach dem Lichtschalter.

Hell.

Das Erste, was ihm auffiel, war die Unordnung. Keine große, auffällige, skandalöse Unordnung wie die vorhin auf seinem Schreibtisch, sondern etwas Vorsichtiges, Verstohlenes: Ein Buch stand etwas zu weit aus dem Regal, eine Schublade war nicht ganz geschlossen, eine Teppichecke umgeklappt, der Spiegel hing schief, etwas Rußstaub schwärzte den Marmor vor dem Kamin. Aha! Augustus, der sein halbes Leben im Kampf gegen die kleinen Unordnungen des Alltags verbrachte, erkannte die Zeichen sofort.

Jemand war hier gewesen, ganz eindeutig, und hatte... etwas gesucht. Im Kamin. In Büchern und Schubladen. Hinter dem Spiegel. Unter dem Perserteppich. Gesucht – und gefunden?

»Kalt. Ganz kalt!« Neben ihm begann Gray, vermutlich aufgeschreckt von der Helligkeit, zu plappern. »Was ist gleich? Was ist anders? Spiel das Spiel!«

Vielleicht hatte jemand Elliot etwas ausgeliehen und brauchte es unbedingt zurück. Vielleicht war jemand betrunken ins falsche Zimmer geraten – das kam gar nicht so selten vor. Vielleicht...

Augustus hörte seinem Herzen beim Klopfen zu. Es gab hundert mögliche Erklärungen für diese kleine Unordnung, aber nur eine wahrscheinliche: Jemand war hier gewesen und hatte etwas gesucht – nicht obwohl Elliot tot war, sondern *weil* er tot war. Etwas, das mit dem Mord zu tun hatte.

Mord.

Da war es, das Wort, das sich den ganzen Tag langsam, aber unaufhaltsam an ihn herangeschlichen hatte. Endlich war es da. Augustus ging in die Knie, um systematisch den Ruß vom Marmorsims zu wischen.

Mord. Das war es, was er die ganze Zeit halb gedacht hatte, was vielleicht jeder hier am College heimlich dachte. Klammheimlich. Augustus merkte, dass seine Handflächen feucht waren. Rußig und feucht. Er holte ein Taschentuch hervor und säuberte seine Hände, so gut es ging. Ein Mord war eine schlimme Unordnung, die schlimmste überhaupt,

ein Riss im Gefüge der Welt. Ein Mord musste aufgeräumt werden. Er hatte natürlich keine Beweise, nicht den geringsten, aber das machte nichts. Was in der Welt ließ sich schon wirklich beweisen? So gut wie gar nichts! Wichtig war die Theorie, eine Theorie, die elegant und kompetent alle relevanten Fakten zu einem appetitlichen, wohlgeordneten Bündel schnürte! Wer war hier gewesen? Und wann? Was hatte er gesucht? Und was gefunden? Er? *Sie*?

Die Tatsache, dass jemand sowohl im Kamin als auch in Büchern und Schubladen gesucht hatte, bedeutete, dass es nicht um etwas ging, das Elliot einfach so besessen hatte, nein, es ging um etwas, das er *versteckt* hatte. Etwas *Flaches* – sonst wäre es unsinnig gewesen, auch unter den Teppich und hinter den Spiegel zu gucken. War der Sucher fündig geworden? Wie lange hatte er Zeit gehabt? Was, wenn er überrascht worden war, bevor er die kleine Unordnung wieder hatte zurechtrücken können? Was, wenn *er* ihn gerade überrascht hatte? Hatte er vorhin beim Öffnen nicht ein Geräusch gehört?

War es vielleicht aus Elliots Räumen gekommen?

Die unscheinbare Tür zum Erkerzimmer kam ihm auf einmal finster und ominös vor. Versteckte sich dort drinnen jemand? Ein plötzlicher Windhauch ließ Augustus zusammenfahren. Gray hatte angefangen, mit den Flügeln zu schlagen.

»Konsequenzen, Professor! Konsequenzen!« Dann hob der Papagei ab und landete etwas unbeholfen auf dem Teppich. »Die Trauben kannst du dir abschminken!«

Na wunderbar! Jetzt, wo er offizieller temporärer Halter war, ließ Gray ihn auf einmal im Stich! Augustus' Schulter fühlte sich schlagartig zu leicht und zu kühl an. Der Papagei dagegen schien sich in der vertrauten Umgebung wohl zu fühlen und spazierte selbstbewusst auf dem Fußboden herum.

»Hau ab!«, sagte er gut gelaunt. »Stinker!«

Von wegen! So schnell ließ sich Augustus nicht abschütteln! Es galt eine Theorie zu verteidigen – und die Ordnung der Welt! Oder war es die Welt der Ordnung? Wenigstens hatte er jetzt volle Bewegungsfreiheit, wenn er den Inhalt des Erkerzimmers in Augenschein nahm. Er schob sich die Strickjackenärmel bis zum Ellenbogen, holte tief Luft und bewegte sich so leise wie möglich auf die Erkerzimmertür zu. Wenn dort drinnen wirklich jemand saß, würde es bestenfalls peinlich werden, schlimmstenfalls ...

Er drückte die Klinke herunter und riss die Tür auf.

Dann kam er sich albern vor. Käfig. Regal. Sitzstange. Sonst nichts, natürlich nicht. Hatte er wirklich geglaubt, dass hier irgendwo ein Eindringling lauerte? Er knipste das Licht an. Da war sie also, die Papageiensitzstange, hoch und handlich, wie er sie in Erinnerung gehabt hatte. Mal sehen ... Ein kalter Wind flüsterte über seine Haut, und Augustus konnte beobachten, wie sich auf seinem nackten Unterarm eine Gänsehaut bildete.

Das Fenster stand offen. Er würde es schließen müssen, bevor Gray, der auf einmal ungewohnt unternehmungslustig schien, auf die Idee kam, sich draußen auf den Dächern zu vergnügen. Die Juninächte in Cambridge konnten kühl sein, zu kalt für einen kleinen grauen Afrikaner – nach allem, was er bei der Internetrecherche gelernt hatte.

Augustus streckte die Hand aus, dann hielt er inne. Moment mal. Vorhin war das Erkerfenster doch *zu* gewesen. Ja, genau: Das Fenster drüben im Hauptzimmer war halb offen gewesen, dieses nicht. Jetzt war es umgekehrt. Hatte das etwas zu bedeuten, oder war Elena einfach nur bei ihrer Lüftroutine durcheinandergekommen? Plötzlich erinnerte er sich, dass Elliot ein Fassadenkletterer war – *gewesen* war – und vermutlich nicht der einzige hier in Cambridge!

Er riss das Fenster noch weiter auf und blickte nach unten. Eine Mauer verlor sich im Dunkeln, eng umschlungen von uraltem Efeu. Ein Kinderspiel für einen Kletterer – sogar Augustus' Großmutter, eine überaus rüstige Schottin, wäre da hinuntergekommen. Augustus lehnte sich weiter vor und spähte nach anderen offenen Fenstern oder Nischen, sah aber nichts als Schatten. Dann kam er auf den Gedanken, dass der potenzielle Kletterer genauso gut nach oben wie nach unten entkommen sein konnte und jetzt vielleicht direkt über ihm auf dem Dach hockte. Schnell zog er den Kopf zurück und lauschte. Raschelte da etwas, oder war das nur der Wind im Efeu? Gray machte drüben im Hauptzimmer so einen Krach, dass er sich nicht sicher sein konnte.

»Hey Huff! Hey Huff! Konsequenzen! Ga-gaa-uh-la-laa!«

Augustus seufzte, dann zog er nach kurzer Überlegung das Fenster zu und verriegelte es. Er griff sich die Stange. Schwerer als erwartet. Unter dem Käfig entdeckte er eine Tüte mit verschiedenen Futterdosen. Er nahm sie an sich und warf dann kurz entschlossen noch eine Handvoll Spielzeug hinein.

»You and me, uh-la-laa!«

Huff schleifte Stange und Tüte in den Hauptraum, knipste im Erkerzimmer das Licht aus und schloss die Tür. Wenn er den Papagei nicht bald unter Kontrolle brachte, würde irgendein gestresster Student vorbeikommen, sich über den Lärm beschweren – und ihn, Augustus, entdecken, wie er gerade dabei war, Elliots Zimmer zu plündern.

Gray marschierte noch immer auf dem Teppich auf und ab, wippte mit dem Kopf und sang sein Lieblingslied.

»Hey Gray!«, sagte Augustus. Wie sollte er den Vogel wieder auf die Schulter und zurück in die Wohnung bekommen?

Gray hielt inne, spähte nach der Tüte und legte den Kopf schief.

»Was ist gleich? Was ist anders?«, schleuderte er Augustus entgegen.

»Äh ...«

Eigentlich gar keine so schlechte Frage! Augustus hatte schnell gesehen, was hier anders war – das Buch, die Schublade, der Spiegel, aber vielleicht sollte er sich auf die Dinge konzentrieren, die gleich waren, die Stellen, an denen der Eindringling nicht gesucht hatte? Vielleicht fand er etwas, wenn er sich auf die Teile des Raums konzentrierte, die unberührt geblieben waren!

Das Hochbett? Der Papierkorb?

»Ra-ra-uh-la-laaa!«

Wie sollte er bei diesem Krach bloß einen klaren Gedanken fassen?

Etwas Wichtiges! Etwas Wichtiges, Flaches! Was? Wo? Nachdenklich stellte Augustus die Stange ab.

Der Falke auf dem Gobelin guckte ihn säuerlich an.

Der Gobelin! Natürlich! Der Gobelin hing glatt und makellos an der Wand. Unberührt. Unberührbar. So schön, dass man sich kaum traute, ihn anzufassen. Augustus trat näher, dann hob er mit angehaltenem Atem den Stoff von der Wand. Dahinter... nichts! Er hatte irgendeine Lücke oder Nische erwartet, einen Mauerspalt, in dem man etwas verstecken konnte, aber die Wand hinter dem Gobelin war glatt, kalkig und unspektakulär. Augustus wollte den Stoff gerade enttäuscht zurückhängen, als ihm eine kleine Unregelmäßigkeit auf der Rückseite des Wandbehangs auffiel. Eine Verdickung, so als sei der Stoff an einer Stelle verdoppelt. Er ging in die Knie, um die Stelle genauer in Augenschein zu nehmen. Seine Finger stießen auf etwas Steifes, Unnachgiebiges. Er tastet nach. Eine Tasche! Eine geheime Tasche im Gobelin! Das Erstaunliche war, dass sie vermutlich original war. Vor mehr als fünfhundert Jahren hatte irgendein Edelmann dort Gold oder Schmuck oder möglicherweise Reliquien gehortet, und nun wurde das raffinierte kleine Versteck von Elliot genutzt.

Papier. Dünn. Kleinformatig. Vorsichtig löste Augustus den Stapel aus der Tasche.

Fotos. Fotos, schwarz und weiß.

Das Erste, was er sah, war Sybils nackter, weißer, wohlgeformter Hintern. Er erkannte ihn sofort. Er erkannte auch das Bett! Er erkannte den Raum, obwohl er ihn noch nie aus dieser Perspektive gesehen hatte! Und er erkannte seinen eigenen, schockierend unordentlichen Haarschopf, der schräg neben Sybils Ellenbogen hervorlugte.

Augustus starrte entsetzt auf das Bild.

Gray hatte aufgehört zu krakeelen und kletterte auf seinen Schuh.

»Halt den Schnabel«, sagte er weise.

Augustus blätterte mit bangem Herzen weiter.

Ein ihm gut bekannter korpulenter Chemieprofessor in Abendkleid und Stöckelschuhen vor dem Spiegel.

Dr. Turbot, die Bibliothekarin, wie sie sich mit beiden Händen eine ganze Sahnetorte in den Mund stopfte.

Frederik, sein Freund und Zimmernachbar, in seinem Rollstuhl bei einer sehr privaten Tätigkeit.

Noch ein Paar beim Sex.

»Ich geb dir eine Chance«, flüsterte plötzlich eine raue Stimme von unten. »Spiel das Spiel!«

Augustus lief es eiskalt den Rücken hinunter. Ihm wurde bewusst, dass er mitten in einem hell erleuchteten Zimmer stand und hochbrisante Fotos in der Hand hielt – Fotos, für die vielleicht jemand einen Mord begangen hatte. Er blickte zu dem großen Fenster, sah aber nur sein eigenes, etwas verwirrt aussehendes Gesicht reflektiert. Von dort draußen war er sichtbar wie ein Fisch im Aquarium!

Hastig knipste er das Licht aus, dann überlegte er, was er mit den Bildern wohl anfangen sollte. Gar nichts! Gar nichts! Bloß weg damit! Andererseits war das heikles Material. In den falschen Händen konnten diese Bilder eine Menge Schaden anrichten. Und sie waren auch wichtig für die Theorie, die er zu konstruieren begonnen hatte. Außerdem – er blickte auf Sybils wohlgeformten weißen Hintern – hatte er eine gewisse Verantwortung. Er wollte nicht, dass sie in Schwierigkeiten geriet. Und selbst wollte er auch nicht in Schwierigkeiten geraten.

»Hey Huff!«, krächzte eine kleinlaute Stimme von unten aus dem Dunkeln.

Augustus stopfte sich die Fotos unter Hemd und Jacke in den Hosenbund. Ohne zu überlegen, streckte er die Hand nach Gray aus. Der Papagei kletterte auf seinen Unterarm, dann Richtung Schulter. Erst draußen vor der Tür fiel Huff auf, wie überraschend gut das Ganze abgelaufen war.

Stange. Tüte. Raus. Er fühlte sich mies, weil er nicht absperren konnte.

Den ganzen Weg den Flur hinunter kam er sich verletzlich vor wie eine Schnecke ohne Haus – und beinahe ebenso langsam. Mit der schweren, sperrigen Stange, der Tüte und einem Papagei, der versuchte, seinen Kopf zu erklettern, kam er nur schleppend und scheppernd voran. Endlich hatte er es doch geschafft, stellte die Stange ab, sperrte auf, klopfte dreimal gegen den Türrahmen und trat ein.

Tür zu. In Sicherheit. Er sperrte ab und kontrollierte, sperrte ab und kontrollierte, sperrte ab ... Es dauerte eine Weile, bis er sich wieder unter Kontrolle bekam. Vorhänge zu! Von nun an würde er seine Vorhänge immer gewissenhaft zuziehen! Er schritt hinüber ins Badezimmer, stellte die Stange ab, wusch sich die Hände, wusch sich nochmals die Hände. Was jetzt? Zeitungspapier! Er fand die *Times* vom Vortag und legte damit säuberlich den Boden rund um die Stange aus. Die Fotos im Hosenbund fühlten sich spitz und unangenehm an. Stechend. Ein Dorn in seiner Seite. Er holte sie hervor, um sie beim Licht der Schreibtischlampe nochmals zu betrachten.

Fünf an der Zahl. Fünf war eigentlich okay.

Alle schwarz-weiß. Alle aus ungewöhnlichen Winkeln aufgenommen. Von oben. Von den Dächern. Augustus kannte die meisten der Leute auf den Fotos: Sybil natürlich, Frederik, Prof. Everding, den Chemiker in Stöckelschuhen, Dr. Turbot, die essgestörte Bibliothekarin. Das andere Paar war ihm unbekannt.

Er holte tief Luft. Eindeutig Erpressungsmaterial. Die meisten der Fotos waren auf den ersten Blick kompromittierend, andere, wie das von der Turbot und das von Everding, erst im Kontext.

Je länger Augustus auf die Fotos starrte, desto beklommener wurde er. Menschen, die nicht wussten, dass sie fotografiert wurden, die Affären hatten oder Essstörungen. Menschen, die genau so verkorkst waren, wie er es immer befürchtet hatte. Peinliche kleine Abgründe und Verletzlichkeiten um ihn herum, von denen er nichts wissen sollte – und auch nichts wissen wollte. Er dachte an den primitiven Glauben mancher Völker, die Überzeugung, dass Bilder die Macht besaßen, einen Teil der Seele einzufangen und zu stehlen. Das war vielleicht gar nicht so primitiv. Augustus fühlte sich beschmutzt.

Elliot hatte diese Skrupel offensichtlich nicht gekannt. War er über die Dächer von Cambridge geklettert, um solche Fotos zu machen? Ein Voyeur? Ein Stalker? Hatte er die Bilder benutzt, um seine Opfer zu erpressen? Hatte irgendjemand es schließlich nicht mehr ausgehalten und ihn von der Kapelle geschubst? War einer der Menschen auf den Fotos ein Mörder?

Ganz so einfach konnte es natürlich nicht sein. Die These hinkte gewaltig. Warum hatte Elliot Papierabzüge

verwendet? Für eine klassische Erpressungsgeschichte wären Digitalfotos doch praktischer gewesen! Leichter zu verbergen. Innerhalb von Sekunden auf Facebook. Die glänzenden schwarz-weißen Papierbilder wirkten altmodisch, wie etwas aus einem Film. Requisiten. Hatte Elliot diese Fotos ausgedruckt, um sie seinen Opfern unter die Nase zu halten? Um *dabei zu sein*, wenn sie sich ertappt und entblößt fühlten?

Und natürlich bedeutete die Existenz der Bilder noch lange nicht, dass Elliot wirklich jemanden erpresst hatte. Vielleicht waren sie nur Sicherheiten? Garantien? Garantien für was? Ihn selbst, Augustus, zumindest hatte Elliot in Ruhe gelassen, obwohl er auf einem der Fotos deutlich zu erkennen war. Sybil? Wusste *sie* von dem Foto? Hatte Elliot versucht, *sie* zu erpressen? Die Professorin, die ihn betreute?

Und warum hätte Elliot überhaupt jemanden erpressen sollen? Er war ein herausragender Student gewesen. Hatte Geld wie Heu gehabt. Und die Mädchen waren ihm wahrscheinlich auch hinterhergelaufen.

Außerdem war Mord wohl kaum die beste Art, mit so einer Erpressungsgeschichte umzugehen – auch von einem praktischen Standpunkt aus gesehen. Machte Elliots Tod es nicht sogar wahrscheinlicher, dass die Bilder ans Tageslicht kommen würden – entweder im Zuge einer Ermittlung oder später, wenn die Familie den Nachlass des Verstorbenen in Augenschein nahm? Hatte jemand *gewollt*, dass die Bilder gefunden wurden?

Die Familie ... Augustus wusste nicht viel über sie, nur das, was sich in den Gesellschaftsspalten der Zeitungen nachlesen ließ: uralter Adel, der es durch geschickte Heiratspolitik geschafft hatte, an seinem Vermögen festzuhalten, es vielleicht sogar zu vergrößern, während viele andere adelige Familien Land, Tafelsilber und schließlich sogar ihr Herrenhaus verkaufen mussten, um sich über Wasser zu halten. Der Vater, Lord Fairbanks, war irgendwie in der Politik – nicht besonders sichtbar, vermutlich einer dieser grauen Männer, die hinter den Kulissen die Fäden in der Hand hielten. Zumindest stellte Augustus ihn sich so vor. Ein kalter, effizienter Fisch. Ein Hai. Kunstsammler. Irgendeine wohltätige Stiftung leitete er auch. Die Mutter... Augustus stutzte. Über Lady Fairbanks wusste er so gut wie nichts, nicht einmal, woher sie kam. Eine verschwommene, delikate Figur neben dem nur allzu klar umrissenen Lord. Außerdem gab es da noch zwei jüngere Brüder, er hatte sie bei Elliots Ankunft gesehen, Knaben mit honigfarbenem Schopf, scheinbar voller Bewunderung für den großen Bruder, der sich nun daranmachte, die Welt der Wissenschaft zu erobern.

Bald würden sie alle hier sein, mit Trompeten und Fanfaren und all der Wut, die überprivilegierte Leute an den Tag legen konnten, wenn ihnen das Schicksal doch einmal einen Strich durch die Rechnung machte.

Augustus schauderte. Wahrscheinlich würden sie sogar mit ihm, dem Tutor, sprechen wollen. Er berührte nervös die linke Schreibtischecke. Einmal. Zweimal. Drei...

»Ich hab hier was Schönes für dich«, flüsterte auf einmal Elliots Stimme in sein Ohr. »Spiel das Spiel!«

Auch wenn Augustus inzwischen wusste, dass das der Papagei war, hatte er plötzlich ein flaues Gefühl in der

Magengrube. So nah. So echt. Fast sah er Elliot vor sich, blond und blass und gutaussehend, Spott in den Augen, ein kaltes Lächeln auf den Lippen, ganz und heil und überlegen, als sei er nie gestürzt. *Hier ist ein Rätsel*, schien er zu sagen. *Ein Rätsel nur für dich, Dr. Augustus Huff.* Den verächtlich gekräuselten Lippen nach zu schließen, hatte er an Huffs Rätselkompetenz keine allzu großen Erwartungen.

Aber Augustus wollte keine Spiele spielen. Er fegte die ekelhaften Bilder vom Tisch, dann machte er sich daran, die Oberfläche mit einem weichen Tuch zu polieren. Er ordnete Stifte und Briefbeschwerer, polierte, ordnete, ordnete, polierte, bis die Schreibtischplatte schemenhaft sein bleiches, sorgenvolles Gesicht reflektierte. Endlich fühlte er sich etwas besser. Er stand auf, um die Fotos vom Boden zu sammeln, und formte aus ihnen einen säuberlichen Stapel, Bildseite nach unten. Wohin damit? Die Bilder mussten weggeräumt werden, an den richtigen Ort gebracht. Gab es für solche schrecklichen Bilder einen richtigen Ort? Am liebsten hätte er sie zurück in Elliots Zimmer getragen, aber das ging nicht. Jemand suchte nach ihnen – jemand, der vermutlich nichts Gutes im Schilde führte!

Wo also verstecken? Hier in seiner Wohnung? Augustus wollte die Bilder nicht in der Wohnung haben – was, wenn jemand sie fand und *ihn* für einen Erpresser hielt? Also wohin damit? Vielleicht fand er draußen im College ein Versteck? Aber wie sollte er dann vermeiden, dass die Bilder zufällig von irgendeinem Hausmeister oder Handwerker entdeckt wurden? Es gab die dümmsten Zufälle, und sie passierten immer dann, wenn man sie gerade nicht gebrauchen konnte! Sollte er die Bilder zerstören? Verbrennen? Abfotografieren und dann verbrennen?

Doch dann dachte er an Fingerabdrücke. Die glänzende Oberfläche der Bilder konnte sehr wohl Fingerabdrücke tragen – sicherlich Elliots, aber vielleicht auch die der Personen, denen Elliot die Bilder gezeigt hatte. Falls es doch irgendwann polizeiliche Ermittlungen ... Er zögerte. Die Fingerabdrücke *einer* Person würden sie nun ganz sicher auf den Bildern finden – seine eigenen! Zusammen mit seiner Klettererfahrung und der Tatsache, dass er auf einem der Fotos in kompromittierender Lage zu sehen war, machte ihn das wahrscheinlich zum Hauptverdächtigen.

Augustus stand auf und ging hinüber ins Badezimmer. Wusch sich die Hände. Wusch sich wieder die Hände. Wusch sich die ...

»Hey Huff!«

Die Hände tropften.

»Hey Huff! Nimm ne Nuss! Was ist anders?«

Er ließ vom Waschbecken ab und starrte in den Spiegel, wo Gray den Kopf schief legte und ihn mit Interesse und fast so etwas wie Mitgefühl ansah. Huff trocknete sich die Hände. Seine Haut fühlte sich rau und fremd an, dünn und trocken wie Papier. Der Vogel hatte recht. Irgendetwas musste anders werden, und durch bloßes Händewaschen war das nicht zu erreichen.

Am besten wäre es natürlich gewesen, wenn es die Bilder gar nicht gäbe, nie gegeben hätte, aber dafür war es nun zu spät, und Augustus musste irgendwie mit ihnen fertigwerden, einen Ort finden, der mit ihnen fertigwurde. Er sah sich um. Was konnte anders werden? Momentan waren die

Bilder flach und rechteckig, und der Sucher, der in Elliots Zimmer eingedrungen war, schien dies zu wissen. Was aber, wenn die Fotos aufhörten, rechteckig zu sein? Was, wenn sie *rund* wurden? Was, wenn er sie *rollte*? Augustus wusste aus eigener Erfahrung, wie schwer es sein konnte, etwas zu finden, wenn man die falsche Vorstellung von der Form hatte. Er würde die Bilder rollen, er würde sie rollen, und dann... Sein Blick fiel auf die Vogelsitzstange und ihren langen, metallenen Fuß. War er hohl? Ja! Hervorragend!

Es tat Augustus in der Seele weh, die glänzenden Bilder zu einer Rolle zu formen. Sie würden nie wieder so glatt und sauber auf einem Tisch liegen, sondern immer gewölbt, unhandlich und deformiert. Beinahe hätte er es nicht übers Herz gebracht, doch dann erinnerte er sich daran, dass die Fotos ihrer Natur nach ja sowieso schon deformiert waren, boshaft und hinterhältig, eine unansehnliche Beule im Gefüge des Colleges. Er griff zu, rollte, Bildseite nach innen, und stopfte die Fotos in den Schaft. So. Fertig. Sein Herz klopfte. Schweiß stand ihm auf der Stirn. Aber er fühlte sich... besser. Irgendwie aufgeräumter.

Er wusch sich die Hände, einmal nur und nicht ohne eine gewisse Befriedigung.

»Nimm ne Nuss!«, lobte Gray.

★

Etwas tropfte.
   Tropfte von oben.
   Auf seine Stirn.
   In seine Augen.

Augustus grunzte und drehte sich weg.

Versuchte zumindest, sich wegzudrehen.

Versuchte, sich zu strecken.

Es ging nicht.

Er saß fest.

Fest wie in Watte gepackt.

Es tropfte noch immer, aber nicht mehr in sein Gesicht.

Neben ihn, auf das Kissen.

Poch. Poch. Poch.

Er öffnete die Augen und blickte von unten in den Brausekopf einer Dusche, sah, wie sich dort mit teuflischer Langsamkeit ein einzelner Tropfen formte, zitterte, zitterte, sich endlich vom Brausekopf löste und auf ihn zuraste.

Poch.

Neben ihn auf das Kissen.

Das Kissen war nass.

Augustus' Gesicht war auch nass.

Er kämpfte sich mühsam aus seiner feuchten Bettdecke und setzte sich auf.

Badewanne. Kein Wunder, dass er sich nicht strecken konnte. Was zum Teufel machte er denn um diese Zeit in der Badewanne?

Neben ihm auf dem Badewannenrand saß Gray, neigte den Kopf und wirkte gut gelaunt und ausgeschlafen – vermutlich ganz im Gegenteil zu Augustus.

»Konsequenzen!«, erklärte er. »Konsequenzen, Huff!«

Augustus rieb sich die Augen. Konsequenzen. Das war's. Alles in dieser Welt hatte Konsequenzen. Er erinnerte sich, zuerst dunkel, dann immer heller und greller, an das Ende des vergangenen Tages. Wie er es nach etlichen Anläufen

und mit erstaunlichem akrobatischen Können endlich geschafft hatte, Gray mitsamt Strickjacke auf die Stange zu bugsieren, und dann aus dem Badezimmer geflohen war. Licht aus. Tür zu. In Sicherheit. Im Schlafanzug. Dann das infernalische Geschrei, das Gray hinter der Badezimmertür veranstaltet hatte, so lange, bis Augustus die Tür wieder öffnete, um nach dem Rechten zu sehen. Alles schien in Ordnung. Gray saß auf seiner Stange, geplustert und beleidigt, aber unversehrt.

Tür zu.

Mordsgeschrei.

Tür auf.

Sie spielten das Spiel dreimal, so lange, bis Augustus endlich begriff, was das Problem war: Gray wollte nicht alleine sein, schon gar nicht nachts, schon gar nicht im Dunkeln. Verständlich irgendwie, nachdem er gerade erst Elliot verloren hatte – vermutlich nachts, vermutlich im Dunkeln. Gray schien beschlossen zu haben, Augustus nicht mehr aus den Augen zu lassen. Es gab also genau zwei Möglichkeiten: Entweder Gray zog samt Stange zu ihm ins Hauptzimmer, oder er selbst schlief im Badezimmer.

Keine leichte Entscheidung.

Augustus hatte schließlich die Ordnung auf seinem Schreibtisch über persönlichen Komfort gestellt und es sich so gut wie möglich in der Badewanne bequem gemacht. Und hier saß er nun, verspannt, zerknittert und nass, einen unternehmungslustigen Papagei an der Seite.

»Frühstück, Miststück! Frühstück! Nimm ne Nuss, Huff!«

Augustus seufzte und kletterte aus der Wanne. Legte das Kissen zum Trocknen neben die Heizung, hängte die Bettdecke über einen Stuhl, ordnete die Utensilien auf seinem Nachttisch. Ohne einen ordentlichen Nachttisch brauchte man den Tag gar nicht erst anzufangen. Er duschte und ertappte sich dabei, wie er unter der Brause *Ga-ga-uhh-la-laa* sang. Gray wippte dazu. Augustus putzte Zähne, dann wählte er die Kleidung für den neuen Tag. Lässig. Keine Vorlesungen. Jeans. T-Shirt. Gray spreizte und dehnte die Flügel, erst den linken, dann den rechten. Für eine Strickjacke war es eigentlich schon zu warm, aber mit Rücksicht auf den Vogel wählte Augustus ein leichtes, haferfarbenes Exemplar, auf dem sich der Papagei wohlfühlen konnte. Er machte Kaffee und beobachtete Gray aus den Augenwinkeln. Der Vogel war vom Badewannenrand herabgeflattert und begann, das Zimmer abzuschreiten und Möbel, Kamin und Teppiche mit wohlwollendem Interesse zu begutachten, ein bisschen wie ein Großgrundbesitzer auf seinem morgendlichen Rundgang. Er zupfte an Teppichfransen und biss in die Polsterung von Augustus' Lieblingssessel, bis Augustus »Hey Gray!« rief und laut in die Hände klatschte.

Gray erschrak, und es dauerte eine Weile, bis er sich kleinlaut und etwas mürrisch wieder hinter der Sessellehne hervortraute. Huff nutzte die ruhigen Minuten, um seinen Kaffee zu trinken, schwarz und süß, und dabei den Inhalt der Futtertüte in Augenschein zu nehmen.

Drei Metalldosen, alle gefüllt mit Pellets, Perlen und Körnern. In jeder steckte ein Löffel. Auf einer stand *1x*, auf einer stand *2x* und auf der anderen *3x*. Augustus holte also eine kleine Müslischüssel aus dem Schrank und dann, nach kurzem Überlegen, noch eine zweite und dritte. Er füllte die erste mit Wasser, die zweite mit nichts und die dritte mit Papageienfutter wie auf den Dosen beschrieben, *1x*, *2x* und *3x*. Noch bevor er fertig war, spürte er eine Luftbewegung, dann ein mittlerweile vertrautes Gewicht auf seiner Schulter.

»Nuss!«, forderte Gray.

Nichts da! Augustus würde ihm die Mahlzeit nicht auf der Schulter servieren! Wenn der Vogel etwas zu sich nehmen wollte, sollte er sich gefälligst zu Tisch begeben. Augustus musste ihm abgewöhnen, das ganze Leben auf seiner Schulter zu verbringen! Und schließlich, nach einigen weiteren, zunehmend lauten »Nuss!«-Befehlen und rüden »Stinker«- und »Miststück«-Kommentaren, bequemte sich Gray den Arm hinunter und hüpfte vom Ellenbogen auf den Tisch. Seine Krallen klackten auf der lackierten Oberfläche, als er zu den Futternäpfen hinüberwatschelte, ohne dabei Augustus aus den Augen zu lassen.

Mit angehaltenem Atem beobachtete Huff, wie Gray begann, einige größere Pellets auszuwählen, sie mit dem Schnabel hinüber zum dritten Napf zu tragen und dort in Wasser zu tunken.

Wie einen Keks.

Wie einen Keks in den Kaffee.

Apropos Keks...

Augustus stand auf, um im Schrank nach Keksen zu suchen, und ignorierte Grays Protestgeschrei. Als offizieller temporärer Halter durfte er sich nicht die ganze Zeit von seinem Schützling herumkommandieren lassen, so viel war klar. Er fand die Kekse und kehrte zurück an den Küchentisch, wo Gray es innerhalb kürzester Zeit geschafft hatte, eine beachtliche Sauerei zu veranstalten. Wasser war aus dem Napf geschwappt, Körner lagen über die Tischplatte verteilt. Papageienfußspuren führten durch das Wasser, Pellets steckten in den Fugen zwischen den Tischbrettern.

Augustus versuchte, ruhig zu atmen und Panik gar nicht erst aufkommen zu lassen. Tief atmen. Durchhalten. Entspannen. Alles war gut. Alles konnte aufgeräumt werden, gleich, überhaupt kein Problem, sobald der Vogel mit dem Frühstück fertig war. Aber der Vogel frühstückte nicht mehr. Er marschierte an die Tischkante und fixierte die Kekspackung mit gierigen kleinen Knopfaugen.

»Keks!«

Augustus hätte fast die Packung fallen lassen. Bisher hatte er angenommen, dass Gray einfach blindlings Worte aufschnappte und wiederholte, mit erstaunlichem Gedächtnis und gemischtem Erfolg, aber er wusste eindeutig, was Kekse waren – und er wollte welche haben! Durften Papageien Kekse fressen? Augustus wollte kein Spielverderber sein und brach eine kleine Keksecke für Gray ab, nicht ohne einen gewissen Respekt. Im Triumphzug schleppte der Vogel den Keks zum Wassernapf und begann wieder das Tunkspiel. Augustus nutzte die Zeit, um sich schnell selbst ein paar trockene Kekse in den Mund zu stopfen und die Packung in die Küchentischschublade zu zaubern, bevor Gray erneut Forderungen stellen konnte.

Der Papagei wurde mit seiner Keksecke fertig und musterte den wild kauenden Augustus kritisch. Irgendetwas stimmte hier nicht! Wo waren die Kekse? Doch natürlich wusste er nichts von der Schublade unter ihm und ihrer geheimen Keksfracht, und so trollte er sich schließlich zurück zu seinen Pellets.

Augustus schluckte, verschluckte sich an Keksbröseln und hustete. Gerne hätte er mehr über Grays Sprachkenntnisse herausgefunden, aber dafür war jetzt keine Zeit. Es galt, eine Theorie zu untermauern, eine Theorie, die momentan noch etwas dünn und armselig in der Luft hing. Er räumte die Schweinerei auf dem Küchentisch auf, sammelte Pellets vom Boden und wusch sich die Hände. Dann streckte er dem noch immer etwas misstrauisch »Kekse!« murmelnden Gray den Arm hin.

»Vergiss die Kekse!«, sagte Augustus. »Wir haben Wichtigeres zu tun. Was hältst du von einem kleinen Spaziergang, Gray?«

»Uhh-la-laa«, antwortete der Papagei.

3. Stinker

Cambridge zeigte sich von seiner besten Seite. Pflastersteine schmiegten sich gefügig aneinander, weich und golden, Zinnen reckten sich strebsam dem Himmel zu, der Fluss Cam lag glatt wie gegossenes Licht. Die Kühe auf dem Common nahmen ihr erstes Sonnenbad, umschwirrt von einer Wolke fauler Fliegen. Es würde ein warmer Tag werden, aber gerade jetzt, in diesem Augenblick, war die Temperatur perfekt: ein Versprechen von Wärme, unterlegt vom kühlen Atem der vergangenen Nacht. Überall waren zielstrebige Menschen zu sehen, zu Fuß und zu Rad, unterwegs zur Arbeit oder zur Uni oder einfach nur zu einem guten Frühstück. Augustus schwitzte in seiner Strickjacke.

Er bog in die Trinity Lane ein, eine schmale Gasse, die ihn ihrer spitzen Kamine wegen immer ein wenig an einen bezahnten Rachen erinnerte, und es wurde schlagartig still um ihn her. Augustus schlich sich von der Seite an die King's College Chapel heran, vorsichtig wie ein Dieb. Wie ein Dieb mit einem fröhlich singenden Papagei auf der Schulter! Gray schien den morgendlichen Spaziergang in vollen Zügen zu genießen und gurgelte ihm »Raa-raa-uh-la-laaa« ins Ohr. Ein frühes Rudel japanischer Touristen bemerkte sie beide, deutete, gestikulierte, zückte Handys

und Kameras. Auf einmal hätte sich Augustus auch noch einen dicken Kragen zum Hochschlagen gewünscht, trotz der Wärme. Glücklicherweise hatten die Japaner einem strengen Zeitplan zu folgen und wurden von ihrem Reiseführer erbarmungslos ins Kircheninnere getrieben, bevor sie Augustus umzingeln konnten.

Plötzlich waren sie alleine am Zaun vor der Kapelle. Von wegen Kapelle – Kathedrale wäre angemessener gewesen! Die King's Chapel war selbst für Cambridges Verhältnisse eindrucksvoll, filigran und massiv zugleich. Ein anmutiger Bau mit schönen Proportionen und eleganten Zahlen: 500 Jahre. 45 Meter. Wenn man von dort oben fiel...

»Bad romance«, seufzte Gray.

Augustus legte den Kopf in den Nacken und guckte hoch.

Da hinauf? Wirklich?

Er war als Kind auf den Klippen seines Heimatdorfes herumgeturnt, hatte sich später in seiner Freizeit an Kletterrouten in Wales und Schottland versucht und am Amazonas sogar ein Tepui erklettert – und war sich dabei mehr als nur ein bisschen waghalsig vorgekommen. Aber dort hinauf, über glatt polierten Kalkstein, vorbei an Wasserspeiern und Simsen, ganz ohne Sicherheitsseil und Ausrüstung – das war eine reife Leistung! Huff blickte anerkennend die gleißenden Mauern hinauf. Wenn man sich dort in der Ecke an den Blitzableiter hielt, konnte es zu schaffen sein – mit viel Glück und noch besseren Nerven. Und natürlich hätte sich Elliot nicht damit zufriedengegeben, einfach nur auf das Dach zu klettern, nein, sein Ziel war sicher einer der vier zuckrigen gotischen Türme gewesen. Von dort oben musste man in einer klaren Sommernacht eine wunderbare Aussicht haben. War diese Aussicht das Letzte, was Elliot in dieser Welt gesehen hatte? War er von dem schwindelerregenden Zuckerturm in den Tod gestürzt?

Wenn ja, dann stand Augustus mit seiner Theorie vor einem sehr praktischen Problem: Niemand unter den Leuten auf den Fotos schien in der Lage, sich mit Elliot ein nächtliches Kletterduell auf den Zinnen der King's College Chapel zu liefern. Der übergewichtige Chemieprofessor? Die schwächliche Bibliothekarin? Frederik in seinem Rollstuhl? Lächerlich! Sybil? Sybil war sportlich. Sie ruderte, spielte Jeu de Paume und praktizierte einige der anderen schicken Sportarten, die hier in Cambridge zum guten Ton gehörten. Aber *so* sportlich war sie nun auch wieder nicht. Oder doch?

Wenn Elliot dort oben geschubst worden war, gab es nur einen sehr kleinen Kreis von Personen, die dazu in der Lage waren. Und wenn nicht...

Was, wenn Elliot gar nicht beim Klettern gefallen war? Nur weil er ein berüchtigter Fassadenkletterer gewesen war, durfte man noch lange keine voreiligen Schlüsse ziehen! Vielleicht hatte ihn jemand eingeladen, ihn begleitet, ihm die Tür zum Dach aufgesperrt. Soviel Augustus wusste, gab es mehrere Leute, die den Schlüssel zum Dach der Kapelle hatten, und sicher gab es noch mehr Leute, die wussten, wie man sich diesen Schlüssel heimlich besorgen konnte.

Ein paar Treppen hinauf, keuchend vielleicht, aber immerhin, dann durch eine Tür und dem sich selbstbewusst

über die Brüstung lehnenden Elliot einen kleinen Schubs geben – das hätten schon mehr Leute fertiggebracht! Was hatte Elliot in dieser Nacht wohl getragen? Kletterschuhe und Jogginghose – oder etwa ganz normale Kleidung? Das wäre eine gute Stütze für Augustus' Theorie gewesen. Nicht einmal Elliot wäre imstande gewesen, in Straßenschuhen die Zinnen der Kapelle zu erklettern! Doch Augustus ging davon aus, dass Elliot in Kletterschuhen gefunden worden war. Alles andere wäre dumm gewesen, und einer Sache war er sich mittlerweile sicher: Der Mörder war nicht dumm. Der Mörder war klug und kühl und berechnend.

Wie dem auch sein mochte – Augustus würde sich bald mit einem eher unerfreulichen Teil seiner Untersuchung befassen müssen: der Leiche. Hatte es eine Obduktion gegeben? Was genau war die Todesursache? Hatte man auf Drogen oder Alkohol getestet?

Er kannte jemanden, der ihm vielleicht Antwort auf diese Fragen geben konnte. Aber dazu brauchte er einen Kuchen – und eine gehörige Portion Mut!

Gray neben ihm war sehr still geworden und hatte die Federn dicht angelegt. Er sah plötzlich dünn aus, klein und kleinlaut. Der Platz vor der Kapelle lag im Schatten, und dort, auf den Pflastersteinen, sah man noch dunkle Flecken, die vielleicht... Augustus fröstelte. Ein kühler Hauch berührte ihn wie Atem, vielleicht aus dem Inneren der Kapelle, die gerade die japanischen Touristen verdaute.

»Hau ab!«, riet Gray. »Mörder! Alles, nur das nicht!«

Augustus setzte sich in Bewegung. Weg aus dem stillen Hof, vorbei am Eingang zum Clare College, wieder die bezahnte Gasse entlang, um die Ecke und dann – endlich – zurück ins sonnige, lebendige Zentrum von Cambridge. Schnatternde Studenten strömten um ihn herum, ein Radfahrer hätte ihn fast umgefahren, und die ersten Touristenfänger versuchten, ihm eine Bootsfahrt auf dem Cam anzudrehen. Licht! Leben! Papagei und Papageienträger entspannten sich.

Über den Marktplatz, wo Händler dabei waren, ihre Stände aufzubauen. Augustus brauchte ein ordentliches Frühstück – an einem Ort, wo er mit Papagei nicht allzu sehr auffallen würde. Doch dann erinnerte er sich wieder an das, was er als Nächstes vorhatte, und er änderte seine Pläne. Besser doch noch kein Frühstück – manche Dinge waren auf nüchternen Magen einfach besser auszuhalten!

Er ließ den Marktplatz also links liegen und steuerte auf die King's Parade zu. Wieder zeigten Touristen auf ihn, wieder wurden Fotoapparate gezückt. Huff ging schneller. Vorbei am Corpus Christi College, wo die spitzzahnige Metallheuschrecke der Uhr Zeit fraß und Touristen anzog, blindlings die Straße hinauf.

Der Müllmann war wieder aktiv, ein Straßenmusiker, dessen Spezialität es war, in einer Mülltonne Musik zu machen. Nur seine Hände und der Hals der Gitarre guckten aus der Tonne. Igitt! Augustus schauderte. Gray pfiff gut gelaunt ein paar Takte mit.

Im *Fitzbillies Café* erwarben sie hastig den fettesten Kuchen, den sie finden konnten, dann ging es weiter, in die St Marys' Lane, wo ein von Grün überwucherter Friedhof und eine Reihe winziger Häuschen einander neugierig gegenüberstanden.

Augustus strebte auf die Nummer 24 zu und berührte zur Sicherheit dreimal den Türrahmen. Er seufzte. Das würde ihm hier auch nichts helfen.

Er klopfte.

Nichts.

Er klopfte nochmals. Gray pfiff entzückt, dann begann er, die Klopflaute zu imitieren, täuschend echt und höllisch laut.

»Schh...«, machte Augustus, aber Gray produzierte gnadenlos Klopflaute, bis sich endlich die Tür öffnete. Der Flur dahinter war dunkel und voller seltsamer Winkel und Formen, und dazwischen stand jemand, der im Halblicht am ehesten an ein Wildschwein im Schlafanzug erinnerte. Ein schlecht gelauntes Wildschwein im Schlafanzug.

»Was zum Teufel...«, grunzte das Wildschwein.

Ein Schwall abgestandener Luft voller unsäglicher Gerüche schwappte auf Augustus zu.

Er zählte in Gedanken bis drei und hielt die Stellung.

»Hi Kenny! Ich bin's, Augustus. Ich hab dir einen Kuchen mitgebracht!«

»Hey Stinker!«, tönte Gray und fügte zur Sicherheit noch ein paar Klopflaute hinzu.

Augustus schwitzte. *Halt die Klappe, Gray!*

Das Wildschwein grunzte, dann winkte es vage, drehte sich um und verschwand zwischen all den spitzen Ecken und Formen im Dunkel. Augustus holte noch einmal tief Luft, hob den linken Fuß und tauchte mit Todesverachtung in den Flur.

Es war die Hölle.

Regale links und Regale rechts. Regale bis zur Decke.

Regale voller alter Glühbirnen, Computertastaturen, Schreibmaschinen und Coladosen. Regale voller Kataloge und Pfandflaschen und Schoko-Nikoläuse, alles dunkel von Staub und Schlimmerem. Auf dem Boden standen Kochtöpfe und Joghurtbecher, gefüllt mit Schrauben und Kronkorken und Pfandmarken und Gott weiß was noch. Kabel griffen nach Augustus' Armen wie Fühler, leere Plastiktüten strichen um seine Knöchel.

Amazonien war nichts dagegen. Augustus kniff die Augen zusammen und kämpfte sich weiter.

»Kenny?«

Tief drinnen im Haus schepperte etwas.

Chaos! Augustus schwitzte noch mehr. Nur nicht hingucken. Nur nicht darüber nachdenken! Ihm war schlecht vor Konzentration. Sogar Gray schien eingeschüchtert. Er hatte die Federn angelegt und hielt zur Abwechslung den Schnabel.

»Hier entlang, August!«

Einige Schritte vor sich erkannte Huff einen Türrahmen und dahinter etwas Licht. Dort hin – aber wie? Er schob sich vorsichtig an einer armlosen Schaufensterpuppe vorbei. Etwas klirrte zu Boden und setzte eine kleine Kettenreaktion umfallender Dinge in Gang.

Augustus sah nicht hin. Er setzte mit einem mutigen Schritt über eine Kinderbadewanne voller schmutziger Tennisbälle hinweg, dann war er im Wohnzimmer, zu erkennen an einem Sofa, dessen Konturen sich vage unter einer Schicht alter Illustrierter abzeichneten.

Kenny erwartete ihn. Aus der Nähe sah er zwar noch immer borstig aus, wirkte aber doch etwas weniger wild-

schweinartig. Unrasiert. Fett. Überraschend treuherzige kleine Augen. Feine, gestreifte Pyjamahose. Fleckiges T-Shirt. Er knipste eine Lampe an und fegte eine kleine Illustriertenlawine zu Boden.

»Setz dich doch, August!«

Ich steh lieber, wollte Augustus sagen, bis ihm klar wurde, dass er auf etwas Weichem, Nachgiebigem, *Felligem* stand. Er flüchtete sich hinüber zu Kenny und ließ sich behutsam auf einer Sofaecke nieder.

»Du bist wirklich gekommen! Hätte ich nicht gedacht, Mann!« Kenny sah ihn gerührt von schräg oben an. Augustus hatte ein schlechtes Gewissen, weil er nicht gerade wegen der gastlichen Atmosphäre hier aufgetaucht war. Er übergab den Kuchen.

»*Fitzbillies*, oder? Mann, der bekommt einen Ehrenplatz!«

Zwei, drei schnelle Bissen, und der Kuchen war weg. Kenny musterte die leere Schachtel zärtlich, bahnte sich graziös einen Weg zwischen Teppichrollen und leeren Obstkartons hindurch und setzte die Schachtel vorsichtig auf dem Fensterbrett ab, wo Legionen anderer Kuchenschachteln ihren neuen Kameraden etwas muffig begrüßten. Huff hielt krampfhaft die Hände auf den Knien – bloß nichts anfassen! Er war froh, dass er noch nicht richtig gefrühstückt hatte!

»Kann ich dir was anbieten?«, fragte Kenny, so als hätte er seine Gedanken gelesen.

Bloß nicht! Augustus schüttelte entschlossen den Kopf.

Kenny fuhr sich durch die borstigen Haare. »Entschuldige, dass ich vorhin an der Tür so kurz angebunden war.

Wollte gerade ins Bett. War nicht mehr richtig wach. Lange Nacht. Aber ich freu mich, dass du da bist, Mann!«

Huff lächelte verlegen. Er hatte Kenny bei einer Studie kennengelernt – er war der Typ, der enthusiastisch Fragebögen ausfüllte, Tests machte oder Pillen schluckte, und Augustus, der die Studie leitete, hatte ihn gemocht. Irgendwie schräg. Irgendwie verletzend offen. Und deutlich intelligenter, als es auf den ersten Blick den Anschein hatte. Kenny arbeitete als Nachtwächter und hatte tagsüber meistens Zeit, und so hatte Augustus ihn noch für zwei, drei andere Studien rekrutiert. Und dann waren sie sich an einem schneidend kalten Silvesterabend buchstäblich in die Arme gelaufen. Es stellte sich heraus, dass sie beide nichts für den Abend geplant hatten. Sie landeten in einem Pub. Und dann in noch einem Pub. Die Uhr schlug zwölf, Böller knallten, die Leute draußen auf der Straße umhalsten sich, und Kenny war so betrunken, dass er kaum noch stehen konnte. Augustus hatte ihn nach Hause gebracht. In *dieses* Haus voller verwahrloster, verdorbener, verwilderter Dinge! Schauderhaft! Im Zuge dieser mehr feuchten als fröhlichen Angelegenheit hatte Augustus zufällig auch erfahren, *wo* Kenny als Nachtwächter arbeitete: im Leichenschauhaus. *Ich könnte dir Sachen erzählen, Mann!*

Deswegen war Augustus hier, deswegen hatte er den Horror der verwilderten Dinge auf sich genommen: Er wollte etwas über Elliot erzählt bekommen. Nur: wie sollte er es anstellen, ohne dass der sensible Kenny herausfand, dass dies kein reiner Höflichkeitsbesuch war?

Gray, der trotz der bizarren Umgebung zu seinem üb-

lichen aufgeplusterten Selbst zurückgefunden hatte, kam ihm zu Hilfe.

»Stinker! Stinker! Die Trauben kannst du dir abschminken.«

Kenny war entzückt. »Mann, ist der süß! Mann, der kann ja sprechen!«

Er kam näher, unangenehm nah, und streckte eine kräftige, dickliche Hand nach Gray aus.

»Der passt zu dir! Hätte mir fast denken können, dass du einen Vogel hast!«

Augustus versuchte, dies nicht persönlich zu nehmen.

»Das ist nicht meiner. Ich pass nur auf ihn auf. Einer meiner Studenten ist verunglückt. Elliot Fairbanks.«

Augustus ließ sich den Namen von der Zunge zappeln wie einen Köder.

Kenny biss an. »Fairbanks, warte mal, Fairbanks? Mann, den kenn ich! Blond, stimmt's? Mann, stell dir vor, ich war da, als er eingeliefert wurde!« Er wedelte aufgeregt mit den Armen und kam dabei noch näher. Augustus und Gray hielten sehr still.

»Tatsächlich?« Augustus versuchte, gleichgültig zu klingen – gleichgültig und betroffen zugleich. Gar keine so einfache Aufgabe. »Was ist da eigentlich genau passiert? Ich weiß nur, dass es ein Unfall war.«

»Unfall? Das kannst du laut sagen! Von vorne sah er eigentlich noch ganz normal aus, aber von der Seite – total zermatscht!« Kenny klatschte die Hände zusammen. Gray machte sich dünn und versteckte sich hinter Augustus' Ohr, so gut es eben ging.

»Zermatscht«, quäkte er.

Kenny gurrte. »Keine Angst, Vögelchen. Papa Kenny tut dir nichts! Magst du was fressen? Warte, ich sehe mal, ob ich was Schönes für dich hab.«

Er schickte sich an, in den Kisten zu seinen Füßen herumzuwühlen. Augustus drehte sich der Magen um.

»Weißt du, um wie viel Uhr sie ihn gefunden haben?«

»Wen?«

»Elliot Fairbanks!«

»Ach so!« Kenny ließ von den Kisten ab und kniff die Augen zusammen. »Warte mal, eingeliefert haben sie ihn um halb sechs. Ganz frisch, so frisch kommen sie selten. Der Porter vom Clare College hat ihn gefunden. Hat einen Schrei gehört, weißt du, und bam, da lag er. Hat dann gleich den Notarzt gerufen, aber natürlich war da nichts mehr zu machen.«

»Dann ist er so gegen fünf gefallen?«

»Halb fünf, fünf.« Kenny zuckte mit den Achseln. »Hey, Vögelchen!«

»Hey, Stinker!«, tönte es hinter Augustus' linkem Ohr hervor.

Fünf Uhr morgens also. Schon hell. Doch keine Sommernacht für Elliot, eher ein Sonnenaufgang, vermutlich rosig und morgennebelig und von dort oben aus ganz und gar spektakulär. Ein bisschen spät für eine nächtliche Klettertour. Da hatte Elliot damit rechnen müssen, dass er beim Abstieg gesehen wurde – und dann vermutlich endgültig von der Universität flog! Was hatte ihn dazu bewogen, um diese Zeit auf der Kapelle herumzuturnen?

Kenny kicherte. »Höflich ist er ja nicht!«

Augustus gab es auf, den Nonchalanten zu spielen, und

zog den kichernden Kenny mit spitzen Fingern herunter aufs Sofa. Illustrierte raschelten, Federn ächzten.

»Hör mal, Kenny, das ist wichtig. Ich bin sein Tutor, weißt du? Sein Vertrauenslehrer. *War* sein Tutor. Wahrscheinlich muss ich bald mit den Angehörigen sprechen, und je mehr ich weiß, desto, äh, schonender kann ich...« Augustus brach ab.

»Ach du Scheiße!«, sagte Kenny.

»Ach du Scheiße!«, wiederholte Gray und versetzte den korpulenten Mann damit erneut in Entzücken.

Kenny grinste und wackelte mit dem kleinen Finger in Grays Richtung.

»Viel weiß ich auch nicht!«

»Todesursache?«

»Gefallen eben. Zermatscht.«

»Total zermatscht!«, bekräftigte Gray.

»Ist das das Ergebnis der Obduktion?«

Kenny schüttelte den Kopf. »Kein Ergebnis. Noch nicht. Die Obduktion findet erst heute statt, gerade...« Seine Augen suchten nach der kaputten Uhr, die schräg an der Wand lehnte und alles Mögliche anzeigte – Gleichgültigkeit, mangelndes Hygienebewusstsein und schlechten Geschmack –, nur nicht die Zeit. »Gerade jetzt!«

»Aha«, sagte Augustus enttäuscht. Er hatte gehofft, etwas mehr über die Leiche erfahren zu können. »Sonst noch was?«

Kenny fuhr sich durch die Borstenhaare und überlegte. »Warte mal. Warte mal. Ach so: das Inventar seiner Kleidung – das hab ich gemacht.«

»Und?« Gespannt lehnte Augustus sich vor und vergaß

für einen Moment alle Vorsicht. Seine Finger streiften das Sofa und berührten etwas Klebriges. Igitt!

Kenny verengte die Augen wieder zu Schlitzen. »Hose. T-Shirt. Jacke. Teure Unterwäsche.«

»Schuhe?«, fragte Augustus.

»So komische Gummischuhe.«

Kletterschuhe also!

»Was für eine Hose?« Augustus kämpfte gegen ein überwältigendes Händewaschbedürfnis an.

»Hose eben. Schwarz, glaube ich.« Kenny zuckte mit den Achseln. Augustus sah, dass ihm das Thema langweilig wurde. »Glaubst du nicht, dass das den Angehörigen egal...«

Augustus unterbrach ihn. »Gibt es Fotos? Ich meine, haben sie Fotos gemacht, bevor...« Hoffentlich klang das jetzt nicht pervers!

»Natürlich. Routine.« Kenny blickte ihn zweifelnd an.

»Könnte ich... ich meine: Könntest du mir... Es würde mir wirklich helfen, diese Fotos zu sehen. Dann... äh, dann kann ich den Eltern sagen, dass er einen friedlichen Gesichtsausdruck hatte oder so.« Augustus' Hände kribbelten. Er schwitzte wieder.

Kenny sah ihn mitfühlend an. »Ich könnte heute Nacht Kopien machen. Ist ja sonst nichts los! Nicht ganz koscher, aber ganz ehrlich: Wen interessiert's? Solange du sie niemand anderem zeigst...«

»Das wäre toll!« Augustus sah Kenny mit echter Dankbarkeit an. »Versprochen!«

Er stand auf und wischte sich die Hände an der Hose ab. Wischte und wischte.

»Ich muss gehen, Kenny. Ich habe einen Termin. Wollte nur kurz vorbeischauen und dir den Kuchen bringen.«

Kenny nickte, gähnte und kratzte sich am Bauch, alles gleichzeitig. »Ich begleite dich zur Tür.«

Irgendwie schafften sie es den Flur entlang. Kenny öffnete und wackelte erneut mit dem Finger in Richtung Vogel.

»Ich besorg dir die Bilder. Tschüss, Vögelchen! War ein komischer Typ, dieser Fairbanks, oder?«

Augustus, dessen linker Fuß schon über der Schwelle schwebte, stutzte.

»Wie kommst du denn darauf?«

»Na, er hatte komische Sachen in den Taschen. Irgendwelche Samen. Und kein Telefon. So viel weiß ich: Leute ohne Handy sind immer komisch. Ich hab kein Handy.« Kenny grinste schief.

»Bad romance«, flötete Gray.

Huff rettete sich mit einem entschlossenen Schritt über die Schwelle, vermied geschickt einen Händedruck und wich in letzter Sekunde einer Umarmung aus.

»Tschüss, Kenny. Bis bald!«

»Tschüss, August!« Kenny winkte.

Als Augustus sich am Ende der Straße umdrehte, stand Kenny noch immer im Türrahmen, in der Entfernung nun wieder wildschweinähnlicher, und winkte ihnen beharrlich nach.

»Stinker«, kommentierte Gray.

»Vielleicht«, sagte Augustus. »Aber er kann nicht wirklich was dafür. Manchmal ... manchmal kann man nicht anders. Psychologische Probleme, weißt du?«

Moment mal – sprach er gerade mit Gray über psychologische Probleme? Apropos Probleme – wenn er sich nicht bald irgendwo die Hände waschen konnte… Augustus hastete an *Fitzbillies* vorbei die Straße hinauf, wo die sanitären Einrichtungen eines Einkaufszentrums winkten.

»Psychologische Probleme«, wiederholte Gray nachdenklich.

Na großartig! Jetzt lief er nicht einfach mit einem Vogel durch die Gegend, sondern mit einem Vogel, der »psychologische Probleme« krächzte. Deutlicher ging es kaum noch! Augustus überlegte, ob er vielleicht noch in Narrenkappe und Zwangsweste investieren sollte, und wäre fast von einem Auto überfahren worden, das aus der Tiefgarage des Shopping-Centers kam.

Auf der Rolltreppe dachte er über die Wörter nach, die Gray gelernt hatte, seit er ihn als offiziellen temporären Halter hatte:

Psychologische Probleme.
Konsequenzen.
Total zermatscht.
Ach du Scheiße.

Das sprach wirklich Bände.

Dem gegenüber standen Wörter, die Gray von Elliot geerbt hatte:

Halt den Schnabel.
Nimm ne Nuss.
Kekse.
Danke.
Bitte.

Herein.

Alles in Elliots wunderschön klarem Akzent – das vernünftige Vokabular eines gebildeten Papageis.

Doch wenn er genauer darüber nachdachte, gab es auch Wörter, bei denen sich Elliots schöner Akzent nicht durchgesetzt hatte. Das *Sorry* klang geschnorrt, *Spiel das Spiel* und *Die Trauben kannst du dir abschminken* waren geradezu proletarisch. Auch der Tonfall war anders, höhnisch und verschlagen und irgendwie durch und durch unangenehm. War Elliot so etwas wie eine gespaltene Persönlichkeit gewesen? Ein Elliot, der sich fein ausdrückte und mustergültig seine Studien absolvierte, und ein zweiter, gröberer, der auf Dächern herumkletterte und Leute ausspionierte. Elliot-Jekyll und Elliot-Hyde? Zwei Seelen, ach? Hatte diese zweite Seele Elliot in Schwierigkeiten gebracht?

Es war zumindest eine Theorie.

Augustus erreichte die Herrentoilette und wusch sich nach Herzenslust die Hände, so lange, bis ihm auffiel, dass der Mann, der sich neben ihm die Zähne putzte, angefangen hatte, komisch zu gucken. Er drehte dem Mann mit tropfenden Händen den Rücken zu. Keine Papierhandtücher. Augustus bevorzugte Papierhandtücher, ließ sich aber wohl oder übel von dem elektronischen Händetrockner trockenblasen. Gray fürchtete sich vor dem Gerät und erkletterte Augustus' Kopf, um so viel Distanz wie möglich zwischen sich und die warme Luft zu bringen.

Jetzt guckte der Mann erst recht.

Augustus flüchtete mit Papagei auf dem Kopf aus der Herrentoilette und wäre dabei fast mit einem Typen im

Streifenhemd zusammengestoßen. Der Gestreifte verschwand in einer Kabine, und Augustus stutzte. Woher kannte er den Typen? Eine Konferenz? Ein Dinner? Dann wusste er plötzlich, wo er den Streifenmann schon einmal gesehen hatte: auf einem Foto. In Schwarz-Weiß. Ohne Streifenhemd, ja, ohne jegliche Kleidung, in den Armen einer üppigen, ebenfalls unbekleideten Brünetten. Der Typ war einer von den Leuten auf den Fotos! Wenn Augustus herausfand, wer das war…

Aber wie? Er konnte schlecht einfach zurück in die Toilette spazieren und den Mann nach seinem Namen fragen! Vielleicht ließ er sich irgendwie in ein Gespräch verwickeln, und dann…

Noch während Augustus überlegte, tauchte der Gestreifte wieder auf – offensichtlich hatte er sich nicht lange mit Händewaschen aufgehalten. Augustus erntete erneut einen irritierten Blick, vermutlich weil er mit offenem Mund und Papagei auf dem Kopf vor der Herrentoilette herumhing, dann war der Typ an ihm vorbei und steuerte auf *John Lewis* zu.

Augustus hinterher.

In dem Kaufhaus marschierte der Mann schnurstracks durch die Elektronikabteilung und nahm die Rolltreppe Richtung Bekleidung.

»Ga-Ga-uhh-la-laaa.« Gray mochte die Rolltreppe. Augustus versuchte, genügend Abstand zu halten, ohne den Gestreiften aus den Augen zu verlieren. Der Mann hielt bei den Schuhen inne, wählte ein Paar Turnschuhe und probierte. Augustus und Gray heuchelten nebenan Interesse für Herrenunterwäsche.

Der Streifentyp erwies sich als wählerischer Schuhkäufer, probierte ein zweites Paar, ein drittes, schließlich ein viertes. Augustus ging langsam die Unterwäsche aus. Beim Schnüren des vierten Paares sah Augustus etwas am Finger des Gestreiften blitzen. Ein Ring! Ein Ehering? Augustus vermutete, dass die Brünette auf dem Bild keinen Ehering trug – oder zumindest nicht den dazugehörigen!

»Kann ich Ihnen vielleicht helfen?«

Ein Verkäufer hatte sich von hinten angeschlichen und blinzelte Augustus durch dicke Brillengläser hilfsbereit an.

»Äh«, sagte Augustus, der gerade rote Boxershorts von enormem Ausmaß in der Hand hielt. »Äh, danke, ich glaube, ich komme zurecht.«

»Nimm ne Nuss!«, sagte Gray großzügig.

Der Verkäufer blinzelte noch heftiger und trat den Rückzug an.

Als Augustus sich wieder umdrehte, war der Gestreifte verschwunden. Wohin? Zur Kasse? Nein – auch das vierte Paar Schuhe schien die Erwartungen des Mannes nicht erfüllt zu haben. Augustus hetzte zurück zur Rolltreppe und sah gerade noch ein verdächtiges Beinpaar nach oben verschwinden.

»Ga-ga-uh-la-laa.«

Im Erdgeschoss probierte der Mann Aftershaves und schnupperte an Duftkerzen, während sich um Augustus und Gray eine Traube entzückt gurrender Kosmetikverkäuferinnen scharte.

»Ach, ist der hübsch!«

»Kann der sprechen?«

»Lorchen, wo ist das Lorchen?«

Augustus war mit den Nerven am Ende. Beschatten mit Papagei – ein Albtraum!

Der Gestreifte, der sie wie durch ein Wunder noch immer nicht entdeckt hatte, kam mit einer Tüte von der Kasse zurück und marschierte zielstrebig an Augustus vorbei Richtung Ausgang. Er war mit den Gedanken eindeutig ganz woanders. Wo? Bei der Brünetten? Bei Erpresserbriefen? Oder gar bei einem Mord, den er vor zwei Tagen begangen hatte?

Der Mann verschwand in Richtung Tiefgarage, und Augustus ging schneller, um nicht abgehängt zu werden. Als er sich der nächsten Biegung näherte, hörte er eine Stimme, aufgeregt, aber gedämpft. Kurz vor der Ecke blieb er stehen und lauschte.

Ja, jemand sprach, abgehackt und mit langen Pausen, hauptsächlich waren »ja« und »nein« zu hören und ab und zu ein beschwörendes »Darling«.

Augustus äugte um die Ecke. Genau, wie er gedacht hatte: der Streifenmann am Telefon! Eine unvorteilhafte Röte hatte sich über sein Gesicht und seinen Hals ausgebreitet. Die Hand, die nicht mit dem Telefon beschäftigt war, öffnete und schloss sich nervös. Eine kräftige Hand, dachte Augustus.

»Aber ich sage dir doch, ich muss zum Training.«

Augustus spitzte die Ohren. Was für ein Training? Hoffentlich hielt Gray noch ein paar Minuten lang die Klappe!

»Morgen, Darling, ich verspreche es dir, morgen! Darling, du weißt doch, wir haben da dieses wichtige...«

In diesem Augenblick klingelte Augustus' Handy.

Der Typ blickte auf und sah Augustus und Gray ein-

trächtig um die Ecke äugen. Im nächsten Moment kam er auf sie zu, noch immer rotgesichtig, die nervöse freie Hand zur Faust geballt.

»He, du Komiker!«

»Psychologische Probleme!«, erklärte Gray.

Der Gestreifte hatte das Handy gesenkt, und Augustus hörte eine Stimme aus dem Hörer quäken. »Michael? Michael, was soll...«

Eine Männerstimme.

Auf einmal war der Gestreifte nur noch einen Schritt weit entfernt. Augustus machte kehrt und rannte.

4. Nimm ne Nuss

Erst als er sich sicher war, dass er den Streifentypen endgültig abgehängt hatte, blieb Augustus stehen. Sein Herz klopfte, nicht so sehr vom Rennen als vielmehr vor Aufregung. Seine linke Schulter schmerzte, dort, wo sich Grays Krallen während der wilden Jagd durch die Jacke gebohrt hatten. Und am allerschlimmsten: Er hatte keine Ahnung, mit welchem Fuß er losgerannt war. Das konnte nichts Gutes bedeuten!

Augustus glitt in einen Instrumentenladen – bei dem ganzen Krach dort drinnen würde Gray sicher nicht weiter auffallen – und hielt durch das Schaufenster nach seinem Verfolger Ausschau. Nichts. Der Gestreifte hatte sich im Parkhaus noch wacker geschlagen, war draußen auf der Straße aber gegen eine Frau mit Einkaufstüten geprallt und schien nun nach einigen geschickt gewählten Haken und Richtungswechseln erfolgreich abgehängt.

Michael hieß er also, nannte jemanden mit Baritonstimme »Darling« und war eindeutig hitzköpfig und gewaltbereit. War das vielleicht schon so etwas wie ein Ermittlungserfolg? Augustus machte sich nichts vor: Seine erste Beschattungsaktion war zu einem unrühmlichen Ende gekommen. Was für eine Pleite! Detektive in Büchern und Filmen flüchteten nie vor ihren Beobachtungs-

objekten in Instrumentenläden. Streng genommen flüchteten sie überhaupt nicht!

Augustus dagegen war mit den praktischen Aspekten seiner Untersuchung vollkommen überfordert. Er brauchte Struktur! Er brauchte Methode! Und er brauchte endlich ein Frühstück!

Er verließ den Laden, bevor Gray einen neuen Song aufschnappen konnte, und ging zurück zum Marktplatz. Von dort aus stapfte er gedankenverloren weiter, eine kleine Gasse entlang zu dem Studentencafé neben dem *Haunted Bookshop*. Es ging schon auf elf Uhr zu, die Studenten büffelten, und Augustus war der einzige Kunde. Die Bedienung sah etwas ungehalten von ihrem Buch auf, aber ihre Stimmung verbesserte sich schlagartig, als sie Gray entdeckte. Augustus bestellte Kaffee, Rührei und Toast und setzte sich an den Ecktisch am Fenster. Sonne fiel in die schmale Gasse. Draußen summten motivierte Hummeln vorbei. Augustus entspannte sich etwas, und Gray erkletterte wieder seinen Kopf, um besser aus dem Fenster sehen zu können. Der Kaffee kam schneller als erwartet, begleitet von grünen Augen, dunklem Kraushaar und einem lockenden Hüftschwung. Das Mädchen brachte Rührei, plauderte mit Gray und zwinkerte Augustus zu. Beim Servieren berührte sie sein Handgelenk. Zufall? Ein Versehen? Kaum. Kein Zweifel: Die kraushaarige Bedienung flirtete. Mit Gray? Mit Augustus? Mit ihnen beiden? Hatte Gray öfter so eine Wirkung auf Frauen? Hatte Elliot das ausgenutzt? Und: Sollte Augustus es vielleicht auch ausnutzen?

Noch bevor er zu einem Schluss kommen konnte, war die Bedienung zurück, diesmal mit einem Teller voller

Kiwistückchen, Bananenscheiben und Trauben für Gray. Sie stützte sich mit einer Hand auf den Tisch. Sie beugte sich vor. Sie erzählte von ihrem Wellensittich. Von ihrem Buch, dem »Herz der Finsternis«. War er an der Uni? Interessierte er sich auch für Literatur?

Augustus lächelte und kontemplierte die Stelle am Schlüsselbein, wo sommersprossige Haut in einem grünen Tanktop verschwand.

Dann plötzlich Stille. Hatte sie ihn etwas gefragt? Ihre Blicke trafen sich.

»Die Trauben kannst du dir abschminken!«, kommentierte Gray.

Das Mädchen warf den Kopf in den Nacken und lachte. Augustus wurde rot.

Im Hinterzimmer klingelte ein Telefon, und die Servierin löste sich widerwillig von seinem Tisch. Augustus machte sich halb enttäuscht, halb erleichtert über sein Rührei her. Erst beim Essen merkte er, was für einen Hunger er hatte. Er schaufelte Ei in sich hinein und überlegte dabei, was er bisher für seine Theorie getan hatte: nicht viel, so viel stand fest. Michael von dem Schwarz-Weiß-Foto steckte vermutlich in einem Interessenkonflikt zwischen einer üppigen Brünetten und einem Darling mit Baritonstimme. Erpressbar? Wahrscheinlich. Reizbar? Sicher. Aber ein Mörder?

Der nervenaufreibende Besuch bei Kenny hatte auch nichts Sensationelles zutage gefördert: Sonnenblumenkerne in der Hosentasche, teure Unterwäsche und kein Handy. Nicht gerade weltbewegend. Sherlock Holmes mochte aus so was eine lückenlose Kausalkette stricken,

Augustus Huff aber war weit davon entfernt, sich darauf einen Reim machen zu können. Relevant? Vielleicht – vielleicht aber auch nicht.

Er war mit dem Rührei fertig und konfiszierte verstohlen drei von Grays Trauben als Nachtisch. Immerhin wusste er nun, wann Elliot gefallen war – und er konnte mit dem Porter sprechen, der die Leiche gefunden hatte. Doch wenn er ehrlich war – viel erhoffte er sich davon nicht. So ging es nicht weiter! Er konnte stundenlang in Gebüschen hocken und Leuten wie Michael nachspionieren, aber diese Dinge waren nicht gerade seine Stärke. Was *war* seine Stärke?

Gedankenpfade!

Es war der Titel des Buches, das Augustus nach seiner Amazonas-Expedition geschrieben hatte – und das ihm den Weg nach Cambridge geebnet hatte. Wenn er das Rätsel um Elliot lösen wollte – oder wenigstens zeigen, dass es wirklich so etwas wie ein Rätsel gab –, musste er auch hier Gedankenpfaden folgen.

Einen Moment lang schloss er die Augen und suchte nach einem Weg, der ihn weiterbrachte.

Dunkel.

Beruhigend, dann beunruhigend.

In der Dunkelheit Gänge nach allen Seiten, Möglichkeiten, Wahrscheinlichkeiten, Wünsche. Vollgestopft mit Dingen. Hier war sein Geheimnis: In seinem Inneren sah es genauso aus wie bei Kenny. Nichts hatte seinen Platz. Nichts wurde weggeworfen. Deswegen brauchte er die Ordnung auf dem Schreibtisch. Die Ordnung auf dem Schreibtisch sorgte dafür, dass das Dickicht von Dingen *drinnen* blieb.

Augustus tastete sich durch ein Unterholz von Bedeutungen. Dazwischen dann und wann ein hell erleuchteter Innenhof. Jeder kannte die Innenhöfe. Die Innenhöfe waren zu naheliegend. Augustus mied sie. Woher? Wohin? Bilder an den Wänden: sein Schreibtisch, sein Nachttisch, Briefbeschwerer, beruhigend solide, dann sein Bett im grellen Licht. Die Seite acht und die vierundzwanzig, lauernd und drohend im Schatten, die drei, ein lockendes, unstetes Licht. Spiegel, in denen er sich nicht sehen konnte, Handwaschbecken, glücklicherweise, und immer wieder die schrecklichen Schwarz-Weiß-Fotos. Nichts mehr davon! Weiter! Weiter mit links! Augustus tastete sich voran: ein Teppich, ein Käfig und dann auf einmal, überraschend real und überirdisch schön, der Gobelin in Elliots Zimmer. Der Edelmann zu Pferde. Der Falke mit strengem Blick. Unerforschlich, und doch… Hier war etwas, das ihn weiterbringen konnte, etwas, das gesehen werden wollte. Gesehen werden musste! Elliot hatte einen Grund gehabt, sich diesen unschätzbaren Gobelin an die Wand zu hängen. Angeberei? Sicher. Trotzdem musste der Wandbehang ihm auch etwas bedeutet haben.

Elliot!

Es gab nur eine Person, deren Gedankenpfade Augustus zuverlässig zur Tat führen würden – todsicher sozusagen: das Opfer! Das Opfer war der Schlüssel! Alles andere war Spekulation, nützlich, aber fragwürdig, doch Elliots Tod war ein Fakt! Augustus konnte noch Wochen damit verbringen, mutmaßlichen Mördern auf Schwarz-Weiß-Fotos nachzuspüren, aber vermutlich verschwendete er damit nur seine Zeit. Er musste Elliot verstehen lernen, post-

hum sozusagen, herauszufinden, was ihn bewegt und berührt hatte und was er so früh am Morgen auf der Kapelle gesucht hatte. Warum war er das Risiko eingegangen, nach Tagesanbruch auf den Zinnen herumzuklettern? Solange Augustus Elliot nicht verstand, tappte er im Dunkeln!

Als er die Augen wieder öffnete, saß ihm ein bärtiger Mann gegenüber.

Augustus fuhr zusammen. Höchst ungehörig! Was suchte der Typ an seinem Tisch? Es waren doch genügend andere Plätze frei!

»Komischer Vogel!«, sagte der Bärtige und schlürfte geräuschvoll Kaffee.

»Äh...« Augustus überlegte, was er darauf erwidern sollte.

»Huff«, erklärte Gray entschuldigend. »Bad romance.«

Der Mann lachte, und Gray stimmte ein, ein helles, ironisches Lachen. Elliots Lachen.

»Man kann sie sich nicht immer aussuchen«, sagte der Bärtige, als er mit dem Lachen fertig war, und schlürfte.

»Konsequenzen«, warnte Gray.

»Äh«, sagte Augustus wieder. Allmählich wurde ihm klar, dass der Mann gar nicht mit ihm redete, sondern über ihn. Die beiden führten ein Gespräch über seinen Kopf hinweg!

»Nimm ne Nuss!«, sagte Gray großzügig.

Der Typ lachte wieder sein bärtiges Lachen und streckte die Hand nach Gray aus. Augustus duckte sich.

Im nächsten Augenblick hatte der Bärtige seine Hand wieder zurückgezogen, und Gray keckerte entzückt.

Ga-ga-uh-la-laa!

Blut! Ein Finger blutete! Oh Gott, auch das noch! War Augustus haftbar?

»Entschuldigung«, sagte er. Zum ersten Mal schien der Mann ihn zu bemerken.

»Oh, selber schuld, selber schuld«, murmelte er und saugte an dem blutenden Finger. »Ich hatte früher selber einen, aber man vergisst nur zu leicht, was das für raffinierte kleine Biester sein können!«

»Er macht das sonst nie«, sagte Augustus. Stimmte das? Vielleicht war Gray ja ein berüchtigter Beißer?

Der Bärtige tippte sich mit dem blutigen Finger an die Stirn. »Intelligent, aber hier drinnen total verkorkst. Sie gehören hier eigentlich nicht her!«

»Hmm«, murmelte Augustus. Sprach der Typ jetzt wieder über ihn? Er hatte das Gefühl, dass er etwas zu Grays Verteidigung sagen sollte, aber ihm fiel nichts ein.

Der Bärtige, Blut an der Stirn, stand auf und ging, noch immer an seinem Finger saugend, davon. Er hinterließ eine halbleere Tasse und einen hellroten Blutstropfen auf dem weißen Tisch. Augustus war schlecht. Er klemmte eine Banknote unter seinen Teller, stand auf und wankte nach draußen.

Holy shit! Was war das denn gewesen? Hatte der Vogel das absichtlich getan? Und warum? Der Bärtige hatte doch eigentlich einen ganz freundlichen Eindruck gemacht! Schlimmer noch – Augustus hatte das Gefühl, dass Gray dem Typen mit seinem friedlichen Geplapper gezielt eine Falle gestellt hatte! Konnten Papageien so etwas? Hatte Elliot ihm *beigebracht*, so etwas zu tun? Was hatte er ihm sonst noch beigebracht?

Augustus sah sich nervös um. Wohin jetzt? Links oder rechts? Zurück zu den fotowütigen Touristen auf dem Marktplatz? Oder weiter zur King's Parade – mit hervorragendem Blick auf die Kapelle? Keine der beiden Möglichkeiten erschien ihm im Augenblick besonders attraktiv. Im nächsten Moment bog eine spanische Schulklasse um die Ecke, voran der Lehrer, vertieft in seinen Reiseführer, dahinter eine amorphe Masse palavernder Schüler.

Bevor sie Gray entdecken konnten, tauchte Augustus im *Haunted Bookshop* unter. Ein Glöckchen verkündete seine Ankunft. Draußen rollten die spanischen Schüler vorbei wie eine Naturgewalt. Dann Stille. Augustus sah sich um. Obwohl er schon über zwei Jahre in Cambridge lebte, hatte er sich noch nie in diese Buchhandlung getraut – nicht etwa wegen der Spukgeschichten, sondern der Bücher wegen.

Alte Bücher. *Gebraucht.* Gebrauchte Bücher machten ihn nervös, nicht nur der Bakterien und der vielen schmutzigen Hände wegen, die sich in der Vergangenheit vermutlich an ihnen vergriffen hatten, sondern auch, weil diese Bücher so etwas wie Erfahrung besaßen – Erfahrung mit dem Gelesen-Werden. Selbstbewusste, resolute Bücher, die sich ihrer Wirkung voll bewusst waren, die Augustus vielleicht mit früheren Lesern verglichen, klügeren, einsichtigeren, als er je sein würde. Das war natürlich alles Unsinn, hinderte ihn aber nicht daran, sich in Gegenwart so vieler belesener Bücher mulmig zu fühlen.

Der *Haunted Bookshop* bestätigte seine schlimmsten Vorurteile: ein unordentliches Gewimmel arroganter Bücher, klaustrophobisch niedrige Decke, abgewetzter Teppich,

Risse im Gemäuer. Die Touristen fanden das sicher romantisch. Augustus schauderte. Wenigstens war sonst niemand hier. Der Stuhl hinter der Kasse blieb leer, obwohl Gray mehrmals hilfreich den hellen Glockenton wiederholte.

Augustus' Blick schweifte ziellos über die Buchrücken. Er würde nur abwarten, bis die Spanier in sicherer Entfernung waren, dann ...

Wieder erklang der Glockenton, aber diesmal kam er nicht von Gray.

Das kraushaarige Mädchen vom Café nebenan hatte den Laden betreten, kam zielstrebig auf Augustus zu und blieb neben ihm stehen. Hatte er etwa nicht gezahlt? Unmöglich. Augustus zahlte immer. Und er sperrte ab! Gemeinsam starrten sie einen Moment lang auf das Regal.

»Hi«, sagte das Mädchen. »Du bist der Typ mit Papagei.«

Das war schwer zu leugnen.

»Augustus«, sagte Augustus.

»Philomene.«

Augustus streckte schon halb die Hand zum Schütteln aus, kam sich dann aber blöd vor und deutete stattdessen auf die Wand zum Café.

»Solltest du nicht...?«

Sie schüttelte den Kopf. Ihre feinen Haare schienen im Halblicht des bespukten Buchladens zu knistern. »Hab abgesperrt. Nur für ein paar Minuten. Momentan ist sowieso tote Hose.«

Etwas an der Art, wie sie »tote Hose« sagte, ließ ihn erröten.

Sie schwiegen. Augustus starrte grimmig entschlossen auf einen der abgegriffenen Buchrücken. *Hamlet.* Ausgerechnet.

»Cool«, sagte das Mädchen. »Hast du das gelesen?«

Er schüttelte stumm den Kopf und blickte zu Boden, auf den roten Teppich, wo Generationen bibliophiler Gespensterfreunde kahle Stellen hinterlassen hatten.

»Psychologische Probleme«, erklärte Gray belesen.

Philomene lachte. »Das fasst's ganz gut zusammen, finde ich.« Sie zögerte. »Meine Freundin hat mir von dir erzählt. Ivy. Die ohne ...« Ihre Hand vollführte einen seltsamen kleinen Kreis.

Augustus vergaß den Teppich und blinzelte verdutzt. Ivy? Er kannte keine Ivy! Das Mädchen schien seinen überraschten Blick als Schreck zu deuten und legte ihm in einer beruhigenden, für seinen Geschmack zu vertraulichen Geste die Hand auf den Arm.

»Keine Angst. Alles cool. Nur ... wenn du noch jemanden brauchst ...«

»Jemanden brauchst?«, wiederholte Augustus dümmlich.

»Für deine Studie.« Sie zwinkerte ihm zu. »Kein Problem für mich. Alles cool. Du gefällst mir sowieso.«

Augustus errötete noch mehr.

»Ich, äh ...«

»Morgen Abend? Ich hab morgen Abend frei ...«

»Morgen Abend?« Verdammt, er wurde Gray immer ähnlicher!

Das Mädchen las seine Verwirrung als Zustimmung und strahlte. »Super. Um acht? Wo soll ich hin? Und wie viel, wenn ich fragen darf? Ich ... ich würde sonst nicht so ...

aber ich bin mit der Miete im Rückstand, da kommt mir das ehrlich gesagt wie gerufen.«

»Miete? Wie viel was? Warum...?« Augustus gab es auf, seine Verwirrung überspielen zu wollen. Was zum Teufel sollte am nächsten Abend um acht stattfinden?

Jetzt war auf einmal Philomene dabei, ernsthaft zu erröten. Sie schlug sich eine Hand vor den Mund.

»O Gott«, murmelte sie in die Hand hinein, röter und röter. Augustus sah ihr mit einiger Sympathie dabei zu. »O Gott! Du bist *nicht* der Typ mit Papagei. O Gott, tut mir das leid! Das ist mir so verdammt peinlich!«

Mit zwei, drei langen Schritten war sie aus dem Laden. Das Glöckchen klang. Augustus, der mittlerweile eine gewisse Vorstellung davon hatte, worum es sich handelte, sprintete hinterher.

Er erwischte Philomene, wie sie gerade dabei war, das Café von innen abzusperren, und klopfte an die Glastür. Philomene schüttelte stumm den roten Kopf. Augustus klopfte stur weiter. Er hatte jetzt eine Theorie, und die Theorie war relevant. Hochrelevant.

Wahrscheinlich hätte er vergebens weitergeklopft, hätte nicht Gray, beschwingt von all der Aktivität um ihn her, den Kopf schief gelegt und laut und fordernd »Herein!« gekrächzt. Es folgte der Klopfton, den er bei Kenny gelernt hatte. Dann nochmal: »Herein!«

Philomene hörte auf zu schütteln, dann musste sie plötzlich lachen. Sie zuckte mit den Achseln und sperrte auf.

»Noch einen Kaffee? Aufs Haus?«

Einige Minuten später saß Augustus wieder an dem Ecktisch am Fenster. Ihm gegenüber diesmal kein Bärti-

ger, sondern Philomene, die halb verlegen, halb kokett in ihrem Tee herumrührte und abwechselnd errötete und redete.

Ihre Freundin Ivy hatte ein paar Wochen zuvor einen Typen mit Papagei kennengelernt, mit genau so einem, grau und vorlaut. Der Typ hatte ein bisschen mit ihr geflirtet und sie dann gefragt, ob sie mit auf sein Zimmer kommen wolle, angeblich für eine Studie. Na ja. Und er hatte ihr 500 Pfund angeboten. Ganz locker. 500 Pfund waren eine Menge Geld.

»Für Sex?«, fragte Augustus. Es ging ihm nicht leicht von der Zunge. Jenseits der Fensterscheibe schwebte ein gewaltiger Damenhut vorbei. Das Augenpaar unter dem Hut schien ihn mit vorwurfsvollem Ausdruck zu mustern.

Philomene zuckte wieder mit den Achseln. »Kein richtiger Sex. Hat sie zumindest behauptet. Spielchen. Glaube aber kaum, dass es Monopoly war.«

Das glaubte Augustus auch nicht. Es kam ihm zwar komisch vor, dass ein Schönling wie Elliot für Liebesdienste gezahlt haben sollte, aber wer konnte schon sagen, was für ausgefallene Vorlieben der Student gehabt hatte? Augustus versuchte sich vorzustellen, welche Spielchen Elliot und Philomenes Freundin wohl gespielt hatten. Die ohne ... ja was? Irgendetwas fehlte Ivy. Hemmungen?

»Und da dachtest du ...«

»Ivy hat gesagt, dass es Spaß gemacht hat. Und dass er noch andere ...«, sie schluckte, »... andere Leute sucht.«

Die Röte hatte sich endlich verflüchtigt, und Philomene war jetzt ungewöhnlich bleich. Im Seitenlicht sah sie älter aus, Fältchen um die Augen, Sommersprossen auf der Nase, eine schnurgerade feine Denkfalte auf der Stirn. Kein Mädchen. Eine Frau.

»Es war nicht wirklich das Geld«, sagte sie leise. »Ivy hat es so lustig erzählt... wie ein Abenteuer. Wie... wie etwas, das man einmal im Leben ausprobiert haben sollte. Und ich dumme Kuh hab ihr geglaubt. Es tut mir wirklich leid, dass ich dich... Wusste ja nicht, dass es in Cambridge so viele verdammte Papageien gibt.«

»Es ist derselbe Papagei«, sagte Augustus. »Gray. Nur – ich bin nicht Elliot. Ich habe ihn geerbt. Den Papagei, meine ich. Nicht Elliot. Und«, er senkte die Stimme, »ich bin mir nicht sicher, wie ich ihn wieder von der Schulter bekommen soll.«

Er wollte sie aufheitern, aus ihrer Verlegenheit rütteln. Jetzt, im Nachhinein, fand er die Angelegenheit eigentlich ganz charmant.

Sie grinste. »Im Ernst?«

Augustus seufzte. »Ich kriege ihn nur von der Schulter, wenn ich die Jacke ausziehe, und, ehrlich gesagt, so viele Jacken habe ich nicht.«

Sie lachte, ihr unrühmlicher Ausflug ins Reich der Prostitution war erst einmal vergessen, dann streckte sie die Hand aus und hielt sie, Handfläche nach unten, vor Grays Brust.

»Auf!«, sagte sie.

Ohne Zögern setzte Gray erst einen schuppig-grauen Papageienfuß auf die Hand, dann den zweiten, dann schwebte er auf Philomenes Hand von Augustus' Schulter.

»Braver Vogel«, lobte Philomene.

Gray plusterte sich und warf freche Blicke zurück zu Augustus, der mit offenem Mund dasaß.

»Einfach so?«

»Es ist nicht nur das Kommando«, sagte Philomene. »Man hält die Hand auf Brusthöhe, damit er nach oben klettern kann. Kein Papagei klettert gerne nach unten. Aber das Wichtigste ist, dass man nicht zögert und zittert. Kein bisschen.«

Auf ihrer Hand hob Gray eine gespreizte Vogelkralle wie zum Gruß.

»Hey Huff!«

Augustus winkte zurück, plötzlich blendender Laune.

»Hey Gray!«

Augustus Huff verließ das Café mit links, vielen Papageientipps und einem Zettel, auf dem zwei Telefonnummern standen: Ivys und Philomenes.

★

Als er den Weg zurück zum College einschlug, verflog seine gute Laune. Prostitution! Auch das noch! Wer hätte das gedacht! Vielleicht war Elliot ja wirklich so ein komischer Typ gewesen, wie Kenny dachte! Ungewöhnlich? Auf alle Fälle. Unangepasst? Das auch. Jekyll und Hyde? Ein Streber und ein Monster? Irgendetwas passte hier nicht! In Augustus' Augen war Elliot zu glatt, zu effizient gewesen, um wirklich komisch zu sein. Kenny musste gerade reden! Was hatte er gesagt: kein Handy! Machte ein Ausflug ohne Handy jemanden schon zum Sonderling? Und wo *war* das Handy? Soviel Augustus wusste, war Elliot technologisch vollkommen normal entwickelt gewesen. Vielleicht hatte er sein Telefon für die Klettertour ja einfach in seinem Zimmer gelassen. Vielleicht war es ihm beim Klettern – oder beim Sturz – aus der Tasche gefallen, oder – und diese Variante war eindeutig am interessantesten – vielleicht hatte jemand es *nach dem Sturz* verschwinden lassen? Wann? Warum? Und wer? Der Mörder? Wie konnte jemand, der eben noch oben Elliot von den Zinnen gestoßen hatte, so schnell am Fuße der Kapelle sein – der Porter hatte Elliot doch direkt nach dem Sturz gefunden, »ganz frisch«, wie Kenny es ausgedrückt hatte?

Wenn Elliot sein Handy einfach zurückgelassen hatte, musste es relativ leicht in seinem Zimmer zu finden sein – und wenn nicht, dann war dies wirklich höchst verdächtig! Augustus seufzte. Er wusste genau, was das bedeutete: weitere klammheimliche Expeditionen den langen Gang hinunter, einen krakeelenden Papagei auf der Schulter…

Plötzlich fiel ihm der Anruf ein, der seinem Beschattungsversuch ein jähes Ende bereitet hatte. Wer war das eigentlich gewesen? Er fischte das Gerät aus der Hosentasche, und Gray machte sich an eine neue Interpretation von *Gaga-Uhlalaa*.

Huff öffnete seine Anrufliste. Vier verpasste Anrufe – das konnte nichts Gutes bedeuten! Anderson? Augustus kannte nur einen Anderson: Sir Martin Anderson, Master des Colleges! Der hatte ihn noch nie angerufen. Und jetzt gleich vier Mal! Augustus musste die weiteren drei Anrufe bei seiner überstürzten Flucht vor dem Gestreiften überhört haben. Ein flaues Gefühl machte sich in seiner Magengrube breit. Er drückte sich in einen Hauseingang und rief zurück, bekam aber nur den Besetztton zu hören. Nach-

richten? Nichts vom Master, aber Sybil hatte ihm eine SMS geschickt.

Hey Huff! Geht's dem Kopf besser? Heute Abend Kino? xxx Drei Küsschen. Augustus hatte sofort ein schlechtes Gewissen, halb, weil er haarscharf an Philomenes käuflichen Liebesdiensten vorbeigeschrammt war (nur er selbst wusste, *wie* haarscharf), und halb, weil er selbst nie Küsschen schickte. Nicht einmal ein einzelnes, geschweige denn einen handfesten Trupp von dreien. Unschlüssig starrte er hinunter auf die Nachricht.

Keine Zeit, tippte er dann. *Tut mir leid. Ein andermal.*

Seine Hand schwebte kurz über dem *x*, aber dann tippte er einfach nur *Aug* und schickte die Nachricht ab.

Anschließend ärgerte er sich.

Er *wollte* mit Sybil ins Kino und dann vielleicht ein Bier trinken gehen oder einen Gin Tonic. Er wollte in Ruhe in der Bibliothek sitzen und an seiner Abhandlung arbeiten. Er wollte College Dinner und Diskussionsgruppen. Nichts davon ging mit Papagei! Wie in aller Welt hatte Elliot es nur geschafft, mit diesem Vogel ein halbwegs normales universitäres Leben zu führen?

Die Antwort war natürlich, dass Elliot kein halbwegs normales Leben geführt hatte – Fassadenklettern, Erpresserfotos, bezahlte Liebesdienste und Gott weiß was sonst noch waren auch in Cambridge nicht gerade an der Tagesordnung. Was hatte der Typ vorhin gesagt: verkorkst? War Gray verkorkst? Hatte Augustus einen kleinen Psychopathen mit scharfem Schnabel auf der Schulter? Vielleicht hatte Elliot ja als unbescholtener Student angefangen, bevor er an Gray geraten und von ihm verdorben worden war!

Das war selbstverständlich auch Unsinn. Noch während Augustus düstere Gedanken Richtung linke Schulter schickte, wusste er, dass er ungerecht war. Er führte sowieso kein normales Leben, Papagei hin oder her. Er ging so gut wie nie ins Kino. Was, wenn er an einen Sitzplatz mit einer schlechten Zahl geriet – der Zwei, der Vier oder gar der Acht? Was, wenn neben ihm jemand hartnäckig mit Popcorn raschelte oder nieste oder, noch schlimmer, mit beniestem Popcorn um sich krümelte? Und anschließend in den Pub? Unwahrscheinlich. Er hielt Abstand von Leuten, selbst von denen, die er mochte. *Vor allem* von denen, die er mochte. Das war nicht Grays Schuld, nicht einmal Augustus' Schuld, das war einfach für alle Beteiligten das Beste!

Außerdem gab es da noch seine Theorie, die weiterhin etwas schräg und unansehnlich in der Luft hing. Mittlerweile hatte er ein paar Ideen, wie er die Sache angehen konnte, und er durfte keine Zeit verlieren. Bald würden Dinge passieren, schwerwiegende Dinge, und wenn er dann nicht mit einer gesunden, lebensfähigen Theorie zur Hand war, würden sie den Fall Elliot einfach begraben. Ein unentdeckter, ungesühnter Mord. Eine unschöne Beule im Gefüge der Welt. Ein Schandfleck, den Augustus nicht mehr würde wegwaschen können. Und dann würde Cambridge, seine Zitadelle, sein Licht im Dunkeln, für immer etwas von seinem Glanz verloren haben.

Das durfte nicht passieren!

Er erinnerte sich noch gut an den Tag, an dem er zum ersten Mal von Cambridge gehört hatte. Ein Tag wie gestern und doch in weiter Ferne, ein stürmischer,

schmutziger Tag auf den Äußeren Hebriden. Die Ziegen waren rebellisch gewesen, die Schafe stur und uneinsichtig. Augustus war kalt und nass nach Hause zurückgekehrt, voll von *Gedanken*, geplagt von vagen, aber deshalb nicht weniger schrecklichen Schuldgefühlen. Er war acht Jahre alt, hatte die Magie der Zahlen noch nicht für sich entdeckt und war den Gedanken schutzlos ausgeliefert. Schrecklichen Gedanken, Gedanken an Gewalt und Tod. Tief im Inneren wusste er, dass er eines Tages irgendjemandem irgendetwas Schreckliches antun würde. Seinen Eltern? Seinen Mitschülern? Der Lehrerin. Ihnen allen? Augustus Huff war eine wandelnde Zeitbombe, und er fühlte sich so schuldig, als sei das Schlimmste bereits passiert. Die Küche war kalt und dunkel, trotzdem konnte Augustus all die schmutzigen Fußspuren auf dem Boden erkennen. Aus dem Schlafzimmer seiner Eltern ertönten Grunzlaute. Er stellte das Radio an, um das Grunzen nicht mehr hören zu müssen, und machte sich daran, den Boden und die Gedanken blank zu putzen. Warum verstanden sie nicht, dass Schmutz ein Horror war, warum verstand das *niemand*?

Nach einer Weile hatte er begonnen, der sonoren Männerstimme im Radio zuzuhören, zuerst nur zur Beruhigung, dann mit wachsendem Interesse. Die Stimme rollte Konsonanten wie niemand, den er kannte, und sie erzählte von einer fernen Stadt mit weißen Türmen, einer Märchenstadt jenseits des Meeres, wo sich die besten Denker ihrer Zeit zusammenfanden, um alles, alles, alles zu verstehen. Augustus Huff in seiner dunklen Küche hatte mit dem Schrubben aufgehört, die graue Seifenlauge in den

Abfluss gegossen und vielleicht zum ersten Mal in seinem Leben so etwas wie echte Hoffnung verspürt.

Jetzt lebte er in der Märchenstadt des Denkens, doch einer seiner Schutzbefohlenen war von den weißen Türmen gestürzt und hatte einen unansehnlichen Schmutzfleck hinterlassen. Augustus verspürte eine fast körperliche Sehnsucht nach seinem Handwaschbecken und dem grünen Denksessel, aber eine Sache gab es noch zu tun, bevor er sich in die trügerische Sicherheit seines Colleges zurückziehen konnte. Er bog kurzentschlossen in die Green Street ein, um dort in einem kleinen Laden eine sehr spezielle Anschaffung zu tätigen.

5. Alter Junge

Wie jedes Mal verspürte Augustus beim Anblick seiner Tür einen Anflug von Panik. Was, wenn er doch nicht abgeschlossen hatte? Was, wenn...? Er tippte dreimal gegen den Türrahmen, drückte die Klinke herunter, lehnte sich leicht gegen das Holz und wartete auf das Gefühl der Beruhigung, das eintreten würde, sobald er auf Widerstand stieß. Doch diesmal gab die Klinke nach, und die Tür klickte einen Spaltbreit auf. Augustus sprang zurück in den Flur wie versengt. Ihm wurde heiß. Sein Herz pochte.

Es war nicht abgeschlossen!

Das war ihm noch nie passiert! Augustus stand hilflos da, zu erschrocken, um einzutreten, zu verwirrt, um davonzulaufen.

Er hatte vergessen abzuschließen!

Unmöglich! Sich irrational vor etwas zu fürchten und es dann tatsächlich eintreten zu sehen waren zwei vollkommen verschiedene Dinge. Es war gleichzeitig unspektakulärer und schrecklicher, als er es sich je vorgestellt hatte!

Sie standen einige Sekunden vor dem unheilverheißenden Lichtspalt der Tür, eine kleine Ewigkeit, dann wurde Gray die Sache zu langweilig.

»Hey Huff!«

Leise, fast ein Flüstern.

Augustus hörte ihn kaum. Sein Herz klopfte viel zu laut.

»Hey Huff!«

Etwas energischer diesmal.

Schließlich wurde es Gray zu bunt. Er warf Augustus einen schneidenden Blick zu und produzierte das neu gelernte Klopfgeräusch, nun in voller Lautstärke.

Von drinnen erklang ein rauchiges, trauriges Lachen, dann ein amüsiertes »Herein!«.

»Herein!«, wiederholte Gray enthusiastisch. »Herein! Herein!«

Augustus nahm seinen ganzen Mut zusammen und stupste die Tür weit auf. In seinem grünen Denksessel, die Beine elegant übereinandergeschlagen, saß eine Dame und rauchte. Weiß wie Schnee, rot wie Blut, schwarz wie Ebenholz. Vor allem weiß wie Schnee. Obwohl er die Frau bisher nur auf Bildern gesehen hatte, erkannte Augustus sie sofort. Dieselben feinen, weißblonden Haare, wie Einhornhaar, dieselben leuchtenden grauen Augen. Doch während Elliot robust und athletisch gewesen war, wirkte die Viscountess unirdisch. Eine Erscheinung. Eine Seele an der Schwelle zur Unterwelt. Unmöglich, sie sich beim Zähneputzen vorzustellen oder gar in den vulgären Windungen eines Zeugungsaktes. Und dennoch musste Augustus sich eingestehen, dass seine Fantasie sich genau daran gerade versuchte: das bleich schimmernde Fleisch, rosig von der Anstrengung, eine Hand mit mandelförmigen, rot lackierten Nägeln in einen schwitzenden Rücken gepresst… Nein, unmöglich!

Elliot musste sich vorgekommen sein wie vom Himmel gefallen.

Ironie des Schicksals, irgendwie.

Augustus schluckte. Mit übermenschlicher Anstrengung setzte er erst den linken Fuß über die Schwelle, dann den rechten, und dann zog er die Tür hinter sich zu.

»Lady Fairbanks?« War das die richtige Anrede? Sollte er sich vielleicht verneigen? Er senkte den Kopf und murmelte etwas von Beileid.

Die Viscountess blies lautlos Rauch in die Luft. Wenn der Tod ihres Erstgeborenen sie erschüttert hatte, war ihr davon wenig anzumerken. Lange weiße Finger schnippten Asche in ein Gefäß, das Augustus als seinen geliebten Zahnputzbecher erkannte.

»Dr. Huff. Ich wollte keine Zeit verlieren. Der Master hat mir aufgeschlossen. Ich hoffe, das ist Ihnen recht.«

Etwas lag in ihrer Stimme, etwas, das nicht zu ihrem eleganten Aufzug passte. Ein Hauch von Verzweiflung.

Augustus sah sich Hilfe suchend um. Normalerweise saß *er* in dem grünen Denksessel, und wer auch immer mit ihm sprechen wollte – meistens Studenten, die mit ihren Essays im Verzug waren –, balancierte, so gut es ging, auf dem wackeligen hölzernen Zweitstuhl. Augustus brauchte eine bessere Basis als den Zweitstuhl, wenn er mit Lady Fairbanks fertigwerden wollte. Er hob die Hand in einer Geste, die hoffentlich als ein höfliches »Einen Moment« zu verstehen war, und schleppte seinen Schreibtischstuhl in Richtung Viscountess.

Unterwegs warf er ohne Absicht einen Blick in den Spiegel und erschrak: Wer war diese borstige, gekrümmte Gestalt mit grauen Flügeln auf dem Rücken? Grays Kletteraktionen hatten Augustus' Frisur in eine zerzauste See wirrer Lockenwellen verwandelt. Er sah aus wie eine Klobürste!

Er knallte den Stuhl vor Lady Fairbanks auf den Boden, hob noch einmal beschwichtigend die Hand und flüchtete ins Badezimmer. Dort versuchte er, seine Haare mit Hilfe von Wasser und Kamm in eine halbwegs zivilisierte Form zu bringen. Er verkniff sich das Händewaschen. Wenn er jetzt damit anfing, würde er so schnell nicht wieder aufhören.

»Die Bude brennt! Die Bude brennt!« Gray tanzte aufgeregt von einem Fuß auf den anderen. Wenigstens schien er den Ernst der Lage erfasst zu haben.

Als Augustus zurückkam, drückte Lady Fairbanks gerade mit einer gewissen Genugtuung ihre Zigarette an seinem Zahnputzbecher aus.

»Ich habe aufgehört, als ich mit Elliot schwanger war. Dreiundzwanzig Jahre. Die erste Kippe seit dreiundzwanzig Jahren.« Sie blickte durch ihn hindurch. »Und wissen Sie was: Sie schmeckt verdammt gut!«

Augustus sank erschöpft in den Schreibtischstuhl. »Lady Fairbanks, was kann ich für Sie tun?«

»Tun?« Die wunderbaren grauen Augen musterten ihn mitleidig. »Nichts. Natürlich nichts. Ich bin nur hier, um einige Dinge klarzustellen. Mein Sohn...« Sie zögerte, schien zu lauschen, presste dann in einer ungeduldigen Geste die Hand gegen die Schläfe.

»Die Polizei wird meinen Sohn morgen zur Beerdigung freigeben.«

»Und die Obduktion?«, fragte Augustus überrascht.

Die Viscountess starrte ihn an wie ein Basilisk und

sprach weiter, als hätte er gar nichts gesagt. »Die Beisetzung findet dann am Dienstag hier in Cambridge statt, im kleinen Kreis. Ich möchte, dass Sie zu diesem Anlass ein paar passende Worte sagen, Dr. Huff! Dr. Huff?«

»Ich?« Augustus' Gedanken überschlugen sich. In zwei Tagen schon? So schnell? Hier in Cambridge? Nicht in Shropshire im Familiengrab? Im kleinen Kreis? Warum nur?

»Nun, Sie waren der Tutor, nicht wahr? Sie haben ihm damals geholfen, nach dieser... dieser unappetitlichen Geschichte mit der... Puppe... Sie wissen schon! Elliot hatte eine hohe Meinung von Ihnen.«

Augustus sah sie erstaunt an. Elliot hatte von *niemandem* eine hohe Meinung gehabt. Sie wusste nichts über ihren Sohn! Gar nichts!

»Ich möchte nicht, dass die Angelegenheit zum Spektakel wird, verstehen Sie? Familie. Ein paar enge Freunde. Vertreter des Colleges. Fertig. Keine Presse! Auf gar keinen Fall die Presse!«

Augustus nickte verwirrt. Enge Freunde? Wer würde da wohl aufkreuzen?

»Gut.«

Sie erhob sich, dann schwebte plötzlich ein kleines Kärtchen vor Augustus' Nase. Zögernd griff er zu.

»Meine Karte. Ich denke, es wäre passend, wenn Sie Ihre Rede vorher kurz mit mir absprechen.« Sie blickte unschlüssig zur Tür, dann zu Augustus, dann zurück zum grünen Denksessel.

»Dr. Huff. Augustus. Sie... Sie haben meinen Sohn gekannt. Besser als ich vielleicht.« Sie lachte bitter und ließ sich wieder im Denksessel nieder, delikat wie eine weiße Daune. »Er war ein sensibler Junge und nicht ganz ohne... nicht ohne Probleme. Sie wissen schon...«

Sensibel? Elliot? Augustus wusste gar nichts. Spielte sie jetzt wieder auf die Sache mit der Sexpuppe an, oder meinte sie etwas ganz anderes?

»Ich muss Sie etwas fragen. Ist es möglich... Glauben Sie, dass Elliot... dass mein Sohn sich das Leben...«

Ihre Distanziertheit war verschwunden. Stattdessen kauerte sie auf der Sesselkante wie eine Harpyie und starrte Augustus mit einer solchen Gier an, dass ihm mulmig wurde. Sie erwartete etwas von ihm, eine Antwort, mehr noch: ein Urteil.

»Ich... äh...« Während er nach Worten suchte, wurde ihm etwas klar: Die Lady hatte panische Angst davor, dass Elliot Selbstmord begangen haben könnte. Mehr als normal – wenn es für so etwas ein *normal* gab. Augustus wurde das Gefühl nicht los, dass hinter der Sache mehr steckte als nur die Verzweiflung einer Mutter.

»Äh, soweit ich weiß...« Sollte er ihr von seinem Verdacht erzählen? Hatte Elliots Mutter nicht ein Anrecht zu wissen, was hier los war? Etwas sagte ihm, dass die Viscountess ihm aufmerksam zuhören würde. Und dann? Würde sie ihm glauben? Würde er als Fantast abgestempelt werden und vom College fliegen? Anders als Elliot hatte er niemanden, der ihn hinterher aus dem Schlamassel boxen würde. Er nahm sich zusammen.

»Elliot war...« Arrogant? Überheblich? Unmöglich? »... lebensfroh, würde ich sagen, und soweit ich weiß, gehen alle hier von einem Unfall aus.«

»Jaja. Das hat Ihr Master auch gesagt!«

Die Viscountess erhob sich zum zweiten Mal, plötzlich wütend. Sie glaubte ihm kein Wort. Eine neue Zigarette schwebte zwischen ihren Fingern, Rauch schlängelte aus ihrer Nase. Sie erinnerte Augustus an einen eleganten Albinodrachen. Einen Drachen, mit dem nicht zu spaßen war.

Sie trat dicht an ihn heran, so dicht, dass er unter einem Schleier aus Rauch den zarten Magnolienduft ihres Parfüms wahrnahm. Augustus fühlte sich geprüft, gewogen wie ein Stein in der Handfläche. Wie bei einem Stein suchte die Viscountess auch bei ihm nach Rissen und Sprüngen, Fehlern und Unebenheiten, instinktiv, fast blind, und dann ... Lady Fairbanks schien zu keinem rechten Ergebnis zu kommen. Ihr Blick streifte den aufgeräumten Schreibtisch hinter ihnen. Dann lächelte sie auf einmal, ein fernes, zorniges Lächeln.

»Bringen Sie den Vogel mit!«, sagte sie leise.

»Wie bitte?«

»Den Vogel! Zur Beerdigung!« Sie stach in einer ungeduldigen Geste Richtung Gray. Die Zigarette in ihrer Hand hatte einen bedrohlichen Aschekopf.

»Das wäre nicht passend. Er... er plappert, und...« Augustus witterte Verhängnis. Jede Sekunde konnte die heiße Asche abbrechen, zerkrümeln und Chaos auf seinen Fußboden streuen, Zerstörung, vielleicht sogar bleibende Brandflecken. Schutt und Asche. Schlimmer noch, auch die Viscountess schien kurz vor dem Zerbrechen, und das würde vermutlich in einer noch viel heftiger lodernden, wilderen Unordnung enden.

»Unsinn! Niemand passt besser auf die Beerdigung meines Sohnes als er!«

Dann war sie endlich aus der Tür, mit ihrer Zigarette, leider, Gott sei Dank.

»Noch etwas, Augustus. Ich möchte nicht, dass das Mädchen davon erfährt!«

Welches Mädchen? Das Mädchen, von dem ihm Philomene erzählt hatte – Ivy, der etwas fehlte? Und von was? Der Beerdigung? Ihrem Besuch? Augustus starrte noch einen Moment lang dem schlanken, geraden, maßgeschneiderten Rücken der Lady nach, dann schob er leise die Tür ins Schloss.

Sperrte ab. Sperrte ab. Sperrte ab.

Riss das Fenster weit auf.

Stürmte ins Badezimmer, um sich endlich gründlich die Hände zu waschen und waschen und waschen und waschen.

»Ein Stern! Ein Stern vom Himmel. Nimm ne Nuss! Spiel das Spiel!«

Erst jetzt fiel Augustus auf, wie still Gray in Gegenwart der Viscountess gewesen war. Dünn und stimmlos. Der bloße Schatten eines Vogels. Dafür gab es jetzt kein Halten mehr.

»Die Bude brennt! Alles, nur das nicht! Die Trauben kannst du dir abschminken!«

Augustus hörte mit dem Händewaschen auf. Etwas stimmte nicht mit seinem Waschtisch. Dann hatte er es: Der Zahnputzbecher, sein weißer, reiner Zahnputzbecher fehlte. Natürlich. Er wanderte zurück ins Wohnzimmer und begutachtete den Schaden. Es war keine Asche dane-

bengegangen, immerhin. War der Becher noch zu retten? Sein Gaumen fühlte sich trocken und heiß an, so als habe auch er Asche geschluckt. Dann geschah etwas Seltsames. Anstatt den Becher zu waschen und wieder zu waschen, bis das letzte Ascheflöckchen verschwunden war, transportierte Augustus ihn, so wie er war, vorsichtig hinüber zum Fenstersims. Von dort aus schien der Becher in den Hof hinabzublicken, so als warte er.

Augustus schloss das Fenster.

Der Rauch hatte sich verzogen, doch das Parfüm der Viscountess hing weiter in der Luft, stärker jetzt, fast überwältigend. Süße, unter der so etwas wie Fäulnis zu spüren war. Tod. Verfall. Eines war jedenfalls klar: an einen bloßen Unfall glaubte Lady Fairbanks genauso wenig wie Augustus.

Er wollte sich gerade seinen sträflich vernachlässigten Briefbeschwerern widmen, um endlich etwas Frieden in den Tag zu bringen, als es klopfte.

Augustus fuhr sich mit beiden Händen durch die Haare und eilte zur Tür. Was, wenn es wieder... Mit pochendem Herzen riss er die Tür auf, aber der Besucher, der draußen auf dem Gang wartete, war alles andere als weiß und elegant.

»Hallo Fred! Komm rein.« Augustus wunderte sich, dass seine Stimme so enttäuscht klang. Eigentlich fühlte er sich erleichtert. Professor Frederik Henderson, sein Zimmernachbar, war so etwas wie sein akademischer Vater, jemand, der ihm dann und wann im richtigen Moment auf die Schulter klopfte, ihm ein Taschentuch reichte oder ein paar mahnende Worte sprach. Wenn Augustus am College einen echten Freund hatte, dann war er es.

Heute löste der Besuch des alten Mathematikers eher gemischte Gefühle aus. Ein Teil von Augustus war einfach nur froh, jemanden zu sehen, der mit seinen Ermittlungssorgen rein gar nichts zu tun hatte, ein anderer versuchte erfolglos, nicht an das zu denken, was er auf einem der Schwarz-Weiß-Bilder gesehen hatte. Masturbation und Vaterfiguren passten schlecht zusammen, fand er.

Etwas von alledem musste sich wohl in seinem Gesichtsausdruck gezeigt haben, denn Frederik klopfte ihm tröstend auf den Rücken.

»Augustus! Alter Junge! Was ziehst du denn für ein Gesicht? Wollte mal sehen, was das Vögelchen macht!«

Das Vögelchen! Augustus seufzte. Es hatte sich also schon herumgesprochen.

Das Vögelchen selbst war entzückt: »Alter Junge! Hey Huff! Herein! Herein! Knapp daneben ist auch vorbei!«

Frederik grinste und rollte seinen Rollstuhl ins Zimmer. »Lebensfroher kleiner Kerl, was?«

Lebensfroh. Augustus stutzte. Genau das Gleiche hatte er über Elliot gesagt – und der lag jetzt steif und wenig lebensfroh in einem Leichenschauhaus. Hatte Frederik etwa *gehorcht*? Die Sache gefiel ihm nicht.

»Kann ich dir was anbieten, Fred?«

Er war schon auf dem Weg zum Spirituosenschrank, während Frederik sich noch zierte.

»Oh, lass mal sehen, vier Uhr, na ja, na ja, ein Schlückchen. Warum nicht?«

Augustus war schon dabei, ein ansehnliches Schlück-

chen Port in ein Glas zu gießen. Port. Immer Port. Er selbst hatte für das Zeug nicht viel übrig.

Der Professor sah ihm wohlgefällig zu.

»Genug, genug. Wunderbar. Bist du gerade sehr beschäftigt, Augustus?«

Frederiks Blick glitt zu Augustus' unberührtem Schreibtisch, dann wanderte er weiter zu dem Aschenzahnbecher am Fenster. Frederik hob eine Augenbraue.

»Bist du sehr gestresst, mein Junge?«

Augustus seufzte. Frederik kannte ihn gut. Zu gut für seinen Geschmack.

»Ich, nun ja ...« Augustus sank in seinen Denksessel und gab auf. Der Sessel kam ihm warm vor. War das noch die Wärme der Viscountess?

In der samtigen Umarmung des Sessels entspannte er sich und klagte Frederik sein Leid. Grays Eskapaden. Elliots Tod und der nagende Verdacht. Die Theorie ohne Boden. Der aufreibende Besuch der weißen Viscountess.

Von Philomene und den Fotos im Gobelin erzählte er nichts.

Als er endete, war der Port aus Frederiks Glas verschwunden. Die Wangen des Professors glühten. Er blinzelte aufgeregt hinter seinen Brillengläsern.

»Starker Tobak. Was soll ich sagen? Also... aus mathematischer Sicht: Eine *schöne* Theorie ist es nicht.«

Augustus nickte. Er wusste selbst, wie eine schöne Theorie aussah: elegant, sparsam, zwingend. Nicht widerspenstig und unförmig wie das, was er in den letzten Tagen so zusammenfabuliert hatte. Und doch... und doch... Frederik widersprach nicht, nicht wirklich. Er stützte die Ellenbogen auf die Armlehnen des Rollstuhls, faltete die Hände und presste die Lippen gegen die gefalteten Finger. Bei anderen Leuten hätte das lächerlich ausgesehen, bei ihm war es eine Geste vollkommener Konzentration, fast ein Gebet.

»Psychologische Probleme«, flüsterte Gray Augustus ins Ohr.

»Halt den Schnabel«, murmelte Augustus.

Frederik blickte auf und sah Augustus mit schwimmenden blauen Augen an, riesengroß hinter den Brillengläsern. »Ich würde dir gerne sagen, dass dies alles Unsinn ist, Augustus, dass du besser daran tätest, dich deiner akademischen Arbeit zu widmen, bevor die kleinen Racker zurück sind.« Die kleinen Racker waren die hoffnungsvollen Elitestudenten des Landes. »Aber ich kannte den alten Fairbanks. Elliots Großvater. Gut. War mit ihm am College. *Requiescat in pace*. Und sein Sohn Lionel war mein Student. Begabter Mathematiker. Und jetzt sein Ältester! Was für eine Tragödie!« Frederik schüttelte traurig den Kopf. »Ich habe versucht, auch den ein bisschen unter meine Fittiche zu nehmen. Ein störrischer Knabe. Worauf ich hinauswill: Familie ist ihnen *alles*. Wenn sie Elliot nicht in ihrem geliebten Shropshire beisetzen, stimmt da etwas ganz und gar nicht!«

Augustus' Herz klopfte. Es war eine Sache, sich selbst klammheimlich einen Verdacht einzugestehen, aber diesen Verdacht von einem klugen alten Fuchs wie Frederik bestätigt zu bekommen war etwas ganz anderes. Er war verwirrt. Verwirrt, und er fühlte sich ertappt.

Frederik musterte ihn aufmerksam und, wie es Augustus schien, misstrauisch. »Hier ist *meine* kleine Theorie, Augus-

tus: Die Familie glaubt auch, dass am Ableben ihres Sprösslings etwas faul ist – zumindest glaubt das die Viscountess. Aber sie wollen keine offiziellen Ermittlungen. Der gute Ruf und so... Also halten sie die Beerdigung hier in Cambridge ab, so schnell wie möglich, und laden alle Leute ein, die sie verdächtigen. Mitstudenten, Lehrer, was weiß ich. Und dann hoffen sie, dass sich während der Beerdigung jemand verrät. Oder, ganz klassisch, vielleicht fängt der Leichnam ja zu bluten an, sobald sich der Mörder nähert.«
Er kicherte.
Augustus schluckte. Er spürte, wie er blass wurde. Frederik machte sich über ihn lustig. War er schon betrunken?
»Sie hat gesagt, ich soll den Vogel mitbringen«, murmelte er.
»Den Vogel?« Frederik klatschte sich mit der Hand auf den Schenkel. »Da hast du's! Sie führt irgendwas im Schilde. Geh auf die Beerdigung, mein Junge, sieh genau hin, hör gut zu, und dann bist du vielleicht ein schönes Stück weiter.«
Sie schwiegen einen Moment. Der Professor drehte traurig sein leeres Glas in der Hand, Augustus verdaute die Tatsache, dass auch er wider alle Erwartung zur Beisetzung geladen war, ja, mehr noch, dort sprechen sollte. Verdächtigte ihn jemand? War das der Grund, warum die Viscountess ihn besucht hatte?
Als habe er Augustus' Gedanken gelesen, ließ Frederik plötzlich von seinem Glas ab. »Wie geht es ihr eigentlich?«
»Was? Wem?«
»Wem schon? Estella. Der weißen Lady. Was war das damals für ein Zirkus...« Frederik schüttelte den Kopf.

»Zirkus! Zirkus!«, tönte Gray erfreut.

Der Professor kicherte wieder. Dann lachte er auf einmal lauthals. »Du hättest hören sollen, wie sie den Master gezwungen hat, ihr deine Tür aufzusperren. Unser Master! So klein mit Hut!« Jetzt lachte er so sehr, dass Augustus ernsthaft befürchtete, er könne aus seinem Rollstuhl fallen. Er fragte sich, wie viele Gläser Port Frederik sich heute wohl schon geleistet hatte.

Nach und nach beruhigte sich der Professor. Er seufzte und nahm die Brille ab, um sich die Lachtränen aus den Augen zu wischen.

Gray rastete aus.

Ein schriller Schrei. Augustus spürte kurz und schmerzhaft den Druck der Krallen auf der Schulter und den staubigen Kuss grauer Flügel auf den Lippen, dann hatte Gray abgehoben und flatterte unsicher, aber entschlossen auf Frederik zu, der noch immer kichernd seine Brille putzte. Gray landete auf der Rollstuhllehne, wäre fast vornübergekippt, fing sich aber und hackte mit dem Schnabel nach dem Kopf des Professors. Beim ersten Mal verfehlte er das Ohr des Mathematikers, beim zweiten Mal biss er ihn tief in die Schläfe. Zwei laute Schreie – der von Gray voller Furcht und Triumph, der des Professors einfach nur erschrocken. Gray hob ab, bevor Frederiks kräftige Hand ihn von der Armlehne fegen konnte, flatterte kreischend im Zimmer umher und flüchtete dann auf Augustus' höchstes Bücherregal. Dort blieb er sitzen, noch immer laut schreiend, dünner und verängstigter, als Augustus ihn je gesehen hatte.

Frederik griff sich an die Schläfe. Blut! Schon wieder! Augustus eilte ins Badezimmer, um Toilettenpapier zu ho-

len. Blutflecken auf dem Teppich waren so ziemlich das Letzte, was er gerade gebrauchen konnte!

Eine Minute später hatte sich alles wieder beruhigt. Gray hockte dünn, stumm und verwirrt auf dem Regal, Frederik saß, mit einem Pflaster verarztet und die Brille wieder auf der Nase, in seinem Rollstuhl und versuchte, Augustus zu beruhigen.

»Stell dich nicht so an, Junge, es ist nur ein Kratzer. Das arme Vieh hat in letzter Zeit einiges durchgemacht. Natürlich werde ich mich nicht beschweren.«

Der Professor tätschelte Augustus' Hand und rollte zur Tür.

»Hat dich eigentlich der Student erwischt?«

»Der Student?«

»Strubbelige Haare. Feuerrot. Brille. Keiner von meinen. Ist hier so gegen zehn aufgetaucht und wollte dich unbedingt sprechen.«

Strubbelige Haare? Brille? Augustus schüttelte den Kopf. Die Beschreibung sagte ihm nichts.

»Um was ging es denn?«

»Kann ich dir nicht sagen.« Frederik manövrierte geschickt die Tür auf und rollte hinaus in den Flur. »Er hat nach dir gefragt und stundenlang vor deiner Tür gewartet. Dann war er auf einmal weg.«

»Ich hatte heute keine Sprechstunde.« Ein Student in Not! Augustus fühlte sich schuldig.

Der Professor zuckte mit den Achseln. »Mach dir keine Sorgen, mein Junge. Wenn es wichtig ist, tauchen sie meistens bald wieder auf. Guck nicht so. Es wird schon. Viel Erfolg mit deinem Projekt.«

Er zwinkerte verschwörerisch und rollte den Gang hinab, nicht zurück zu seinem Zimmer, sondern in Richtung Lift.

Augustus schloss die Tür, sanft, um Gray nicht schon wieder aufzuregen, und musterte kritisch sein Wohnzimmer: keine Blutflecken, zum Glück nicht, trotzdem war das Chaos nicht fern. Einige graue Flaumfedern saßen wie Wollläuse auf dem Teppich, der veraschte Zahnputzbecher starrte ihn anklagend an, und ein Buch ragte etwas unordentlich aus dem Regal. Ein Buch am falschen Platz! Huff beeilte sich, den beleibten Bildband wieder an die richtige Stelle zu räumen. Vielleicht hatte Lady Fairbanks sich ja gelangweilt, das Buch aus dem Regal gezogen und dann falsch zurückgestellt. Oder ... Es war ein großformatiger Bildband über aztekische Artefakte – groß genug, um Dokumente zu verbergen. Oder Fotos!

Die Fotos! Augustus stürzte hinüber ins Badezimmer. Die Viscountess war in seinen Räumen alleine gewesen, Gott weiß wie lange. Hatte sie wirklich nur möglichst bald mit ihm sprechen wollen, oder hatte sie andere Gründe gehabt, in sein Zimmer einzudringen? Verdächtigte sie ihn? Hatte sie nach Beweisen gesucht? Wenn sie die Fotos gefunden hatte ...

Glücklicherweise steckten die schwarz-weißen Erpresserfotos noch immer unversehrt in der Papageiensitzstange. Augustus entspannte sich etwas. Trotzdem: Die Sache gefiel ihm ganz und gar nicht.

»Hey Huff! Konsequenzen!«, quäkte Gray kleinlaut vom Regal herab. Zuerst war Augustus einfach nur wütend gewesen, dass der Papagei Frederik angegriffen hatte – ausge-

rechnet Frederik, der es sowieso nicht leicht hatte! –, aber als er sah, wie elend Gray auf dem Schrank hockte, war er weich geworden. Jetzt ging er zum Regal hinüber und hielt seine Hand vor die Papageienbrust, wie er es von Philomene gelernt hatte.

»Auf!«

Gray marschierte anstandslos auf die Hand, Augustus senkte den Arm, und sie sahen einander einen Moment lang Aug in Aug an, grau und braun, befiedert und dunkelhaarig.

»Psychologische Probleme«, murmelte Gray.

Augustus seufzte. »Da bist du nicht der Einzige.«

Gray hüpfte von Augustus' Hand auf die Tischplatte und blieb teilnahmslos zwischen den Briefbeschwerern hocken. Seltsamerweise störte das Augustus nicht. Er machte sich Sorgen um den Papagei.

»Nimm ne Nuss!«, schlug er vor, aber Gray sah ihn nur gleichgültig und ein wenig wehleidig an.

Dann fiel Augustus die Tüte ein, die er aus Elliots Zimmer mitgebracht hatte. Sein vertrautes Spielzeug war jetzt vielleicht genau das Richtige, um den Papagei auf andere Gedanken zu bringen! Er fischte auf gut Glück eine grüne Wollbommel aus der Tüte und hielt sie Gray unter den Schnabel.

Gray griff zu.

»Wolle«, sagte er. »Grün.«

Die Bommel plumpste auf den Schreibtisch.

Augustus traute seinen Ohren nicht. Er fischte ein zweites Spielzeug hervor, einen roten Lederball.

Gray untersuchte ihn mit dem Schnabel.

»Rot. Leder.«

Auch der Ball landete auf dem Schreibtisch, und Gray blickte Augustus herausfordernd an.

»Was ist gleich?«, fragte er. »Was ist anders?«

Augustus suchte nach einem neuen Spielzeug.

»Was ist gleich?«, insistierte Gray.

»Gleich?«, fragte Augustus, der unter dem Tisch in der Tüte herumwühlte.

»Form!«, erklärte Gray ungeduldig. »Was ist anders?«

»Farbe!«, sagte Augustus, der mit einem blauen Holzwürfel wieder unter dem Tisch hervorgetaucht war. Endlich hatte er begriffen.

Wenig später herrschte auf Augustus' Schreibtisch eine nie dagewesene Unordnung: Filz, Holz, Wolle, Metall, Stoff und Plastik. Rote Schachteln lagen neben grünen Dreiecken, Holzpferdchen neben Papierelefanten. Mittendrin thronte Gray und prüfte Augustus' Wissen.

»Welche Farbe?«, fragte er, den Fuß auf einem gelben Filzkreis.

»Gelb«, sagte Augustus. Gray konnte nicht nur Farben, Formen und Materialien unterscheiden, er verstand auch abstrakte Konzepte wie »gleich« und »verschieden«! Der Papagei war alles andere als ein hirnloser Nachahmer, er war ein kleiner grauer Philosoph!

»Welche Form?«, fragte er streng, den Fuß noch immer auf dem Filzkreis. »Spiel das Spiel!«

»Gelb!«, antwortete Augustus abwesend. Elliot musste jahrelang mit Gray geübt haben! Woran genau hatte er gearbeitet? Warum hatte er so viel Energie in das Training des Papageis gesteckt?

Gray war jetzt bester Laune – das Fiasko mit Frederik längst vergessen. Er warf Augustus einen triumphierenden Blick zu.

»Doof! Knapp daneben ist auch vorbei! Welche Form!« Offensichtlich liebte er es, wenn Augustus Fehler machte.

»Rund«, antwortete Augustus schicksalsergeben.

»Nimm ne Nuss!«, lobte der Papagei, aber natürlich war er es, der das Futter bekam. Augustus hatte sich bisher mehr schlecht als recht mit Schokoriegeln und Chips über Wasser gehalten. Gray sperrte zufrieden den Schnabel auf, und Augustus schob nachdenklich einen Sonnenblumenkern hinein. Immer öfter wanderte sein Blick hinüber zu der Tüte, die er unter dem scharfen Blick der Viscountess schnell in eine Ecke gestopft hatte.

Heute Nacht! Heute Nacht oder nie!

Aber zuerst musste er Gray ins Bett bekommen – oder, besser gesagt, auf die Stange. Sobald der Papagei schlief, konnte er sich aus dem Zimmer stehlen – hinaus in die Nacht…

*

Es war seine zweite Nacht in der Badewanne, und diesmal fand Augustus es schon gemütlicher. Er hatte den Wasserhahn gründlich zugedreht, schlief mit dem Kopf zur anderen Seite und hatte sich zwei extra Kissen gegönnt.

Jetzt wartete er darauf, dass Gray zur Ruhe kam. Aber der Papagei, aufgedreht von den Ereignissen des Tages, dachte gar nicht an Schlaf, sondern plapperte von seiner Stange aus ins Dunkel.

»Nimm ne Traube! Nimm ne Nuss! Papier! Papier! Dreieck! Halt den Schnabel! Lügner! Mörder! Mörder! Was ist grün? Was ist groß? Was ist wahr?«
Augustus fielen die Augen zu.
»Hey Huff! Was ist gleich? Was ist gut? Was ist böse?«

★

Augustus erwachte mit dem sicheren Gefühl, dass er etwas Schreckliches getan hatte. Schrecklicher als schrecklich: *Er hatte Elliot ermordet!*

Eine furchtbare Schuld machte sich nilpferdgleich in der Badewanne breit und drohte ihn zu erdrücken. Er bekam keine Luft. Er zählte dreimal bis drei, er klopfte dreimal sanft gegen den linken Badewannenrand. Er kletterte vorsichtig aus der Wanne, schlich auf Zehenspitzen an dem schlafenden Gray vorbei und schloss sanft die Tür. Dann knipste er das Licht an und ordnete Schreibtisch und Nachttisch, Schreibtisch und Nachttisch, bis er allmählich etwas klarer denken konnte. Was ihm eben noch wie schreckliche Gewissheit erschienen war, ergab beim genaueren Hinsehen weniger und weniger Sinn.

Natürlich hatte er Elliot nicht von der Kapelle geschubst, er war überhaupt noch nie auf der Kapelle gewesen! Er erinnerte sich an nichts! Trotzdem blieb da ein nagender Zweifel.

Wenn er zeigen konnte, dass jemand anderes Elliot umgebracht hatte, bewies er damit zugleich auch sich selbst, dass er es nicht gewesen war!

Es wurde Zeit, dass er Elliot ein wenig besser kennen-

lernte! Er holte die Tüte aus ihrer Ecke, setzte sich auf den Teppich und zog ein paar nagelneue Kletterschuhe hervor. Schlüpfte hinein und stand auf. Wie angegossen! Leise glitt er nach draußen, linker Fuß voran, und sperrte ab. Wie ein Geist huschte er den Korridor entlang, die Treppen hinunter, in den Hof.

Es schien ein nicht mehr ganz so voller Mond. Eine Fledermaus warf einen Schattenriss. Augustus' Herz klopfte erwartungsvoll. Er fühlte sich frei. Natürlich würde er sich in der ersten Nacht nicht gleich die Kapelle vornehmen, schließlich war er nicht lebensmüde, aber er wollte herausfinden, was Elliot auf die Dächer gezogen hatte. Was hatte er dort gesucht? Und was gefunden?

Ziellos strich er durch die Straßen. Die Turmuhr von St. Marys schlug drei. Ermutigt von den drei Glockenschlägen, nahm Augustus sich den Senat vor, setzte mit Leichtigkeit über den Zaun und blickte nach oben. Es war eine Weile her, dass er sich zum letzen Mal einer Kletterherausforderung gestellt hatte, und an einem Gebäude hatte er sich noch nie versucht. Aber es sollte zu schaffen sein. Er ging hinüber zum Portal, wo eine Art Schacht zwischen Säule und Wand es ihm möglich machte, sich in den Spalt zu klemmen, den Rücken der Wand zu, die Füße gegen die Säule gepresst. Nun konnte er abwechselnd Rücken und Füße ein wenig höher pressen und sich nach und nach den Kamin hinaufschieben. Zuerst war er noch ein wenig nervös und unbeholfen, doch dann fand er seinen Rhythmus.

Füße.

Rücken.

Füße.
Rücken.
Es war einfach!
Der Boden entschwand. Sein Herz schwebte schwerelos. Es war vollkommen still.
Füße.
Rücken.
Nach und nach verlor Augustus alle Orientierung. Obwohl es nach oben ging, kam es ihm vor, als würde er sich hinablassen, immer tiefer, hinunter in die Unterwelt. Hinunter zu einem Rendezvous mit Elliot.

Kurz vor dem Dach endete der Kamin.

Er musste nach dem korinthischen Abschluss der Säule greifen und den Fußhalt aufgeben. Einen Moment lang hing er an der Säule, die Füße im Nichts, das Gesicht gegen den rauen Stein gepresst.

Ein Moment reinster Panik. Er würde fallen! Er *musste* fallen! Gar kein Zweifel!

Doch dann fanden seine Zehen Halt an einer Kante im Stein. Er lockerte den Griff und bekam mit einer Hand die Dachrinne zu fassen. Dann mit der zweiten.

Er zog sich nach oben und krabbelte auf allen Vieren über das Dach. Das Dach! Blut rauschte in seinen Ohren. Euphorie. Das war es, was er an den Steilwänden der schottischen Inseln gesucht hatte. Gesucht, gefunden – und viel zu schnell vergessen. Stille. Vertrauen zu sich und seinem Körper. Die vollkommene Abwesenheit von Angst.

Vorsichtig stand er auf, die Hand gegen einen Schornstein gestützt, und blickte hinunter auf Cambridge, die Märchenstadt. Von hier oben wirkte sie übersichtlich, bei-

nahe zierlich. Rein. Liebenswert, vielleicht ein wenig hilflos. Ein Spielplatz. Eine Petrischale. Ein Jagdrevier.

Dort oben, die Hand am Schornstein, den Blick in der Ferne war es ihm, als begegne er Elliot, dem echten Elliot, zum ersten Mal.

Tagebuch eines Luftikus

18. Februar: Von der Kunst des Verschwindens

Zurück von der Nordwand. Die Füße taub, die Finger steif vor Kälte (lieber nicht existierender Leser, entschuldige die abscheuliche Handschrift). Es ist so kalt dort oben. Kalt und wundervoll. Die Stadt ist still, die Fenster dunkel. Als wäre niemand hier. Als wären sie alle tot. Die frühen Morgenstunden sind mir die liebsten.

Meine Mutter hat gesagt, ich habe kein Herz. Wenn dem so ist, soll mir das recht sein. Das Herz zieht dich nach unten, in den Schmutz, in den Staub. Ich habe es immer wieder gesehen, nicht zuletzt bei der lieben Maman. Ohne Herz ist man besser dran. Alles, was ich brauche, ist eine Maschine, die Blut durch meine Adern pumpt. Wer mehr verlangt, ist ein Idiot. Sie sind alle Idioten!

Abgesehen von der Kälte kann ich sagen, dass die Mission ein voller Erfolg war. Ich habe endlich meinen Jagdstand gefunden, eine perfekte kleine Plattform hinter dem Kamin des Ostflügels. Groß genug für ein Stativ – und eine Thermoskanne, bei dieser Kälte brauche ich eine Thermoskanne. Unmöglich, mich dort zu sehen, es sei denn von St Mary's aus, aber wer steigt nachts schon auf St Mary's? Trotzdem bin ich nervös. Was, wenn er mich doch sieht, oh, wenn er mich sieht…

Ach was. Es ist so einfach, nicht gesehen zu werden, wenn man weiß, was den Blick lenkt. Es ist so einfach zu verschwinden, wenn man nach oben verschwinden kann, hinein in die Unmöglichkeit.

Zurück zu meinem Jagdstand. Er bietet einen seltsamen Winkel, zugegeben, aber wie sich herausgestellt hat, ist sein Zimmer durch die Linse überraschend gut zu erkennen. Ich kann fast den ganzen Raum sehen, den Schreibtisch, das Waschbecken, sogar das halbe Bett. Ich bin entzückt.

Natürlich muss ich vorsichtig sein. Er ist keines von den Schafen, die mit gesenktem Blick durchs Leben laufen und das Gras bestaunen. Er ist keine Ameise. Er ist... wie ich.

Diesmal ist alles anders. Diesmal will ich nichts sehen. Keine Schwächen, keine Derbheit, keine hässlichen fleischlichen Menschlichkeiten. Ein Teil von mir hofft, dass er wie ich über den Dingen steht. Ein Teil von mir hofft, dass er rein und kalt ist wie Schnee. Und doch... und doch... da gibt es noch einen anderen Teil, der es kaum erwarten kann zu sehen, wie auch ihn sein Herz nach unten zieht. In den Schmutz.

In den Staub.

Die Finger sind jetzt warm, warm und schmerzend. Tausend feine Nadeln. Auf einmal bin ich müde. Die Wärme ist ein Verräter. Es gibt so viel zu tun. Die Uni, das andere Leben, der Vogel...

Meine Lider sind schwer, dunkle Punkte tanzen über die Seiten meines Tagebuchs – meines Nächtebuchs, kaum etwas Nennenswertes passiert je bei Tage –, und doch kann ich nicht aufhören zu schreiben, mich mit mir zu unterhalten. Gibt es einen würdigeren Gesprächspartner? Ich möchte mir zurufen, meinem zukünftigen Selbst. Meinem triumphierenden Selbst.

Sei vorsichtig, möchte ich sagen. Sei unauffällig. Pass auf, dass es dich nicht wieder packt! Die Sache mit der Puppe war ein dummer Fehler. Nichts mehr davon! Du hast dazugelernt. Wir haben dazugelernt! Sei umsichtig! Sei brillant! Verschwinde! Lächle! Wie einfach es doch ist zu lächeln! Es ist Zeit, dich ganz und gar deinen Studien zu widmen.

Deinen wahren Studien!

Und so zu Bett…

6. *Rot*

Augustus erwachte zum zweiten Mal in der Badewanne, diesmal mit einem vagen Glücksgefühl. Ein Lächeln zupfte von innen an seinen Mundwinkeln. Woher kam das Lächeln? Er blinzelte sich wach und ließ die jüngste Vergangenheit Revue passieren: der Tod eines Studenten. Der *Mord* an einem Studenten. Möglicherweise. Sicherlich. Ein chaotischer Papagei als Schutzbefohlener. Kein Kino mit Sybil. Nicht mal ein Küsschen – wahrscheinlich war sie jetzt sauer. Seite acht drohte weiterhin vom Schreibtisch. Der Besuch der rauchigen Viscountess. Kalte Asche. Die anstehende Beerdigungsrede. Nichts davon schien geeignet, ihn in diese stille, aber hartnäckige Euphorie zu versetzen.

Dann sah er auf seine Füße, die am Badewannenrand unter der Bettdecke hervorguckten und noch immer in Kletterschuhen steckten, und grinste. Das Dach! Das Wunder der nächtlichen Kletterpartie! Cambridge von oben! Der Nervenkitzel und danach der tiefe, triumphierende Friede des Gipfels! Augustus konnte es kaum erwarten, sich am nächsten Gebäude zu versuchen. Der Bibliothek? Einem Museum? Einem anderen College?

Zuerst einmal aber musste er aus der Badewanne und sich um den Papagei kümmern, der ernst und ein wenig skeptisch auf seiner Brust hockte. Wusste Gray, dass er sich gestern Nacht aus dem Staub gemacht hatte? Jedenfalls schaute er misstrauisch drein und ein wenig besorgt. Und stumm! Niemand konnte vorwurfsvoller schweigen als ein Papagei!

»Frühstück?«, krächzte Augustus, noch heiser von der kalten Nachtluft.

Gray sah ihn zweifelnd an.

»Nimm ne Nuss!« Augustus probierte es mit Bestechung.

»Nuss?« Sehr leise und sehr vorsichtig, aber immerhin.

»Genau, Nuss! Und Trauben! Banane?«

Augustus versuchte, mit dem Papagei auf der Brust aus der Badewanne zu klettern.

»Keks?« Gray war ein harter Verhandlungspartner.

»Okay, einen Keks gibt es auch!«

Als er es aus der Badewanne geschafft hatte, musterte er sich im Spiegel. Er sah zerzaust aus. Zerzaust – aber rosig. Gesund. Irgendwie – glücklicher.

Gray kletterte mit Hilfe von Schnabel und Krallen am T-Shirt hinauf und nahm den üblichen Posten auf Augustus' Schulter ein.

Augustus kämmte sein Haar.

Gray putzte sich das Federkleid.

Augustus putzte Zähne.

Gray knabberte versöhnlich an Augustus' Haar.

Beim Rasieren summten sie zusammen *Ga-ga-uh-la-laa*.

Dann öffnete Augustus die Badezimmertür und trat beschwingt hinaus in den Wohnraum. Gray hob von seiner Schulter ab und flatterte frohgemut Richtung Teppich. Doch er schien es sich plötzlich anders zu überlegen, be-

gann noch im Flug zurückzurudern, landete ungeschickt auf den Schwanzfedern und kippte vornüber. Es sah komisch aus.

Augustus lachte. Dann sah er Grays Ausdruck, und das Lachen blieb ihm im Halse stecken. Der Papagei war zu Tode erschrocken! Er saß einen Moment lang stumm und starr auf dem Teppich, die Federn so dicht angelegt, dass sie eher Schuppen als einem Federkleid ähnelten, dann flatterte er panisch kreischend auf dem Fußboden herum, hob endlich ab und schaffte es wieder hinauf auf Augustus' Bücherregal.

»Die Bude brennt! Mörder! Mörder! Fuck me!«

Augustus fühlte, wie er blass wurde. Was hatte der Papagei gesehen? War über Nacht jemand in sein Zimmer eingedrungen? Hielt sich hier etwa jemand versteckt? Wo bloß? Er blickte in den Kleiderschrank und unter das Sofa, öffnete die Tür zur Abstellkammer und die zum Schlafalkoven. Nichts! Das Fenster war verriegelt, die Tür abgeschlossen.

Trotzdem – Grays hartnäckiges Mord-und-Totschlag-Geschrei ließ keine entspannte Stimmung aufkommen. Hier stimmte etwas nicht!

Augustus Huff sah genauer hin. Auch ihn irritierte etwas, nagte leise, aber hartnäckig an seinem Bewusstsein. Dann hatte er es: Der Schreibtischstuhl stand nicht am Schreibtisch, wo er hingehörte, sondern immer noch dort, wo er ihn gestern hingeschleppt hatte, um es mit der rauchenden Viscountess aufzunehmen. Normalerweise hätte er längst für Ordnung gesorgt, aber in der morgendlichen Klettereuphorie hatte er sozusagen fünf gerade sein lassen. Und jetzt das!

Beschämt schleppte er den Stuhl zurück an seinen angestammten Platz.

Die Schreie verstummten.

Vogel und Dozent sahen sich verdutzt an.

Wirklich? Ein Stuhl am falschen Ort? Das war die Wurzel des ganzen Gezeters? Augustus kannte niemanden, der noch penibler war als er selbst, aber in Gray hatte er seinen Meister gefunden! Hatte der Vogel etwa auch »psychologische Probleme«? Dann erinnerte er sich an einige der Dinge, die er im Internet über Graupapageien gelesen hatte: Draußen in der afrikanischen Steppe rollten keine Stühle herum, die Welt bestand aus Bäumen, Steinen, Himmel und Gras, aber auch aus Geparden und Pavianen. Dinge, die an ihrem Platz blieben, waren für gewöhnlich harmlos. Dinge, die plötzlich ihren Platz wechselten, konnten den Tod bringen.

»Nuss!«, insistierte Gray, der sich vom ersten Schrecken erholt hatte. »Keks! Banane!«

»Okay.« Augustus hielt ihm die Hand vor die Brust, und der Vogel kletterte stumm und glatt zurück auf seine Schulter. Er ließ sich hinüber zum Küchentisch tragen und mit Futterpellets, Nüssen und einem Keks versorgen.

Augustus suchte und fand eine Banane.

Gray tunkte Futterpellets in Wasser.

Der Schreibtischstuhl erntete noch dann und wann einen vorwurfsvollen Blick, aber im Großen und Ganzen schien die Welt wieder in Ordnung zu sein.

Augustus machte sich Kaffee und ging die E-Mails durch, die sich über Nacht in seinem Postfach angesammelt hatten. Die meisten waren verzweifelte Hilfeschreie

seiner von Prüfungsangst geplagten Studenten. Er tippte beruhigende Floskeln in seinen Laptop, nippte Kaffee und überlegte dabei, was er nach der jüngsten Aufregung mit dem jungen Tage anfangen sollte. Die Seite acht konnte er jedenfalls wieder einmal vergessen! Außerdem durfte er keine Zeit verlieren: Die Beerdigung drohte, und er musste so schnell wie möglich mehr über Elliot herausfinden! Drei vielversprechende Gedankenpfade führten von seinem Schreibtisch hinaus ins Unbekannte.

Da war einmal der Nachtporter des Clare College, der Elliot am Fuß der Kapelle gefunden hatte. Vielleicht hatte er etwas gesehen, etwas beobachtet? Vielleicht erinnerte er sich, wenn Augustus nur die richtigen Fragen stellte! Ein Schrei und sonst nichts – irgendwie kam ihm das etwas zu dünn vor.

Weiterhin war da Philomenes Freundin Ivy, die mit Elliot auf sein Zimmer gegangen war, um dort Spielchen zu spielen. Ivy, der etwas fehlte. Eine delikate Angelegenheit. Augustus errötete prophylaktisch.

Außerdem sollte er endlich mit Sybil über Elliots Studien sprechen. Sybil, die seidig smart und vermutlich inzwischen auch sauer war und sicher wissen wollen würde, warum er Zeit hatte, toten Studenten nachzuspionieren, wenn er es noch nicht einmal schaffte, ins Kino zu gehen und Küsschen zu schicken.

Augustus seufzte und suchte Ivys Nummer hervor.

Gray schmierte Banane auf den Küchentisch.

Da! Ivy. Ivy und Philomene einträchtig auf demselben Blatt Papier.

Augustus hätte lieber mit Philomene telefoniert. Ob sie

wohl gerade im Café arbeitete? Ob sie wieder im »Herz der Finsternis« las? Seine Finger schwebten einen Augenblick lang unentschlossen über der Tastatur, aber dann tippte er doch Ivys Nummer ins Handy. Wie in aller Welt sollte er die Sache bloß anpacken? »Entschuldigung, hier ist Dr. Augustus Huff, Dozent für Anthropologie. Könnte ich vielleicht kurz mit Ihnen über Ihre jüngste Prostitutionserfahrung sprechen?«

Augustus war fest entschlossen, der Sache einen möglichst wissenschaftlichen Anstrich zu geben. Er wurde noch röter und horchte bang in den Hörer.

Dann legte er wieder auf, noch vor dem ersten Klingelton. Rot! Etwas Neues hatte seinen Gedankenpfad gekreuzt, blitzschnell und feuerrot: ein Student!

Der Student, der gestern auf ihn gewartet hatte. Brille. Strubbelige Haare. Feuerrot.

Frederik neigte weder zu Übertreibungen noch zu Blumigkeiten. Wenn er feuerrot sagte, dann meinte er feuerrot. Nur: Augustus hatte keinen Studenten mit feuerroten Strubbelhaaren. Mehr noch: Er kannte keinen solchen Studenten. Und so ein Rotschopf wäre ihm am College sicher aufgefallen. Ein Student von einem anderen College? Wenn dem so war, dann musste er seinen Besuch beim Porter angemeldet haben!

Augustus sprang auf und stürzte zur Tür. Gray schaffte es gerade noch auf seine Schulter, während Augustus in Rekordgeschwindigkeit die Tür zuerst auf- und dann hinter sich zusperrte und Richtung Treppe eilte, ohne groß auf Linksfüßigkeit zu achten.

Ausgerechnet mitten in der Examensperiode, wenn

Zeit kostbarer war als je sonst im Leben eines Studenten, hatte sich jemand die Zeit genommen, stundenlang vor Augustus' Tür zu warten! Und nach diesem ganzen Aufwand: keine Nachricht, nicht einmal eine E-Mail.

Das war mehr als nur ein bisschen komisch – das war zutiefst mysteriös!

Wer war der feuerrote Student?

Gaga uh-la-la. Gray hatte die Krallen in seine Schulter gegraben und genoss den ungewohnten Fahrtwind. Augustus war schon im Erdgeschoss angekommen, schlitterte um die Ecke, wäre fast mit einer Gruppe Studenten kollidiert, sammelte sich und steuerte, nun etwas würdevoller, auf die Loge des Porters zu.

Die Porter der Colleges von Cambridge waren mehr als nur Empfangspersonal und Ordnungshüter, sie waren mystische Kreaturen, ein bisschen Sphinx, ein bisschen Zerberus – eine gehörige Portion Orakel war auch dabei. Porter hielten die Touristen in Schach, die täglich die Unbeflecktheit des Rasens bedrohten. Sie öffneten und schlossen Türen – und sie kannten alle, die am College aus und ein gingen: die Lehrenden natürlich, aber auch alle Studenten, Handwerker und Angestellten. Nichts entging ihnen: wer mit wem, wo und warum, wer Besuch oder Post bekam, Hasch rauchte oder sich betrunken danebenbenahm. Kurz und gut: Porter wussten so gut wie alles! Es aber aus ihnen herauszubekommen – das war eine andere Geschichte.

An der Porter-Loge angekommen merkte Augustus, dass er schon wieder ordentlich an Geschwindigkeit zugelegt hatte. Er bremste, eben noch rechtzeitig und nicht gerade mit links vor dem Empfangstresen, versuchte sich an einem gewinnenden Lächeln und geriet aus dem Konzept.

»Rotschopf!«, keuchte er.

»Keks!«, krächzte Gray.

»Guten Morgen, Gray«, sagte John, der diensthabende Porter und glättete verlegen die fünf verbliebenen Haare auf seinem blanken Schädel. »Guten Morgen, Dr. Huff. Haben Sie wohl geruht? Ich sehe gleich mal nach, ob für Sie Post...«

»Nein«, schnaufte Augustus.

»Post!«, forderte Gray.

»Wundervolles Wetter«, murmelte der Porter, fest entschlossen, sich von Dozenten und Papageien nicht aus der Fassung bringen zu lassen.

»Doch«, sagte Augustus. »Natürlich will ich meine Post. Aber zuerst...« Er seufzte. Ausgerechnet an John war er geraten, einen Mann mit der einschüchternden Physiognomie eines Walrosses, der Natur einer Mimose und einer hoffnungslos überholten Vorstellung von Diskretion. Es würde nicht einfach werden, ihm Informationen über den mysteriösen Studenten aus der Nase zu ziehen.

»Gestern...«, begann er.

»Keks«, murmelte Gray trotzig.

»Ein Brief für Sie im Postfach«, verkündete John erleichtert. »Kein Absender. Wahrscheinlich abgegeben.«

Er drückte Huff einen Umschlag in die Hand, auf den in einer Kinderschrift AUGUST gekrakelt war.

»Rot!«, erinnerte Gray, und Augustus versuchte es erneut.

»Gestern wollte mich ein Student sprechen. Rote Haare

anscheinend. Feuerrot. Ich habe ihn verpasst, und jetzt frage ich mich, wie ich mit ihm in Kontakt treten kann.«

Der Porter sah ihn ausdruckslos an. Ein Dozent, der freiwillig versuchte, zur Prüfungszeit mit einem Studenten in Kontakt zu treten – das kam nicht alle Tage vor.

»Feuerrot?«, fragte er missbilligend.

»Die Bude brennt«, bestätigte Gray.

»Gestern, sagen Sie?«

Augustus nickte hoffnungsvoll. »So zwischen zehn und eins.«

Johns Gesichtsausdruck änderte sich, subtil, aber unverkennbar. »Da hatte ich Dienst. Da war kein rothaariger Student.«

»Vielleicht hatte er eine Mütze auf?«

»Auch kein Student mit Mütze«, sagte der Porter entschieden. »Bei der Hitze!« Dann erinnerte er sich an die Diskretion, für die er allseits bekannt war, und verstummte.

»Vielleicht... vielleicht ist er ja einer von unseren?«, bohrte Augustus. »Haben wir einen feuerroten Studenten?«

John guckte diskret, auf eine Art, die verriet, dass es da etwas gab, um dessentwillen man diskret sein konnte. Augustus fixierte den Porter mit, wie er hoffte, strengem Dozentenblick.

»Nimm ne Nuss«, schmeichelte Gray.

Auf einmal lachte John ein überraschend herzliches Walrosslachen und zauberte eine Erdnuss aus der Jackentasche.

»Gesundheit!«, krähte Gray entzückt.

Während der Papagei mit verblüffendem Geschick die Erdnuss schälte und dabei in Augustus' Kragen krümelte, lehnte sich der Porter weit vor und raunte in bester Geheimagentenmanier über den Tresen: »Pippa Crissup, zweites Semester. Röter geht's kaum.«

»Pippa?«, fragte Augustus und versuchte, die Krümel wegzubürsten. »Ein Mädchen?« Das konnte nicht richtig sein. Frederik hatte eindeutig von einem männlichen Studenten gesprochen, und auch wenn der alte Mathematiker etwas weltfremd sein mochte – diese Unterscheidung traute Augustus ihm gerade noch zu.

»Keine Jungs?«

»Nicht bei uns. Aber«, flüsterte John, noch immer im Agentenmodus, »natürlich kann man färben.«

Färben! Auf diese Idee war Augustus noch gar nicht gekommen. Praktisch jeder konnte über Nacht zum Rotschopf werden! Trotzdem – hätte Frederik dann nicht etwas von gefärbten Haaren gesagt? Augustus beschloss nachzufragen.

Gray war mit seiner Erdnuss fertig und ließ die leere Schale mit sichtlichem Vergnügen auf den Tresen segeln.

John besann sich auf die Würde seines Amtes, trat einen Schritt zurück und glättete noch einmal überflüssigerweise die Haare.

»Schönen Tag, Dr. Huff.«

»Rot!«, grüßte Gray.

»Kennen Sie den Nachtporter vom Clare?«, fragte Augustus.

»Natürlich«, sagte John in einem Ton, der verriet, dass er von diesem Nachtporter nichts hielt. Damit drehte er sich zurück zu den Postfächern, um anzuzeigen, dass das Gespräch beendet war.

»*Uh-la-laaa*«, trällerte Gray.

★

Nachdenklich schlenderte Augustus zurück zu seinen Räumen.

Die Spur des feuerroten Studenten hatte sich verloren, so plötzlich, wie sie aufgetaucht war. Wie war das möglich? Wenn der junge Mann hier am College studierte, hätte John ihn gekannt. Wenn er nicht am College war, hätte er sich in der Loge anmelden müssen, und John hätte ihn erst recht gekannt. Stattdessen hatte sich der mysteriöse Rotschopf einfach in Luft aufgelöst. Woher war er gekommen? Wohin war er... Augustus hielt an einem Fenster inne und starrte hinaus in den Innenhof, wo sich sattgrüner Efeu über roten Ziegel rankte. Sogar seine Großmutter könnte hier... Natürlich! Was, wenn der Student die Porter-Loge nie passiert hatte? Was, wenn er... *von oben* gekommen war?

Je länger Augustus darüber nachdachte, desto sicherer war er sich: Jemand war über ein paar Mauern, Zinnen und Dächer geklettert, um unbemerkt ins College zu gelangen. Um *ihn* hier im College zu sprechen. Keine einfache Aufgabe bei Tageslicht, neugierigen Fenstern und wachsamen Augen überall. Der Rotschopf war gut. Und er hatte viel riskiert – für ein Gespräch mit Augustus Huff, der zu diesem Zeitpunkt vermutlich im Café mit der hübschen Philomene geflirtet hatte.

Bestand eine Verbindung zu Elliot? Blöde Frage! Aber auch blöde Fragen mussten manchmal gestellt werden. Natürlich bestand da eine Verbindung! Augustus spürte es, genau so, wie er Schmutz auf seinen Händen spürte oder einen in Unordnung geratenen Schreibtisch. Ein ungutes Gefühl. Ein Kribbeln. War der Rotschopf Elliots Kletterkumpan? Hatte er etwas Verdächtiges gesehen? War er vielleicht selbst der Täter und wollte nun, vom schlechten Gewissen geplagt, ein Geständnis ablegen? Doch wieso war er ausgerechnet zu ihm, Augustus, gekommen? Schließlich konnte doch niemand wissen, dass er sich heimlich als Detektiv versuchte!

Was auch immer der Rothaarige von ihm gewollt hatte – es musste wichtig gewesen sein. Aber warum hatte er dann nach stundenlangem Warten so plötzlich das Weite gesucht? Fragen über Fragen und kein vielversprechender Gedankenpfad weit und breit. Frustriert trommelte Augustus gegen den weißen Umschlag in seiner Hand. Der feuerrote Student war so eine interessante Spur gewesen, und jetzt stand er wieder mit mehr Fragen als Antworten da!

Er bog in seinen Gang ein – und erstarrte. Blut! Ein satter Blutstropfen saß vor ihm auf dem Holzboden wie ein sinistres Juwel. Und dann noch einer! Und noch einer! Die Blutspur führte geradewegs auf seine Tür zu. Und vor der Tür kauerte eine Gestalt!

7. *Knapp daneben*

Kurze Zeit und ein Handgemenge mit vier Händen, zwei Flügeln und einem Schnabel später saß Augustus in seinem Denksessel und betrachtete schockiert die Blutschmierer auf dem Fußboden. Gray hockte auf der Sessellehne und putzte sich gewissenhaft und etwas pikiert das Gefieder.

Vor ihnen, im Studentenstuhl, saß Cassandra Greenwood, Studentin im dritten Semester, die Handgelenke notdürftig verarztet, und heulte Rotz und Wasser.

»Und jetzt hat der Arsch auch noch Schluss gemacht, und ich weiß wirklich nicht... Ich meine: Für was? Ich bestehe sowieso nicht!«

»Hmm.« Augustus riss seinen Blick von den Blutstropfen los und reichte ihr ein Papiertaschentuch. »Vielleicht hat er ja auch Stress?«

»Stress?« Cassandra warf den Kopf zurück und lachte ein ungesund hohes Lachen. »Meine Güte, Stress! Ich habe nicht einmal alles gelesen, geschweige denn... Ich weiß genau, was mein Vater... Alles, nur das nicht... Bye, bye, ciao, arrivederci!«

»Aber das Leben...« Augustus hielt inne und überlegte. Er zückte ein neues Taschentuch.

»Das ist kein Leben... das ist... das ist...« Cassandra tupfte unbeholfen an ihrem Gesicht herum, zu betrunken, um sich effektiv zu schnäuzen. »Sklaverei, jawohl! Wenn ich erst einmal Juristin... Aber ich werd's ja nicht. Das ist es ja. Ich werd gar nichts... Aus, Schluss, vorbei!«

Sie heulte aufs Neue los. An ihrem linken Nasenloch bildete sich eine Rotzblase.

Augustus saß, bewaffnet mit einem weiteren Taschentuch, stocksteif in seinem Sessel. Jetzt wäre wohl der richtige Zeitpunkt gewesen, ihr väterlich auf die Schulter zu klopfen oder wenigstens die Hand zu tätscheln. Aber ein Blick auf die blutverschmierten Hände mit den Trauerrändern unter den Nägeln genügte, um ihm Schauer über den Rücken zu jagen.

Er stand auf. »Aber das!« Er deutete hilflos auf die Sauerei auf dem Fußboden. »Ist das wirklich nötig? Es gibt doch immer...«

Langsam gingen ihm die Plattitüden und Taschentücher aus. Er fühlte sich fehl am Platz. Wie sollte ausgerechnet *er* seiner Studentin etwas von der Leichtigkeit des Lebens erzählen?

»Scheiße«, stöhnte Cassandra und ignorierte das Taschentuch. »Ich bin so scheiße. Nicht mal das kriege ich hin.«

»Knapp daneben ist auch vorbei!«, krächzte Gray mitfühlend.

Plötzlich grinste Cassandra. »Ich hab auch Tabletten genommen!«

»Tabletten?« Auch das noch! Augustus stürzte zur Tür. Krankenschwester! Notarzt! Was für ein Zirkus! Dabei war sie gut, nach allem, was ihre Professoren sagten. Mehr als gut sogar, wirklich begabt. Nur eben keine Nerven. Und ohne Nerven...

Hinter ihm war zweistimmig ein herzzerreißendes Schluchzen zu hören – Gray versuchte sich an der neuen Geräuschkulisse.

Augustus griff unbeirrt nach der Türklinke. Seit er mit Gray zusammenlebte, ließ er sich von einem bisschen Geheul nicht mehr ins Bockshorn jagen.

»Mir ist so schlecht«, stöhnte es plötzlich hinter ihm. »Ich muss kotzen!«

»Kotzen«, feixte Gray. »Kotzen! Kotzen!«

Augustus' Hand am Türgriff erstarrte. Im nächsten Augenblick hatte er Cassandra bei den Schultern gepackt und bugsierte sie unsanft Richtung Badezimmer.

»Uhhuuhuuuaa!«, heulte Gray von der Sessellehne.

»Die Welt ist so ... zirkulär«, murmelte die Studentin fast nachdenklich und übergab sich herzhaft ins Waschbecken.

★

Danach saßen Studentin und Tutor erschöpft auf dem Badewannenrand, Augustus durch und durch erschüttert, Cassandra blass und nüchtern.

Gray heulte gut gelaunt durchs Wohnzimmer.

»Ich muss jetzt die Krankenschwester...«, sagte Augustus und griff nach seinem Handy. »Sorry.«

»Ich bin übern Berg«, sagte Cassandra mit rauer Stimme. »Ich dachte nur... Ich weiß nicht, was ich dachte...«

Augustus hörte mit dem Wählen auf. Ihm war ein Gedanke gekommen – noch kein Pfad, aber vielleicht so etwas wie ein Test...

»Wolltest du dich wirklich...? Ich meine... Selbstmord?«

Er kam sich mies vor, weil er eine offensichtliche Notsituation für seine Detektivarbeit ausnützte, aber andererseits war hier eine Chance, sich noch einmal mit dem Selbstmordthema auseinanderzusetzen.

Cassandra starrte lange zweifelnd auf Augustus' nicht mehr so sauberen Fliesenboden.

»Nö«, sagte sie dann. »Es war nur alles so viel… Ich… ich wollte einfach weg. Aber… nicht *dahin*. Verstehen Sie das?«

Augustus kannte das Gefühl wegzuwollen. Er nickte und schwieg.

»Spiel das Spiel!« Grays kleiner grauer Kopf war an der Badezimmertür aufgetaucht. Der Papagei watschelte auf Augustus zu. Seine Krallen klackten fröhlich auf den Fliesen.

»Zirkus, Zirkus«, sagte er weise und begann, Augustus' Hosenbein hinaufzuklettern.

Cassandra lachte leise. »Das ist der von dem Freak, stimmt's?«

Freak? Augustus zögerte. Waren weißblonde Haare, ein Oberklassenakzent und ein Papagei auf der Schulter schon genug, um als Freak abgestempelt zu werden? »Elliot«, sagte er.

Cassandra zuckte mit den Achseln. »Wie auch immer. Der mit den komischen Fragen. Bei mir hat er es auch versucht! Was für ein Creep! Aber der Vogel ist okay!«

Was genau hatte Elliot versucht? Huff traute sich nicht zu fragen.

»Psychologische Probleme!«, gab Gray zu bedenken. Er war auf Augustus' Schoß angekommen, und Huff ertappte

sich dabei, wie er ihm gedankenverloren den Rücken streichelte.

»Wissen Sie, warum ich weiß, dass es nicht wirklich Selbstmord war?«, fragte Cassandra. »Persy. Das ist mein Pferd. Ich habe sie, seit ich vierzehn war. Sie ist alt und fett, aber wenn ich... ich meine, wenn ich wirklich... Ich hätte mir überlegt, was mit ihr passieren soll. Etwas Gutes. Ich hätte sie nicht einfach so im Stich gelassen.«

Da war es, klar wie Sonnenschein. Kein bloßer Pfad, eher eine breite, offene Lichtung. Hätte Elliot wirklich Selbstmord begangen, hätte er vorher für Gray gesorgt! Denn was auch immer Elliot von seinen Mitmenschen gehalten haben mochte, der Papagei hatte ihm zweifellos viel bedeutet. Sicher hätte er einen guten Platz für ihn gefunden – nicht einfach nur ein leeres Zimmer ohne Wasser und Futter. Es war so offensichtlich! Augustus fragte sich, warum er nicht früher darauf gekommen war. Warum nicht *jeder* darauf gekommen war...

Cassandra erhob sich schwankend. Augustus besann sich, wählte die Nummer der Krankenschwester und vereinbarte, dass sie die Studentin bei ihm abholen sollte. Er reichte der zitternden Cassandra einen feuchten Lappen, fand irgendwo einen alten Pullover und machte sie fertig zum Abtransport.

Die Krankenschwester, die wenige Minuten später bei ihm klopfte, war kompetent, kompakt und obendrein mit einer warmen Decke bewaffnet. Sie kontrollierte Cassandras Pupillen, schnalzte ein paarmal missbilligend mit der Zunge und wickelte das Mädchen ein wie ein delikates, aber sperriges Gepäckstück.

Endlich war Augustus wieder allein – sofern man mit einem herzzerreißend heulenden Papagei allein sein konnte. Zurück blieben der schwache Geruch von Erbrochenem und ein seltsam zerbrechliches Gefühl von Klarheit.

Augustus holte Scheuermilch, Eimer und Putzschwamm hervor und machte sich daran, die jüngsten Nebenprodukte seiner Tutorentätigkeit von Fußboden und Waschbecken zu schrubben. Dann kroch er auf allen vieren hinüber ins Wohnzimmer, um sich die Blutflecken vorzunehmen.

Gray ritt auf seinem Rücken wie ein kleiner Edelmann und ermunterte ihn, gewissenhaft zu arbeiten.

»Knapp daneben ist auch vorbei«, mahnte er.

»Ich weiß«, seufzte Augustus.

Er schrubbte mit Leib und Seele, schrubbte, als könne er nicht nur den Fußboden in seinem Bad, sondern das ganze College, ja, ganz Cambridge reinwaschen. Wie viele unentdeckte Blutflecken gab es hier? Wie viel Schmutz unter Teppichen, wie viel Staub in vergessenen Winkeln? Und war er, Augustus Huff, wirklich der Einzige, der bereit war, etwas dagegen zu unternehmen? Warum kamen sie alle zu ihm mit ihrem persönlichen Chaos? Wieso erwarteten sie ausgerechnet von ihm, dass er Ordnung schaffte? Warum war überall Dreck?

Er ertappte sich dabei, wie er leise und verächtlich »Dreck!« vor sich hin murmelte, und nahm sich zusammen. Eigentlich wollte er nur in Ruhe... denken. Warum ließen sie ihn nicht...

Er hielt inne. Beim Putzen war er auf den weißen Um-

schlag gestoßen, der ihm in der Aufregung aus der Hand geglitten sein musste und nun gar nicht mehr weiß und rein, sondern blutbefleckt unter dem Denksessel lag.

»Dreck«, krächzte Gray nachdenklich.

Augustus fischte den Umschlag mit spitzen Fingern hervor. Komisch eigentlich, kein Absender, gar nichts, und dann diese krakelige Kinderschrift. Nur »August«, nicht »Dr. Huff« und schon gar nicht »Dr. Augustus Huff, PhD«, wie es sich eigentlich gehört hätte. Fast... respektlos.

»Papier«, sagte Gray. »Rot. Spiel das Spiel!«

Rot? Huff musste an den rothaarigen Studenten denken. Was, wenn der auf diese Art mit ihm Kontakt aufnehmen wollte? Er riss den Umschlag auf, zog den Inhalt heraus und starrte plötzlich in Elliots kaltes, aristokratisches Gesicht. Der Student hatte den Kopf zur Seite geneigt, beinahe als würde er zuhören, aber seine hellen Augen blickten Augustus tot und erbarmungslos an.

Es klopfte. Eine Sekunde später steckte Sybil ihren hübschen Kopf zur Tür herein.

»Hey Huff!«

Augustus kniete auf dem Fußboden, Blut überall, und hielt das blutbefleckte Foto eines toten Studenten in der Hand.

»Hey!«, sagte er lahm. Hatte sie gesehen, was er da in der Hand hatte? Wieso wartete sie nach dem Klopfen nicht, bis er »Herein« sagte oder öffnete oder sonst etwas unternahm? Warum klopfen, wenn man im nächsten Moment die Tür sowieso aufriss? Er hatte das einmal charmant gefunden, eine Vertrautheit, eine romantische Eile, aber mittlerweile nervte ihn die Sache.

»Papier«, mahnte Gray.

Augustus stopfte das Foto also hastig zurück in den Umschlag und richtete sich mit blutigen Händen auf.

»Sybil«, sagte er und spreizte entschuldigend die Finger. »Ich muss Hände waschen.«

»Uuh«, sagte Sybil mit Blick auf das rosige Wasser in seinem Putzeimer. »Studentenkrise?«

»Selbstmordversuch im dritten Semester«, murmelte Augustus, etwas betreten, dass einer seiner Schützlinge zu derart verzweifelten Mitteln gegriffen hatte. Bedeutete das, dass er kein guter Tutor war? Dabei gab er sich wirklich Mühe. »Aber sie ist übern Berg.«

»Ah, drittes Semester. Das sind die Schlimmsten!« Sybil machte eine wegwerfende Handbewegung. »Da haben sie langsam kapiert, dass es um die Wurst geht, und dann … Mach dir keine Sorgen, so was kommt vor.«

»Uhh-la-laaa«, bestätigte Gray, der zurück auf den Denksessel geflattert war. Augustus flüchtete, den Umschlag unter den Ellenbogen gepresst, hinüber ins Badezimmer.

»Der hat sich aber gut eingewöhnt«, sagte Sybil, während Augustus das blutbeschmierte Bild von Elliot unter Grays Zeitungspapier stopfte, sich die Hände wusch und dabei fieberhaft nachdachte. Eigentlich war es gut, dass Sybil hier war. Es bedeutete, dass sie nicht allzu sauer war und, noch besser, dass er sie zum Thema Elliot aushorchen konnte. Nur musste er vorsichtig sein, so vorsichtig! Sybil war schlau, mehr als nur schlau sogar. Ob sie wohl jetzt einen Kuss wollte? Und was für einen Kuss? Wangen? Stirn? Mund? Augustus, der in manchen Situationen durchaus für Küsse zu haben war, hatte erst einmal genug

von Körperflüssigkeiten. Er ließ widerwillig von der Seife ab, tupfte sich die Hände trocken, holte tief Luft und ging wieder ins Wohnzimmer, wo Sybil es sich mittlerweile auf dem Studentenstuhl gemütlich gemacht hatte, verkehrt herum, ein Bein links, ein Bein rechts der Lehne, wie eine Stripperin.

»Kaffee?«, fragte Augustus irritiert. »Hast du ein bisschen Zeit?«

»Keks«, tönte Gray vom Sessel. Augustus guckte neidisch. Der Papagei sah gut aus in seinem Denksessel. Entspannt und intelligent. Irgendwie ... kompetent. Und wo sollte *er* sich hinsetzen?

»Kaffee und Kekse«, seufzte Sybil. »Du bist ein Schatz! Perfekt!«

»Perfekt!«, bestätigte Gray.

Augustus machte sich auf, um Kaffee zu brauen und in seinem arg dezimierten Keksvorrat nach etwas Brauchbarem zu suchen, und hörte dabei Sybil zu, wie sie sich mal wieder über die Engstirnigkeit und Verbohrtheit des Klopses beklagte. Ab und zu warf er ein mitfühlendes »Ah« ein und manchmal, wenn angebracht, ein nachdenkliches »Hm«.

Er lud zwei Kaffeetassen und den Keksteller auf ein Tablett und fügte im letzten Augenblick noch ein paar Trauben für Gray hinzu. Der Papagei sollte sich gesund ernähren. Wenigstens einer!

Dann hatte er es: Gray war der perfekte Vorwand, um das Gespräch auf Elliot zu lenken! Er balancierte das Tablett hinüber zu Sybil, setzte sich notgedrungen auf den Fußboden und fütterte Gray eine Traube.

»Kennt ihr euch gut?«, fragte er.

»Nicht wirklich«, sagte Sybil, blickte zur Seite und wollte gerade zu einer neuen Tirade über ihren Institutsleiter ansetzen, als Gray den Kopf schief legte und leise, lockend und vertraulich »Professor Vogel« zirpte.

Sybil lachte, ein wenig nervös, wie Augustus fand. »Wir wurden einander vorgestellt, ja.«

»Großartig.« Huff lächelte ein möglichst harmloses Lächeln. »Dann kann ich dich ja fragen ... Er sagt manchmal gewisse Dinge, und ich bin mir nicht ganz sicher, wie ich darauf reagieren soll. Er kann ganz schön laut werden.«

»Was für Dinge?« Sybil richtete sich auf dem Studentenstuhl auf, nun nicht mehr so entspannt.

»Na ja, Worte. Dinge. Worte für Dinge. Ball. Würfel. Holz. Rund. Eckig. Blau. Grün. So was. Und dann erwartet er irgendwas von mir. Ich glaube, es hat mit seinem Training zu tun. Weißt du, woran genau Elliot mit ihm gearbeitet hat?«

»Ach so, das.« Sybil massierte sich das schmale Handgelenk. »Ich hatte keine Ahnung, dass er schon so weit war. Am Anfang ging es darum, die Studien von Dr. Pepperberg nachzustellen.«

Augustus guckte fragend.

»Dr. Irene Pepperberg? Nie gehört? Sie hat versucht zu zeigen, dass Graupapageien wirklich mit Sprache umgehen können, dass sie verstehen, was sie sagen, bis hin zu einem ziemlich abstrakten Niveau. Ob es ihr gelungen ist, bleibt bis heute umstritten. Ihre Methodik war alles andere als sauber, finde ich.«

Augustus ertappte sich dabei, dass er wie Gray den Kopf

schief legte. Wo auch immer Dr. Pepperberg methodisch gepfuscht haben mochte, es gab keinen Zweifel daran, dass Elliot der Sache auf den Grund gegangen war. »Einfach nur nachzustellen?«, fragte er.

»Das war der erste Schritt«, antwortete Sybil vage, ohne etwas über den zweiten Schritt zu verraten. »Ich habe das Training nicht überwacht. Es war nur eine Vorstudie für das, was er in seiner Doktorarbeit vorhatte, und bis dahin ist es ja noch ein ganzes Stück. *War.* War es ein Stück.« Sie schüttelte bedauernd ihren glatten Vorhang aus Haar. Seidige Wellen glitten über ihre Schultern, und auf einmal hatte Augustus doch Lust auf ein Küsschen.

»Ehrlich gesagt weiß ich nicht so genau, was Elliot in seiner Doktorarbeit vorhatte. Er war da ein bisschen zugeknöpft. Aber soweit ich weiß, ging es im Prinzip darum, Verhaltensforschung mit Linguistik zu verknüpfen.«

»Aha.« Augustus kannte sie gut genug, um zu wissen, wann sie auswich. Genau jetzt. Es war untypisch. Normalerweise war Sybil Vogel direkt wie ein D-Zug. Warum zierte sie sich jetzt? Wegen Elliot? Linguistik? Was hatte ihn daran interessiert? War das wirklich ein geeigneter Gegenstand für Elliots boshaften, schneidenden Verstand gewesen?

Sybil hatte begonnen, ein wenig misstrauisch zu gucken, also wandte sich Augustus wieder Gray zu, der am Sesselrand saß und heikel wie eine alte Tante an einer Traube zuzelte.

»Und was mache ich jetzt, wenn er wieder anfängt?«, fragte Augustus. »Ich meine, wie bringe ich ihn dazu, die Klappe zu halten?« Natürlich wusste er, was zu tun war:

Spiel das Spiel! Und der eine oder andere Sonnenblumenkern konnte auch nicht schaden. Trotzdem wartete er gespannt auf Sybils Antwort.

Sie spielte einen Moment lang unschlüssig mit ihrem Haar. »Na ja, im Prinzip ist es ein Konditionierungsprozess. Er will eine Belohnung. Wenn du ihm also ein wenig Futter gibst… andererseits, wenn du ihm *immer* Futter gibst, sobald er damit anfängt, wird er nur umso mehr… Du musst es irgendwie abwägen. Keine leichte Frage, Huff. Ich hatte mit dem Training nichts zu tun.«

Warum wiederholte sie das? Sybil wiederholte sich sonst selten. Da war irgendetwas, das sie Augustus nicht sagen wollte!

»Keks«, forderte Gray. »Keks! Keks!«

»Gib ihm bloß keinen Kaffee!«, sagte Augustus und dachte, dass sie dem Vogel unrecht tat. Gray ging es nicht nur um ein paar Sonnenblumenkerne, es ging ihm darum, die Dinge beim Namen zu nennen. Es ging um Wahrheit! Es ging um Erkenntnis! Das Spiel war ein Wahrheitsspiel – oder etwa nicht?

Sybil verspeiste unter Grays gierigen Blicken einen zweiten Keks, blickte dann auf ihr Handy und seufzte. »Ich muss weg. Wir bereiten das Symposium vor. Danke für den Kaffee, das war jetzt genau das Richtige!«

Sie stand auf, Licht in den Honighaaren, und auf einmal wollte Augustus sie doch küssen. Küssen, umarmen und halten, ihre Knochen fein wie Vogelknochen, das Fleisch drum herum warm und fest und da.

Sybil blieb stehen, lachte halb ironisch und ließ ihn gewähren.

Sie roch wie Sommerregen, Sommerregen und Kerzenschein und alte Bücher. Manchmal verstand Augustus sich selbst nicht. Warum konnte er ihr nicht einfach ab und zu Küsschen schicken, so wie andere Leute auch?

»Ich tu alles für dich«, sage Elliots ernste Stimme in seinem Rücken. »Alles, nur das nicht!«

Er spürte, wie Sybil in seinen Armen erstarrte, und auch ihm lief es kalt den Rücken hinunter. Hatte der Papagei das von Elliot? Zweifellos, diesmal war es eindeutig Elliots Stimme, die Gray so treffend nachahmte. Doch die Worte passten so gar nicht zu dem Toten. »Tu alles für dich?« Höchst untypisch! War das eine von Elliots Anmachnummern gewesen? Aber die Stimme klang so ernsthaft und traurig und echt. Augustus fragte sich, zu wem Elliot das gesagt haben könnte – und was das eine Ding war, das zu tun Elliot nicht bereit gewesen war.

»Uhh, der ist aber wirklich täuschend ähnlich! Heftig! Wie hältst du das bloß aus?« Sybil wand sich aus Augustus' Armen, schnappte ihre Laptoptasche vom Boden und eilte, ein bisschen blass um die Nase, zur Tür.

»Ich muss weiter. Wenn ich dir einen Tipp geben darf: Vergiss Elliot! Je weniger Gedanken du an den engstirnigen kleinen Scheißer verschwendest, desto besser. Bis bald! See you! Vielleicht heute Nacht...«

Sie zwinkerte.

»See you«, antwortete Augustus zögernd, während Sybil geschmeidig wie eine Amazonasschlange aus der Tür glitt. Er mochte ihr Zwinkern nicht. Zu asymmetrisch. Irgendwie unordentlich. Heute Nacht? Eigentlich hatte er ein weiteres Kletterabenteuer geplant! Sybils Körperwärme verflog aus seiner Kleidung, während Gray drüben auf dem Sessel feuchte Kussgeräusche produzierte. Augustus packte die Kekse weg. Auf einmal war er froh, dass sie wieder allein waren.

»Okay«, sagte er zu niemand Bestimmtem.

»Perfekt!«, lobte Gray.

Augustus ignorierte ihn. Elliot lag dort drüben in seinem Badezimmer unter einer Lage aus Zeitungspapier begraben, und ihm lief die Zeit davon.

Er sperrte gewissenhaft ab. Die meisten Probleme in seinem Leben entstanden dadurch, dass Leute ungefragt in sein Zimmer eindrangen. Dem konnte vorgebeugt werden!

Erst als er sich wiederholt vergewissert hatte, dass die Tür wirklich gut verschlossen war – bombensicher, hundertprozentig, ohne jeden Zweifel –, ging er zurück ins Badezimmer und holte den blutigen Umschlag wieder hervor.

AUGUST.

Wie hatte er das bloß vergessen können? Inzwischen wusste er natürlich, wer den Umschlag für ihn abgegeben hatte. Zögernd zog er das erste Bild hervor. Es war eigentlich nur eine Kopie mit zu scharfen Kontrasten, matten schwarzen Flächen und blutigen Fingerabdrücken an den Rändern. *Seinen* Fingerabdrücken.

Er fragte sich beinahe beiläufig, wie es möglich war, dass man auf so einer Kopie sofort sehen konnte, ob jemand tot war oder nicht. In diesem Fall gab es gar keinen Zweifel. Eine gewisse Leere im Blick. Es fehlte so etwas wie Richtung. Fokus. Zukunft. Seele? So weit wollte er als Wis-

senschaftler lieber nicht gehen. Er registrierte die Pflastersteine um Elliots Kopf und erkannte das Muster.

Elliot am Fuß der King's College Chapel, nach dem Fall. Kenny das Wildschwein hatte sein Versprechen gehalten. Unter dem ersten Bild fand sich ein zweites, unter dem zweiten ein drittes, alle unbarmherzig und detailverliebt. Alle zeigten Elliot, aus verschiedenen Winkeln, mehr oder weniger appetitlich, aber immer tot.

Augustus bemerkte die mit zufälliger Kunstfertigkeit hingeworfenen dunklen Flecken neben dem Kopf des Studenten. Blut. Blut in Schwarz-Weiß. Er überwand seinen Widerwillen, um sich die Bilder mit wissenschaftlicher Objektivität anzusehen. Elliot trug ein weißes Hemd und eine dunkle, weite Hose. Aus den Hosenbeinen guckten charakteristisch gummierte Kletterschuhe hervor. Geeignete Kletterkleidung, kein Zweifel, obwohl Augustus das weiße Hemd für den Zweck übertrieben elegant vorkam. Über die Verletzungen des Studenten wollte er nicht besonders lange nachdenken. Zermatscht – das traf es eigentlich ganz gut, obwohl die eine Hälfte des Gesichts, abgesehen von ein paar Kratzern an der Schläfe, seltsam unversehrt war. Tod durch Schwerkraft, keine Frage. Doch darum ging es nicht wirklich. Der Mord war vorher passiert, hoch oben auf der Kapelle, wo ihn jemand ... ja was? Fallen lassen? Ausgetrickst? Erschreckt? Geschubst hatte?

Dann sah Augustus die seltsam graziös gekreuzten Beine des Toten. Überkreuzte Beine konnten bedeuten, dass jemand die Leiche post mortem bewegt hatte, das hatte er einmal in London in einer Ausstellung gelernt.

Hatte jemand Elliot nach dem Fall *umgedreht*? Doch

nein, dazu war keine Zeit gewesen, schon gar nicht, wenn der Täter nach dem Mord erst von der Kapelle hatte klettern müssen. Schließlich war der Porter gleich nach dem Fall hinaus auf den Kirchenvorplatz geeilt. Oder etwa doch nicht? Was genau hatte sein unordentlicher Freund Kenny noch zu diesem Thema gesagt?

Augustus formte die Kopien nachdenklich zu einer Rolle und schob sie zu den Erpresserfotos in die Papageienstange. Da drinnen sammelte sich einiges an Schwarz und Weiß an – und seit Neuestem auch etwas Rot!

Ziemlich belastend, diese ganzen Fotos zusammen in ihrem Versteck!

Versuchte jemand, ihm die Schuld in die Schuhe zu schieben? Der Gedanke war so neu, so seltsam und unwahrscheinlich, dass Augustus ihn erst einmal wegscheuchte, aber während er sich gründlich die Hände wusch, kam der Gedanke ungefragt zurück. Es ergab keinen Sinn! Wenn es jemanden gab, der ihm die Schuld zuschieben wollte, dann war er es selbst mit seinen Träumen und seinen komischen Schuldgefühlen.

Paranoia. Auch das noch.

Er wusste aus Filmen, dass es eine Methode gab, unsichtbare Blutspuren wieder sichtbar zu machen, mit Hilfe einer kleinen Sprayflasche, ähnlich einem Putzmittel, in Wirklichkeit aber ein Anti-Putzmittel, das längst vergessene Sauereien zurück ins Diesseits holte. Luminol. Eine Art Erleuchtung in Flaschen.

Augustus stellte sich vor, wie es wohl wäre, wenn jemand hier in seinem Zimmer mit einer solchen Flasche herumsprühen würde. Blut überall. Ein Geisterblutbad.

Er schauderte, dann zog er seine Hände widerwillig unter dem Wasserstrahl hervor. *Alle Wohlgerüche Arabiens...* Doch Schluss mit dem Gegrübel! Für seine Untersuchung brauchte er auch so etwas wie eine Sprayflasche, die Verborgenes sichtbar machte. Er musste hinaus aus seinen blutgetränkten Gefilden, hinunter auf die Straße, wo sich vielleicht mit den richtigen Mitteln Antworten auf seine vielen Fragen finden ließen!

Augustus schnappte sich Jacke und Papagei, sperrte auf und wieder ab und eilte, mit links voran, die Treppen hinab und hinaus auf die Straße. Dort erwartete ihn eine unerfreuliche Überraschung.

Gray spreizte die Flügel.

»Die Bude brennt!«

Von wegen! Es goss wie aus Kübeln.

Verärgert schlug Augustus den Kragen hoch. Den nächtlichen Kletterausflug konnte er jetzt wohl vergessen! Und war so ein Sommerregen wirklich gut für den Papagei? Nach kurzem Bedenken rollte Augustus die linke Seite seines Kragens wieder nach unten, damit der verzückt gurgelnde Gray wenigstens von einer Seite vor dem Wasser geschützt war.

★

Wäre er nicht so sehr mit dem Vogel auf seiner Schulter beschäftigt gewesen, hätte er sie vermutlich kommen sehen, ja, womöglich noch Zeit gehabt, sich unter dem Vorwand des Regens in den einen oder anderen Hauseingang zu flüchten, so aber rannte er fast in sie hinein.

Uh-la-laa.

Genau wie Augustus war sie vom Regen überrascht worden. Die weiße Bluse klebte nass an ihren Schultern und wies ein beunruhigendes Maß an Transparenz auf.

»Professor!«, sagte Elena die Bettenmacherin ein wenig vorwurfsvoll.

»Huff!«, sagte Huff und versuchte, den Blick von ihrer Bluse loszureißen. Er hatte die Reinigungsdame noch nie auf der Straße getroffen, privat sozusagen, und war verlegen. Sie hatten sich gegrüßt, so weit, so gut. Was jetzt?

»Schöner Tag heute?«, improvisierte Elena. Nicht gerade originell – aber vielleicht lief sie ja gerne mit halbtransparenter Bluse durch den Regen?

»Es geht so«, murmelte Huff und dachte an das morgendliche Blutbad zurück. Schauer und kaltes Wasser rannen ihm den Rücken hinab.

»Perfekt!«, widersprach Gray.

Elena guckte missbilligend auf den nassen Papagei, der da unter Augustus' Kragen hervorlugte.

»Der ist ja immer noch auf Ihrer Schulter«, sagte sie.

Jetzt dachte sie wahrscheinlich, dass Augustus ein Idiot war, der den Vogel einfach nicht von der Schulter bekam – dabei hatte sich die Situation mittlerweile grundlegend geändert.

»Ich bin jetzt offizieller temporärer Halter«, erklärte Huff nicht ohne einen gewissen Stolz. So. Schluss mit dem Small Talk. Immerhin galt es, einen Mord aufzuklären. Er machte einen Schritt nach links, um sich an der feuchten Elena vorbeizuquetschen, doch im selben Moment tat die Bettenmacherin einen Schritt nach rechts, und er wäre

fast mit ihren Brüsten kollidiert. Dann standen sie wieder beide wie angewurzelt voreinander, tropfend und verlegen.

»Ich muss...«, sagte Elena.

»Sie brauchen heute nicht... ich meine, nicht bei mir... ich habe schon geputzt. Wegen des ganzen Blutes.« Streng genommen putzte er immer selber nach – in Sachen Hygiene konnte man sich auf Leute wie Elena einfach nicht verlassen. Dann hatte er es auf einmal – Elena machte Zimmer sauber, war aber selbst eher so etwas wie Luminol, jemand, der verborgenen Schmutz sichtbar machen konnte! Wer würde besser über Elliots Gewohnheiten und Eigenheiten Auskunft geben können als die Frau, die das letzte Jahr über tagein, tagaus sein Zimmer saubergemacht hatte?

»Blut?«, fragte Elena alarmiert.

»Total zermatscht!«, übertrieb Gray, schlug mit den Flügeln und stimmte sein herzzerreißendes Geheul an.

Elena trat einen Schritt zurück und blickte nervös an Huff vorbei.

»Wollen Sie vielleicht bei Gelegenheit... einen Kaffee?«, platzte Augustus heraus.

Die Bettenmacherin warf ihm einen erschrockenen Blick zu, und er spürte, wie er wieder einmal rot wurde. Na toll, jetzt hatte er es geschafft – sie würde sich beschweren! Sexuelle Belästigung am Arbeitsplatz oder kurz vor dem Arbeitsplatz oder einfach auf der Straße. Ob er wohl die durchsichtige Bluse als mildernden Umstand geltend machen konnte?

Doch zu seiner Überraschung senkte Elena den Kopf und errötete selbst ein wenig.

»Ich muss aber in zwanzig Minuten weiter«, sagte sie.

»Spiel das Spiel!«, ermutigte Gray sie.

Augustus guckte verwirrt. Was? Jetzt sofort? Warum nicht! War er nicht auf der Suche nach Transparenz und Erleuchtung auf die Straße gerannt? Die Transparenz war schon gegeben, und wenn er Glück hatte, war auch die Erleuchtung nicht weit.

»Großartig!« Er schnappte Elena am Ellenbogen und steuerte sie auf ein Café zu, bevor ihre Bluse das letzte bisschen Opazität verlor.

Es war ein großes, seelenloses Touristencafé und denkbar ungeeignet für ein echtes Date, aber für Augustus' Zwecke war es so gut wie perfekt: laut, belebt und gar nicht intim, mit freiem Ausblick auf die Straße und einem voluminösen Drachenbaumgewächs, das Gray vor neugierigen Blicken verbarg.

Er bestellte zwei Kaffee – wenn er mit dem Kaffee so weitermachte, würde er bald ähnlich hyperaktiv sein wie der Papagei –, dann starrte er unschlüssig auf seine Hände. Wie das Gespräch auf Elliot lenken, ohne dass Elena sofort durchschaute, dass dies doch kein Date war, und beleidigt von dannen zog?

»Äh…«, sagte er.

»Ich…«, sagte Elena.

»Psychologische Probleme!«, riet Gray.

Das war es! Wer würde schon einen Tutor sitzen lassen, der nach dem Selbstmordversuch eines Studenten ein wenig mit dem Schicksal haderte? Also ließ Augustus sich lang und ungewohnt offen über das morgendliche Blutbad aus, über den Schock, den Druck, die Verantwortung eines Tutors. Es tat überraschend gut.

Die Bettenmacherin schaufelte zwei Würfel Zucker in ihren Kaffee und guckte entsetzt. Vermutlich dachte sie über Blutflecken nach und darüber, wie schwer diese aus Teppichen herauszubekommen waren. Augustus fragte sich, ob er vielleicht etwas zu dick aufgetragen hatte.

»Ich muss auch so einiges wegputzen«, sagte sie dann leise.

Augustus nickte erfreut. Sie waren schon auf derselben Wellenlänge!

»Auch bei Elliot?«, fragte er.

Elena blinzelte überrumpelt. »Elliot?«

»Ich frage mich einfach, ob ich irgendetwas übersehen habe«, lamentierte Augustus. »Ich meine, vielleicht ist er ja auch... gesprungen. Oder so. Haben Sie bei ihm im Zimmer nie was gefunden? Etwas, das darauf hingedeutet hätte, dass was nicht in Ordnung war? Depressionen, Drogen, Selbstverletzung. Irgendwas... Elena?«

Elena hatte angefangen, etwas auf Slawisch zu murmeln. Freundlich klang es nicht. Dann besann sie sich auf Augustus und blickte ihn mit ihren sonst so sanften Kuhaugen überraschend hart an.

»Nichts. An der Oberfläche war immer alles schön. Zu schön. Zu... glatt. Nicht wie bei Studenten. So als hätte immer schon vorher jemand aufgeräumt. Wenn jemand vor dem Aufräumen aufräumt... dann hat er etwas zu verbergen!«

Oder er hatte einen chaotischen grauen Papagei... Oder »psychologische Probleme«. Augustus guckte ertappt.

Elena schüttelte den Kopf. »Man soll nicht schlecht von den Toten sprechen... aber er...«

»Ja?«, fragte Augustus.

»Er war ein Teufel. Sie waren alle drei Teufel!«

»Alle *drei*?«, fragte Augustus.

Elena ließ noch zwei weitere Zuckerwürfel in ihren Kaffee plumpsen. Das konnte nicht gesund sein!

»Er und seine Freunde!« Sie sah aus, als wolle sie auf den Boden spucken, besann sich aber im letzten Augenblick darauf, dass sie im Café war. »Die Art, wie sie einen beobachtet haben. Und diese ... Fragen! Der eine hat mich gefragt, ob ich ... Und ... sie ... wussten Dinge über mich ...«

Sie brach ab, nippte an ihrem Kaffee und verzog das Gesicht.

»Teufel! Zirkus! Gesundheit!«, kreischte Gray.

Was für Dinge? Was es über Elena wohl zu wissen gab? Augustus hatte das Gefühl, dass sie übertrieb. Was sie erzählte, klang vielleicht ein wenig nach Respektlosigkeit, aber teuflisch kam Augustus das Ganze dann doch nicht vor. Er konnte sich gut vorstellen, wie provozierend Elena in ihrer selbstvergessenen Vollbrüstigkeit auf die jungen Männer gewirkt haben musste. Warum war sie nur so sauer? War da mehr? Elliot und die hübsche Bettenmacherin? Es war zumindest ein Gedanke ...

»Alle *drei*?«, wiederholte er.

»Sie haben sich bei ihm getroffen, wie ... wie Diebe, und sie haben Sachen geplant ... Sie haben mich wie Dreck behandelt, diese drei!«

»Dreck!«, sagte Gray mitfühlend.

»Sachen?«, fragte Augustus.

»Wie Einbrüche! Ich weiß auch nicht ...« Elena guckte

unglücklich auf ihren Kaffee hinunter. Bisher lief das Date nicht besonders nach ihrem Geschmack.

»Klettertouren! Natürlich! Elliot war nicht alleine geklettert! Er hatte Kletterfreunde gehabt und mit ihnen nächtliche Touren geplant!

»Was für Freunde?«, fragte er atemlos. »Studenten? Von unserem College?«

»Nee«, sagte Elena düster. »Sonst nie gesehen. Gott sei Dank!«

»Der rote Student!« Augustus riskierte einen Schuss ins Blaue. Ins Rote. Wie auch immer.

Elena wurde blass, und er wusste, dass er getroffen hatte.

Die Bettenmacherin hatte langsam durchschaut, dass es sich hier nicht um ein Date handelte, und begann in ihrer Handtasche herumzukramen – vermutlich nach ihrem Geldbeutel, ihrem Handy oder sonst irgendetwas, das ihr zu einer guten Ausrede verhalf, von hier zu verschwinden.

»Und der andere?«, fragte Augustus. Die Zeit drängte.

»So ein Dunkelhaariger. Bisschen Bart. Unscheinbar eigentlich, bis auf die Augen.«

»Und wie hießen sie?«

»Weiß nicht. Ist mir egal. Ich muss jetzt wirklich...«

Endlich hatte sie ihren Geldbeutel gefunden und legte ihn herausfordernd auf die Tischplatte.

»Leder«, sagte Gray. »Leder. Braun. Spiel das Spiel!«

Die Bettenmacherin wurde noch blasser, während Augustus automatisch in seiner Hosentasche nach Sonnenblumenkernen kramte.

»Rot!«, kreischte der Papagei auf einmal triumphierend. »Rot, rot, rot!«

Augustus blickte auf und sah gerade noch einen leuchtend roten Haarschopf am Fenster vorbeischweben und dann in einer Masse aus schwarzen, blonden und braunen Köpfen Richtung King's Parade treiben.

Er sprang auf und hetzte aus dem Café, dem Haarschopf hinterher.

»Teufel!«, fluchte Gray.

8. Pffft!

Augustus folgte dem Rotschopf bis vors King's College, wurde dann aber von drei Regenschirmen umzingelt und verlor sein Ziel aus den Augen. Dann meinte er, den Schopf weiter unten Richtung Trumpington Street wieder zu entdecken.

Er rannte los. Krallen bohrten sich in seine Schulter. Regen klatschte in sein Gesicht. Doch schon nach wenigen Schritten kamen ihm Zweifel. Dieser Rotschopf trug ein weißes T-Shirt und Jeans, während der vorherige doch ein schwarzes T-Shirt angehabt hatte. Oder etwa nicht? Ein schwarzes T-Shirt und weite Hosen. Kletterhosen? Augustus ließ von dem weißbehemdeten Rotschopf ab und sah sich suchend um. Auf einmal tauchte aus der Mülltonne vor ihm ein Arm auf und zeigte hinunter zum Fluss.

»Da hinten, Kumpel!«

Augustus dankte dem Müll-Musikanten und stürzte in die Richtung, die ihm die Hand gewiesen hatte. Tatsächlich! Dort unten leuchtete etwas Rotes!

Doch als der Haarschopf sich unten am Wasser alarmiert zu dem platschenden, papageienbewehrten Augustus umdrehte, erwies er sich als ein Mädchen mit vermutlich gefärbtem Pixischnitt.

Augustus bremste, blinzelte den Regen aus den Augen

und tat unauffällig, bis das Mädchen weitergegangen war. Dann sah er sich um. Ein rotblonder Kopf verschwand gerade die Laundress Lane hinunter. Unter der Mütze eines Typen, der aus dem *Mill Pub* kam, guckten rote Haarsträhnen hervor. Drei oder vier Touristen planschten in strömendem Regen in ihrem Kahn herum, einer davon ebenso rothaarig wie rotgesichtig.

Es war sinnlos! Wenn man erst einmal darauf achtete, trieben sich in Cambridge sehr viel mehr Rothaarige herum, als er je angenommen hätte!

Augustus flüchtete vor dem Regen in eine Hofeinfahrt und überlegte. Elliot hatte also Kletterkumpane gehabt und war zusammen mit ihnen der Universität aufs Dach gestiegen. Und da das Ersteigen von Universitätsgebäuden eine eher illegale Tätigkeit war, wussten nur wenige von dieser Freundschaft. So weit, so normal. Zu normal! Freundschaft? War Elliot zu einer echten Freundschaft überhaupt fähig gewesen, oder hatte es sich hier eher um eine Art Zweckgemeinschaft gehandelt? Fest stand, dass es auf einmal zwei Verdächtige gab, die durchaus in der Lage waren, Elliot in luftiger Höhe einen kleinen Schubs zu geben. Aber warum? Und hätte nicht der eine den anderen verraten, wenn sie zu dritt unterwegs gewesen waren? Hatten sie sich gegen Elliot verschworen? Wildeste Spekulation! Eine gute Theorie sah anders aus.

Frustriert stopfte Huff die Hände in die Hosentaschen und begann in der Hofeinfahrt auf und ab zu tigern. Dann hörte er auf einmal ein furchterregendes Geräusch. Kurz und scharf, wie Luft, die aus einem Ventil entweicht. Leise, wie es war, jagte es ihm doch einen üblen Schrecken ein.

Pffft!
Noch einmal.
Pffft!
Gray der Papagei nieste.

Augustus erstarrte. Hatte er es sich doch gedacht – das ganze Wasser war nicht gut für den Vogel! Er wusste von seiner Internetrecherche, wie schnell sich eine kleine Papageienerkältung zur lebensbedrohenden Krankheit ausweiten konnte. Also brachte er Gray dazu, auf seine Hand zu klettern, und sah sich den triefenden Vogel an. Erst einmal musste er ihn trockenlegen! Er fand in seiner Hosentasche ein paar frische Taschentücher, die das morgendliche Blutbad überlebt hatten, und tupfte damit an den grauen Federn herum. Die bloße Tatsache, dass Gray diese Prozedur ohne viel Protest über sich ergehen ließ, flößte Augustus Angst ein.

»Papier«, murmelte der Papagei philosophisch. »Papier. Weiß.«

Augustus überließ ihm ein neues weißes Taschentuch zum Zerfleddern und überlegte, wie er den feuchten Vogel nun ohne viel Federlesens ins Warme bekommen konnte. Zurück in den Regen? Ausgeschlossen. Aber auch die zugige Hofeinfahrt war alles andere als ideal. Im Pub nebenan war die Luft schlecht und abgestanden, außerdem würde es laut, eng und hektisch zugehen – nicht gut für einen erkälteten Papagei und streng genommen auch nicht gut für Augustus Huff, mit dessen Nerven es nach Blut, zwei Kaffee und der Jagd nach dem Rotschopf nicht zum Besten stand. Sie brauchten Ruhe! Wärme! Einen zivilisierten Ort, an dem man durchatmen und die Gedanken ordnen konnte. Dann hatte er es: Das Fitzwilliam Museum war gleich um die Ecke und bot ein Dach über dem Kopf, weite, stille Räume, gedämpftes Licht und Kunst und Erbauung obendrein. Augustus bugsierte Gray unter seine Jacke und knöpfte sie zu, bis von dem Papagei nur noch Kopf und Schnabel zu sehen waren.

»Total zermatscht!«, beschwerte sich Gray.

Den Vogel gegen die Brust gepresst, mehr Weichheit und Wärme als Gewicht, eilte Augustus los. Er hatte das dunkle Gefühl, dass ein Papagei im Museum bei so vielen wertvollen und zerbrechlichen Dingen nicht willkommen sein würde, war aber fest entschlossen, Gray an allen Wärtern und Wächtern vorbei nach drinnen zu schmuggeln.

Wieder kreuzte ein Rotschopf seinen Weg. Es war wie verhext.

Der rothaarige Kletterfreund hatte Augustus also gestern sprechen wollen. Warum? Wozu? Er war zwar Elliots Tutor gewesen, aber ein besonders vertrautes Verhältnis hatte sich nicht gerade entwickelt. Wenigstens hatte Elliot ihm nicht ins Waschbecken gekotzt. Im Nachhinein rechnete Augustus ihm das hoch an.

Was also hatte er dem roten Studenten zu bieten? Die Bilder? Hatte jemand von den Dächern aus beobachtet, dass er die Erpresserfotos an sich genommen hatte? Und was jetzt? Was wollte der rote Student mit ihnen?

Er musste in der Aufregung ein wenig zu fest zugedrückt haben und spürte auf einmal Grays scharfen Schnabel, der sich sanft, aber bestimmt in seinen Daumen bohrte.

Augustus lockerte den Griff.

Gray! Ein weiterer Gedanke kräuselte sich auf seinem

Pfad wie ein amazonischer Farntrieb. Natürlich gab es noch eine Verbindung zwischen Elliot und ihm, und die saß seit Tagen grau, vorlaut und unübersehbar auf seiner Schulter. War es dem roten Studenten auf irgendeine Art um den Papagei gegangen? Augustus spürte das winzige Papageienherz an seiner Brust flattern. Sein eigenes Herz flatterte mit. Wenn sie etwas mit Gray vorhatten, mussten sie es erst einmal mit ihm aufnehmen! Er eilte die Treppen zum Museum hinauf, drapierte vorsichtig seinen Schal über den Papageienkopf und trat durch die Drehtür ins Foyer.

»Wolle«, raunte es unter dem Schal hervor. »Wolle, schwarz!«

Eigentlich wollte Augustus gleich auf die Treppe zusteuern, hinunter ins Untergeschoss, in die Antike, wo es seiner Erfahrung nach am ruhigsten zuging und die Artefakte vertrauenerweckend solide und steinern waren, unanfällig für Papageienschnäbel, aber die geschminkte Dame am Infotisch hob die Hand und winkte ihm zu.

»Ach du Scheiße!«, murmelte es unter dem Schal.

Es blieb Augustus nichts anderes übrig, als seinen Kurs abzuändern und auf die Geschminkte zuzusteuern. Was sie wohl wollte? Sie kam ihm bekannt vor, vielleicht waren sie sich mal auf einer Party begegnet oder einer Konferenz, einem Empfang? Die Sache kam ihm denkbar ungelegen.

»Schön, Sie wiederzusehen!« Die Dame strahlte. »Herr...?«

»Huff!«, näselte Gray im arrogantesten Elliot-Tonfall. »Professor Huff! Professor! Professor!«

»Ja, ja. Genau. Huff.« Jetzt guckte die Geschminkte

schon nicht mehr ganz so freundlich. »Suchen Sie heute etwas Bestimmtes?«

»Ruhe!«, hätte Augustus am liebsten gesagt. »Ruhe und Frieden.« Doch Gray kam ihm zuvor: »Bad romance!«

Augustus wurde rot und murmelte etwas von den Gemälden der Romantik. Die Geschminkte musterte ihn zweifelnd und bekam Unterstützung von ihrem schnauzbärtigen Kollegen, der gerade von der Garderobe zurückkehrte.

»Hey Stinker!«

»Wie bitte?«, schnauzte der Bart.

Da kam er bei Gray, der sich unter der Wolle so langsam in Rage redete, gerade an den Richtigen.

»Die Trauben kannst du dir abschminken!«, wetterte er.

Vermutlich verstand die Dame davon nur »abschminken«. Wurde sie rot? Unter dem ganzen Make-up war das schwer zu erkennen, aber jedenfalls stand sie auf, drohend und unbeholfen zugleich.

»Ich muss aber doch sehr...«

Doch Augustus war schon in Bewegung. Er nickte kurz und flüchtete am Informationstisch vorbei Richtung Antike, bevor Gray weitere Weisheiten zum Besten geben konnte.

»Was war denn das für ein Idiot?«, hörte er den Schnauzer im Hintergrund fragen.

»Huff«, sagte die Stimme der Geschminkten abschätzig. »*Professor* Huff.«

Es war ein gutes Zeichen, dass der Papagei wieder gesprächiger war, redete Augustus sich ein. Es musste bedeuten, dass es ihm besser ging. Es bedeutete auch, dass

Augustus sich im Fitzwilliam Museum erst einmal nicht mehr blicken lassen konnte, aber das war nun nicht zu ändern.

Er schlich die Treppe hinab ins Untergeschoss, eine Hand noch immer fest über den Schal gelegt. Die Dunkelheit unter der Wolle schien den Papagei in eine kontemplative Stimmung zu versetzen. »Keks«, murmelte er. »Leder. Keks. Nimm ne Nuss! Total zermatscht! Hey Huff! Spiel das Spiel! Alles, alles, alles – nur das nicht!«

Sie erreichten die Antike. Wie erwartet war Augustus hier um diese Zeit der einzige Besucher. Er lockerte den Griff um den Papagei und schob den Schal etwas zur Seite. *Ga ga Uh-la-laa.* Gray reckte interessiert den Hals. Augustus holte tief Luft und versuchte, sich trotz Kaffee im Magen und Marmorbrüsten vor Augen zu entspannen.

Gemeinsam begutachteten sie Büsten, Vasen und Amphoren. Gray gab fachmännische Kommentare wie »Stein«, »Rund« oder »Doof« von sich, Augustus dachte melancholisch darüber nach, dass Kunst doch immer bemüht war, Dinge einzufangen, einzudämmen und drinnen zu halten. Gesichtszüge. Flüssigkeiten. Immer ging es darum, dem flüssigen inneren Chaos der Dinge eine glatte, nützliche, ästhetisch angenehme Oberfläche überzustreifen. Er genoss die Ordnung der vielen säuberlich aufgereihten Artefakte, die Art, wie jedes seinen Platz hatte, seine Nummer und ein ihm zugedachtes Beschreibungskärtchen, aber der Gedanke daran, was so viel Oberfläche verbergen mochte, machte ihn nervös. Denn wenn die äußere Haut platzte, kamen dunkle Dinge hervor, und dann musste man sich mit der Sauerei im Inneren auseinandersetzen. Blut. Boshafte Fotos. Tote Studenten zu Füßen der Chapel. Er schwitzte. Putzeimer und Schwamm allein waren einfach nicht genug, um mit derartigen Dingen fertigzuwerden.

Er musste beim Gedanken an Blutflecken wieder einmal zu fest zugegriffen haben, denn der Papagei strampelte, keckerte und gab gurgelnde, gutmütig vorwurfsvolle Laute von sich.

Plötzlich fühlte Augustus sich beobachtet.

Er hob den Blick und sah ein Augenpaar, das ihn durch dicke Brillengläser und einen gläsernen Schaukasten anstarrte. Um die Augen herum erstreckte sich ein strenges, faltiges Altherrengesicht. Irgendein seniler Kunstliebhaber beobachtete ihn – wahrscheinlich ein Altphilologe im Ruhestand oder so. Hoffentlich führte er die komischen Geräusche und die Aktivität unter Augustus' Jacke auf nichts Schlimmeres als Verdauungsprobleme zurück.

»Die Bude brennt! Psychologische Probleme! Nimm ne Nuss!«

Gray war eindeutig auf dem Wege der Besserung.

Der Mann rückte vorsichtig von dem Glaskasten ab, den Blick seiner quadratischen Brillenaugen unverwandt auf Augustus gerichtet. Du Verrückter, sagten die Augen. Bleib weg! Komm mir nicht zu nahe!

Verrückt. Das war auch so eine Sache, mit der sich Augustus im Laufe seiner Ermittlungen auseinandersetzen musste. Wie leicht konnte es passieren, dass Gefäß und Inhalt nicht zusammenpassten, dass der Inhalt überschwappte oder sich langsam, aber unaufhaltsam durch das Gefäß fraß und dann alles in seiner Umgebung zersetzte. Wer sagte denn, dass der Mord an Elliot etwas Logisches, Prakti-

sches, Erklärbares gewesen war? Wer sagte, dass es überhaupt einen richtigen Grund gab? Vielleicht verbarg hier ja eine der vielen Oberflächen um ihn herum etwas blind Destruktives? Vielleicht hatte nur jemand etwas Schönes kaputtmachen wollen, genauso wie Gray es dann und wann genoss, Bleistiften und Papiertaschentüchern den Garaus zu machen?

Er schob den Wollschal vor Grays Schnabel und eilte hinüber in den nächsten Raum, um den wachsamen Augen des Alten zu entkommen. Er flüchtete hinter das größte Exponat im Saal, lockerte den Griff um den Papagei und machte ein paar der Atemübungen, die ihm sein Therapeut für Krisenzeiten wie diese empfohlen hatte.

Eins. Zwei. Drei.
Eins. Zwei. Drei.
Alles war gut. Die Welt war in Ordnung. Weit und breit keine dubiose Vier, und die Seite acht war auch in sicherer Entfernung!

Erst nach einigen Atemzyklen und Grays treffender Analyse von »Stein, eckig« wurde ihm klar, dass er vor einem Sarkophag stand.

Auch eine Art Gefäß, streng genommen, eines, das dazu geschaffen war, das ultimative Chaos des Todes in Schach zu halten. Der Sarkophag erinnerte Augustus unangenehm an die Beerdigung. Morgen Mittag war es so weit, und er hatte noch kein Wort zu Papier gebracht, geschweige denn der rauchenden Viscountess wie versprochen etwas zur Durchsicht geschickt. Die unerledigte Aufgabe bedrückte ihn.

Was hatte er über Elliot schon groß zu sagen, außer dass er wirklich sehr gerne gewusst hätte, wer ihn auf dem Gewissen hatte, nicht aus Sympathie, sondern aus Ordnungsliebe? Er stellte sich vor, was passieren würde, wenn er auf der Beerdigung einfach fragte: *Heraus mit der Sprache, liebe Trauergemeinde. Wer von euch hat Elliot von der Chapel geschubst?* Er stellte sich das steinerne Schweigen der Beerdigungsgäste vor, die entsetzten Blicke unter schwarzen Kopfbedeckungen und wie sich dann zögernd, aber bestimmt eine Hand hob. Und er versuchte, sich diese Hand vorzustellen. War sie groß und kräftig? Weich und rund? Alt oder jung? Eine Männerhand? Eine Frauenhand? Doch dann hob sich in seiner Vorstellung noch eine zweite Hand, dann eine dritte, ein ganzes Meer von Händen, spöttisch und lockend, und er konnte sich nicht länger konzentrieren. Die Hände winkten, formten V-Zeichen oder machten beleidigende Gesten.

Augustus Huff schüttelte sich, riss seinen Blick von dem Sarkophag los und marschierte entschlossenen Schritts Richtung Ausgang. Schluss mit den Träumereien. Semper ad eventum!

Der Papagei fühlte sich nun wieder warm und trocken an, also erwarb Augustus kurzerhand im Museumsshop einen Regenschirm, wagte sich mit Gray auf der Schulter nach draußen und steuerte auf das Clare College zu.

★

Der diensthabende Porter des Clare College war groß, nervös und ganz offensichtlich von Gray eingeschüchtert. Er bog seinen langen Körper auf der anderen Seite des Tresens so weit wie möglich von dem Papagei weg und

beantwortete Augustus' Fragen hastig, wenn auch mit ausgesuchter Höflichkeit.

Natürlich wusste er, wer in der Unfallnacht der Nachtporter gewesen war. Tony. Der sprach seit Tagen von kaum etwas anderem. Tragische Geschichte. So ein junges, hoffnungsvolles Leben, und direkt vor ihrer Nase. Wenigstens war es keiner ihrer Studenten gewesen, nicht auszudenken...

Er zuckte zusammen, weil Gray von Augustus' Schulter auf den Tresen gehüpft war, den Porter scharf musterte und dann, sich seiner Wirkung voll und ganz bewusst, mit dem Schnabel einen Bleistift zerknackte.

Augustus entschuldigte sich.

Der Porter blieb in seiner Ecke und winkte ab. Nicht so schlimm, sie hatten hier Hunderte von Bleistiften, die Dozenten ließen immer welche liegen.

Augustus versuchte, Gray zurück auf seine Schulter zu locken.

Und war dieser Tony jetzt vielleicht zu sprechen?

»Doof!«

Gray ignorierte Augustus' Hand und marschierte den Tresen auf und ab, den Blick abschätzig auf den Porter gerichtet.

Der Porter schluckte. Tony? Um diese Zeit? Ausgeschlossen! Der war eine echte Nachteule. Immer nur die Nachtschicht, meistens die frühen Morgenstunden.

»Schade«, sagte Augustus und beobachtete, wie Gray vom Tresen auf den Schreibtisch hüpfte und neugierig den Schnabel nach dem Porter reckte.

Andererseits, wenn es wirklich so eilig sei, könne

Augustus ja am Abend vorbeikommen. Da feierten sie den Ausstand eines Kollegen, so etwas ließ sich Tony bestimmt nicht entgehen.

»Hervorragend.« Augustus notierte sich Ort und Uhrzeit und zückte einen Sonnenblumenkern, um endlich die Aufmerksamkeit des Papageis auf sich zu lenken. Gray warf einen letzten bedauernden Blick auf den schwitzenden Porter, dann flatterte er zurück auf Augustus' Schulter. Gemeinsam machten sie sich wieder auf den Weg Richtung College, Gray den Schnabel voller Triumphkrächzer und Sonnenblumenkerne, Augustus mit einem bangen Gefühl im Magen. Der Porter war nicht zu sprechen, der rote Student verschwunden, Elena sicher gründlich verärgert, und ihm selbst gingen langsam die Ausreden aus, sich mit etwas anderem als der Rede zu beschäftigen.

Wir haben uns heute versammelt, um Abschied von Elliot Fairbanks zu nehmen. Kaum einer von uns wird ihn vermissen, aber wir werden alle mit Staunen und Wundern auf seinen viel zu frühen Tod zurückblicken und uns fragen, wer in aller Welt ihm dort oben auf dem Dach von Cambridge den Garaus gemacht hat. Asche zu Asche. Staub zu Staub.

Das würde der Viscountess vermutlich eher weniger zusagen. Augustus seufzte. Wie es schien, gab es zu Elliots Ableben einfach nichts Vernünftiges zu sagen.

Mit einem Mal kam ihm ein Gedanke. Beerdigung! Hier war der perfekte Anlass, endlich ein delikates Gespräch über käufliche Liebe aufzunehmen. Er zückte sein Handy, fand Ivys Nummer und wählte.

»Hallo, hier ist die Ivy. Hast du mich lieb, sprich nach dem Beep!«

Dann kam der angedrohte Beep, und Augustus hätte fast wieder aufgelegt. Lieb? Wie bitte? »Hallo«, sagte er zögerlich.
»Hallo, äh, Ivy, hier ist... Bist du vielleicht zu sprechen?«
»Beep!«, sagte Gray folgsam. »Beep. Beep. Beep.«
»Ich, äh, ich bin...« Augustus rang mit sich. Sollte er wirklich bei dieser dubiosen Ivy Namen und Telefonnummer hinterlassen? Andererseits hatte sie sich mit Elliot getroffen und mit ihm Spielchen gespielt. Elliot hatte sie dafür bezahlt. Wenn das keine Spur war – was dann?
Seine Gedanken wurden von einer aufgebrachten und überraschend herben Stimme unterbrochen.
»Du hast vielleicht Nerven, Viktor! Einfach so hier anzurufen, als wäre nichts passiert, nach allem, was du dir gestern geleistet...«
»Äh«, sagte Augustus.
»Und jetzt wieder die sanfte Tour! Darauf fall ich so schnell nicht mehr rein!«
»Äh«, sagte Augustus wieder, »ich bin nicht Viktor.«
»Nein?« Jetzt klang sie enttäuscht. »Der Arsch.«
Augustus sammelte sich und besann sich auf seinen Plan. »Huff. Augustus Huff. Ich organisiere die Beerdigung von Elliot Fairbanks«, log er, »und ich habe unter seinen Sachen deine Nummer gefunden und dachte, vielleicht möchtest du ja... Ich weiß ja nicht, wie nahe ihr euch standet...«
»Elliot wer?«
»Fairbanks.«
»Ich kenne keinen Fairbanks.«
Augustus blinzelte überrascht. Konnte er sich so gründlich getäuscht haben?

»Aber ich dachte wirklich...« Er suchte nach Worten. Mit allem hatte er gerechnet, aber dass sie sich einfach nicht erinnerte...

»Spiel das Spiel!«, zirpte Gray in den Hörer, und da hatte Augustus eine Eingebung.

»Der mit dem Papagei.«

»Oh.«

Am anderen Ende der Leitung blieb es lange still. Augustus wartete geduldig und steckte Gray zur Belohnung einen Sonnenblumenkern zu.

»Der ist *tot*?« Tonlos jetzt. Wie eine ganz andere Person.

»Ja«, sagte Augustus. »Ein tragischer Unfall. Die Beisetzung...«

»Gut.«

Ein Klicken, und dann hatte Augustus den Besetztton im Ohr.

Na so was. Noch jemand, der auf Elliot nicht gut zu sprechen gewesen war. Ganz so leicht und locker, wie sie es Philomene gegenüber geschildert hatte, waren die Spielchen mit Elliot wohl doch nicht verlaufen. Wieder fragte sich Augustus, was genau der Student für sein Geld verlangt hatte.

»Hast du mich lieb?«, frage Gray.

»Ja doch«, antwortete Augustus.

*

Die Nacht war kühl, feucht und tintenschwarz. Fenster glommen, andere schwiegen dunkel. In der Ferne hallten Schritte. Ein paar Studenten hatten sich trotz Prüfungs-

stress in einem Torbogen zusammengefunden, tranken Cola in Dosen, jammerten, lachten und schnitten Grimassen. Unbemerkt von ihnen huschte eine Gestalt über das Dach des Colleges, schmiegte sich um eine Regenrinne und ließ sich langsam daran nach unten gleiten. Auf den letzten Metern geriet sie ins Rutschen, fluchte, fing sich und landete schließlich etwas unsanft auf den Pflastersteinen.

Augustus richtete sich auf und blickte sich um. Niemand. Die Gasse war menschenleer. Er reinigte seine Hände mit einem Taschentuch. Gar nicht so einfach, diese Fassadenkletterei, sobald ein wenig Wasser hinzukam.

Er hatte beschlossen, sich den Porter vom Clare inkognito vorzuknöpfen. Inkognito bedeutete in diesem Falle allein, ohne Papagei, also hatte er sich wieder einmal nächtens aus der Badewanne gestohlen, um hinter Grays gefiedertem Rücken einen Ausflug zu unternehmen. Die Kletterpartie wäre streng genommen nicht notwendig gewesen, er hätte einfach an ihrem Porter vorbei nach draußen spazieren können, aber er wollte verstehen, wie es für Elliot und seine Freunde gewesen war, wenn sie sich nachts auf Abenteuer begaben. Aufregend! Augustus' Herz klopfte, halb bang, halb freudig. Vermutlich hatten die drei zweifelhaften Kletterfreunde beim Abseilen aus dem College eine bessere Figur gemacht.

Er gähnte und besann sich auf die Mission. Es war schon spät, und nach einem kleinen, eher peinlichen als romantischen Intermezzo mit Sybil und Papagei hatte es ewig gebraucht, bis er den Vogel endlich auf die Stange gelockt und in den Schlaf gewiegt hatte. Hoffentlich feierten die

Porter noch! Er steckte das Taschentuch weg und ging schnurstracks zu dem Restaurant, das ihm der ängstliche Porter am Nachmittag verraten hatte.

Sowie er die Tür öffnete, schwappte ihm Gemütlichkeit entgegen. Schwarze Tafeln priesen die Biere des Tages an, hinter der Bar aus dunklem Holz glänzten Flaschen. Theatergäste und Abendspaziergänger plauderten, aßen Scotch Eggs und tranken Gin Tonic. Sybil hätte es hier gefallen. Wieder einmal musste Augustus sich eingestehen, dass er viel zu selten wegging.

Er riss sich von dem sanft alkoholisierten Idyll los und ging die Treppe hinauf, in den ersten Stock, wo größere Gesellschaften untergebracht wurden. Auf halbem Weg wäre er fast mit einem Typen zusammengestoßen, der auf der Suche nach der Toilette ins Taumeln geraten war.

»Mensch Tony!«, rief jemand von oben. »Nimm dich doch zusammen!«

Augustus bremste und kehrte schnurstracks um. Das war Tony? *Der* Tony? Welcher sonst!

Als Huff die Toilette erreichte, war der Porter schon in einer Kabine verschwunden. Augustus wusch sich die Hände – nur so zum Zeitvertreib. Und dann wusch er sie sich noch mal. Und noch mal.

Schließlich wurde sogar ihm das Händewaschen langweilig. War der Typ eingeschlafen? Warum kam er nicht aus seiner Kabine? Augustus schlich sich auf Kletterschuhen bis zur Kabinentür und horchte.

Tiefe, gleichmäßige Atemzüge. Der Porter schlief tatsächlich. Was jetzt? Augustus hatte nicht unbedingt vor, den Rest der Nacht vor dieser Toilette zu verbringen. Und

jederzeit konnte ein anderer Gast hereinkommen – wie sollte er dann etwas Vernünftiges aus dem Porter herausbekommen? Er gab die Idee, ein zufällig angeknüpftes Gespräch vorzuspiegeln, auf und klopfte sanft an die Toilettentür.

Nichts.

Augustus klopfte lauter.

Ein Grunzton aus dem Inneren. Sie waren auf dem richtigen Weg!

Jetzt hämmerte Huff ohne jede Rücksicht gegen die Tür.

»Wer da?«, grunzte es von drinnen. Es war eine Frage, die Augustus lieber noch nicht beantworten wollte, also klopfte er weiter. Das rhythmische Geräusch fing an ihm Spaß zu machen. Gray hätte seine Freude gehabt.

»Studenten!«, murmelte Tony. »Zu jeder Nachtzeit. Betrunkenes Pack! Fahrt zur Hölle!«

Augustus klopfte.

»Polizei, was?«, fragte der Porter. »Was wollt ihr denn noch? Ich hab doch schon alles gesagt! Alles, alles. Was gibt es noch zu fragen? Es ist doch nicht meine Schuld, wenn so ein junger Spund von der Kirche fällt!«

Vielversprechend! Die Polizei hatte also nachgefragt. Augustus klopfte möglichst offiziell.

»Was soll das, Bruder. Mach mal halblang! Kann man nicht mal mehr in Ruhe pissen?«

Jetzt war der Porter richtig wach. Die Aussprache klang etwas verschwommen, aber wenigstens lallte er nicht.

Augustus hörte mit dem Klopfen auf. »Ich wollte nur was fragen.«

Die Tür ging auf. Drinnen saß Tony auf dem Klo, mittelalt, unauffällig und ein bisschen verschwommen, die Hose glücklicherweise wieder hochgezogen, die Wange melancholisch gegen die Kabinenwand gelehnt.

»Was denn?«, fragte er.

»Ich, äh, es geht um den Fall…«

»Welchen Fall?«

Wusste er tatsächlich nicht, was Augustus meinte, oder stellte er sich dumm? Wie betrunken genau war dieser Tony?

»Den von der Chapel. Elliot.«

Das Gesicht des Porters legte sich in sorgenvolle Falten wie ein Tuch. »Ah, der. Bist du Polizei?«

Augustus schüttelte den Kopf. »Der Tutor.«

Tony der Porter musterte ihn durchtrieben von unten, so als überlege er, ob er es unbeschadet an ihm vorbei in den Flur schaffen könne. Dann sackte er wieder in sich zusammen.

»Traurige Geschichte.«

»Ich habe mit den Eltern zu tun, und da dachte ich, ich mache mir am besten persönlich ein Bild…« Wieder einmal kramte Augustus seine wohlerprobte Ausrede hervor. Im Stillen fragte er sich, was die weiße Viscountess wohl mit dem zerknitterten Porter anstellen würde. Nichts Gutes. Plötzlich tat ihm der Mann leid.

»Ach so, ja, traurige Geschichte. Aber da war wirklich nicht das Geringste, was ich hätte tun können. Er war sofort tot!«

»Natürlich. Ich möchte nur wissen, wie es war. Die Fakten.«

»Das, was ich der Polizei erzählt habe?«

»Die Wahrheit«, sagte Augustus vorsichtig.

»Okay, Bruder. Ich bin also in der Loge, so fünf Uhr morgens...«

»Genau fünf Uhr?«

»Na ja, vielleicht zehn Minuten früher. Vielleicht zehn Minuten später. Ziemlich genau. In der Loge. Um diese Zeit ist nichts los, und ich war ein bisschen schläfrig und habe die Tür aufgemacht, um frische Luft hereinzulassen, und da höre ich es...«

Der Porter legte eine dramatische Pause ein. Er erzählte die Geschichte nicht zum ersten Mal.

»Es?«, fragte Augustus gehorsam.

»Einen schrecklichen Schrei und dann so ein dumpfes Geräusch. Es hat sich mir alles umgedreht bei dem Geräusch. Natürlich bin ich sofort... und da lag er!«

»Sofort tot?«

»Mausetot. Nichts zu machen. Bei der Höhe! Natürlich bin ich gleich...«

»Und er lag genau so da? Genau so wie...« Augustus unterbrach sich. »Auf dem Rücken? Sie haben ihn nicht bewegt oder so? Erste Hilfe?«

»Den hätte ich nicht angefasst. Ich sage doch, er war tot!« Der Porter war jetzt aufgebracht, das Gesicht gerötet, der Blick der wässrigen Augen beschwörend auf Augustus gerichtet. Beide Daumen rieben sich nervös an den Zeige- und Mittelfingern, so als würde er etwas zählen – oder rollen. »Was hätte ich denn da noch helfen können?«

»Ich weiß nicht. Ich wollte nur...«

Der Porter schüttelte den Kopf. »Soll ich dir was erzählen? Etwas, das ich der Polizei nicht erzählt habe? Eine Taube ist von ihm weggeflogen, als ich näher kam. Wie die... na ja, wie die Seele, verstehst du? Seltsam, nicht?«

»Hmm«, sagte Augustus, der keine Lust hatte, sich auf esoterische Diskussionen einzulassen. Aus dem Mann war offensichtlich nichts Nützliches herauszubekommen. Er spürte, dass mit der Geschichte des Porters irgendwas nicht stimmte. Aber was? Tony hatte ihn angelogen, da war er sich sicher, und nun saß der Typ zufrieden auf dem Klo, fast so etwas wie ein Grinsen im Gesicht, wohl wissend, dass Huff ihm nicht wirklich etwas anhaben konnte. Augustus hätte ihn am liebsten am Kragen gepackt und geschüttelt. Heraus mit der Sprache: Wo war das Handy? Und warum hat Elliot mit so seltsam gekreuzten Beinen dagelegen? Aber natürlich ging das nicht.

Die Tür öffnete sich. Ein dicklicher, kahler Typ betrat die Herrentoilette und blickte Augustus und Tony mit unverhohlenem Misstrauen an. Augustus murmelte etwas zum Abschied und ließ den Porter sitzen, unzufrieden mit sich, seiner Theorie und der Welt im Allgemeinen.

*

Es war drei Uhr morgens. Cambridge schwieg. Der Mond war hinter den Regenwolken hervorgekrochen, und Augustus Huff räumte im Mondlicht seinen Schreibtisch auf. Er war voller Nervosität und Unruhe von seinem nächtlichen Streifzug zurückgekehrt, mit dem sicheren Gefühl, dass er etwas gesehen oder gehört hatte, das nicht ganz

stimmte. Ein Fehler, eine Dissonanz, ein Indiz – etwas, das ihn weiterbringen konnte, wenn er nur genau hinsah.

Wieder und wieder ließ er das Gespräch mit dem Porter Revue passieren.

Nichts.

Der Mann hatte eine gut einstudierte Geschichte zum Besten gegeben. Das war alles. Doch allein die Tatsache, dass er es für nötig befunden hatte, etwas einzustudieren, war verdächtig. Augustus ließ von seinen Briefbeschwerern ab und lief im Raum hin und her.

Sein Handy summte schon wieder.

Ihre Rede, Dr. Huff!

Irgendwo, vermutlich in einem Hotelzimmer von der Größe einer mittleren Kirche, wachte die weiße Viscountess. Augustus stellte sie sich vor: rauchend in einen Sessel gegossen, im weißen Seidenpyjama, Wut in den kalten schönen Augen.

In Arbeit, tippte er zurück, nicht zum ersten Mal.

Er ging hinüber zu seinem makellos aufgeräumten Schreibtisch und klappte den Computer auf. Es wurde wirklich höchste Zeit! Er öffnete ein neues Dokument und nannte es »Elliot«. Die blanke Seite glomm ihn kalt und fordernd an. Er hob die Hände zur Tastatur – und ließ sie wieder sinken.

Knapp daneben ist auch vorbei!, sagte eine gehässige Stimme in seinem Kopf. Gray schlief drüben im Badezimmer friedlich auf seiner Stange, aber Elliot gab weiterhin spöttische Kommentare ab. Mit der Beerdigungsrede musste er Elliot Fairbanks genau treffen. Mitten ins Herz sozusagen. Wenn denn da ein Herz war. Aber Elliot schien so schwer zu treffen. Schlüpfrig wie ein Aal. Gobelin und Kletterschuhe. Erpresserfotos und Papageientraining. Nichts passte! Ein hervorragender Student, der von seiner Professorin verachtet wurde. Und von seiner Bettenmacherin. Und von irgendeiner mysteriösen Ivy. Dabei war er so makellos gewesen. Kalt und perfekt wie seine Mutter. Keine Angriffsfläche. Augustus dachte wieder an seine Theorie von Jekyll und Hyde. Vielleicht hatte unter Elliots glatter Oberfläche eine andere, dunklere Person gelauert. Eine, die nur manchmal nachts zum Vorschein kam. Eine, die nur Gray kannte.

Natürlich war nichts davon geeignet, die Viscountess zufriedenzustellen.

Hilfesuchend blickte er hinüber zu seinem Denksessel. Gestern noch war sie hier gewesen. Rauch und Licht und Schatten. Augustus hatte keinerlei Schwierigkeiten, sich *sie* vor Augen zu führen. Ein Elfenbeinornament. Eine makellose Marmorskulptur. Von der Dame war es gar kein so weiter Schritt zu Elliot. Dieselben distanzierten blassen Augen. Derselbe Mantel aus wohlkultivierter Langeweile. Dieselbe ... Verzweiflung? Warum war Elliot nur so unleidlich gewesen? So – unzufrieden, trotz all seiner Gaben?

Augustus räusperte sich leise.

Verehrte Trauergemeinde, wir haben uns heute hier versammelt, um Abschied von Elliot Fairbanks zu nehmen. Machen wir uns nichts vor. Keiner von uns hat den Verstorbenen besonders geschätzt. Er war ein kalter und anmaßender Mensch, und viele von uns werden sich fragen, ob sein Tod wirklich ein so großer Verlust ist.

Augustus schüttelte lächelnd den Kopf. Eindeutig kein Beerdigungsmaterial.

»Doof! Doof!«, krächzte Gray aus dem Badezimmer. Verdammt! Mit seiner dämlichen Rede hatte er den Papagei aufgeweckt!

Augustus ging hinüber, um Gray von der Stange zu holen. Die Wahrheit war, dass er zu dieser Stunde mit Elliot nicht allein sein wollte. Er kraulte Grays Nacken, blickte in die schläfrigen grauen Papageienaugen, die denen des Studenten gar nicht so unähnlich waren, und kam sich auf einmal schäbig vor. Einer seiner Studenten war tot, und er konnte nicht einmal ein paar mitfühlende Worte aufs Papier bringen!

»Spiel das Spiel!« Gray war schon hellwach. Vermutlich hatte er Papierelefanten und Holzklötzchen im Sinn, aber Augustus dachte auf einmal an ein anderes Spiel, fast so etwas wie ein Schachspiel – ein Schachspiel mit Elliot. Auf einmal war ihm, als säße Elliot ihm gegenüber am Schreibtisch, kühl und skeptisch wie zu Lebzeiten.

Verrate mir endlich etwas über dich!, dachte er. *Etwas, das mir weiterhilft!*

»Holz«, murmelte Gray aufmunternd, den Schnabel an der Stuhllehne.

Augustus nickte und tippte los. Elliot war nicht nur ein Schnösel gewesen, sondern auch jemand, der seinem Papagei über Jahre mit Engelsgeduld Worte und Konzepte beigebracht hatte.

Jemand, der sich verzweifelt bemüht hatte, die ihm vererbte Langeweile abzuschütteln, der bereit gewesen war, dafür die verrücktesten Risiken einzugehen.

Jemand, der den seltsamen Frieden der Dächer zu schätzen gewusst hatte ...

9. Dreck

»... jemand, der sich immer einen Überblick verschaffen wollte. Jemand, der gnadenlos neugierig sein konnte, egal wie unbequem diese Neugier für ihn und seine Umwelt war. Elliot war für uns alle eine Herausforderung, aber eine Herausforderung, die uns weiterbrachte, Denkanstöße gab, neue Horizonte eröffnete. Er war kein Mensch, der einfach zu unterrichten war, aber immer jemand, der es wissen wollte. Warum? Wozu? Weshalb? Sein früher Tod ist ein Schock, der auch uns fragen lässt: Warum? Wozu? Hat sein Tod einen Zweck gehabt, einen Sinn? Ist er etwas, das wir verstehen können? Ich jedenfalls werde mir alle Mühe geben zu verstehen...«

So weit, so wahr.

Augustus hielt inne und musterte die überraschend übersichtliche Trauergemeinde mit scharfem und, wie er hoffte, durchdringendem Blick: Viscount und Viscountess Fairbanks, der Lord quadratisch und reglos wie ein Grabstein, die Lady eine lodernde schwarze Flamme. Daneben zwei honigblonde Halbwüchsige mit feuchten Augen. Ein fülliger älterer Herr, still bebend wie ein würdevoller Wackelpudding. Der Master des Colleges, einfühlsam und ein wenig beflissen. Der Dean, säuerlich, weil niemand *ihn* eingeladen hatte, ein paar Worte zu sagen. Eine Dele-

gation Studenten, dicht zusammengedrängt, eher pflichtbewusst als am Boden zerstört. Eine Handvoll Dozenten. Frederik in seinem Rollstuhl. Sybil, die in Schwarz unangebracht sexy aussah. Professor Everding, der Chemiker von dem Schwarz-Weiß-Foto, diesmal zum Glück nicht in Stöckelschuhen. Dr. Turbot, die essgestörte Bibliothekarin, gekrümmt und zitternd wie eine Weide im Wind, und dahinter, den Blick finster auf Augustus gerichtet, der Streifenmann, den er gestern so erfolglos beschattet hatte. Zu Augustus' Verblüffung waren die Leute, die Elliot schwarzweiß in flagranti abgelichtet hatte, auch auf seiner Beerdigung erschienen – und sie machten alle einen authentisch betroffenen Eindruck!

Einen verrückten Moment lang dachte er, dass dies vielleicht von Anfang an das Ziel der Erpressungsgeschichte gewesen war: Elliot hatte wenigstens ein paar Leute zwingen wollen, auf seiner Beerdigung Trübsal zu blasen! Augustus hätte fast begonnen, hysterisch zu kichern, wandelte das Geräusch aber gerade noch rechtzeitig in ein dezentes Räuspern um. Was für ein Unsinn – schließlich hatte Elliot nicht wissen können, dass er so bald das Zeitliche segnen würde! Wieso also waren die Leute von den Fotos hier und schnieften diskret in ihre Taschentücher? In welcher Beziehung hatten sie zu Elliot gestanden? Wussten sie überhaupt von den prekären Fotos? Augustus beschloss, der Sache während des Leichenmahls auf den Grund zu gehen.

Sogar der Regen schien auf der Seite des Toten zu sein. Es nieselte trübsinnig auf den Kiesweg. Augustus stellte sich Elliot bei dem Versuch vor, auch das Wetter mit belastenden Fotos zu erpressen, und hätte fast wieder losgekichert. Die schlaflose Nacht und der ganze Ermittlungsstress machten sich langsam bemerkbar.

Er senkte kurz seinen Regenschirm, sodass sein Gesicht verdeckt war, grinste eine Sekunde lang und glättete dann seine Miene. So. Das sollte helfen. Nun wagte er sich wieder unter dem Schirm hervor und blickte fragend hinüber zu seinem kleinen, tropfenden Publikum. Irgendwie hatte er erwartet, hier auch auf den rothaarigen Studenten zu treffen, aber das Einzige, was mit einer fast unangebrachten Farbenfreude durch den Nieselregen leuchtete, war Frederiks gerötetes Gesicht.

»Knapp daneben ist auch vorbei!«, warnte Gray, der in würdevoller grauer Trauerkluft auf seiner Schulter hockte, und Augustus fand nach einem Moment der Verwirrung zu seiner Rede zurück.

»Wir haben in Elliot Fairbanks einen brillanten jungen Wissenschaftler verloren – und wir werden seinen Verlust noch lange spüren.«

Er fühlte ein Kitzeln auf der Haut. Eine einzelne Träne bahnte sich einen Weg die Wange hinab Richtung schlecht rasiertes Kinn. Unmöglich. Augustus wischte mit dem Ärmel. Dann eine zweite Träne. Er gab das Wischen auf und sprach weiter. Was seine Kollegen wohl jetzt von ihm dachten? Krokodilstränen? Aber er merkte auf einmal, dass er Elliot ein kleines bisschen mochte, paradoxerweise, posthum sozusagen, mehr, als er ihn je zu Lebzeiten gemocht hatte. War es die nächtliche Klettertour, die sie einander nähergebracht hatte, oder lag es daran, dass Elliots Stimme nun auch Grays Stimme war? Augustus fischte verstohlen nach seinem Taschentuch.

»Spiel das Spiel!«, murmelte der Papagei ihm diskret ins Ohr und konnte sich natürlich ein rechthaberisches »Weiß, Papier« nicht verkneifen, als Augustus endlich ein Kleenex zutage gefördert hatte.

Augustus schnäuzte sich vor versammelter Trauergemeinde. Bevor er weitersprach, begegnete sein Blick dem von Sybil, und ein eisiges Gefühl machte sich in seiner Brust breit. Zum ersten Mal sah er so etwas wie Mitleid in ihrem Blick. Mitleid und die schöne Kühle einer Frühlingsmitternacht. Wenn es jemanden gab, den Elliots Tod ganz und gar kaltließ, dann war das Sybil Vogel, seine betreuende Professorin.

Er steckte das Taschentuch weg und fing sich wieder. Kam auf die Familie zu sprechen, den Verlust, den sie hatte hinnehmen müssen, den Verlust nicht nur eines Sohnes und Bruders, sondern auch des zukünftigen Titelträgers. Erbe. Tradition. Tradition. Blah. Augustus war sich sicher, dass hier etwas nicht stimmte, also ritt er ein bisschen auf der Sache herum. Warum wurde Elliot so hastig und fern des Familiengrabes beigesetzt? Warum war kaum jemand hier? »In kleinem Kreis«, hatte Lady Fairbanks gesagt, aber für Fairbanks-Verhältnisse war dies überhaupt kein Kreis. Eher so etwas wie ein Loch. Mindestens ein oder zwei Minister hätten da sein müssen, rein privat natürlich, ein paar hohe Geistliche, einige bekannte Musiker, die Violinen im Anschlag, der Landadel von hier bis Yorkshire. Alles, was Rang und Namen hatte.

Stattdessen dieser kleine, tropfende Haufen, und er, Dr. Augustus Huff, noch nicht einmal Professor, sprach für Elliot. Sprach und sprach.

Der Viscount stand still wie ein Grabstein.
Die Viscountess flackerte.
Augustus fiel auf, wie viel Platz zwischen den beiden war. Kein Händehalten, keine Umarmung, nicht einmal eine leichte Berührung am Ellenbogen. Ein kleiner Abgrund. Doch während die Augen des Lords unermüdlich Löcher in den feuchten Kiesboden bohrten, warf die Lady dann und wann kurze, heimliche Blicke zu ihrem Mann hinüber. Blicke wie Dolche. Es war unangenehm und zugleich faszinierend, die beiden so nebeneinander stehen zu sehen.

»Hey Huff!« Gray, der sich bisher mustergültig benommen hatte unter dem schwarzen Regenschirm, fing langsam an, sich zu langweilen. »Nimm ne Nuss! Keks! Banane!«

Der Vogel hatte recht. Auch Augustus hatte nach der durchwachten Nacht und einem mageren Kaffeefrühstück nun ordentlich Appetit. Außerdem war mittlerweile alles Gute, das es über Elliot zu sagen gab, gesagt, ja, streng genommen war es fast ein Wunder, dass er überhaupt so viel Material gefunden hatte. Er schloss mit dem Wunsch, dass Elliot nun Frieden gefunden habe, während sie alle hier auf Erden noch auf lange Zeit mit Fragen und Antworten ringen würden.

So weit, so wahr.
Der Lord stand.
Die Lady loderte.
Der dicke Herr bebte.
Dr. Turbot zitterte.
Der Chemiker seufzte.
Frederik gähnte verstohlen.

Sybil zuckte nicht einmal mit einer Wimper, und der Streifenmann hielt den Blick noch immer unerbittlich auf Augustus gerichtet.

Die Studenten wurden allmählich unruhig, dachten vermutlich an die bevorstehenden Prüfungen und scharrten mit den Füßen. Der Streifenmann spielte nervös mit seinen Manschettenknöpfen.

So weit, so unschuldig. Wenn der Mörder heute wirklich anwesend war, dann hatte er einwandfreie Nerven.

Augustus trat zur Seite, damit der Sarg an ihm vorbeirollen konnte, auf das Grab zu, und erschrak fast zu Tode: Die Fairbanks hatten sich für eine weiße Monstrosität mit Glasdeckel entschieden, einen echten Schneewittchensarg.

Jemand hatte Elliots Gesicht zur guten Seite gedreht und auch kosmetisch einiges geleistet, sodass der tote Student unter dem Glas überraschend gut aussah. Makellos, bis auf die kleinen, überpuderten Kratzer an der Schläfe. Frisch. Fast – nicht tot. So, als könne er sich jederzeit aufrichten und mit einem anklagenden Finger auf den Mörder zeigen. Das Ganze war einfach, aber überraschend wirkungsvoll. Die Beerdigungsgäste raunten. Augustus dachte an Frederiks Bemerkung von vorgestern: Wollte die Lady wirklich sehen, ob die Wunden wieder zu bluten begannen – oder wenigstens jemanden mit dem Anblick gehörig aus der Fassung bringen?

Während Beerdigungsleute in Uniform den Sarg langsam in das Grab hinabsenkten, beobachtete Augustus nicht nur die Trauernden, sondern auch den Vogel auf seiner Schulter. Was würde Gray tun, wenn er auf einmal Elliot in einer Glasbox vor sich sah?

Gray schaute verwundert auf den Sarg, dann schien er zu beschließen, dass das Ding in der Kiste nichts mit Elliot zu tun hatte. Der Vogel war entweder weniger verständig, als Augustus angenommen hatte – oder bedeutend weiser.

Endlich hatte der Sarg seine quälend langsame Reise zum Grunde des Grabes absolviert. Die Sargträger zogen sich zurück. Ein Priester trat vor, eine zierliche Silberschaufel in den Händen, und sprach ein Gebet.

»Uhuuhuuu«, heulte Gray, dem die glitzernde kleine Schaufel gefiel, und löste damit bei den Gästen eine neue Welle von Betroffenheit aus.

Der Priester benutzte sein Schäufelchen, um eine Handvoll Erde auf den Sarg zu streuen, und reichte es dann an die Viscountess weiter.

Lady Fairbanks schüttelte den Kopf, die Augen glitzernd und hart.

Der Geistliche guckte einen Moment lang ratlos, dann hielt er die Silberschaufel dem Viscount hin. Der Lord griff entschlossen zu, schaufelte und schleuderte Erde in das Grab, aus dem Handgelenk, mit fast so etwas wie einem Stoß. Augustus blickte überrascht in das starre Gesicht. Der Mann war nicht traurig. Er war wütend.

»Dreck!«, sagte Gray korrekt, diesmal mit Augustus' Stimme. Niemand konnte sagen, der Vogel habe nichts von ihm gelernt.

Augustus simulierte ein weiteres Räuspern, das sich in einen nur halb gespielten Hustenanfall verwandelte, als erst die zwei Blondschöpfe und dann der bebende Herr an das Grab traten und Elliots schönes Gesicht unter mehr und mehr Erde verschwinden ließen.

»Dreck! Dreck! Dreck!« Gray nahm kein Blatt vor den Mund.

Augustus senkte den Regenschirm über sie beide und trat ein paar Schritte zurück. Eigentlich hatte er vorgehabt, auch Erde auf das Grab zu werfen – eine Art Abschied und so etwas wie ein inneres Versprechen, den Mord an Elliot nicht ungeklärt zu lassen –, aber mit einem immer rüpelhafter schimpfenden Papagei auf der Schulter schien das nicht empfehlenswert.

Stattdessen beobachtete er unter dem Rand des Regenschirms hervor die anderen Beerdigungsgäste.

Der Master trat vor.

Der Dean.

Frederik rollte. Augustus fragte sich, was der von einem Tod hielt, der durch solch überschwänglichen Beingebrauch zustande gekommen war.

Die meisten Studenten griffen auch nach der Schaufel, hastig und wohl in der Hoffnung, nun endlich zu ihren Studien zurückkehren zu können.

Schließlich waren sie alle fertig und standen stumm wie Pinguine, während Beerdigungshelfer mit professionellen Spatenschwüngen das Grab mit Erde füllten. Die Erde traf mit so etwas wie einem dumpfen Knistern auf den Deckel des Sarges.

Dumpf. Dumpf. Dumpf.

Augustus dachte, wie seltsam es war, dass es hier keine Musik gab, nichts, noch nicht einmal ein Trompetensolo.

Gray schien der gleichen Ansicht zu sein. Inspiriert von den rhythmischen Schaufelgeräuschen legte er los.

»Rah-rah-ah-ah-aah!

Ga-ga-uhh-la-laa.
I want your love and
I want your revenge!« Gut gelaunt tänzelte der Papagei von einem Fuß auf den anderen und wippte dazu mit dem Kopf.

»*Ga-ga-uh-la-laa! I want your love, I don't wanna be friends* ...« Die Viscountess begann zu schluchzen. Endlich. Sie drehte sich weg und führte ihre beiden Söhne den Kiesweg hinunter, ohne sich noch einmal umzudrehen. Der Lord streckte die Hand nach ihr aus, aber sie schritt an ihm vorbei, als sei er gar nicht da. Viscount Fairbanks stand noch einen Moment lang blinzelnd da, die Hand sinnlos in die Luft gestreckt, dann folgte er seiner Familie, allein, glatt und unbehaglich wie ein beträpfelter Hai.

»*I don't wanna be frie-e-ends!*«, krähte Gray.

Der Master warf ihnen beiden einen giftigen Blick zu und eilte hinter dem Lord her. Frederik rollte. Die Studenten zerstreuten sich. Sybil war verschwunden. Die verbliebenen Gäste folgten der Familie zum Tor, etwas munterer nun, schließlich ging es endlich Richtung Leichenmahl.

Augustus blieb als Letzter am Grab zurück und wartete, bis der Papagei sein Solo beendete.

Dumpf. Dumpf. Dumpf.

Endlich waren die Totengräber mit ihrer Arbeit fertig und zogen von dannen. Gray verstummte. Das Grab ragte wie ein gigantischer Maulwurfshügel vor Augustus auf.

»Dreck!«, sagte Gray.

Das fasste es eigentlich ganz gut zusammen.

Die Familie hatte darum gebeten, keine Blumen zu bringen und stattdessen einer wohltätigen Vereinigung zu

spenden, der die Viscountess vorstand. Das Ergebnis war ein ausgesprochen unansehnlicher Erdhaufen. Die Sache ärgerte Augustus. Blumen waren nicht nur eine Formalität, sie waren so etwas wie ein Feigenblatt, ästhetisches Gleitmittel, das dem Toten den Übergang ins Jenseits und den Hinterbliebenen den Anblick erleichterte. Selbst Elliot hätte ein paar verdient gehabt.

Er faltete den Schirm zu, weil es endlich aufgehört hatte zu regnen, und eilte mit links voran den Kiesweg hinunter. Nur weg hier. Die anderen Trauergäste hatten schon am Friedhofstor eine Traube gebildet und warteten auf ihre Limousinen.

Als Augustus das Tor erreichte, waren von der Trauergemeinde nur noch Dr. Turbot, der Chemiker, der Streifenmann und der Dean übrig. Chemiker und Dean verschwanden gerade in einer Limousine, also gesellte sich Augustus zu der zitternden Bibliothekarin, mied den Blick des Streifenmanns und wartete auf das letzte Auto. Wer war der Typ? Was wollte er von ihm?

»Ach!«, seufzte die Turbot. Wie war noch einmal ihr Vorname? Marlene? Egal! »Das war eine schöne Rede, Dr. Huff.«

Augustus gab ein vorsichtig dankbares Geräusch von sich.

»So jung!«, jammerte die Turbot, während die letzte Limousine vorfuhr. »Es ergibt keinen Sinn!«

Augustus hätte ihr gerne widersprochen. Mittlerweile war er sich sicher, dass Elliots Tod durchaus Sinn ergab, dass irgendjemand einen triftigen Grund gehabt hatte, ihn aus dem Weg zu räumen. Aber welchen? Und wer?

»Total zermatscht!«, philosophierte Gray, während die Bibliothekarin unbeholfen in das Auto kletterte.

Der Streifenmann guckte giftig.

Dann saß auch Augustus im Auto, nur durch eine viel zu dünne Bibliothekarin von dem Streifenmann getrennt. Der Wagen setzte sich in Bewegung, sehr zum Entzücken des Papageis, der mit den Flügeln schlug und Klopftöne zum Besten gab.

»Total zermatscht. Psychologische Probleme. Fuck me!«

Augustus entschuldigte sich für die Wortwahl des Vogels.

Dr. Turbot winkte ab. »Macht nichts, ich bin das schon gewöhnt. Elliot hat ihn manchmal mit in die Bibliothek gebracht.«

Gray? In der Bibliothek? Kaum zu glauben!

»Und das ging gut?«

»Nicht lange.« Die Bibliothekarin lächelte wehmütig. »Er war ein guter Junge, wissen Sie? Ich weiß, die meisten haben nicht viel von ihm gehalten, aber er war ein sehr ernsthafter Wissenschaftler. Tierverhalten. Bewusstseinsforschung. Ich habe ihm manchmal geholfen, Literatur zusammenzustellen. Man konnte stundenlang mit ihm diskutieren.«

Augustus kraulte Grays Nacken und verdaute, was er gerade gehört hatte. Nicht einmal seine eigene Mutter hatte Elliot als »guten Jungen« beschrieben. Wieder eine neue Seite an Elliot. Wieder eine Seite, die zu den anderen nicht zu passen schien.

Sie hatten die Stadt verlassen und sausten über Land. Grüne Felder jagten Hecken und lämmerbefleckte Weiden. Gray klebte am Fenster, stumm vor Entzücken.

Dr. Turbot rutschte nervös auf ihrem Sitz herum.

»Ob es wohl viel zu essen gibt?«, fragte sie den Streifenmann ängstlich. »Ich kann nicht viel essen.«

Der Streifenmann schüttelte ungeduldig den Kopf. Augustus dachte an das Foto mit der Torte und schluckte. Die Sache brachte ihn auf einen Gedanken. Wenn man etwas über Aberglauben erfahren wollte, konnte man nicht einfach herumlaufen und die Leute fragen, ob sie an Dämonen und Gespenster glaubten. Man fragte sie, ob *ihre Nachbarn* an Dämonen und Gespenster glaubten.

»Ich habe da vor kurzem eine seltsame Sache gehört«, begann er. »Um drei Ecken, nur so vom Hörensagen, aber angeblich hat ein Student behauptet, Elliot habe ihn erpresst. Mit Fotos.«

Dr. Turbot hörte mit dem Herumrutschen auf. Es wurde sehr still im Wagen.

»Das ist doch das Letzte!«, sagte der Streifenmann und sah Augustus über den Dutt der Turbot hinweg voller Verachtung an.

Die Bibliothekarin fingerte an ihrer Perlenkette.

»Erpresst? Elliot? Ausgeschlossen!«

Ihre Antwort kam im Brustton der Überzeugung, trotzdem war da etwas – ein Wimpernschlag, eine nervöse Geste, der Schatten eines Zögerns. Sie weiß etwas von den Fotos, schloss Augustus, aber sie hat keine Ahnung, dass Elliot hinter der Sache steckt. Gesteckt hat.

»Was für ein hässliches Gerücht! Sie sollten dieses alberne Gewäsch nicht glauben, Dr. Huff!«

»Humpf!«, grunzte der Gestreifte.

Dann blickten sie beide von ihm weg aus dem Fenster.

Der Wagen hatte die Landstraße verlassen und rollte eine Allee entlang, auf ein herrschaftliches Anwesen zu.

»Baum«, brabbelte Gray selig, während Schatten um Schatten das Auto streichelte. »Baum. Baum. Baum.«

Augustus saß und dachte.

Elliot hatte also nicht einfach nur irgendwelche Leute beobachtet und erpresst. Er hatte *seine Freunde* erpresst, Leute wie Dr. Turbot, die ihm bei der Literaturauswahl geholfen hatte und ihn einen guten Jungen nannte. Anonym. Hintenherum. Das war perfide. Seine neu entdeckte Sympathie für Elliot geriet ins Wanken. Wieder fragte er sich, was das Ziel dieser Erpressergeschichte gewesen sein konnte. Was hatte Elliot von der Turbot für seine Diskretion verlangt? Geld? Er konnte sie schlecht fragen.

Er blickte hinüber zu dem Herrenhaus, das in der Ferne zwischen Wiesen aufgetaucht war. Schwarz gekleidetes Personal manövrierte gerade Frederik aus der Limousine und zurück in den Rollstuhl. Warum in aller Welt hätte jemand wie Elliot Geld brauchen sollen?

★

Während die Beerdigung selbst eine ausgesprochen karge Angelegenheit gewesen war, hatten sich die Fairbanks hier nicht lumpen lassen. Augustus wurde von adrett gekleideten Bediensteten in eine prächtige Halle geleitet. Parkett glänzte, Kronleuchter funkelten, das üppige Grün vor den Fenstern leuchtete nach drinnen wie ein Juwel. Bedienstete schwebten herum und reichten Drinks, Erfrischungen und – extra für Gray – frische Früchte. Eine Harfenspie-

lerin saß in einer Ecke und zupfte melancholisch an den Saiten. Im Hintergrund bog sich ein Buffet unter der Last auserlesener Köstlichkeiten.

Die Gäste selbst waren weniger festlich anzusehen und klammerten sich unbehaglich an ihre Gläser. Der Raum war zu groß für eine magere Gesellschaft wie diese. Das erzeugte eine seltsam klaustrophobische Atmosphäre. So als würden sie alle beobachtet, so als hätte jemand sie alle in einen luxuriösen Versuchsaufbau gesetzt, um wer weiß welche Experimente mit ihnen anzustellen. Der Einzige, der sich in diesem Szenario halbwegs wohlzufühlen schien, war der Lord. Er hatte zu seiner Politikerpose zurückgefunden, schüttelte Hände und sprach mit sonorer Stimme.

Die anderen drängten sich in Grüppchen zusammen und schielten sehnsüchtig zum Buffet hinüber. Sie hätten eigentlich über Elliot sprechen sollen. Jetzt war der Moment gekommen, Anekdoten zum Besten zu geben und das Leben des Verstorbenen Revue passieren zu lassen. Stattdessen schien niemand so richtig etwas zu sagen zu haben.

Augustus spielte mit dem Gedanken, die Geschichte mit der Sexpuppe zum Besten zu geben, entschied sich aber im letzten Moment dagegen. Schnapsidee!

Er nippte vorsichtig an seinem Drink.

»Nimm ne Nuss!«, mahnte Gray, also folgte Augustus dem Dean und dem Dicken zum Buffet, um den Alkohol mit etwas fester Nahrung zu unterfüttern. Er füllte seinen Teller mit lecker aussehenden kleinen Pasteten für sich selbst und gesunden Früchten für Gray, dann balancierte er das Ganze zu der langen Tafel hinüber, wich den bohrenden Blicken des Streifenmanns aus und kam neben dem runden Herren zu sitzen. Augustus guckte schüchtern. Aus der Nähe betrachtet strahlte der Dicke Würde und fast so etwas wie Anmut aus. Er sah aus, als sei er im Anzug geboren worden. Augustus dagegen fühlte sich zerknittert.

Verdammt – sie waren einander noch nicht einmal vorgestellt worden.

Doch der Papagei ersparte ihm jede Verlegenheit.

»Hey Henry!«

Der Herr blickte sie beide mit traurigen Augen an. »Guten Tag, Master Gray. Was für ein trauriger Anlass!«

»Fuck me!«, bestätigte Gray. Der Herr guckte schockiert, dann streckte er Augustus eine überraschend zierliche Hand hin. »Ich bin Henry Field. Der Butler.«

»Huff«, sagte Huff überrascht. »Augustus.«

»Ich weiß. Sie haben gut gesprochen.«

Augustus dankte, dann machte sich wieder ein verlegenes Schweigen breit.

»Das...« Augustus zeichnete mit dem Silbermesser einen Kreis in die Luft. »...ist eindrucksvoll!«

Die zierliche Hand winkte ab. »Das ist gar nichts. *Gar nichts.* Warum sie ihn hier so verscharren müssen, werde ich nie verstehen. Natürlich war da der Streit, aber der Tod...«

Augustus horchte auf. Streit?

»Elliot und... seine Eltern?«

Der dicke Butler nickte. »Der Lord. Fürchterliche Sache. Natürlich sollte ich mich in Diskretion üben, aber wenn er so mit Elliot umspringt, habe ich auch keine Skrupel.

Der eigene Vater! Über den Tod hinaus! Das ist... unnatürlich!«

»Unnatürlich!«, bestätigte Gray und entlockte dem Butler damit einen tiefen Seufzer.

»Er... wollte die Sprache der Tiere lernen, wissen Sie? Als er klein war! Wie Dr. Dolittle!«

Eine diskrete Träne glitt aus seinem Augenwinkel, doch Augustus, der daran dachte, wie kaltblütig Elliot die vertrauensselige Bibliothekarin erpresst hatte, war gerade wenig für Sentimentalitäten zu haben. Er wollte lieber mehr über den Streit zwischen Vater und Sohn erfahren.

»Und das Zerwürfnis?«, fragte er. »Haben sie sich schon lange nicht vertragen?« Keine besonders raffinierte Befragungstaktik, aber Augustus war zu müde, um subtil vorzugehen.

Der Butler räusperte sich. »Na ja, es ist ja nicht so, dass sich seine Lordschaft wirklich mit Leuten *verträgt*. Er war Elliot gegenüber immer kalt. Mehr als...« Er unterbrach sich, so als habe er zu viel gesagt. »Entschuldigen Sie, ich muss...« Er deutete hinüber zum Buffet. »Ich muss immer etwas essen, wenn mir Dinge gegen den Strich gehen. Das ist mein Problem.«

Damit schwebte er, den Teller wie ein Familienerbstück vor sich hertragend, auf das Buffet zu.

Verdammt! Nun war der Platz an seiner Seite leer. Der Streifenmann ergriff die Chance und pflanzte sich neben Augustus, die Beine breit, die Arme vor der Brust verschränkt, und starrte ihn aus nächster Nähe an. Augustus starrte betreten auf seinen Teller. Was wollte der Typ nur von ihm?

»Konsequenzen«, seufzte Gray.

Nach einer kleinen Ewigkeit beugte sich der Streifenmann zu ihm herüber und zischte ihm ins Ohr: »Haben Sie gar nichts zu sagen?«

»Nein«, sagte Augustus und kämpfte gegen die Versuchung an, Hals über Kopf zum nächsten Handwaschbecken zu flüchten.

»Dann sag ich Ihnen was: Ich hab keine Ahnung, warum Sie das machen und wer Sie bezahlt, aber ich weigere mich...« Dem Streifenmann blieb vor Ärger die Luft weg. »...ich weigere mich, da in irgendeiner Form mitzuspielen! Machen Sie Ihre blöden Experimente doch mit jemand anderem!«

Experimente?

»Ich weiß nicht...« Huff suchte nach Worten.

»Die Sache war ein Ausrutscher. Ein *einmaliger* Ausrutscher. Ich bin glücklich verheiratet!«, fauchte der Streifenmann unglücklich.

Vermutlich hätte Augustus die Situation nutzen sollen, um mehr Informationen aus dem Streifenmann herauszubekommen, aber der Typ war rot angelaufen und hatte wieder die Fäuste geballt, und Huff folgte dem Selbsterhaltungstrieb.

»Ich hab keine Ahnung, wovon Sie sprechen«, platzte er heraus. »Ich habe Sie gestern zum ersten Mal gesehen. Sie... Sie haben mich an jemanden erinnert, also wollte ich sehen, ob Sie vielleicht... Sind Sie nicht, offensichtlich. Ich mache keine Experimente. Ich weiß noch nicht einmal, wer Sie sind! Ich möchte hier nur in Ruhe meine Pastete essen!«

»Total zermatscht!«, sagte Gray mit Inbrunst, inspiriert von Augustus' Ausbruch.

»Soso.« Der Streifenmann musterte Augustus zuerst misstrauisch, dann zunehmend verlegen. Schließlich mischte sich sogar so etwas wie Zerknirschtheit in seinen Ausdruck.

»Sie sind *nicht* der Privatdetektiv?«

»Sehe ich vielleicht aus wie ein Privatdetektiv? Mit einem Vogel auf der Schulter?«

»Tut mir ... Ich und meine große Klappe. Entschuldigen Sie. Ich habe gemerkt, dass mich jemand beobachtet, und dann ... Ich stehe zurzeit sehr unter Stress ...«

Genug Stress, um einem Studenten in luftiger Höhe den einen oder anderen Schubser zu geben?, fragte sich Augustus. Er machte eine wegwerfende Handbewegung.

»Kommt vor.«

Sie schwiegen.

»Kannten Sie Elliot gut?«, versuchte es Augustus nach einer Weile. Wenigstens musste er herausfinden, wer der gewaltbereite Streifenmann war!

»Ich bin ... ich war sein Klettercoach. Obwohl – manchmal habe ich mich gefragt, wer hier wem was beibringt.«

Er lächelte. Es war der erste freundliche Ausdruck, den Huff auf seinem Gesicht sah.

Augustus staunte. »Auf Gebäuden?«, platzte er heraus.

»Natürlich nicht!« Der Coach blickte ihn empört an. »An der Kletterwand. Im Uni-Sport!«

Was Elliot von der Uni-Kletterwand gehalten hatte, konnte Augustus sich gut vorstellen. Wusste der Coach das auch? Hier war jemand, der zumindest körperlich in der Lage gewesen wäre, es mit Elliot oben auf den Zinnen aufzunehmen. Von was für Experimenten hatte er gesprochen? Was hatte Elliot von ihm gewollt?

Plötzlich war ihm die Nähe des Mannes unangenehm. Augustus sah sich um und erspähte dabei schräg gegenüber sein Spiegelbild – verdammt, er war ja schon wieder völlig zerzaust!

»Total zermatscht«, kritisierte Gray, dabei war alles seine Schuld, weil er ständig in Augustus' Haaren herumschnäbelte.

Huff stand auf und murmelte eine Entschuldigung. Der Coach schüttelte ihm beflissen die Hand. Jetzt musste er eindeutig Hände waschen.

Augustus suchte und fand die feinste Toilette, die er je gesehen hatte, ein wahres Händewaschparadies. Er glättete sich sorgfältig die Haare und wusch sich die Hände, wusch und wusch, während Gray mit dem Spiegel flirtete. Dann tauchte wie aus dem Nichts eine Toilettendame auf, und Augustus musste mit dem Händewaschen aufhören, weil sie ihm ein Handtuch reichte. Er drehte den Hahn zu und musterte die kleine Handtuchrolle misstrauisch. Wer konnte sagen, ob die wirklich frisch war? Warum hatten sie keine Papierhandtücher?

»Stoff!«, sagte Gray ermutigend, also griff Augustus doch zum Handtuch, trocknete und dankte, bevor er widerwillig den Weg die Wendeltreppe hinauf und zurück in den Saal antrat. Auf halbem Weg machte er Halt, lehnte sich an die Wand und horchte.

Der ganze Alkohol schien allmählich doch Wirkung zu zeigen. Die Gespräche waren lauter, angeregter. Frederik und Lord Fairbanks diskutierten über Politik, die geschulte

Stimme des Viscounts klar und deutlich vernehmbar, die von Frederik leise und stetig wie ein Fluss. Die beiden verstanden sich verdammt gut. Henry der Butler ermahnte mit ausgesuchter Höflichkeit einen der beiden Blondschöpfe, nicht ständig auf sein Handy zu gucken. Everding der Chemiker schien sich die Harfenistin vorgenommen zu haben und versuchte lautstark, sie dazu zu überreden, Wagner zu spielen. Der Master und der Dean sprachen über Bauarbeiten, die bald am College anstanden.

Kosten. Veto. Leitmotiv. E-Mail. Tories. Noch ein Glas? Anschlag. Lärmbelästigung. Dreck.

»Dreck«, murmelte Gray.

Augustus hatte plötzlich keine Lust, zu der Gesellschaft zurückzukehren. Der Einzige, mit dem er sich wirklich unterhalten wollte, war Frederik, und der saß für seinen Geschmack viel zu nah bei Fairbanks. Und seine Theorie? Was für ein Witz! Trotz seiner vielen Bemühungen war er noch keine einzige Erkenntnis weiter. Sicher, irgendwo stimmte etwas nicht, oder besser gesagt: Nichts stimmte, rein gar nichts. Elliot schien nicht eine Person gewesen zu sein, sondern mindestens drei. Leute, die sein Tod hätte erschüttern sollen, ließ er kalt, während andere sich überraschend betroffen zeigten.

Aber vielleicht war es ja einfach nur er selbst, der nicht stimmte. Vielleicht passte er doch nicht nach Cambridge, vielleicht sollte er zurück auf die Äußeren Hebriden ziehen und Ziegen hüten?

Am Ende der Treppe bog Augustus, sehr zum Entzücken des Vogels, nicht nach rechts ab, zurück in den Saal, sondern nach links, hinaus in den Garten.

»Baum! Grün! Grün!«

Dem war wenig hinzuzufügen. Das ganze Grün fühlte sich in der Tat überraschend gut an. Es regnete nicht mehr, Sonne schien, die Blätter glänzten. Augustus schlenderte über feuchten Rasen hinüber zu einem einladenden Laubengang.

Hatte der Lord Elliot nach dem Streit vielleicht den Geldhahn abgedreht? Hatte Elliot deswegen seine Erpressungsversuche gestartet – bei Leuten, die ihm nahestanden, deren Schwächen er vielleicht schon kannte? Perfide. Und was hatte zu dem großen Streit geführt? Hatte Elliot-Hyde Elliot-Jekyll einen Strich durch die Rechnung gemacht? Hatte der Lord ihn durchschaut? Und was waren das für Experimente, bei denen der Streifenmann nicht mitmachen wollte?

»Grün! Spiel das Spiel! Grün!«

Huff hatte den Papagei noch nie so aus dem Häuschen gesehen.

Als er den Laubengang betrat, verstummte der Vogel. Das Sonnenlicht teilte sich für sie wie ein Vorhang, dann standen sie im Schatten.

»Grün?«, wiederholte Gray fragend, dann raunte er »Die Bude brennt!« in Augustus' Ohr.

Er hatte recht.

Am Ende des Gangs glomm etwas im Halbdunkel.

Glühte auf und verglomm.

Glühte auf und verglomm.

Augustus nahm seinen ganzen Mut zusammen und ging, Gray auf der Schulter, auf das flackernde Licht zu.

10. Psychologische Probleme

Am Ende des Laubengangs, auf einer steinernen Bank, saß die Viscountess und rauchte einen Joint, ihre schwarze Kleidung im Schatten fast unsichtbar, Hände, Gesicht und Beine leuchtend weiß. Augustus wollte kehrtmachen, aber sie winkte ihm zu. Er kam vorsichtig näher, linker Fuß voran.

Er hatte das Gefühl, den Schrein einer heidnischen Göttin zu besuchen – einer Göttin der Jagd. Gerne hätte er den Rückzug angetreten, aber dafür war es zu spät.

»Psychologische Probleme!«, tuschelte Gray.

Lady Fairbanks ließ ihn bis auf ein paar Schritte an sich herankommen, dann hob sie die Hand, und Augustus blieb gehorsam stehen. Sie hatte die Schuhe ausgezogen und saß mit übereinandergeschlagenen Beinen da, einen nackten Fuß auf dem Kiesweg.

Augustus starrte unbeholfen erst zu Boden, dann auf das Schwanen-Tattoo am Knöchel der Viscountess. Ein anmutiger Vogel mit elegant gebogenem Hals, schon ein wenig verschwommen. Ein altes, altes Tattoo.

Die Viscountess rauchte und schwieg, ihre Bewegungen waren träge, die Lider halb gesenkt.

»Spiel das Spiel!«, riet Gray, also machte Augustus den Mund auf, um irgendetwas zu sagen. Der süße, krautige Geruch von Cannabis legte sich auf seine Zunge.

»Ich hoffe, die Rede…«, begann er und brach ab. Er wollte nicht nach Komplimenten angeln, und er würde vermutlich auch keine bekommen. »Eine schöne, schlichte Feier«, sage er stattdessen unaufrichtig.

Die Viscountess blies Rauch in die Luft und lachte.

»Es war fürchterlich. Fürchterlich. Alles meine Schuld natürlich. Ich wollte es so jämmerlich wie möglich haben. Kindisch vielleicht. Ich wollte ihm zeigen, was er… angerichtet hat. Und natürlich habe ich nicht daran gedacht, was es mit mir… Ich hätte mir nicht träumen lassen, dass es so schlimm werden würde, so… verheerend.« Sie nickte Gray zu. »Wenigstens hat *er* gesungen.«

»Perfekt«, bestätigte Gray.

Sehr zu Augustus' Entsetzen formten sich in den Augen der Viscountess Tränen.

»Lady Fairbanks«, sagte er hastig, »hatte ihr Sohn Geldprobleme?« Unpassender ging es kaum, aber es gelang ihm, die Dame einen Moment lang abzulenken.

Sie blickte ihn überrascht an. »Wer, Elliot? Lächerlich. Mein Sohn war nicht extravagant, Dr. Huff. Und selbst wenn…« Die Lady machte eine wegwerfende Handbewegung.

Asche schneite auf den Kiesweg.

»Ich dachte… vielleicht nach dem Streit…«

Die schläfrigen Augen der Viscountess blitzten kurz auf und erinnerten Augustus daran, dass er es mit einem weißen Drachen zu tun hatte, einem Drachen, der nur sehr oberflächlich betäubt war.

»Es gab keinen Streit.«

»Aber ich dachte…«

Sie schnitt ihm das Wort ab.»Lionel hat ihn enterbt. Das ist alles.«

Augustus öffnete den Mund, kam aber nicht zum Zuge.

»Das geht Sie alles nichts an, Dr. Huff.«

»Nein«, gab Augustus zu und wollte sich zum Gehen wenden, blieb aber wie gebannt stehen, als dicke Tränen aus den kalten Augen der Lady stürzten und auf der schwarzen Seide ihres Kleides zerplatzten.

»O fuck. Und jetzt habe ich sie vielleicht beide verloren! Ich hätte nicht... Aber ich muss einfach wissen...«

Feine Strähnen waren aus ihrer Hochsteckfrisur gekrochen und erzeugten so etwas wie einen Heiligenschein aus Spinnweben. Es sah so schön aus.

»Ich werde ihn finden«, platzte Augustus heraus.

Sie sah ihn ausdruckslos an.

»Den Mörder«, ergänzte Augustus. »Ich glaube nicht, dass Ihr Sohn einfach so gestürzt ist. Und Selbstmord war es auch nicht«, fügte er hastig hinzu, bevor die Viscountess neue Tränen produzieren konnte.

»Sicher?« Auf einmal lag so etwas wie Hoffnung in ihrem Blick.»Wenigstens das nicht. Sicher, sagen Sie?«

Augustus dachte an das, was Cassandra über ihr Pferd gesagt hatte, und nickte. Sicher. Elliot hätte Gray nicht so einfach im Stich gelassen.

Sie schwieg und sog an ihrem Joint. »Ich hätte es wissen sollen. Ich bin so eine Idiotin. O fuck!«

»O fuck«, seufzte Gray mitfühlend.

Bevor er sich besann, war Augustus nach vorne gesprungen, auf ein Knie gesunken (es war noch nicht einmal das linke) und hatte die freie Hand der Viscountess ergriffen.

»Bad Romance«, warnte Gray, aber es war zu spät. Augustus hatte in einer Art Umnachtung seine Lippen auf den weißen Handrücken gepresst und versprach Dinge. Gerechtigkeit. Ordnung. Vielleicht sogar Rache.

Der Joint fiel zu Boden, glomm noch ein bisschen und erlosch.

Nach einer Weile fing sich Augustus, stand verdattert auf und fegte Staub von seinem rechten Hosenbein.

Die Viscountess rollte sich einen neuen Joint.

»Auf Wiedersehen, Dr. Huff«, sagte sie.

Augustus verneigte sich und eilte den Laubengang hinauf, dem rettenden Grün entgegen.

Wieder hatte er das Gefühl, dass er gerade etwas Wichtiges erfahren hatte. Ein Puzzleteil, das ihn weiterbringen würde, wenn er es nur an die richtige Stelle setzte. Was? Wie? Er ließ das Gespräch Revue passieren – nichts. Es war nicht nur etwas, das er gehört hatte, da war er sich sicher. Er hatte etwas *gesehen*. Aber was?

»Knapp daneben ist auch vorbei«, sagte Gray weise und dann, laut und fordernd: »Baum!«

Gehorsam trat Augustus durch den Vorhang aus Sonnenlicht hinaus ins Freie.

Während er unter den Bäumen Richtung Haus schlenderte, dachte er an das, was Lady Fairbanks gesagt, und vor allem an das, was sie *nicht* gesagt hatte. Sie hatte eine ganze Menge nicht gesagt, aber Augustus hatte gesehen, wie verdammt erleichtert sie gewesen war, dass Elliot nicht freiwillig in den Tod gesprungen war. Natürlich verständlich bei ihr als Mutter, aber war Mord wirklich so viel besser? Die kärgliche Beerdigung war also von ihr inszeniert wor-

den, damit der Viscount sich möglichst mies und schuldig fühlte. Enterbt? Das war drastisch! Was in aller Welt hatte Elliot angestellt, um Fairbanks so zu provozieren?

Augustus wäre gerne einfach draußen unter den Bäumen geblieben, aber es gab einiges zu tun, und so setzte er tapfer den linken Fuß über die Schwelle. Drinnen hatte sich die Stimmung gründlich geändert, von verlegener Nüchternheit hin zu berauschter Hysterie.

Alle schienen betrunken, sogar die beiden Blondschöpfe.

Frederik hing in seinem Rollstuhl und tuschelte kichernd mit dem Viscount. Wie alte Freunde. So was!

Der Dean und der Master hatten sich zu Henry dem Butler gesellt und prahlten. Kein schöner Anblick.

Dr. Turbot war mit einem riesigen Teller voller Canapés und Gebäck beschäftigt.

Die Fairbanks-Sprösslinge bewarfen einander mit Oliven.

Selbst die Ober schienen zu schwanken.

Professor Everding, der Chemiker, starrte benommen und ein wenig neidisch auf die Knöchel und die glänzenden Lackpumps der Harfenistin, während die Dame, rot vor Verlegenheit, in die Saiten langte.

Augustus beschloss, der Musikerin aus ihrer Verlegenheit zu helfen, griff sich einen Stuhl und setzte sich neben den Chemiker.

»Tag, Everding.«

»Tag, Huff.«

Der Professor riss mit sichtlichem Widerwillen seinen Blick vom Schuhwerk der Harfenistin los.

»Himmlisch, nicht?«

Sie horchten eine Weile schweigend, dann stimmte Gray mit kleinen vergnügten Pfiffen ein, lautstark und überraschend musikalisch.

Die Dame lächelte.

Augustus dachte.

Ein Chemiker musste nicht unbedingt auf den Dächern herumturnen, wenn er jemanden aus dem Weg räumen wollte. Ein Chemiker konnte dasselbe Ergebnis ganz bequem von unten erzielen, etwa mit einem Mittel, das Reaktionen verlangsamte oder Schwindel erzeugte. Aber dafür hätte er Elliots Vertrauen genossen und seine Gewohnheiten sehr gut gekannt haben müssen. Wie nahe hatten die beiden einander gestanden? Warum genau war Everding hier? Soweit Huff wusste, hatte Elliot mit Chemie nichts am Hut gehabt. Er würde den alkoholisierten Zustand des Professors nutzen, um genau das herauszufinden.

»Er wird uns fehlen, nicht wahr, Everding?«, sagte er.

Gray pfiff.

»Wer?« Everding blickte Augustus missbilligend von der Seite an, so als verstoße es gegen den guten Ton, auf einer Beerdigung über den Verstorbenen zu sprechen.

»Elliot«, sagte Augustus unbarmherzig.

»Natürlich, natürlich. Tragische Sache. Ich wusste noch nicht einmal, dass er so ein Kletterer war. Für mich war er immer eher der musische Typ.«

Augustus horchte auf. Warum behauptete Everding, nichts von der Kletterei gewusst zu haben? Jeder wusste davon, spätestens seit der Geschichte mit der Sexpuppe. Konnte Everding das schon wieder vergessen haben?

»Musischer Typ?«, wiederholte er.

»Wagner«, murmelte der Chemiker ehrfürchtig.

»Wagner?«, wiederholte Huff dümmlich.

»Der Komponist, natürlich.« Everding sah ihn abschätzig an. »Wir waren verwandte Seelen.«

Everding und Wagner? Vermutlich nicht. Everding und Elliot also. Hatte sich Elliot auch ab und zu an Damenfummeln versucht? Das schien weit hergeholt. Augustus starrte den Chemiker ungläubig an, bis dieser sich zu einer Art Erklärung bequemte.

»Ich besitze einige sehr seltene Aufnahmen, echte Sammlerstücke. Und Elliot – na, der konnte mit seinen Beziehungen Opernkarten besorgen, von denen ich noch nicht einmal zu träumen wagte. Also, ja, er wird mir fehlen. Wenige junge Leute verstehen heute noch so richtig was von Oper.«

Augustus schwieg. Wagner! Quälend lange Opern, die nicht nur den unmittelbaren Zuhörern, sondern auch allen anderen im Umkreis von drei Meilen den Tag verderben konnten. Irgendwie passte das zu Elliot! Wenigstens hatte er Gray von diesem Hobby ferngehalten. Nicht auszudenken, wenn der Papagei jetzt auch noch arienschmetternd auf seiner Schulter säße!

»Er soll Leute erpresst haben«, sagte er beiläufig.

Der Chemiker fuhr auf seinem Stuhl herum wie von einer besonders beleibten Hummel gestochen.

»Erpresst? Elliot?«

Drüben an der Tafel hoben sich ein paar Köpfe. Dr. Turbot stopfte sich schnell ein Eclair in den Mund.

»Kotzen!«, warnte Gray.

Augustus schwieg und wartete.

»Du meine Güte«, murmelte Everding, plötzlich verwirrt. »Elliot? Unmöglich. Absolut unmöglich, dass das Elliot war!«

»Dass Elliot was war?« Augustus wusste gleich, dass es die falsche Frage war. Er hätte »Warum unmöglich?« fragen sollen, aber dafür war es zu spät.

Der Chemiker stand schwankend auf.

»Gar nichts, Huff! Er war eben gar nicht so, wie die Leute sagten. Ich weiß wirklich nicht, wie Sie hier so sitzen können – *hier, als Gast!* – und diese Gerüchte verbreiten. Das höre ich mir nicht an! Elliot war in Ordnung, wissen Sie, Huff! Elliot hatte eine schöne Seele!«

Er drehte sich um und watschelte zur Tafel, vermutlich auf der Suche nach mehr Alkohol. Augustus blieb zurück. Er konnte die unerschrockene Harfenistin schlecht einfach so sitzen lassen, das wäre wirklich höchst ungehörig gewesen, wo sie sich doch so in die Saiten legte. Außerdem war Gray von dem Gezupfe fasziniert.

»Zirkus!«, krächzte er.

Schöne Seele! Das war starker Tobak! Vielleicht war es ja ganz und gar unmöglich, auf der Beerdigung etwas Erhellendes über Elliots Charakter herauszufinden. Niemand sprach gerne schlecht über einen Toten, schon gar nicht, wenn er mit an der Tafel saß, bildlich gesprochen. Trotzdem hatte Augustus bei der Turbot und dem Chemiker so etwas wie echte Zuneigung gespürt. Konnte man jemanden *mögen* und ihn trotzdem aus dem Weg räumen, einfach aus praktischen Gründen?

Fest stand, dass beide auf das Thema Erpressung nicht

gut zu sprechen waren. Elliot hatte die Fotos also benutzt – aber anonym.

»Banane!«, sagte Gray.

»Nicht jetzt!« Hatte der Papagei nicht eben erst einen ganzen Früchteteller leergeputzt? Wie konnte so ein kleiner grauer Vogel nur so gefräßig sein?

»Banane!«, wiederholte Gray warnend.

Augustus blickte nach links und fuhr herum, weil da tatsächlich eine drohend erhobene Banane neben seinem Ohr aufgetaucht war. An der Banane hing der jüngere der beiden Blondschöpfe.

»Hi Gray!«

»Hi George!«

Gray hüpfte von Augustus' Schulter hinüber zu dem jungen Fairbanks und blickte dann nachdenklich zwischen ihnen beiden hin und her.

»Hey Huff! Hi George! Huff! George! George! Huff!«

Niemand konnte behaupten, dass Gray bei Elliot keine Manieren gelernt hatte.

Augustus' Schulter fühlte sich plötzlich kühl und nackt an. Mit einer seltsamen Eifersucht beobachtete er, wie Gray an Georges Ohr schnäbelte und sich von dem Knaben mit Banane vollstopfen ließ.

»Ich bin offizieller temporärer Halter«, sagte er und hatte plötzlich Angst, der kleine Fairbanks könnte mit Gray auf der Schulter einfach davonspazieren und ihn zurücklassen, Halter von ein paar Neurosen und sonst gar nichts. Er tappte nervös gegen die Stuhllehne. Einmal. Zweimal. Dreimal.

Gray schien sein Unbehagen zu bemerken.

»Hey Huff! Welche Farbe?«

Augustus zögerte. Wahrscheinlich meinte er die Banane. »Gelb!«

Gray blickte ihn anerkennend an, dann legte er fragend den Kopf schief.

»Was ist gleich? Was ist anders?«

Es war eine hervorragende Frage. Die Ähnlichkeit mit Elliot war unverkennbar, und zugleich war der jüngere Bruder sehr anders. Erdiger. Solider. Es war mehr von dem Lord in ihm, bis hin zu einer gewissen gefälligen Glätte. Dann natürlich das Alter. Zehn? Zwölf? Hatte Elliot je so unschuldig aus der Wäsche geguckt?

Augustus dachte an das kleine Schwanentattoo der Viscountess und fragte sich auf einmal, wie jung sie gewesen sein musste, als sie Elliot bekam. Sehr jung.

»Banane mag er am liebsten.«

»Ich weiß«, sagte Augustus ein bisschen rechthaberisch.

»Äpfel mag er auch.«

»Und Trauben.«

Augustus bemühte sich, seine Eifersucht unter Kontrolle zu bekommen und ein paar sinnvolle Fragen zu stellen.

»Hat Elliot Gray oft mit nach Hause gebracht?«

»Manchmal.«

»Beim letzten Mal nicht?«

»Nein.«

»Und da haben sie sich gestritten?«

»Elli und Papa?«

Augustus nickte.

George blickte zweifelnd auf die halb gegessene Banane hinab. »Papa hat sich eher alleine gestritten. Aber am

Ende ... war Elliot irgendwie anders. Irgendwie ... weniger Elliot.«

Huff horchte auf. Hatte das mit der Jekyll-und-Hyde-Geschichte zu tun? Hatte der Streit in Elliot etwas Dunkles ausgelöst?

»Und warum ...«, begann er, dann traf ihn eine Olive an der Stirn.

Eine zweite, besser gezielte Olive folgte und traf George am Hinterkopf.

»Hey Stinker! Lass den blöden Vogel!«

Der ältere Blondschopf tauchte neben seinem Bruder auf. Statt sich bei Augustus für die Olive zu entschuldigen, zog er seinen Bruder am Haar.

»Benimm dich endlich wie ein Fairbanks, Stinker!«

Er versuchte, Gray an den Schwanzfedern zu ziehen. Der Papagei quäkte entsetzt und flatterte zurück auf Augustus' Schulter.

»Stinker! Stinker!«, wetterte er von dort.

Der nächste Lord Fairbanks zeigte Gray, und damit zwangsläufig auch Augustus, einen Stinkefinger. Sechzehn, schätzte Augustus, und sichtbar in den Klauen der Pubertät. Sechzehn. Zweimal die Acht. Ein fürchterliches Alter. Er stand auf. Das musste er sich nicht bieten lassen!

Er flüchtete mit Gray auf die Terrasse. Luft! Platz! Grün! Auf einmal hatte er genug von der ganzen Bande.

Auf der Terrasse standen zwei Ober und machten Pause. Der eine rauchte, der andere suchte in seinen Taschen herum, vermutlich auch nach Rauchzeug. Wäre die Gesellschaft dort drinnen nicht so betrunken gewesen, hätten sie sich das bestimmt nicht erlaubt.

Augustus beobachtete, wie der zweite Ober sich mit geübten Fingern eine Zigarette rollte, und dann verstand er auf einmal, was er bei dem Gespräch mit der Viscountess gesehen hatte.

Natürlich.

Ein Mann rollte sich seine Zigarette.

Die Viscountess rollte sich einen Joint.

Tony, der Porter vom Clare ...

Die seltsamen Fingerbewegungen des betrunkenen Nachtporters gestern: Zigarettenrollbewegungen! Und dazu die tabakgefärbten Hände. Der Mann war Kettenraucher! Und was machte so ein Kettenraucher, wenn er Dienst hatte? Er schlich sich regelmäßig nach draußen, um sich eine Kippe zu gönnen! Das war es! Deswegen wollte Tony nur den Nachtdienst. Da war alles schön ausgestorben, und wenn er ein wenig aufpasste, wurde er beim nächtlichen Rauchen auch nicht erwischt.

Deswegen hatte er Elliot gesehen! Er war gar nicht auf seinem Posten in der Porter-Loge gewesen, sondern draußen am Tor, einen Glimmstängel in der Hand!

Er hatte keinen Schrei gehört! Der Schrei sollte nur erklären, warum er nicht auf seinem Posten gewesen war! Der Schrei war erlogen!

Und das bedeutete ...

Es bedeutete, dass Elliot schon eine ganze Weile dort gelegen haben konnte! Dass Elliot vielleicht doch mitten in der Nacht geklettert war! Dass jemand durchaus die Zeit gehabt hatte, die Leiche umzudrehen! Es war die erste wirkliche Erkenntnis im Fall Elliot! Ein echter Durchbruch! Augustus schwirrte der Kopf vor all den Gedan-

kenpfaden, die sich auf einmal vor ihm auftaten. Er wirbelte herum und steuerte mit links und Papagei zurück in den Saal.

Er musste hier weg! Er brauchte einen Wagen! Endlich hatte er so etwas wie eine greifbare Spur!

*

Erst als er sich, zurück in seinem Apartment, aus dem Anzug pellte, fiel ihm ein, dass Tony der Nachtporter ja tagsüber nicht zu sprechen war.

»Shit!«, sagte Augustus und zog Jeans an.

»Shit!«, bestätigte Gray, der, mit Banane vollgestopft, auf der Lehne des Denksessels döste.

»So geht das nicht!«, sagte Augustus und streifte sich ein frisch gewaschenes Sweatshirt über. »Wir können nicht einfach hier herumwarten! Wir müssen etwas unternehmen! Sofort!«

»Beep!«, sagte Gray schläfrig. »Beep. Hast du mich lieb?«

Er hatte recht! Es war Zeit, sich Ivy und diese seltsame Prostitutionsgeschichte persönlich vorzuknöpfen!

Augustus eilte hinüber zum Schreibtisch, um den Zettel mit Telefonnummern hervorzusuchen, obwohl er die beiden Nummern längst auswendig wusste. Ivys und Philomenes. Vor allem Philomenes.

Es hatte keinen Sinn, nochmals bei Ivy anzurufen, redete er sich ein. Sie würde ihn nur wieder mit Viktor verwechseln und auflegen. Nein, viel besser würde es sein, Philomene im Café nach Ivys Adresse zu fragen und sie zu bitten, den Kontakt herzustellen!

Augustus ging ins Badezimmer, um sich endlich richtig zu rasieren und dann gründlich die Hände zu waschen. Seine Haare standen schon wieder in alle Richtungen ab! Er machte sich daran, sie mit Wasser zu glätten, hielt aber bald inne. Es war sinnlos! Gray würde in Rekordgeschwindigkeit alles wieder zerstört haben. Wenn er eine halbwegs unzerzauste Konversation mit Philomene wollte, musste er andere Maßnahmen ergreifen. Kurz entschlossen kehrte er in den Hauptraum zurück und zog sich eine schwarze Strickmütze über. Seine Klettermütze! Es fühlte sich gut und ein bisschen aufregend an, sie auch bei Tage zu tragen. Augustus musterte sich im Spiegel und war zufrieden mit dem gepflegten Mützenträger, der ihn von dort anblickte. Er setzte sich Gray auf die Schulter, sperrte ab und eilte nach draußen, über den Marktplatz, zu dem Café neben dem *Haunted Bookshop*.

★

»Elliot! Elliot!«

Jemand zupfte ihn von hinten am Ärmel. Gray auf seiner Schulter stieß einen freudigen kleinen Papageienschrei aus.

»Meine Güte, Elliot, warum hast du bloß ...«

Augustus drehte sich um und erblickte das wahrscheinlich schönste Lächeln, das er je gesehen hatte, schwarzäugig und weißhäutig, ein wahres Milch-und-Honig-Lächeln. Doch innerhalb weniger Augenblicke gefror der selige Ausdruck, wandelte sich von einer Art Verzückung über Verwirrung bis hin zu so etwas wie Verzweiflung.

Das Mädchen trat einen Schritt zurück, geriet fast ins

Taumeln und legte sich eine Hand aufs Herz. Hochgewachsen. Zartgliedrig. Nicht viel älter als zwanzig. Sie trug ein Männerhemd und eine Latzhose, und es stand ihr ausgezeichnet.

»Du ... Sie ... Sie sind nicht Elliot!«

Augustus stand hilflos da. Was sollte er dazu schon sagen?

»Aber das ... das ist Gray!«

»Gray«, bestätigte Gray und hielt dem fremden Mädchen den Nacken zum Kraulen hin.

»Entschuldigen Sie, aber ich dachte, wegen Gray...«

Sie hatte ihn von hinten für Elliot gehalten, groß und schmal, in Jeans und Sweatshirt, mit der Mütze, die seine Haarfarbe verdeckte, und dem Papagei auf der Schulter. Augustus sah zu, wie die Abendsonne magische Rottöne in ihr dunkles Haar zauberte, während ihm einige Dinge klar wurden: Dieses Mädchen wusste noch nicht, dass Elliot tot und begraben war. Sie würde es jetzt von ihm, Augustus, erfahren – und es würde ihr das Herz brechen...

»Ich ... ich bin sein Tutor«, stammelte er. »Ich passe gerade auf Gray auf.«

Für einen Moment erhellte sich ihr Gesicht. Es war ein wundersamer Anblick.

»Ah! Sie sind Dr. Tick-Tick-Tick!« Dann schlug sie sich verlegen eine Hand vor den Mund.

»Huff!«, korrigierte Gray.

»Äh«, sagte Augustus. »Augustus.«

»Und Elliot?«

Augustus schwieg, und Gray, der bisher versucht hatte, das Mädchen durch kleine Schreie, Pfiffe und Gurgeltöne auf sich aufmerksam zu machen, schwieg plötzlich auch.

Sie blickte von Augustus zu Gray, von Gray zu Augustus, dann ließ sie langsam, unendlich langsam die Hand sinken.

»Er... er ist tot, oder?« Sie begann zu zittern, ganz und gar, so als würde sie von einer großen, unsichtbaren Hand geschüttelt. »Ich hab's gewusst, er hätte nie...«

»Es war ein Unfall«, murmelte Augustus und kam sich vor wie ein Scharlatan.

Sie sah ihn entgeistert an. »Was für ein Unfall?«

Huff stand mit hängenden Armen da. Wie viel sollte er sagen? Was konnte sie vertragen?

Unwillkürlich wanderten seine Augen hinüber zum glänzenden Dach der Kapelle.

Sie sah es und folgte seinem Blick hinauf zu den Zinnen, weißgolden und makellos im Abendlicht. Einen Moment lang blickte sie verständnislos drein, dann begann sie, beinahe unmerklich, den Kopf zu schütteln.

»Nein«, flüsterte sie. »Nein, nein! Neinneinnein!« Jedes Nein etwas schärfer als das vorherige. Schließlich riss sie ihren Blick von den Zinnen los und starrte Augustus mit brennenden Augen an.

»Niemals.«

»Es tut mir leid«, sagte Augustus, und es stimmte.

»Er *kann* nicht gefallen sein. Er... er... er... hat mir *versprochen*, nicht zu fallen. Es... es... ist sein Familienmotto. *Non cademas.*«

»*Non cademus*«, korrigierte Augustus automatisch, dann kam er sich schäbig vor. Auf korrektes Latein kam es hier kaum an!

»Er wäre nie gefallen! Niemals! Und schon gar nicht, nachdem...«

Jetzt weinte sie doch, Bäche von Tränen, und schien es nicht einmal zu merken, sie stand einfach da, ohne zu blinzeln, mit diesem nackten, toten Blick.

Augustus beobachtete sie schockiert. Er hatte sich so daran gewöhnt, dass Elliots Ableben mit einem vage erleichterten Schulterzucken oder bestenfalls einem melancholischen Seufzer quittiert wurde, dass ihn die nackte Verzweiflung dieses Mädchens vollkommen unvorbereitet traf.

»Hey Fawn«, zirpte Gray, zart wie eine Grille, und sie lächelte durch ihre Tränen hindurch, ein unendlich trauriges, fernes Lächeln.

Dann wirbelte sie herum und rannte davon, quer über den Marktplatz, mit wehendem schwarzem Haar, ohne einen der vielen Menschen um sie herum zu berühren – rannte zwischen ihnen hindurch wie ein Geist.

»Warte!«, wollte Augustus rufen, aber er brachte es nicht übers Herz.

»Fawn!«, brabbelte Gray in sein Ohr. »Fawnfawnfawn.«

Fawn? Kitz? War das ihr Name? Ungewöhnlich. Ein Kosename? Vielleicht brachte Gray auch einfach etwas durcheinander.

Augustus ging langsam weiter, die Hände in den Hosentaschen.

Hatte Elliot doch so etwas wie ein Herz besessen – und hatte es diesem Mädchen gehört? Huff wusste nichts von einer Freundin, er hatte das Mädchen noch nie im Leben gesehen. So ein Mädchen wäre ihm bestimmt aufgefallen. Fawn. Wenn die beiden ein Paar gewesen waren, dann ein sehr diskretes, heimliches Paar. Wieso die Heimlichkeit? Vor wem oder was hatten sie sich versteckt?

Vielleicht hatte Elliot Fawn aber auch nur etwas vorgespielt, hatte eine romantische Geschichte erfunden, um die Beziehung geheim zu halten und nebenbei noch ein paar andere Liebschaften laufen haben zu können. Das klang schon eher nach dem Elliot, den er kannte. Was, wenn Fawn etwas herausgefunden hatte – vielleicht die Sache mit Philomenes Freundin Ivy? Würde sie sich rächen wollen? War dieses Mädchen imstande, einen Mord zu begehen?

Warum hatte sie so schnell begriffen, dass Elliot tot war? Das schien unnatürlich, geradezu verdächtig. Normalerweise war das doch das Letzte, womit die Leute rechneten, noch dazu bei jemandem, der so jung und gesund war wie Elliot. Fast so, als habe sie es schon gewusst! Verdächtig, verdächtig. Andererseits war ihre Verzweiflung nicht gespielt gewesen – so echt konnte niemand spielen –, oder etwa doch? Wusste sie von jemandem, der Elliot nach dem Leben trachtete? Hatte er ihr gesagt, dass er in Gefahr war?

Augustus versuchte sich zu erinnern, was genau Fawn gesagt hatte, sah aber nur ein großes, dunkles, trauriges Augenpaar vor sich.

»Willst du mich heiraten?«, fragte Gray.

»Nö«, sagte Augustus, zog seine Mütze zurecht und betrat das Café neben dem *Haunted Bookshop*.

Tagebuch eines Luftikus

5. März: Von der Kunst des Schwebens

Früher Morgen. Frost liegt auf den Ziegeln wie Zucker. Der Tee aus meiner Thermoskanne dampft, doch ich fühle keine Kälte. Alles ist rosig. Alles ist gut und anders. Die Luft ist anders, die Temperatur und das Licht.

Ich sitze in meinem Jagdstand und habe noch nicht einmal die Kamera dabei. Ich bin nicht auf der Jagd. Ich wollte nur einen Sonnenaufgang sehen. Ich träume davon, sie mit hier heraufzunehmen, ihr die Dächer zu zeigen, das Oben und das Unten. Hier wird sie sehen, wie klein die Welt ist – und wie wunderbar, wenn sie unter einem liegt. Sie wird mich ansehen, mich sehen, lächeln und verstehen. Alles verstehen.

Es macht nichts, dass sie gerade am Arm eines anderen geht. Sie hat mich noch nicht erkannt, das ist alles, so wie ich sie am Anfang nicht wirklich erkannt habe. Aber sie wird mich sehen und lächeln, und dann wird sie an meinem Arm gehen.

Wenn nur der Rotschopf nicht wäre! Der Rotschopf lässt mich nicht aus den Augen. Er hat sich an uns gehängt wie eine Klette. Er ahnt etwas.
   »Die Bude brennt!« Wie er es hasst, wenn ich das rufe! Das

ist mir egal. Er hält sich für etwas Besseres wegen seiner Orgelmusik! Ich habe mich darauf spezialisiert, den Rotschopf auf die Palme zu bringen. »Die Bude brennt!« Ein kleiner Scherz, was kann er da schon sagen? Eine Neckerei unter Freunden. Mein neuer Klingelton am Handy. Nicht sein Geschmack, Lady Gaga, aber schließlich ist das sein Problem. Jetzt hat sogar der Vogel angefangen, das Lied nachzusingen. Winziger Triumph des Alltags! Er lächelt gequält. Ich lächle zurück. Ich werde lächeln und warten, bis meine Stunde gekommen ist!

Die Glocke schlägt. So spät schon. Die Ameisen dort unten sind längst in Bewegung. Ich sollte nicht bei Licht hier sein. Auch Ameisen haben Augen. Ich werde zurück in mein Zimmer klettern, den Papagei füttern, duschen. Studieren wie ein guter Student. Nichts davon ist wichtig. Mein Herz ist hier. Mein Herz ist frei. Es schlägt und schlägt schneller im Denken an sie, aber es wird mich nicht verraten wie andere Herzen. Es zieht mich nicht nach unten. Es lässt mich schweben! Ich bin so leicht! Ich kann nicht fallen, nie mehr!

Ich schwebe!
    Ich bin verliebt!

11. Stich

Die Nacht war glatt und weich wie eine Decke aus feinstem Kaschmir. Augustus hatte sie sich bis zur Nase gezogen und starrte vom Dach der Caius-Bibliothek auf den verlorenen kleinen Platz zwischen dem Clare College und der King's College Chapel hinunter, neben ihm der Backsteinkamin, solide wie ein Freund, über ihm mondgeleckte Wolken, unter ihm Schatten und Zweifel. Seit der Beerdigung fühlte er sich seltsam zerrissen und berührt, traurig und abgestoßen zugleich. Was für eine Familie! Was für Freunde! Wie leicht konnte man fallen! Wie wenig gab es, an dem man sich wirklich festhalten konnte! Sah er Gespenster? Wenn Elliots Leben ähnlich deprimierend verlaufen war wie seine Trauerfeier – war ein Sturz dann wirklich so unwahrscheinlich?

Augustus war auf die Dächer gekommen in der Hoffnung, dass die klare Nachtluft seine Zweifel abwaschen würde. Aber eigentlich wartete er. Wartete auf einen verräterischen Glühwurm, einen kleinen, glimmenden Punkt in der Nacht. Er war zu dem Schluss gekommen, dass es wenig Sinn hatte, den Porter ein zweites Mal zu befragen – der Mann hatte ihn schon einmal angelogen, würde weiter lügen und hatte offensichtlich auch noch Spaß daran. Aber was, wenn Augustus sich seine Rauchgewohnheiten einfach von oben ansah? Oder brauchte er nur eine Ausrede, um sich wieder auf den Dächern zu verlustieren? Vielleicht war das Bett in der Badewanne auf Dauer auch einfach zu unbequem?

Ein Flüstern riss ihn aus seinen Gedanken. Ein Flüstern, dann ein Kichern. Das klang nicht nach dem Porter! Zwei murmelnde Stimmen bewegten sich die Gasse unter ihm entlang. Augustus wagte sich etwas weiter hinter seinem Kamin hervor und konnte sehen, woher das Kichern kam. Zwei Gestalten tauchten auf, ein wenig unstet, aber offensichtlich gut gelaunt. Dunkles Haar und blondes Haar. Studenten! Blondhaar griff Dunkelhaar an der Hüfte und presste sie gegen den Zaun der Kapelle. Dunkelhaar kicherte und schlang die Arme um Blond.

Das Murmeln wurde tiefer, dringlicher, dann verstummte es ganz, und Augustus hörte rhythmisches Atmen. Schneller und schneller. Charakteristische Bewegungen. Von hier oben sah es so unkompliziert aus, aber wenn man selbst in so einer Situation steckte, taten sich überall Falltüren und Fettnäpfchen auf. Augustus fühlte sich vage ertappt. Er wünschte sich, dass die beiden bald verschwanden. Solange sie sich aneinander und am Zaun rieben, würde der Porter sich bestimmt nicht zeigen!

Hatte Elliot mit seiner Kamera oft ähnliche Szenen beobachtet? Hatte er sich auch ertappt gefühlt? Bestimmt nicht! Nicht Elliot! Dann packte es Augustus so siedend heiß, dass er beinahe seinen Griff am Kamin aufgegeben hätte. Kamera! Wo war Elliots Kamera? Um bei Nacht derart detaillierte Aufnahmen zu machen, musste er eine ziemlich gute Ausrüstung gehabt haben! Objek-

tive! Eine dicke Spiegelreflexkamera! Wo war die jetzt? Wenn Augustus sie in die Finger bekam, konnte er ... vielleicht noch Bilder auf dem Chip entdecken. Oder hatte wer auch immer Elliot aus dem Weg geräumt hatte auch die Kamera verschwinden lassen? Die Kamera, aber nicht die Fotos? Vielleicht konnte er die Viscountess bitten, ihn noch einmal in Elliots Zimmer herumstöbern zu lassen? Die Viscountess war auf seiner Seite, das spürte er – oder war er auf ihrer?

Augustus blickte wieder nach unten, wo das Paar seinem Höhepunkt zustrebte, und sah auf einmal, dass er nicht der Einzige war, der die beiden beobachtete. Im Garten des Clare College, unter einem auffallend schönen Kirschbaum, stand ein Schatten, der vorher noch nicht da gewesen war.

Blondhaar stöhnte, und Augustus hätte fast mitgestöhnt. Wann waren die beiden endlich fertig?

Zuletzt nahm die Natur doch ihren Lauf, und das Paar schlingerte davon, zerzaust und vermutlich rosig, Hand in Hand, Gott sei Dank, und Augustus konnte endlich das sehen, um dessentwillen er gekommen war: den glimmenden Punkt einer Zigarette, zuerst unter dem Kirschbaum, dann, als Blond und Dunkel um die Ecke gebogen waren, weiter vorne am Zaun. Er bildete sich sogar ein, den Rauch zu riechen: Tony der Porter gönnte sich den ersten Glimmstängel seiner Dienstnacht, nach noch nicht einmal zwei Stunden, genau wie Augustus es vermutet hatte. Von dort, wo er jetzt stand, hätte er den toten Elliot ohne Probleme sehen können.

Der Porter hatte die Zigarette zu Ende geraucht und

war gerade dabei, sie am schmiedeeisernen Zaun des Colleges auszudrücken, als er plötzlich innehielt und nach oben blickte, so als habe er Augustus' Blick gespürt. Instinktiv zog Augustus sich weiter hinter den Kamin zurück, bis er sah, dass der Mann gar nicht zu ihm heraufblickte, sondern schräg an ihm vorbei zum anderen Ende des Daches. Er folgte dem Blick und hätte sich fast durch ein lautes »Fuck me!« verraten – Gray war wirklich ein schlechter Einfluss! Dort hinten, halb im Schatten eines anderen Kamins, kauerte jemand, schwarz und reglos, den Blick nach unten auf den Porter gerichtet.

Augustus schlug das Herz bis zum Hals. Was sollte er tun? Wegrennen? Den Nachtkraxler zur Rede stellen? Stattdessen zwang er sich, sich abzuwenden und wieder zu dem Porter hinunterzublicken. Der Mann war längst mit dem Zigarette-Ausdrücken fertig und schlurfte zurück in seine Loge.

Augustus dachte fieberhaft nach. Warum beobachtete außer ihm noch jemand den Porter? Was hatte das zu bedeuten? Dann verstand er, und für einen Moment wurde ihm schwindelig. Der zweite Kletterer beobachtete nicht den Porter – er beobachtete *ihn*, war ihm vielleicht schon die halbe Nacht gefolgt. Für den Porter interessierte er sich nur, weil Augustus sich für ihn interessierte. Was jetzt? Was tun? Wahrscheinlich wusste der andere noch gar nicht, dass er entdeckt worden war – sie waren ein gehöriges Stück voneinander entfernt, und Augustus' Gesicht war im Schutze des Kamins vermutlich selbst nicht viel mehr als Schatten. Unmöglich zu sagen, wo genau er hinblickte. Der andere hatte sich aus Arroganz oder Neugier

zu weit vorgewagt, sodass Augustus einen Moment lang so etwas wie ein Gesicht gesehen hatte. Etwas stimmte nicht mit dem Gesicht. Etwas war nicht in Ordnung. Augustus schüttelte den Gedanken ab. Er hatte jetzt andere Sorgen. Er saß auf einem Dach, nichts als einen Kamin zwischen sich und einem... Mörder?

Der Gedanke lag auf der Hand. Wer sollte ihn hier oben beschatten, wenn nicht der Mörder? Der Mörder, der verstanden hatte, dass er ihm auf der Spur war. Der Mörder, der nach einer Gelegenheit suchte, ihn auszuschalten!

Augustus hatte wenig Lust, mit diesem seltsamen Schatten im Nacken den prekären Abstieg zu wagen, also entschied er sich für die zweite Variante: Angriff! Er würde versuchen, so nahe wie möglich an den Kletterer heranzukommen; herauszufinden, wer es war. Vielleicht konnte er sogar mit ihm sprechen? Vielleicht gab es für dies alles eine vollkommen vernünftige Erklärung? Schließlich war das hier Cambridge, die Hauptstadt der vernünftigen Erklärungen!

Erst einmal aber musste er den Schatten am anderen Ende des Daches überraschen!

Er richtete sich halb auf, simulierte einen Stolperschritt und ruderte mit den Armen. Dann kauerte er sich zusammen und tat, als müsse er den Schnürsenkel seines Kletterschuhs neu binden. In Wahrheit beobachtete er unter gesenkten Lidern hervor den Schatten am anderen Ende des Daches. Der Schatten hatte sich bei seinen ersten Bewegungen sprungbereit zusammengekauert, aber je unbeholfener Augustus mit seinem Schuh hantierte, desto mehr entspannte er sich. Augustus holte tief Luft und zählte in

Gedanken bis drei. Dann sprintete er los, linker Fuß voran, das schräge Blechdach hinauf, bis zum spitzen, glänzenden Rückgrat des Daches. Dort, auf dem höchsten Punkt, einen Fuß links, einen Fuß rechts, kam man am besten und sichersten voran. Augustus hatte schon das halbe Dach hinter sich gebracht, bevor der Schatten wusste, wie ihm geschah. Augustus registrierte sein Zögern und verstand es nur zu gut: angreifen oder weglaufen? Innerhalb eines Wimpernschlages hatte sich der Schatten fürs Weglaufen entschieden, ließ von seinem Kamin ab und glitt die Schräge hinunter bis zur Regenrinne. Auch hier kam man gut voran – wenn auch in gefährlicher Nähe zum silbrig glänzenden Rand des Daches und dem Abgrund darunter.

Der Schatten fürchtete diesen Abgrund und bewegte sich vorsichtig.

Augustus kam ihm näher und näher.

Im Rennen versuchte er, sich ein Bild von seinem Beschatter zu machen. Schlank, so viel stand fest. Wie er selbst trug auch der Schatten eine Mütze und eine dunkle Jacke, die die Konturen verschwimmen ließ. Männlich? Weiblich? Beides war möglich. Die Größe? Das war bei der geduckten Haltung schwer abzuschätzen. Kleiner als er selbst, vermutete Augustus. Und das Gesicht? Er hatte es nur den Bruchteil einer Sekunde gesehen, und es hatte einen unangenehm insektenhaften Eindruck hinterlassen. Augustus versuchte, darüber nicht groß nachzudenken, balancierte und rannte.

Sie erreichten den Rand des ersten Dachabschnitts. Hier hatte der Schatten einen Vorteil, weil er nach einem kleinen Steigemanöver einfach weiterrennen konnte, während

Augustus einen größeren Höhenunterschied überwinden musste. Er sprang, landete unsanft und laut auf dem Blech und verlor für einen Moment die Orientierung. Doch dann war er wieder auf dem Grad und sprintete weiter.

Er holte auf. Das Jagdfieber hatte ihn gepackt.

Wieder war ein Dachabschnitt zu Ende. Der Sprung hinauf auf den nächsten gelang ihm besser. Vor ihm zeichneten sich schon die Tudor-Türmchen ab, die das Ende des Daches ankündigten.

Der Schatten war jetzt so nah, dass Augustus seinen Atem hören konnte, und er musste sich langsam Gedanken darüber machen, was passieren sollte, wenn er ihn erreichte. Sollte er versuchen, die Gestalt zu überwältigen oder wenigstens zu identifizieren? Und was dann? Egal. Sein Körper hatte die Führung übernommen und schien zu wissen, was zu tun war. Augustus sprang und bekam einen Ärmel zu fassen. Er fiel auf die Dachschräge. Der Schatten fiel auch, wand sich und zappelte, aber Augustus gab seinen Griff nicht auf. Er bemühte sich gerade, endlich einen Blick ins Gesicht seines Widersachers zu erhaschen, da schnellte der Schatten auf einmal herum und trat ihn ins Gesicht.

Er traf nicht richtig und trug zum Glück weichsohlige Kletterschuhe, trotzdem war Augustus einen Moment lang so benommen, dass er den Ärmel losließ. Dann war der andere auf einmal verschwunden. Wo war er so plötzlich hin? Jedenfalls nicht die senkrechte Wand hinunter, und unten auf dem Pflaster lag er auch nicht. Sein Beschatter musste es auf die andere Seite der Dachschräge geschafft haben! Augustus eilte hinüber und blickte in einen Innenhof. Unten, viel zu weit unten, standen Autos. Und dort hinten, gar nicht weit von ihm, gab es eine bequeme Regenrinne! Augustus stürzte hinüber, hielt inne und lauschte. Nichts! War der Schatten schon unten, oder hielt er sich irgendwo auf halbem Weg in einer der vielen Fensternischen versteckt?

Es gab nur einen Weg, das herauszufinden!

Seufzend ging Augustus in die Knie, dann rollte er sich vorsichtig über den Rand des Daches, die Hände sicher auf dem Blech, und tastete mit den Füßen nach der Regenrinne. Während er so, strampelnd wie ein Kätzchen, in der Luft hing, wurde es plötzlich dunkler auf dem Dach. Wolken? Auch das noch! Doch im nächsten Augenblick sah er, dass es keine Wolke war, die ihm das Licht nahm. Der Schatten! Er war zurück, über ihm! Der Schatten war plötzlich sein Schatten! Reglos stand er da, keinen Meter von der Stelle, wo Augustus hilflos in der Luft hing. Ein einziger Schritt, ein Tritt, und er würde fallen und vermutlich bei einem der Autos dort unten durch die Windschutzscheibe segeln, eine unerfreuliche Schweinerei für den armen Tropf, der ihn am Morgen fand. War es das, was Elliot passiert war?

Augustus schwitzte. Fast wären seine Hände von allein an dem Blech abgeglitten.

Der Schatten stand nun direkt über ihm, die Arme verschränkt. Schadenfroh? Unschlüssig?

Augustus strampelte wie verrückt, und endlich fanden seine Beine die Regenrinne. Er klemmte die Füße in den Spalt. Die linke Hand folgte. Die rechte. Er war vom Dach! Er war in Sicherheit! Er umklammerte die Regenrinne

wie eine lange verloren geglaubte Geliebte, zählte wie besessen bis drei und lauschte am Klopfen seines Herzens vorbei in die Nacht.

Nichts. Gar nichts. Totenstille.

War der Schatten noch da? Wartete er dort oben auf ihn?

Der konnte lange warten! Nachdem seine Nerven sich ein wenig beruhigt hatten, machte Augustus sich an den Abstieg. Sehr vorsichtig. Quälend langsam. Schritt für Schritt. Während er wie eine Schnecke an der Regenrinne nach unten glitt, versuchte er sich bewusst zu machen, was er gerade gesehen hatte.

Eine Silhouette. Ein Gesicht und doch kein Gesicht.

Der Schatten hatte eine Sonnenbrille getragen, eine dieser großen, insektenartigen, die das halbe Gesicht verdeckten und meistens von Radfahrern benutzt wurden. Mysteriös, geradezu unheimlich! Wer brauchte bei Nacht schon eine Sonnenbrille?

Abgesehen von der Brille hatte er von seinem Gegenspieler so gut wie nichts gesehen. Die Art, wie er sich bewegte? Die Gestik? Nichts kam ihm bekannt vor, aber natürlich war er viel zu sehr damit beschäftigt gewesen, die Regenrinne zu ertasten, um wirklich etwas beobachten zu können.

Der andere war zweifellos ein geübter Kletterer, aber bei weitem nicht so souverän wie Elliot. Das Überrumpelungsmanöver hingegen ließ auf eine gewisse praktische Schläue schließen. Er war jemand, der unter Stress gut denken konnte – zweifellos nützlich, wenn man einem Studenten in luftiger Höhe den Garaus machen wollte!

Warum also hatte der Schatten ihn nicht einfach hinunter in den Hof geschubst? Skrupel? Mitleid? Oder wäre es für den Mörder einfach zu unpraktisch gewesen, wenn plötzlich noch ein zweiter Akademiker vom Himmel gefallen wäre – noch dazu einer, der Elliot gut gekannt hatte? Selbst der schwerfälligste Polizist würde da misstrauisch werden.

Augustus erreichte den Asphaltboden des Innenhofes und sank in die Knie. Seine Beine waren weich wie überreife Bananen und trugen ihn kaum. Im Gegensatz zu dem anderen Kletterer war er niemand, der unter Stress zu Höchstform auflief.

Was hätte er jetzt für ein Handwaschbecken und Seife gegeben, und danach vielleicht noch ein frisches weißes Handtuch! Stattdessen machte er sich mit schmutzigen Händen daran, den Ausgang aus dem Hof zu suchen.

Es war sehr dunkel. Augustus tastete sich an der Wand entlang, stieß mit den Schienbeinen gegen Stoßstangen und stolperte über etwas Metallenes, vermutlich einen Mülleimer. Dabei bekam er es wieder mit der Angst zu tun. Was, wenn der andere ihm gefolgt war? Was, wenn er ihn doch ausschalten wollte und ihm, mit einem schweren Backstein bewaffnet, zwischen zwei Autos auflauerte? Mit seiner komischen Brille! Augustus blieb stehen, stützte sich mit der rechten Hand auf eine Kühlerhaube und wischte sich mit der linken Hand den Schweiß von der Stirn. Eine Nachtsichtbrille! Das war es! Teilte er sich etwa den pechschwarzen Hof mit einem Mörder mit Nachtsichtbrille?

Erst nach einigen Runden an der Mauer entlang konnte Augustus sich sicher sein, dass da nichts war: kein Kil-

ler, aber auch kein Ausgang. Er war allein, der Hof nachts wohlverschlossen, und der einzige Weg nach draußen führte zurück über die Regenrinne hinauf aufs Dach, wo vielleicht noch immer ein Mörder wartete.

Selbst wenn er den Mut für diese riskante Aktion aufgebracht hätte, er hätte den Aufstieg nicht geschafft. Seine Nerven lagen blank. Jede Taube dort oben hätte ihn zu Tode erschreckt.

Es war die wichtigste Fähigkeit eines jeden Kletterers, sich selbst realistisch einschätzen zu können, seine Grenzen zu kennen. Und Augustus' Grenzen lagen für diese Nacht nun einmal in dem vermaledeiten Hof. Wann sie hier wohl aufschließen würden? Sechs Uhr früh? Sieben? Sollte er versuchen, auf sich aufmerksam zu machen, oder würden sie ihn dann nur als Penner und Eindringling verhaften? Wer würde ihm in diesem Aufzug schon abnehmen, dass er der Universität angehörte?

Seufzend ließ er sich auf einer Türschwelle nieder, zog sich die Sweatshirt-Kapuze über den Kopf und schloss die Augen. Nur einen Moment. Oder zwei. Er stellte sich den Mörder vor, der vermutlich gerade irgendwo durch ein Fenster kletterte, in einen warmen, hellen Raum mit Handwaschgelegenheit und einem einladenden Bett. Wo war dieser Raum? Wer war der Kletterer? Und er stellte sich einen kleinen grauen Papagei vor, der im ersten Licht aufwachte, die Wanne leer fand und in dem engen Badezimmer in Panik geriet…

★

Als Augustus endlich an einem erstaunten Porter vorbei in sein College eilte, schien schon die Sonne. Er hasste die Sonne. Gerne hätte er sich irgendwo in einem dunklen Loch versteckt, anstatt gut ausgeleuchtet über den heiligen Rasen zu hasten. Die Studenten, die sich, bleich und überarbeitet, zu ihrem Frühstück schleppten, warfen ihm seltsame Blicke zu. Kein Wunder. Er trug noch immer seine Kapuze. Seine Hände waren schmutzig, mit Schwarz unter den Fingernägeln und Schürfwunden an den Handrücken. Irgendwo beim Abstieg das Rohr hinunter hatte er sich die Jacke aufgerissen. Weißes Futter quoll hervor. Und er ... roch.

Hände waschen. Dusche. Bett oder Badewanne.

Sobald er auf seinem Stockwerk angekommen war, wusste er, dass daraus nichts werden würde.

»Na endlich!«, sagte jemand.

Vor seiner Tür hatte sich eine kleine Menschentraube gebildet. Frederik in Rollstuhl und Schlafanzug. Der Philologe von gegenüber im Bademantel. Ein oder zwei Studenten aus dem Stockwerk unter ihm. Sybil im makellosen Yogaoutfit, die Arme verschränkt.

Und hinter seiner Tür war der Teufel los.

»Fuck me! Fuck me! Mörder! Die Bude brennt! Ein Stern vom Himmel! Psychologische Probleme! Probleme! Gaga-Uhlalaa!«

»Oh«, sagte Augustus. »Ach. Ach je. Okay. Okay.«

Je öfter man »okay« sagte, desto weniger okay war eine Situation seiner Erfahrung nach. Und Augustus gab eine Menge Okays von sich, während er sich hastig seiner Tür näherte.

Die Studenten suchten das Weite, vermutlich wegen seines wilden Aufzugs oder gar wegen des Geruchs, aber Frederik, der Philologe und Sybil hielten die Stellung.

Frederik starrte ihn von unten herauf vorwurfsvoll an. Seine Augen waren blutunterlaufen. Er sah Jahre älter aus als sonst. »Augustus, Junge, endlich! So geht das schon seit Stunden! Schlafen kannst du da vergessen und Arbeiten erst recht. Die kleinen Racker haben Prüfungen, weißt du? Und ich war die halbe Nacht... Ehrlich gesagt...« Er unterbrach sich und sah Augustus verkatert an. »Alles in Ordnung, mein Junge?«

»Bestens«, sagte Augustus trotzig und steckte den Schlüssel ins Schloss. »Tut mir leid. Ich sorge gleich dafür, dass er still ist.«

»Die Trauben kannst du dir abschminken!«, höhnte es von drinnen.

»Hmpf.« Frederik wendete seinen Rollstuhl und rollte ohne ein weiteres Wort zurück zu seiner Tür. Augustus hatte ihn noch nie so wütend gesehen.

»Sorry«, murmelte er. »Sorry, sorry.«

Verdammt, er klang schon wie der blöde Vogel. Nur nicht so laut.

Der Philologe gab noch ein paar empörte Töne von sich, dann steckte er die Hände in die Bademanteltaschen und tappte barfüßig zurück in sein Zimmer.

Sybil hingegen ließ sich nicht so schnell abschütteln. Nachdem Augustus aufgeschlossen hatte, versuchte sie, sich mit ihm durch die Tür zu zwängen. Augustus versperrte ihr den Weg.

»Es passt gerade gar nicht, Sybil.«

»Ist mir egal.« Sie pflanzte sich in den Türrahmen, sodass er die Tür nicht schließen konnte. Solange diese Tür nicht zu war, konnte er die Badezimmertür nicht öffnen. Augustus gab klein bei.

»Okay. Aber nur kurz. Ich muss mich um Gray kümmern.«

»Immer der blöde Vogel«, sagte Sybil. »Weißt du eigentlich, wie du aussiehst?«

Im Bad war es nun still. Gray saß vermutlich irgendwo und horchte.

»Huff«, sagte Sybil, sobald die Tür zugefallen war. »Huff, ich mache mir Sorgen.«

»Perfekt«, schnorrte es aus dem Badezimmer.

Augustus tat harmlos. »Sorgen? Wieso denn...?« Dann erhaschte er einen Blick in den Garderobenspiegel und verstummte. Er sah fürchterlich aus. Noch schlimmer, als er sich fühlte. Vollkommen verwahrlost. Schmutzig. Eine Beule am Haaransatz. Die Haare ein Rattennest. Ein Wunder, dass ihn der diensthabende Porter überhaupt erkannt hatte.

»Ich hatte eine üble Nacht«, murmelte er. »Es... es wird nicht wieder passieren.« Hoffentlich. Er hatte nicht vor, sich weiter mit Mördern auf Dächern zu tummeln und die frühen Morgenstunden zwischen Autos dösend in einem kalten Innenhof zu verbringen.

»Es ist nicht nur das...«, sagte Sybil, aber Augustus war schon an ihr vorbeigeschritten, Richtung Badezimmertür. Er musste herausfinden, wie es dem Papagei ging. Er streckte die Hand nach der Türklinke aus und machte sich auf eine weitere Standpauke gefasst.

»Huff«, sagte Sybil eindringlich. »Huff, es geht um Elliot.«
Augustus zog die Hand von der Türklinke zurück.

★

Wenig später saßen sie einander gegenüber, Denksessel und Studentenstuhl, zwischen ihnen zwei dampfende Tassen. Sybil hatte Tee gekocht, weil Augustus angeblich »dehydriert« aussah. Dehydriert! Das war noch das geringste Problem! Er hatte ein schrecklich schlechtes Gewissen, weil er noch immer nicht nach Gray geguckt hatte, aber das hier war wichtig. Elliot? Was genau hatte sie damit gemeint?

Der Tee war zu heiß zum Trinken. Ungeduldig rührte Augustus in seiner Tasse herum.

Das Schweigen drüben im Badezimmer sprach Bände.

Sybil faltete ihre eleganten Hände und sah ihn prüfend an.

»Du verhältst dich komisch, Huff«, sagte sie.

Augustus senkte den Blick. Er verhielt sich immer komisch, praktisch seit er denken konnte. Endlich hatte sie es gemerkt. Aber was hatte das mit Elliot zu tun?

»Du stellst diese ganzen Fragen«, fuhr Sybil fort. »Du *heulst* auf der Beerdigung, dabei weiß ich genau, dass der kleine Scheißer dir genauso zugesetzt hat wie uns allen. Dann dieses Foto...« Sie deutete hinüber zu der Stelle, wo Augustus noch gestern mit blutigen Händen und dem Tatortfoto gekniet hatte. »Und jetzt das... Das sind Kletterschuhe, nicht wahr?«

»Na und?«, sagte Augustus trotzig. Er musste sich wirklich um Gray kümmern...

Sybil ließ ihn nicht aus den Augen. »Wenn du etwas getan hast ... etwas Dummes, etwas ... *Falsches*, dann musst du mir das jetzt sagen, Huff!«

Sie *verdächtigte* ihn! Das war es! Sie dachte, dass *er* Elliot vom Dach geschubst hatte, und sie war anständig genug, mit ihm darüber zu sprechen, bevor sie zum Master ging und die Polizei rief.

»Ich mag dich, Huff. Ich mag dich wirklich.« Sie schüttelte das Haar. »Aber das ... das ist mir zu schräg.«

Jetzt war der Moment gekommen, sie ins Vertrauen zu ziehen, ihr alles zu erklären. Seinen Verdacht. Die Erpresserfotos. Die Porter-Geschichte. Den rothaarigen Studenten. Die ganzen Ungereimtheiten, die sich im Fall Elliot angesammelt hatten.

Stattdessen stand er wortlos auf und ging hinüber zum Badezimmer.

»Huff! Huff, wirklich!«

Er konnte ihr nichts erzählen. Er *wollte* nicht, wohl weil er wusste, dass sie ihn nicht verstehen würde, aber auch, weil die Chance bestand, eine winzig kleine Chance, dass auch sie nicht die ganze Wahrheit sagte. Denn genau wie er selbst verhielt Sybil sich in Sachen Elliot komisch ...

Er öffnete die Türe.

Das Bad war ein Schlachtfeld.

Jemand hatte seine Zahnbürste im Waschbecken hingerichtet, ein grausamer Tod bis zur letzten Borste. Die Zahnpastatube war durchlöchert, die Zahnpasta auf Fliesen und Wasserhähne geschmiert. All seine Waschutensilien lagen auf dem Boden, das Aftershave war zerschellt und verbreitete einen geradezu surrealen Geruch männli-

cher Gewaschenheit. Das Zeitungspapier unter der Stange war zu winzigen Flocken gehäckselt, sein Kopfkissen zerfetzt. Überall klebten, steckten und flogen Federn. Das Klopapier sah aus wie explodiert, die Seife, als hätte sich ein Werwolf über sie hergemacht.

»Wow«, sagte Sybil, die ihren Kopf durch die Tür steckte und ihren Verdacht für einen Moment zu vergessen schien. »Apokalyptisch.«

Aber das Chaos war noch nicht das Schlimmste. Das Schlimmste war der Papagei selbst, der reglos an dem Augustus abgewandten Rand der Badewanne saß und sich noch nicht einmal zu ihm umdrehte.

»Gray«, seufzte Augustus. »Ach, Gray.«

Nichts. Gray rührte keine Feder, und Augustus hatte auf einmal wirklich Angst, Angst, dass der Papagei ihn nie wieder ansehen würde. Kein Federgewicht auf der Schulter, kein zausender Schnabel im Haar, kein lästiges Dazwischenplappern.

»Es tut mir leid, Gray«, flüsterte er. »Ich konnte nicht zurückkommen. Ich wäre zurückgekommen, wenn ich gekonnt hätte. Ich lass dich nicht im Stich, Gray. Ich werde dich nie im Stich lassen...«

All die Worte, die er zu Sybil nicht sagen konnte – auf einmal waren sie da, und Gray schien zu merken, dass es ihm ernst war. Seine Kopffedern fächerten sich auf.

»Stich?«, fragte er die Wand.

»Kein Stich«, versprach Augustus leidenschaftlich. »Nie wieder Stich!«

Gray drehte sich um und blitzte Augustus halb wütend, halb hoffnungsvoll mit grauen Augen an.

»Keks?«

Verdammt – er hatte keine Kekse mehr. Er konnte Gray nicht sofort nach ihrer Versöhnung anlügen.

»Ich hab keine Kekse«, sagte er kleinlaut.

»Traube! Nuss!«

»Nüsse hab ich«, rief Augustus euphorisch und hielt Gray die Hand hin, wie er es von Philomene gelernt hatte. Der Papagei guckte einen Moment lang nachdenklich, dann hackte er Augustus blitzschnell mit dem Schnabel tief in den Finger.

»Dreck!«, sagte er dann und kletterte in aller Seelenruhe auf Augustus' Hand.

Augustus war sich nicht sicher, ob Gray damit den Zustand seiner Hand meinte, die Sauerei im Badezimmer oder den moralischen Verfall seines offiziellen temporären Halters. Blut tropfte auf Federn und Papierfetzen.

Dann kam der Schmerz.

Drüben im Zimmer klingelte sein Handy. Augustus stöhnte.

»Soll ich rangehen?«, fragte Sybil, dann hatte sie das Telefon schon in der Hand. »Hallo? Bei Huff.«

Es war einen Moment lang still.

»Privat«, sagte Sybil tonlos. »Sexy Ivy.«

Augustus verschluckte sich an einer Feder.

Gray sagte: »Gesundheit.«

Sybil knallte das Telefon auf den Tisch und stürmte aus dem Raum.

12. Sex

Frisch geduscht, Finger verbunden, Papagei auf der Schulter, eilte Augustus durch die Stadt und fühlte sich wieder halbwegs menschlich, auch wenn Gray ihn noch immer so weit wie möglich ignorierte.

Die Zeit drängte. Sybil hatte Verdacht geschöpft, und es war nur eine Frage der Zeit, bis der Master oder sogar die Polizei vor seiner Tür stand, um unangenehme Fragen zu stellen. Bis dahin musste er in Sachen Elliot irgendetwas in der Hand haben.

Er nahm die Abkürzung über Christ's Piece, um möglichst schnell den Midsummer Common zu erreichen, wo Philomenes Freundin ihn angeblich auf einer Parkbank erwartete, um ihm etwas über Elliot und käuflichen Sex zu erzählen. Augustus wurde schon bei der Vorstellung rot. Wer meldete sich am Telefon denn mit »Sexy Ivy«? Wie sie wohl war? Und was ihr wohl fehlte?

Als er an der von Ivy beschriebenen Bank aufkreuzte, saß dort schon ein Rentner mit Hund. Der Hund kläffte Gray an. Gray kläffte zurück. Der Hund guckte einen Moment lang überrascht, zog dann den Schwanz ein und trollte sich unter die Bank. Gray kläffte weiter, so lange, bis der Rentner schimpfend seinen Hund unter dem Sitz hervorzerrte und das Weite suchte.

Augustus ließ sich auf die Bank fallen. Er war so müde. Der Vorteil an einem schmollenden Gray war, dass er nun in aller Stille den Park genießen konnte, vielleicht sogar für einen Moment die Augen schließen...

Jemand zupfte ihn am Ärmel.
»Huff?«
»Nicht jetzt, Gray«, murmelte Augustus. Auch mit geschlossenen Lidern konnte er die Sonne sehen, glühend orange und warm. Über ihm sang ein Vogel. Blätter flüsterten im Wind.
»Augustus Huff?«
Das Zupfen wurde energischer, und Augustus öffnete widerwillig die Augen, zuerst nur einen Spalt weit. Durch einen Schleier schimmernder Wimpern sah er, dass dort jemand stand.
»Lange Nacht?«
Augustus blinzelte und nickte. Vor ihm stand ein plumpes Mädchen und streckte ihm eine plumpe Hand hin. Die linke Hand. So weit, so gut.
»Ich bin die Ivy.« Sogar ihre Stimme war plump.
Augustus blinzelte noch heftiger und richtete sich auf. *Das* war Ivy? Er hatte eine kurvenreiche Sexgöttin erwartet, ganz bestimmt keine unbeholfene Fünfundzwanzigjährige mit gefärbten Haaren und schlechter Haltung. Ivy gab sich Mühe, keine Frage. Sie trug Stiefel mit Absätzen, Ohrringe bis zur Schulter und ein Dekolleté, das tief blicken ließ. Doch von »Sexy Ivy« war sie meilenweit entfernt.
Das Erste, was Augustus spürte, war Erleichterung.
Dann kamen die Zweifel. Das sollte das Mädchen sein,

das Elliot sich für käufliche Liebesdienste ausgesucht hatte? Ausgerechnet sie? Kaum zu glauben!

»Tut mir leid, dass ich so spät bin. Du kannst dir gar nicht vorstellen, was mir vorhin passiert ist!«

Ivy plumpste neben ihm auf die Bank, etwas zu nah für Augustus' Geschmack, und erzählte ihm eine weit hergeholte Geschichte, in der ein Briefträger, zwei Maurerlehrlinge und eine Packung Milch eine unglaubwürdige Rolle spielten. Augustus hörte nur halb zu. Irgendetwas stimmte nicht mit Ivy, mit der Art, wie sie saß und wie sie sich bewegte. Er rutschte unbehaglich hin und her, berührte dabei Ivys Ärmel und wusste auf einmal, was ihr fehlte: eine Hand!

Der rechte Ärmel war leer. War das relevant? Für Elliot? Für den Fall? Immerhin konnte er sich so gut wie sicher sein, dass sie nichts mit Fassadenkletterei zu tun hatte!

»Hauptsache, du bist hier«, sagte er schließlich, als Ivy begann, den Faden zu verlieren.

Sie zuckte mit den Schultern. »Philo hat mir gesagt, dass es wichtig ist. Philo und ich sind im selben Kurs.«

Augustus beschloss, nicht zu fragen, was das für ein Kurs war.

»Ich wollte eigentlich nie wieder darüber sprechen«, sagte Ivy leise.

Augustus kramte im Sack seiner Tutorenweisheiten. »Manchmal ist es gut, über Dinge zu sprechen«, sagte er schließlich.

»Manchmal aber auch nicht.« Ivy blickte ihn herausfordernd von der Seite an. Sie hatte sich auf hohen Schuhen in der Hitze über den Midsummer Common gequält. Ihr Make-up zerfloss. Nun wollte sie umworben werden.

Augustus beugte sich vor und blickte ihr tief in die Augen.

»Ich würde dich nicht fragen, wenn es nicht wirklich wichtig wäre.«

»Wieso ist es wichtig? Ich dachte, er ist tot.«

»Er ist tot«, bestätigte Augustus. »Ich will nur wissen... was er für ein Mensch war.«

»Er war ein Arsch.«

Augustus schwieg. Wenn er Ivy richtig einschätzte, war Schweigen für sie ein schwieriges Kapitel. Ihre persönliche Seite acht sozusagen. Und tatsächlich. Ivy hielt gerade einmal fünf Sekunden durch, dann warf sie ärgerlich das Haar in den Nacken.

»Der Sex war gut«, sagte sie herausfordernd.

»Sex«, wiederholte Gray interessiert. »Sex. Sex.«

Fast wäre Augustus von der Bank gefallen. Ausgerechnet jetzt brach Gray sein Schweigen! Und ausgerechnet mit *diesem* Wort!

Ivy lächelte dünn. »An den erinnere ich mich noch.«

»Und was war nicht gut?« Augustus wollte nicht, dass sie gleich wieder den Faden verlor.

Ivys Lächeln zerbröckelte.

»Alles. Nichts. Nichts war gut, rein gar nichts.«

Augustus schwieg einen Moment und dachte nach.

»Ihr hattet keinen Sex«, sagte er dann. Es lag auf der Hand. Auf der rechten Hand sozusagen. Der fehlenden. Seinen jüngsten Erfahrungen nach waren amouröse Annäherungen so gut wie unmöglich, solange ein eifersüchtig schreiender Papagei dabei war und versuchte, sich zwischen die beteiligten Parteien zu drängen. Sex mit Gray

im Raum war ein Ding der Unmöglichkeit – Sybil und er hatten das am eigenen Leibe erlebt.

»Zuerst wollte er«, sagte Ivy wütend.

Augustus nickte. Elliot hatte natürlich nur so getan, als sei er erotisch an Ivy interessiert, um sie auf sein Zimmer zu locken. Aber in Wirklichkeit ... was?

»Und dann?«, fragte er.

»Nicht.« Ivy schlenkerte die Beine vor und zurück und starrte ins Leere. Ihre Absätze wirbelten Staub auf.

»Dreck«, mahnte Gray. »Spiel das Spiel!«

Ivy explodierte. Sie fuhr zu Augustus herum, den rot geschminkten Mund verzogen, die runden Augen blitzend. Zum ersten Mal kam sie ihm nicht wie ein Kind vor.

»Er hat mir Fragen gestellt, okay? Scheißfragen. Hat gesagt, er braucht das für die Uni. Ein Spiel, hat er gesagt. Spiel das Spiel. Ob ich lügen könnte? Oder stehlen? Oder jemanden umbringen? Nein, habe ich gesagt. Natürlich nicht. Und dann ... Er wusste Sachen über mich. Dass ich im Shop aus der Kasse geklaut habe. Nur einmal, aber er wusste es. Er hat gesagt, dass ich eine Lügnerin bin. Eine Lügnerin und eine Diebin und warum dann nicht auch ... Ob ich jemanden ermorden würde, wenn ich wüsste, dass nie jemand etwas davon erfährt? Einfach so, mit einem Knopfdruck? Ob ich es tun würde, damit niemand je erfährt, dass ich eine Diebin bin? Und dann hat er so einen Drückknopf auf den Tisch gelegt. Drück ihn, hat er gesagt. Wenn du ihn drückst, stirbt jemand. Drück ihn, und niemand wird je erfahren, dass du das Geld genommen hast. Und dann ... am Ende ... habe ich gedrückt, weil es doch nur ein blöder Knopf war, und nichts ist passiert. Gar nichts. Warum auch? Nur ein blöder Knopf. Und dann hat er den Vogel gefragt: Gut oder böse? Und der Vogel hat ›böse‹ gesagt. Und er hat ihm eine Nuss gegeben. Und ich habe mich so scheiße gefühlt. Noch nie im Leben habe ich mich so ...« Sie brach ab.

»Böse«, sagte Gray ernsthaft. »Nuss.«

Ivy erhob sich von der Bank, irgendwie vorsichtig, so als könne sie fallen. Schwarze Mascaratränen rannen über ihr Gesicht.

Augustus sah fasziniert zu. »Und, äh, hat er was gezahlt?«

»'nen Fuffziger.« Sie fuhr sich mit dem linken Handrücken übers Gesicht. »Damit ich niemandem davon erzähle. Und ich habe niemandem davon erzählt – nicht, wie es wirklich war. Reicht das? Kann ich jetzt gehen?«

Augustus, in Gedanken schon ganz woanders, nickte. Elliots Treffen mit Ivy war ein *Experiment* gewesen. Vielleicht Teil einer *Studie*. Ein moralisches Experiment, ähnlich wie das Milgram-Experiment, bei dem die Probanden veranlasst worden waren, anderen Leuten vermeintlich Stromstöße zu versetzen. Nur dass Elliot seine Versuchsobjekte vorher ausspioniert und mit seinem Wissen Druck auf sie ausgeübt hatte. Widerlich. Was sollte die Sache mit dem Knopf? Natürlich starb niemand, nur weil man auf einen Knopf drückte – oder etwa doch?

»Hast du das mit dem Knopf *geglaubt*?«, fragte er.

Ivy nickte. »Hinterher nicht und jetzt natürlich schon gar nicht mehr, und außerdem ist niemand gestorben. Nur er, der Arsch. Aber in dem Moment ... in dem einen Moment habe ich ihm geglaubt. Und er hat *gewusst*, dass ich ihm glaube.«

Damit drehte sie sich grußlos um und stöckelte davon, seltsam unbeholfen und verwundbar. Augustus sah ihr nach.

»Danke, Ivy«, sagte er leise, aber vermutlich hörte sie das schon nicht mehr.

»Sex?«, fragte Gray.

»Nicht jetzt«, antwortete Augustus.

Die Sonne schien. Der Wind wehte. Eisäugige Dohlen stritten sich lautstark um den Inhalt einer vergessenen Chipstüte.

Er saß wie vom Donner gerührt. So war es also gewesen! Ivy hatte die Geschichte mit dem käuflichen Sex nur erfunden, um sich besser zu fühlen, um aus der ganzen Sache im Nachhinein etwas Glamouröses und Verruchtes zu machen. Um sich *ganz* zu fühlen... Was für ein höllisches Experiment! Was genau hatte Elliot damit bezweckt? Und was hatte Gray in diesem bizarren Versuchsaufbau zu suchen?

»Sex!«, wiederholte Gray provozierend.

»Eben nicht!«, widersprach Augustus. Trotz seiner Empörung verspürte er eine gewisse Neugier. Waren das die »komischen Fragen«, die Elliot angeblich allen gestellt hatte? Wie genau hatte er das Experiment angelegt? Hatte es eine Kontrollgruppe gegeben? Wie viele Versuchsteilnehmer hatte er gehabt? Und wie viele davon hatten schließlich auf den Knopf gedrückt?

Waren alle seine Versuchskaninchen so verwundbar gewesen wie Dr. Turbot oder Everding oder Ivy, der eine Hand fehlte? Hatte Elliot bewusst nach Makeln gesucht? War er deshalb auf die Dächer gestiegen? Und was, wenn jemand kurz nach dem »Experiment« wirklich mit einem Todesfall konfrontiert worden war? Er hätte sich schuldig gefühlt, keine Frage, vielleicht hätte er auch Elliot für diesen Tod verantwortlich gemacht. Hatte sich jemand rächen wollen? Hier tat sich ein vielversprechender neuer Fundus an Tatmotiven auf!

Augustus erhob sich und klopfte den Staub vom Hosenboden.

»Sex«, stichelte Gray.

Ein vorbeilaufender Jogger guckte komisch, also drückte sich Augustus ins Gebüsch hinter der Bank, stieß bald auf einen Pfad und folgte ihm zurück in Richtung Fluss.

Zwei Mütter mit Kinderwagen kreuzten seinen Weg.

»Sex«, krähte Gray aus voller Kehle.

»Das war der Papagei«, rief Augustus und ging schneller.

Hatte Sybil von Elliots Experimenten gewusst? Es schien kaum vorstellbar. Andererseits wären die Daten für Elliot völlig nutzlos gewesen, wenn er sie nicht irgendwie in seine Doktorarbeit hätte einfließen lassen können. Hatte Sybil nur so getan, als wüsste sie von nichts? Hatte es zwischen den beiden eine heimliche Abmachung gegeben?

Augustus verließ den Park und tauchte in das Menschentreiben auf der Bridge Street ein. Gray wartete, bis sie mitten im Gewimmel steckten, dann legte er los.

»Sex! Sex! Sex!«

Die Leute guckten. Natürlich. Bei Sex guckten sie immer.

»Sie sollten sich schämen!«, schimpfte ein Herr mit Hut.

Augustus zuckte mit Schultern und Papagei und ging weiter, linker Fuß voran. Noch vor ein paar Tagen wäre er vor Scham im Erdboden versunken, aber heute? Die Sache war ihm unangenehm, sicherlich, aber irgendwie hatte er Besseres zu tun, als sich errötend in einer Ecke zu verstecken. Während er mit dem sexbesessenen Vogel auf der Schulter durch die Stadt eilte, dachte er über Grays Angewohnheit nach, Worte aufzuschnappen und zu wiederholen. Es war vollkommen klar, dass es sich bei der plötzlichen Vorliebe des Papageis für »Sex« nicht um einen Zufall handelte. Er hatte gemerkt, dass es ein besonderes Wort war, und nun wiederholte er es, weil er Spaß daran hatte, wie die Leute darauf reagierten – und natürlich besonders, weil er genoss, wie peinlich die Sache Augustus war.

Dies führte zu der Frage, welche Worte der Vogel sonst noch bevorzugte.

Psychologische Probleme.
Konsequenzen.
Professor.
Zermatscht.

Alles Dinge, die mit besonderer Betonung gesagt worden waren.

Alles Dinge, die jemandem in dem Moment irgendwie wichtig gewesen waren.

Emotionale Worte.

Und vorher? Welche Worte hatte Gray eigentlich mitgebracht aus der Zeit, bevor Augustus ihn adoptiert hatte?

Da gab es natürlich ein vernünftiges Papageienvokabular mit Nüssen und Trauben, *Gesundheit, herein* und *sorry*. Alltagsworte, die Gray vermutlich durch bloße Wiederholung aufgeschnappt hatte.

Es gab Worte für Dinge. *Papier. Wolle. Eckig. Rund. Holz.*

Die musste Elliot dem Vogel mit Engelsgeduld beigebracht haben.

Aber es gab auch *Spiel das Spiel.*
Willst du mich heiraten?
Ein Stern. Ein Stern vom Himmel!
Alles, alles nur das nicht.
Monster.

Und es gab *Bad Romance.* Wie viele Male musste Gray diesen Song gehört haben, um ihn so perfekt wiedergeben zu können! Hatte das Lied eine besondere Bedeutung? Lady Gaga schien so gar nicht zu Elliot und seinem Wagnerfimmel zu passen.

Es war eindeutig an der Zeit, Elliots Räumen einen weiteren Besuch abzustatten. Und es war an der Zeit, Grays Äußerungen genauer unter die Lupe zu nehmen.

Augustus quetschte sich an Touristen vorbei in den All Saints Garden, wo es etwas ruhiger zuging, blieb stehen und notierte »Sex« auf einem Zettel. Von nun an würde er dem, was der Papagei so von sich gab, mehr Aufmerksamkeit schenken.

Er steckte den Zettel in die Jackentasche, fütterte Gray gedankenverloren einen Sonnenblumenkern und wollte gerade weitergehen, als ihn auf einmal von der Seite ein Rotschopf anblickte. Der Rotschopf hatte die Arme verschränkt, imposante goldene Orgelpfeifen hinter sich und hing etwas schief am schmiedeeisernen Zaun des kleinen Platzes. Ein Plakat. Augustus' Herz klopfte lauter. Er trat näher.

»Bach Orgelkonzert mit James Crissup. Passacaglia in c-Moll, BWV 582.«

Darunter war kleingedruckt zu lesen, dass James Crissup, der Orgelstipendiat des King's College, ein vielversprechendes neues Talent sei, von dem die Welt noch hören werde. Augustus schwamm der Kopf. Ein Orgelstipendiat! Ein Orgelstipendiat vom *King's*! Hier war jemand, der vermutlich zu jeder Tages- und Nachtzeit Zugang zu der Kapelle hatte! Schließlich musste so ein Stipendiat üben! Und von der Kapelle führte eine Tür zu einer Wendeltreppe. Und die Wendeltreppe führte hinauf auf das Dach der Chapel!

James Crissup war *sein* Rotschopf, der Student, der vor zwei Tagen so hartnäckig versucht hatte, ihn zu sprechen, und dann plötzlich verschwunden war! Er *musste* es sein! So einfach! So sauber! Augustus spürte, dass hier Dinge zusammenpassten, zusammenhingen! Er wusste noch nicht, wie, aber sie hingen zusammen! Endlich hatte er seinen roten Faden gefunden – alles, was er tun musste, war, ihn zu entwirren!

Er trat noch näher, um sich James Crissup genauer anzusehen. Auf dem Foto wirkte er freundlich und ein wenig zerstreut. Er sah aus, als sei ihm das dramatische Arme-Verschränken peinlich. Sympathisch. Jemand, der sich trotz seines feurigen Rothaares bemühte, unauffällig zu sein.

War es James Crissup gewesen, dem er gestern Nacht auf dem Dach begegnet war?

War James Crissup ein Mörder?

Jedenfalls schien es höchste Zeit, mehr über den Orgelstipendiaten vom King's herauszufinden. Augustus guckte nach dem Datum. Verdammt, das Konzert hatte er knapp verpasst! Gestern! Das passte nicht besonders in seine neue

Theorie. Hatte sich Crissup gleich nach dem Konzert eine Nachtsichtbrille aufgesetzt, um Augustus auf den Dächern nachzuspionieren? Waren Musiker nach Konzerten nicht eher ausgelaugt und am Ende ihrer Kräfte?
Huff pflückte das Plakat vom Zaun.
»Papier«, sagte Gray zögerlich.
Endlich mal kein Sex!
Augustus hielt Gray zur Belohnung das Papier zum Beknabbern hin. Das Plakat war gegen den Regen in eine Klarsichthülle gesteckt worden, und so würde der Papagei auf die Schnelle keinen großen Schaden anrichten können.
Die Folie brachte Gray aus dem Konzept.
»Plastik. Papier. Plastik.«
»Papier«, entschied er schließlich und bekam einen zweiten Sonnenblumenkern.
Augustus nahm das Plakat aus seiner Hülle, faltete es säuberlich zusammen und steckte es in seine Jackentasche.

★

Kurze Zeit später stand Augustus Huff wieder im Schatten der Chapel. Er guckte nach oben, schluckte. Teufel, das war hoch! Er versuchte, nicht darüber nachzudenken, wie man sich dort oben wohl fühlen würde. Panisch. *Großartig.* Er ging durch das schmiedeeiserne Tor und zu dem Kasten, wo Touristen für die Besichtigung der Kirche eine stolze Summe abgeknöpft wurde. Als Mitglied der Universität hatte er natürlich freien Eintritt, trotzdem blieb er stehen und grüßte den älteren Herren an der Kasse.
»Ich habe eine Frage. Zu dem Orgelkonzert.«

Der Herr schnaufte verächtlich. »Sagen Sie nicht, Sie wollen sich auch beschweren!«

»Beschweren? Nein, ich... Wieso beschweren?«

»Wenn der Eintritt frei ist, gibt es keinen Grund, sich zu beschweren, wenn etwas ausfällt. So sehe ich das!« Der Herr blickte ihn angriffslustig aus seinem Kasten an.

»Und, äh, es ist... Ist es ausgefallen?«

Der Alte zuckte mit den Achseln. »Wenn einer *so* Orgel spielt... Der junge James hat Prüfungen. Der junge James kann nicht überall gleichzeitig sein...«

Nein, dachte Augustus. James Crissup konnte nicht gleichzeitig ein Konzert geben und über den Dächern eine Verfolgungsjagd veranstalten. Der junge James kam ihm allmählich ganz schön verdächtig vor.

»Und jetzt ist er wieder da?«, fragte er.

Hinter ihm bildete sich eine Schlange Touristen. Zwei Chinesinnen. Ein Ehepaar mit Sonnenhüten. Eine französische Reisegruppe.

Doch der Herr im Kasten ließ sich nicht aus der Ruhe bringen. »Weiß nicht. Wahrscheinlich. Wenn Sie es genau wissen möchten, müssen Sie natürlich Lukas fragen.« Er zeigte auf die Tür der Kapelle.

Lukas? Den Evangelisten? Vermutlich nicht.

»Und, äh, wer ist Lukas?«

Sein Gegenüber schüttelte den Kopf über so viel Unwissen. »Der *andere* Orgelstipendiat natürlich. Obwohl, wenn Sie mich fragen, kann er dem jungen James nicht das Wasser reichen.«

Augustus nickte abwesend, zeigte seinen Universitätsausweis und wollte sich gerade an der Kasse vorbeidrücken, als der Herr in seinem Kasten auf den mustergültig stummen Papagei zeigte.

»Und er... Wenn er schreit, fliegt er wieder raus!«

Augustus nickte heftiger. Er hatte nicht erwartet, mit Papagei überhaupt durchgelassen zu werden. Ein Papagei und ein Rubens im selben Raum – konnte das gutgehen? Er hörte noch, wie der Kassenmann das Paar nach ihm anwies, die Sonnenhüte abzunehmen, dann hatte die Kapelle die beiden verschluckt.

Augustus war natürlich nicht zum ersten Mal hier, trotzdem hielt er unwillkürlich den Atem an. Die Bögen. Die Proportionen.

Das Fächergewölbe.

Er legte den Kopf in den Nacken. Farbiges Licht ergoss sich durch gewaltige und doch filigrane Kirchenfenster, blau und smaragdgrün und purpurrot. Golden und violett. Und darüber... das Gewölbe war wirklich ein Kunstwerk. Leicht und zart und irgendwie mühelos. All diese Tonnen Stein, die dort über seinem Kopf schwebten. Fast organisch. Wie gewachsen. Wie der Bauch eines gewaltigen Fisches. Oder wie ein...

»Baum«, sagte Gray leise und ehrfürchtig. Es war ein großes Kompliment für die Chapel.

Widerwillig riss Augustus sich vom Anblick der Decke los und sah sich nach Rotschöpfen um. Schließlich war er nicht zum Spaß hier, außerdem hatte er keine Lust, von James Crissup ein zweites Mal überrascht zu werden. Sein Blick wanderte hinüber zu der Orgel.

Imposant.

Schwarzes Holz und goldene Pfeifen, gekrönt von zwei

Engeln mit Posaunen. Ein riesiges Instrument, groß wie ein Einfamilienhaus.

Saß dort jemand? Von hier unten war das schlecht zu erkennen.

Augustus machte einen zögernden Schritt nach vorne.

In diesem Moment legte die Orgel los wie Glocken und Donner und Wind, laut und irgendwie drohend.

Augustus blieb stehen, erst vage erschrocken, dann verzaubert. Die Kapelle stellte mit Tönen ähnliche Dinge an wie mit Licht, schliff und rundete sie, färbte sie golden. Vorsichtig äugte Augustus hinüber zu dem Papagei auf seiner Schulter – jetzt war kaum der richtige Moment für eine Gesangseinlage.

Doch Gray, der sich bei den ersten Orgeltönen genau wie Augustus überrascht geduckt hatte, saß still und aufrecht da, die Flügel leicht abgespreizt, mit blitzenden Pupillen und halbgeöffnetem Schnabel, so als bade er.

Huff konnte sich ein Lächeln nicht verkneifen. Auch er fühlte sich leicht und beinahe durchsichtig, als würde die Musik einfach durch ihn hindurchschweben.

Die Orgel verstummte so plötzlich, wie sie eingesetzt hatte, und Augustus machte sich entschlossen auf den Weg Richtung Orgelpfeifen.

Dann sah er mit einer Mischung aus Enttäuschung und Erleichterung, dass der junge Mann, der dort oben mit einer gewissen Wut die muskulösen Finger spreizte, kein Rotschopf war.

Der Orgelspieler blickte auf, sah Augustus und runzelte die Stirn.

»Was? Ich übe hier! Können Sie nicht lesen?«

Er zeigte auf das *Nicht-stören*-Schild, das Augustus in seinem Eifer tatsächlich übersehen hatte.

»Entschuldigung«, sagte Augustus ohne große Reue. »Ich dachte ...«

Die Gesichtszüge des Orgelspielers erhellten sich plötzlich in einem Ohr-zu-Ohr-Lächeln. »Ah, sorry, sorry. Der neue Solist? Ich bin Lukas.«

»Dr. Huff«, sagte Huff und trat zögernd näher. »Nicht der neue Solist.«

Das war also der *zweite* Orgelstipendiat. Der, der James Crissup anscheinend nicht das Wasser reichen konnte. Mit seinen großen Ohren, dem zottigen Ziegenbärtchen und den eindringlichen, eng zusammenliegenden Augen sah Lukas ein wenig wie eine jugendliche Fledermaus aus.

Eine etwas manische Fledermaus.

»Was denn?« Lukas lächelte hartnäckig weiter. »Ich habe momentan leider sehr wenig Zeit, Dr. Huff.«

Wie zum Beweis langte er wieder in die Tasten. Musik strömte über Augustus und Gray hinweg wie Wasser.

Gray hatte angefangen, wild mit den Flügeln zu schlagen. Wahrscheinlich war ihm die Musik hier zu laut – oder er fürchtete sich vor der Orgel, die aus der Nähe betrachtet tatsächlich wie ein Monster mit goldenen Zähnen aussah.

»Ich suche James«, brüllte Augustus durch die Orgelwellen. »James Crissup.«

Das Georgel verstummte mit einem schrägen, misslungenen Akkord.

»James?« Lukas gab einen entnervten Ton von sich. Das Lächeln klebte noch auf seinem Gesicht, aber es war nicht länger freundlich. »James ist, wo der Pfeffer wächst! Und

wissen Sie was: Er kann gleich dort bleiben! Sagen Sie ihm das, wenn Sie ihn gefunden haben!«

»Aber ich ...«

»Das mit dem Konzert gestern – eine Schande für King's. Und jetzt? Ich musste schon zwei Gottesdienste für ihn übernehmen. Wissen Sie, was das bedeutet? *Zwei* Gottesdienste zusätzlich! Er hält sich ja für etwas Besonderes, aber so besonders, dass er uns einfach so im Stich lassen kann, ist er nicht! Sagen Sie ihm das!«

Selbst Lukas' Aussprache hatte sich geändert, und Augustus erkannte den Hauch eines Arbeiterakzents. Einer, dem Cambridge nicht in die Wiege gelegt worden war. Jemand, der sich hochgearbeitet hatte. So ein Akzent verließ einen nie wirklich. Man konnte ihn unterdrücken, aber nicht abschütteln. Augustus wusste das aus eigener Erfahrung. Wenn er unbedacht sprach, konnte ein geschulter Zuhörer im Hintergrund die Ziegen meckern hören.

Er lächelte mitfühlend.

»Ich ... äh, und Sie haben wirklich keine Ahnung, wo er sein könnte?«

Lukas schüttelte die Segelohren. Er sah tatsächlich schlecht aus, mit dunklen Schatten unter den Augen und bleichen, sorgenvollen Wangen. Eine überarbeitete Fledermaus.

»Wir haben überall gesucht. Die Bibliotheken. Sein Zimmer natürlich. Die Instrumentensammlung. Sogar die verdammte Studentenbar. Ich war noch nie in der Studentenbar!«

Augustus nickte verständnisvoll. Er war auch noch nie in der Studentenbar gewesen.

»Wenn er hier im King's wäre, hätten wir ihn gefunden. Ist er aber nicht. Und wissen Sie was? Mir soll's recht sein! Wenigstens sieht ihn der Direktor jetzt so, wie er wirklich ist!«

»Und wie ist er?«

»Hohl«, sagte Lukas mit seinem feindseligen Lächeln. »James ist vollkommen hohl. Und jetzt entschuldigen Sie mich bitte. Sie können sich gar nicht vorstellen, wie viel Arbeit ich auf einmal habe.«

Er nickte Augustus mit seinem borstigen Kinn zu und griff wieder in die Tasten. Gray geriet immer mehr aus dem Häuschen, also spazierte Augustus zurück, über den Kirchenvorplatz, wo noch vor wenigen Tagen Elliots zerschmetterter Körper gelegen hatte.

»Monster! Total zermatscht!«, platzte Gray heraus, sobald sie die Kapelle verlassen hatten.

Augustus musste ihm zustimmen. James Crissup war nun ihr Verdächtiger Nummer eins. Hatte er nach dem Mord die Nerven verloren und hielt sich irgendwo versteckt? Und wo würde er sich verstecken? Augustus' Blick wanderte noch einmal nach oben, zum Dach der Bibliothek, wo er sich noch gestern mit seinem vermummten Verfolger duelliert hatte.

Der Gedanke, dass James noch immer irgendwo dort oben lauerte, beunruhigte ihn. Und noch etwas ließ ihm kein Ruhe, während er, die Hände in den Hosentaschen, zurück zu seinem College schlenderte: Er war sich sicher, dass er den Namen Crissup vor nicht allzu langer Zeit schon einmal gehört hatte.

13. Fairbanks

Augustus kehrte mit Gray auf der Schulter zu seinem College zurück, aufgeregt und frustriert zugleich. Endlich hatte er so etwas wie einen Tatverdächtigen, doch der schien wie vom Erdboden verschluckt. Wie genau war Elliot von den Zinnen gestürzt? Was war das Tatmotiv? Wieso war Crissup plötzlich untergetaucht – und wo hielt er sich versteckt? Der Orgelstipendiat schien unauffindbar – und schlimmer: Er schien bereits zu wissen, dass Augustus ihm auf der Spur war.

Augustus merkte, dass er vor sich hin murmelte. Studenten blickten ihm nach. Die Stimmung im College hatte sich in den letzten Tagen gewandelt, war leichter geworden, lockerer. Trauben von Studenten hingen erschöpft, aber auch erleichtert in Torbögen und Treppenhäusern. Für viele war die Prüfungszeit bereits vorbei, und ihre größte Sorge war nun, was sie zu den bevorstehenden Studentenbällen anziehen sollten.

Anders Augustus. Er schlich auf Zehenspitzen an der Lodge des Masters vorbei, kroch diskret sein Treppenhaus hinauf und verschwand mit einiger Erleichterung in seinem Apartment. War Sybil mit ihrem Verdacht schon zum Master gegangen – oder gar zur Polizei? Augustus musste Beweise für seine Theorie finden, bevor er mit spitzen Fingern und missbilligendem Kopfschütteln aus dem College entfernt oder gar verhaftet wurde. Und noch etwas machte ihm Sorgen: Er war nun schon eine ganze Weile offizieller temporärer Halter des Versuchspapageis Gray. Wie lange war temporär? Wem gehörte Gray eigentlich? Der Gedanke, dass der Vogel ihm einfach so weggenommen werden könnte, machte ihm Magenschmerzen – da half nicht einmal die Aussicht auf perfekt unbefleckte Schreibtische und gemütliche Nächte im warmen Bett.

Augustus ertappte sich dabei, wie er wieder und wieder seine Briefbeschwerer gerade rückte. Den Stein. Das Glas. Den Frosch. Die Messingdame. Den Stein. Das Glas… Was würde mit dem Vogel passieren, und wer würde darüber entscheiden? Gray durfte nicht irgendwo in einem Käfig enden! Er brauchte eine Schulter, von der aus er die Welt erleben konnte! Er brauchte anregende Konversationen und geistige Stimulation, Nüsse und Trauben und Diskussionen über Rundes und Eckiges! Gray war an langweilige Stunden im Käfig einfach nicht gewöhnt!

Dies brachte Augustus auf einen neuen Gedanken. Wie um alles in der Welt hatte Elliot seinen Studentenalltag aufrechterhalten? Schließlich war er zu Tutorien und Dinners stets papageienfrei aufgetaucht. Es musste eine Methode geben, Gray ab und zu allein zu lassen!

Er ließ von den Briefbeschwerern ab, wählte eine Nummer und horchte ungeduldig in den Hörer.

»Bad romance!«, warnte Gray, aber daran war nun einmal nichts zu ändern.

★

Sie hob gleich nach dem ersten Klingeln ab, so als habe sie auf seinen Anruf gewartet.

»Dr. Huff?«

»Augustus«, sagte Huff automatisch und kam sich gleich dämlich vor. Einer Dame wie Lady Fairbanks warf man nicht so einfach den Vornamen hin – und wie hieß sie überhaupt? Estella? Ja, Frederik hatte etwas von Estella gesagt.

Ein Zögern in der Leitung und ein Klicken wie Fingernägel auf einer Tischplatte. Vermutlich runzelte sie gerade die aristokratische Stirn. Vermutlich blitzten ihre blassen Augen wütend.

Doch dann siegte wohl die Neugier. »Augustus. Na gut. Was kann ich für Sie tun?«

»Alles, alles, nur das nicht!«, lamentierte Gray, während Augustus seine Gedanken sammelte.

»Ich würde gerne noch einmal Elliots Zimmer sehen«, sagte er dann. »Ich... ich würde mir gerne über ein paar Dinge Klarheit verschaffen. Inoffiziell. Der Master...« Er brach ab.

»Ich verstehe.«

Augustus merkte, dass er ans Fenster getreten war, wo noch immer der Zahnputzbecher mit Ascheresten stand. Ein Geist von Rauch hing in der Luft, beißend und elegant.

»Ich glaube, ich weiß, wer es war«, platzte er heraus. Es war mehr, als er eigentlich hatte sagen wollen.

Am anderen Ende der Leitung war ein überraschtes Hauchen zu hören.

»Sie sind im College?«

Augustus bejahte.

»Gut. Rühren Sie sich nicht vom Fleck. Ich bin in einer Viertelstunde da.«

Ein Klicken und dann der Auflegeton, unterstützt von einer gekonnten Beep-Improvisation Grays.

Augustus trat zurück an den Schreibtisch und widmete sich wieder seinen Briefbeschwerern.

Stein. Glas. Frosch. Messingdame. Stein. Glas. Frosch. Messingdame.

Messingdame.

Messingdame.

Messingdame.

Es klopfte.

War das wirklich schon eine Viertelstunde gewesen? Er öffnete die Tür, und Lady Fairbanks strich in den Raum wie ein seidiger Jagdhund. Sie musste gerannt sein. Eine zarte Röte tönte ihre Wangen. Blut und Milch. Kein Kostüm diesmal. Graue Jeans und graue Seidenbluse. Teure Wildlederturnschuhe. Ihr Haar wurde von einem leuchtenden Seidentuch zusammengehalten, das vermutlich mehr Geld verschlungen hatte, als Augustus im Jahr an Bücherpauschale bekam.

»Hast du mich lieb?«, fragte Gray.

Die Viscountess sagte nicht einmal hallo, sondern hielt Augustus stumm einen abgegriffenen Schlüssel unter die Nase.

»Der Master...?«, fragte er vorsichtig.

Sie schüttelte ungeduldig den Kopf. »Kein Problem. Geht ihn auch wirklich nichts an.«

Sie winkte und war aus der Tür. Augustus folgte,

sperrte und folgte weiter. Sie war schon in Elliots Zimmer. Augustus warf einen hastigen Blick über die Schulter. Er kam sich beobachtet vor. Spionierte ihnen jemand nach? Frederik? Spionierte Frederik für den Lord? Einfach so hinter Lady Fairbanks durch so eine Tür zu schlüpfen fühlte sich jedenfalls... unkorrekt an.

Dann stand er in Elliots Zimmer. Die Tür fiel ins Schloss. Die Lady stand einige Schritte von ihm entfernt in einer Pfütze aus Licht und sah sich benommen um. War sie überhaupt schon einmal hier gewesen? Augustus sah zu, wie sie zögernd an den Schreibtisch trat und eine Hand auf die Tischplatte legte, dahin, wo Elliots Ellenbogen das Holz blankpoliert hatte.

»Na los«, sagte sie leise, ohne sich umzudrehen. »Suchen Sie schon! Finden Sie heraus, was Sie wissen wollen!«

Aber es war Gray, der sich als Erster rührte. Er segelte selbstbewusst von Augustus' Schulter, landete vergleichsweise elegant auf dem Perserteppich und stakste Richtung Kamin.

»Willst du mich heiraten?«, flötete er gut gelaunt.

Die Viscountess zuckte zusammen, als sie Elliots Stimme hörte, aber sie drehte sich nicht um, sondern streichelte weiter gedankenverloren die Tischplatte. Augustus schüttelte seine Starre ab und legte los. Die Theorie! Ermittlungen!

Wo war das Handy?

Wo war die Kamera?

Er zog Schubladen auf. Er guckte in Regale, hinter und zwischen Bücher. Er stöberte im Kleiderschrank. Nichts. Nichts Relevantes zumindest, nur die zu erwartenden Stifte und Turnschuhe und Unterhosen.

»Darf ich fragen, was Sie suchen?«

»Sein Handy«, sagte Augustus. »Es war nicht bei... Sie wissen schon. Und hier scheint es auch nicht zu sein.« Er deutete in eine Schublade. »Da, ein Ladegerät. Nur das Handy dazu finde ich nirgends.«

Die Viscountess ließ von der Tischplatte ab und runzelte die schöne Stirn. »Das ist in der Tat seltsam.«

»Wenn er es nicht bei sich hatte und es nicht hier ist, dann... dann muss es jemand an sich genommen haben, nicht wahr?«

»Der Mörder?«, fragte die Viscountess atemlos. »Wollen Sie mir nicht endlich sagen, wer...?«

Augustus schüttelte den Kopf. »Ich kann erst etwas sagen, wenn ich mir hundertprozentig sicher bin. Das verstehen Sie sicher.« Wann das wohl je der Fall sein würde? Vermutlich niemals! »Momentan beschäftigt mich erst einmal das *Warum*. Waren auf dem Handy belastende Nachrichten? Hat Elliot seinen Mörder vor der Tat angerufen? Das muss sich doch rausfinden lassen!«

Lady Fairbanks nickte, dann tippte sie ein paar Worte in ihr Telefon.

»Und seine Kamera suche ich auch!«

»Kamera?«

»Ich glaube, dass Elliot eine gute Fotoausrüstung hatte. Aber die ist auch weg!« Augustus hielt es für besser, der Lady nichts von den perversen Experimenten ihres Sprösslings zu erzählen.

»Keine Ladegeräte«, widersprach die Viscountess mit Blick auf das tentakelige Chaos in Elliots Elektronikschublade. »Telefon, Computer, IPod – aber nichts davon sieht

mir nach Kamera aus. Die sind relativ groß, nicht wahr? Soweit ich weiß, hat Elliot sich nie für Fotografie interessiert.«

Augustus seufzte. Was wusste *sie* schon von Elliots Interessen? Voyeurismus auf den Dächern! Perverse Moralexperimente! Wagner!

»Dreck!«, fügte Gray hinzu, der nun komfortabel auf dem bequemsten Sitzmöbel – einer samtigen Couch – hockte und Augustus' Bemühungen mit überlegenem Gesichtsausdruck beobachtete.

Der Vogel hatte recht! Bisher hatte noch niemand den Papierkorb untersucht!

Augustus stählte sich für die wenig hygienische Aufgabe, ging in die Knie und versuchte, nicht nach Lady Fairbanks schlanken Fesseln und dem Schwanentattoo zu spähen. Zeitungspapier und mehr Zeitungspapier. Alte Teebeutel. Eine Schokoriegelverpackung. Ein... Igitt! War das ein Kondom?

»Wir könnten auch auf seinen Computer gucken«, sagte die Viscountess, während Augustus mit angehaltenem Atem in Elliots Müll herumwühlte.

Erleichtert ließ er einen angegammelten Apfelbutzen fallen. Fruchtfliegen stoben auf. Dann entdeckte er etwas, ganz unten im Mülleimer. Etwas, das wie die Ecke eines Fotos aussah. Sein Herz hatte zu klopfen begonnen. War es das? Das Bindeglied, nach dem er gesucht hatte? Das eine Foto, das alles erklärte? Doch als er das Bild aus den Tiefen des Papierkorbs hervorgeangelt hatte, sah er, dass es alles andere als ein Erpresserfoto war. Das Gegenteil eines Erpresserfotos geradezu!

Sie sahen alle sehr vornehm aus, besonders natürlich die Lady, aber auch Fairbanks und die zwei blonden Rotzbengel im Frack. Und Elliot. Er stand aufrecht und ernst, die Hand an der Hüfte wie ein Renaissancefürst, Gray auf der Schulter. Gray tat sein Bestes, einen noblen Raubvogel darzustellen. Elliot blickte zufrieden drein, so zufrieden, wie Augustus ihn selten gesehen hatte. Im Hintergrund räkelte sich ein Schloss, vermutlich der Familiensitz. Im Vordergrund dösten Jagdhunde. Das Bild sah aus wie die Vorstufe zu etwas Offiziellerem, vielleicht einem Ölgemälde.

Augustus richtete sich auf, das Foto in der Hand.

»Haben Sie Hygienetücher?«

Die Viscountess schüttelte den Kopf, den Blick fest auf Elliots schlanken Laptop gerichtet. Ihre Hände tanzten kurz über die Tastatur, hielten inne, tanzten wieder. Und wieder.

»Ich weiß das Passwort nicht«, fauchte sie schließlich.

»Ich glaube nicht, dass es wichtig ist«, sagte Augustus sanft. Elliot war nicht der digitale Typ gewesen. Eher der Mit-Falken-zur-Jagd-Typ. Zu altmodisch. Zu zurückgezogen. Zu diskret. Jemand, der lieber mit Schwarz-Weiß-Bildern arbeitete als mit digitalen Dateien. Augustus glaubte nicht, dass sie auf dem Laptop mehr gefunden hätten als den üblichen Studentenkram.

Das hingegen... Vorsichtig entfernte er Tee- und Schimmelflecken von dem Familienbild. Wie in aller Welt war es auf den Grund des Papierkorbs geraten?

»Geben Sie das her!« Die Viscountess riss ihm das Bild aus der Hand, und auf einmal kam Augustus sich wie ein Dieb vor. Was gab ihm das Recht, in den Hinterlassen-

schaften ihres toten Sohnes herumzuwühlen wie ein Trüffelschwein?

Vielleicht seine Theorie.

Vielleicht die Wahrheit.

»Ich frage mich nur, warum er es weggeworfen hat«, sagte er kleinlaut.

»Er hat es nicht weggeworfen«, erwiderte die Lady scharf. »Er *kann* es nicht weggeworfen haben!«

Augustus zuckte mit den Achseln und wandte sich dem Erkerzimmer zu. Eine Sache galt es noch zu klären, bevor er sich ein für alle Mal aus Elliots Gefilden zurückziehen konnte.

»Spiel das Spiel! Nimm ne Nuss! Die Trauben kannst du dir abschminken!« Gray hüpfte erwartungsvoll vom Sofa und watschelte auf die Tür zum Erkerzimmer zu. Vermutlich erinnerte er sich daran, dass hier früher Nüsse und Futterpellets beheimatet gewesen waren. Augustus hielt ihm die Tür auf wie ein Butler und folgte ihm in das Zimmer.

Gray blieb einen Moment lang selbstzufrieden auf dem Boden sitzen, dann flippte er aus.

»Mörder! Mörder! Fuck me! Probleme! Probleme!«

Der Vogel hüpfte in immer grotesk eren Sprüngen über den Fußboden und versuchte abzuheben. Er prallte gegen eine Wand, krächzte heiser und hüpfte weiter. Endlich schaffte er doch den Absprung und flog kreischend im Kreis, bevor er sich auf den höchsten Punkt im Raum flüchtete: Augustus' Kopf.

»Bad romance! Mörder! Gesundheit! Die Bude brennt!«

Durch die wild flatternden Schwingen des Papageis hindurch sah Augustus, dass die Viscountess ihren Kopf ins Zimmer gesteckt hatte.

»Was zum Teufel ist denn hier los?«

»Teufel! Teufel! Die Bude brennt!«, erklärte Gray.

»Ich weiß nicht«, sagte Augustus, der versuchte, mit Gray auf dem Kopf möglichst stillzuhalten. »Irgendetwas stimmt nicht.«

»Das glaube ich auch.«

Augustus überlegte. Es war nicht Grays erster Panikanfall – und das letzte Mal war ein abtrünniger Schreibtischstuhl für das Spektakel verantwortlich gewesen. Also…

»Irgendetwas ist am falschen Platz«, sagte er. »Irgendetwas ist da, wo es nicht hingehört.«

Während die Lady wie ein elegant geschwungenes Fragezeichen im Türrahmen lehnte, machte er sich daran, mit seiner laut kreischenden Kopfbedeckung das Zimmer zu untersuchen.

Der Käfig stand, wo er immer gestanden hatte.

Das Fenster war verschlossen, so wie Augustus es bei seinem letzten Besuch zurückgelassen hatte.

Das Regal sah auch so aus, wie er es in Erinnerung hatte.

Die gegenüberliegende Wand…

Aber halt! Am Boden vor dem Fenster lag etwas. Ein Schatten mit Ecken und Winkeln. Augustus ging in die Knie und erkannte einen Bilderrahmen, einen großen Fotorahmen mit Silberrand. Eine Bildstütze ragte aus dem Rücken wie ein einsames Bein. Er drehte das Foto um – und blickte in das Gesicht des Mädchens vom Marktplatz. Diesmal sah sie glücklich aus, unbeschwert und verliebt, mit windzerzaustem Haar und lachenden dunklen Augen.

Das Foto war das genaue Gegenteil des etwas verstockten Familienbildes, das Augustus im Müll gefunden hatte. Doch die Größe stimmte.

Grays Gezeter erreichte einen neuen Höhepunkt und ebbte ab, als Augustus das Bild hinüber ins Hauptzimmer trug und samt Rahmen auf den Schreibtisch stellte.

»Na also. Da gehört es hin!«

»Erstaunlich«, sagte die Viscountess.

»Perfekt!«, fiepte Gray erleichtert.

Augustus blickte zwischen dem Rahmen und dem Familienbild in den Händen der Lady hin und her. Kein Zweifel: Elliot hatte das Familienporträt aus seinem angestammten Rahmen geholt und weggeworfen und dann Fawn auf den Schreibtisch gepflanzt. Es war eine symbolische Handlung gewesen, keine Frage. Eine Richtungsänderung, eine Beschwörung. Elliot war im Grunde ein altmodischer Mensch gewesen. Seltsam, dass ihm das früher nie aufgefallen war. Der Typ, der einen unschätzbaren Gobelin in seiner Studentenbude an die Wand hängte. Der Typ, der an die Macht der Bilder glaubte. Der Typ, der sich Hals über Kopf in romantische Gesten stürzte...

»Wussten Sie, dass Elliot eine Freundin hatte?«

Die Viscountess schnaufte. »Natürlich. Die ganz große Liebe.« Sie rollte verächtlich die Augen. »In dem Alter ist natürlich alles die ganz große Liebe. Das gibt sich. Vergiss es, haben wir ihm gesagt. Du bist ein Fairbanks. Du wirst nicht das erstbeste Mädchen vor den Altar schleifen.«

Sie warf der glücklichen Fawn einen giftigen Blick zu. »Sie gehört nicht in diesen Rahmen! Das ist Familiensilber!«

Sehr zu Grays Beunruhigung schnappte sie Fawn vom Schreibtisch und versuchte, das Bild aus dem Rahmen zu bekommen. Es schien schwierig zu sein. Augustus überlegte, ob er ihr helfen sollte. Nein. Er hatte das Gefühl, dass Fawn im Grunde durchaus in den Rahmen gehörte.

Dann stieß die Lady einen kleinen Schrei aus und begutachtete, bleich vor Ärger, ihren abgebrochenen Fingernagel. Fawns Bild fiel auf den Schreibtisch und blieb, Gesicht nach unten, liegen, die Bildstütze nach oben gereckt wie ein Bein, genau wie es vorhin unter dem Fenster gelegen hatte.

Wie war es eigentlich da drüben auf den Boden geraten?

Hatte Elliot es dort hingeworfen? Vielleicht weil mit Fawn etwas schrecklich schiefgelaufen war? Oder war das jemand anders gewesen? Die Bettenmacherin? Eine Eifersuchtsgeschichte? Wieder fragte sich Augustus, ob Elenas Interesse an Elliots Bett immer rein professioneller Natur gewesen war. Wer hatte sonst noch Zugang zu Elliots Räumen? Er selbst. Gray – doch für den Papagei war der Silberrahmen zu schwer. Und dann war da noch der mysteriöse Besucher, der Elliots Zimmer durchsucht hatte. Hatte er das Bild auf den Boden geschleudert? Oder vielleicht fallen gelassen? Fallen gelassen, als er hastig aus dem Fenster kletterte, um Augustus Huff zu entkommen, der auf der Suche nach einer Papageienstange war? Ging es hier vielleicht doch nicht um Erpressung, sondern um Eifersucht? Von wem? Auf wen?

»Bad romance«, murmelte er.

»Sex«, bestätigte Gray. Diesmal waren sie sich einig. Der

Papagei bewegte sich vorsichtig von Augustus' Kopf herunter, zurück auf die vertraute linke Schulter. Dies brachte Augustus zurück zu der Frage, die ihn ursprünglich in das Erkerzimmer geführt hatte. Grays Käfig. Ein kurzer Blick bestätigte, was Augustus bereits vermutet hatte: Er sah zu neu aus. Zu sauber und glänzend. Gar nicht so, als ob je ein Papagei darin gehaust hätte, und schon gar nicht Gray, dessen liebste Hobbys Bananenschmieren und Stiftezerknacken waren.

Augustus guckte genauer hin, aber auch bei detaillierter Inspektion ließen sich keine Papageienspuren feststellen, nicht die kleinste Feder. Der Käfig war eine Attrappe! Ungenutzt. Gray hatte nie darin gewohnt – vermutlich war es nur eine Vorgabe des Colleges gewesen, dass Gray einen Käfig haben musste. Was also hatte Elliot mit dem anspruchsvollen Papagei angestellt, wenn er ihn nicht auf der Schulter sitzen hatte?

»Er muss dich irgendwie allein gelassen haben!«, murmelte er in Grays Brustfedern. »Wie hat er das bloß gemacht?«

»Er hatte einen Sitter«, teilte die leise Stimme der Viscountess aus dem Nebenraum mit.

»Einen Sitter? Wen denn?« Wenn Augustus diesen Sitter auftreiben und weiterbeschäftigen konnte, würden einige seiner Papageienprobleme vielleicht ein Ende haben!

»Irgendeinen Studenten«, sagte Lady Fairbanks gleichgültig. Sie lachte unglücklich. »Um *den* haben sie sich gestritten. Kaum zu glauben.«

»Um den Sitter?« Augustus kehrte in den Hauptraum zurück und sah, dass die Lady mit ihren Gedanken schon ganz woanders sein musste. Sie hatte aufgehört zu lachen und starrte finster auf den Gobelin. Wäre der Reiter nicht gewebt gewesen, hätte er sich unter dem bohrenden Blick der Dame vermutlich längst mit seinem Falken aus dem Staub gemacht. So aber hielt er stand, Faden für Faden, und auf einmal begann Augustus ein paar Dinge zu verstehen.

»Um den Gobelin? Wer?« Aber eigentlich wusste er die Antwort. Ein neues Puzzlestück lag plötzlich in seiner Hand, unerwartet, aber perfekt geformt. Er drehte es unschlüssig hin und her und wartete.

»Lionel wollte ihn zurück.« Sie schüttelte wütend den Kopf.

»Den Gobelin?«, wiederholte Augustus dümmlich.

Lord Fairbanks! Natürlich!

In diesem ungünstigsten aller Momente klopfte es an der Tür.

Einmal. Zweimal. Dreimal.

Augustus wanderte hinüber und griff nach der Klinke. Die Lady schüttelte den Kopf, aber es war zu spät. Er hatte die Tür schon geöffnet und blickte hinunter auf Frederiks gerötetes Gesicht.

»Alter Junge!«, krähte Gray. »Perfekt!«

»Augustus?« Frederik war überrascht, ihn hier zu sehen, oder tat zumindest so. Sein Blick wanderte zwischen Huff und der Lady hin und her, dann hob er vielsagend eine Augenbraue.

»Ich ... äh, wir ...« Augustus merkte, dass er rot wurde.

Die Viscountess war zu Frederik hinübergeflossen und schnitt Huff das Wort ab.

»Frederik, was für eine Überraschung.« Sie hielt ihm übertrieben höflich die Hand hin.

»In der Tat.« Frederik ergriff die weiße Hand und deutete einen Handkuss an. Er guckte noch immer fragend, aber das war der Lady egal.

»Was kann ich für dich tun, Frederik?«

Augustus beneidete sie. Er selbst hätte sich schon längst in Erklärungen und Entschuldigungen verstrickt und dabei vermutlich einen höchst fischigen Eindruck gemacht. Er fragte sich, wie es wohl war, in einer Welt zu leben, in der man niemandem eine Erklärung schuldete.

»Oh, gar nichts, gar nichts. Nur ein paar Worte vielleicht. Lionel macht sich Sorgen um dich, weißt du.«

»Ja doch.« Die Lady zupfte ungeduldig an ihrem Haartuch. »Lunch? Ich lade Sie beide ein!«

»Eigentlich wollte ich lieber unter vier Augen...«, begann der Professor, aber Lady Fairbanks war schon in den Korridor geschwebt und überließ es Augustus, Frederik und seinen Rollstuhl hinter ihr herzuschieben. Sie wollte nicht wirklich mit ihm lunchen, vermutete er. Sie wollte nur keine Zugeständnisse an Frederik machen – nicht das allerkleinste.

Trotzdem – genau genommen kam Augustus ein Lunch wie gerufen. Wann hatte er eigentlich zum letzten Mal etwas Vernünftiges gegessen? Er konnte sich nicht erinnern – eindeutig kein gutes Zeichen.

Während er mit knurrendem Magen, dem Professor und der Dame im Fahrstuhl stand, überlegte er fieberhaft, wie er den soeben verlorenen Faden wieder anknüpfen konnte. Bei dem Streit mit dem Vater handelte es sich nicht nur um einen dummen Zufall, da war er sich sicher! Dieser Streit konnte im Zentrum des Falls Elliot stehen, war vielleicht sogar eine Art Auslöser. Wenn er nur…

Sie hatten das College schon verlassen. Sie waren schon auf der Straße. Frederik ratterte auf dem Kopfsteinpflaster.

»Die Trauben kannst du dir abschminken!«, warnte Gray jeden, der es hören wollte, während die Viscountess stoisch um Ecken und immer neue Ecken bog und schließlich entschlossen auf eine teuer aussehende schwarze Tür zusteuerte.

★

Dann saß Augustus in einem schlichten, aber eleganten Restaurant, und jemand setzte ihm eine klare Suppe mit abstrakt aussehendem Grünzeug vor. Für den krähenden Papagei auf seiner Schulter wurde ein Teller mit Apfelschnitzen serviert.

Die Suppe schmeckte gut! Augustus löffelte und tat sein Bestes, nicht zu schlürfen. In Sachen Tischmanieren hatte er einiges zu kompensieren, weil sich Gray mit der bewährten Schmiermethode über die Apfelstückchen hermachte. Die Viscountess saß ihnen gegenüber, nippte ab und zu an einem Gin Tonic und sah aus, als hätte sie lieber eine Zigarette geraucht. Frederik hatte schon das zweite Glas Wein vor sich, ignorierte die Hähnchenschenkel auf seinem Teller und redete auf Lady Fairbanks ein.

»Es geht nicht darum, dass du ihm vergibst, Estella, es geht darum, dass du einsiehst, dass es da nichts zu vergeben gibt. Lionel hat sein Möglichstes getan, und der Un-

fall – du kannst doch nicht allen Ernstes Lionel dafür verantwortlich machen ...«

»Nein«, sagte die Viscountess sanft. »Nicht dafür. Nicht mehr.«

Augustus hatte eigentlich vorgehabt, das Gespräch wieder auf Elliot und den Gobelin zu lenken. Stattdessen stellte er fest, dass er nur zuhören musste. Der alte Mathematiker war also von Lord Fairbanks gesandt worden, um Frieden zu stiften. Und die Lady wollte Frieden. Nur eben nicht sofort. Nur eben nicht von Frederik.

Der Professor hatte vermutlich wenig Erfahrung mit Frauen und wusste nicht, dass man in manchen Situationen besser den Mund hielt. Situationen wie dieser.

»Na also«, sagte der Mathematiker zufrieden, schenkte sich ein neues Glas ein und argumentierte unverdrossen weiter. »Komm nach Hause. Lionel braucht dich. Elliot war auch sein Sohn.«

Da war es.

Schweigen. Ein Abgrund aus Schweigen. Augustus konnte förmlich sehen, wie die Viscountess sich in ihr perlmuttschimmerndes Haus verkroch wie eine Schnecke.

Frederiks Worte verhallten scheinbar ungehört.

Aha.

Nicht sein Sohn.

Gedankenpfade öffneten sich. Puzzleteile klickten zusammen. Newton hatte die Schwerkraft unter einem Apfelbaum entdeckt, nur wenige Meilen von der Stelle, an der sie jetzt am Mittagstisch saßen. Der Apfel fiel im Allgemeinen nicht weit vom Stamm, aber dieser Apfel war eben doch weit gefallen. Zu weit. Zu tief.

Non cademus.

Die Lady stand langsam auf, wie in Gedanken, griff sich ihre Handtasche und verließ das Restaurant, ohne Augustus und Frederik eines weiteren Blickes zu würdigen.

»Aber ich muss doch sehr...« Die Augen des alten Fuchses glitzerten. Wusste er, was er da gerade gesagt hatte? Hatte er es *absichtlich* gesagt?

»Knapp daneben ist auch vorbei«, warnte Gray, aber Augustus war schon aufgesprungen und rannte hinter der Lady her. Frederik ließ er sitzen.

Ohne ihr leuchtendes Seidentuch hätte er sie vermutlich im Gewimmel verloren, so aber gelang es ihm nach kurzer Verfolgungsjagd, die Viscountess einzuholen. Sie war auf einer Brücke stehen geblieben und blickte schwer atmend auf die Boote hinab.

Augustus gesellte sich zu ihr.

»Nimm ne Nuss!«, riet Gray.

Sie warf ihnen beiden einen halb wütenden, halb erleichterten Blick zu.

»Was für ein Debakel!« Sie wollte lachen, aber es blieb ihr im Hals stecken. »Was machen Sie denn noch hier, Dr. Huff? Hat Ihnen Ihre Suppe nicht geschmeckt? Haben Sie etwa noch nicht genug gehört?«

»Ja und nein«, sagte Augustus. »Elliot ist also nicht... Wir haben vorhin über den Gobelin gesprochen...«

Sie winkte ab. »Ein uraltes Familienstück. Lionel hat es Elliot zum Studienbeginn geschenkt...«

»Und dann?« Er wollte es *hören*.

Die Viscountess seufzte erschöpft, alle Stacheligkeit war vergessen. »Elliot wollte ihn *dieser Frau* schenken. Da hat

Lionel den Gobelin zurückverlangt, aber Elliot wollte ihn nicht mehr hergeben. Geschenkt ist geschenkt, hat er gesagt, und er hätte ein Recht… Und dann ist Lionel der Kragen geplatzt, und er hat ihm gesagt, dass er *kein* Recht hat…«

»Weil er kein Fairbanks ist?« Augustus hatte das Puzzleteil endlich an seinen Platz gesetzt und wartete ungeduldig. Die Wut des Viscounts. Die Beisetzung weit weg vom Familiengrab. Elliots weißblonder Schopf. Elliot, der seiner Familie plötzlich den Rücken kehrte. Mit einem Mal lag es alles auf der Hand.

Sie lachte leise. »Ist das so offensichtlich? Lionel hatte immer Angst, dass die Leute es sehen könnten. Nimm dich zusammen, habe ich gesagt. Niemand wird es sehen. Niemand wird wagen, etwas zu sehen!«

»Und Elliot selbst…?«

Die Viscountess schüttelte den Kopf. Unter ihnen glitt lautlos ein Brautpaar vorbei.

»Er war aus gutem Hause, das war alles, was er wissen musste! Sie haben keine Ahnung, wie hart es ist, aus gutem Hause zu sein. Aber einen Sommer lang war ich eben nicht aus gutem Hause. Einen kurzen, wundervollen Sommer lang… Es ist nicht gerecht, dass einen ein einziger Sommer so lange verfolgt…«

Augustus dachte an das Schwanentattoo an ihrem Knöchel und nickte. Wie jung sie gewesen sein musste.

»Und der… Viscount?«

»Oh, Lionel wusste Bescheid. Er hat versprochen, Elliot anzunehmen und ihm seinen Namen zu geben. Er wollte keinen Skandal.« Sie schnaubte verächtlich. »Die gute alte

Zeit. Damals wollte niemand einen Skandal. Es war die Bedingung, unter der ich seinen Antrag angenommen habe. Und jetzt hat er sein Wort gebrochen, aber mein Leben ist gelebt …«

Sie zog mit einer ungeduldigen Geste eine Zigarette aus ihrer Handtasche.

»Und Sie haben gedacht, dass Elliot von der Kapelle gesprungen ist, weil er kein Fairbanks war? Sie haben gedacht, dass Ihr Mann ihn in den Tod getrieben hat?«

Augustus hätte ihr gerne Feuer gegeben, aber sie wollte gar nicht rauchen. Sie wollte nur etwas in der Hand halten.

»Das habe ich nicht gedacht! Ich wollte es nicht denken. Elliot war stärker als … so etwas. Und ich hätte Lionel nicht vergeben können, aber … aber ich … ich will ihm vergeben! Ich will wissen, dass es nicht so war! Nicht glauben und zweifeln und dann wieder glauben. *Wissen.*«

Sie musterte das Brautpaar unter sich, kalte Wut in den Augen.

»Bringen Sie mir den Mörder, Augustus«, sagte sie mit leiser, weißglühender Stimme. »Bringen Sie mir den Mörder, und ich werde Ihnen ewig dankbar sein. Mein Sohn ist ein Fairbanks, und er ist als Fairbanks gestorben! Alles andere ist nur Schatten.«

Sie warf ihre ungerauchte Zigarette hinunter in den Cam und schritt davon. Diesmal ließ er sie gehen. Elliot war also das Ergebnis eines jugendlichen Fehltritts der Viscountess gewesen, und anstatt ihn unter den Teppich zu kehren, wie andere Leute es machten, hatte sich Lady Fairbanks entschlossen, ihn zu veredeln, ihn rechtens zu machen. Und der Lord hatte mitgespielt – bis vor kurzem.

Es musste ein unglaublicher Schock für Elliot gewesen sein. *Non cademus* – und dann war er auf einmal kein Fairbanks mehr. Fehlbar. Fallbar. Augustus konnte verstehen, warum die Viscountess sich Sorgen gemacht hatte. Aber Elliot hatte noch ein anderes Eisen im Feuer gehabt: Fawn mit den dunklen Augen. Fawn hatte ihn in dieser Krise seines jungen Lebens vermutlich gerettet. Hatte sie auch sein Schicksal besiegelt? War Elliots Fall am Ende doch kein Familiendrama gewesen, sondern eine Eifersuchtsgeschichte? Welche Verbindung bestand zwischen Crissup und Fawn? Es musste eine Verbindung geben!

»Fairbanks«, wiederholte Gray traurig.

Alles. Alles, nur das nicht.

Auf einmal war Elliot frei gewesen. Frei zu heiraten, wen auch immer er wollte. Und diese Freiheit hatte ihn vielleicht das Leben gekostet. Augustus war fast sicher: Hier war der Auslöser für die Geschehnisse, die Elliot in der verhängnisvollen Nacht auf das Dach der Chapel geführt hatten. Ihn – und seinen Mörder.

Und plötzlich wusste Augustus, wo er den Namen Crissup schon einmal gehört hatte. Er warf einen letzten Blick auf das Brautpaar, das in seinem Boot gleißend unter der nächsten Brücke verschwand, und rannte los.

14. Papier

Augustus hetzte einen ehrwürdig eichengetäfelten Korridor hinab, den glucksenden und kreischenden Gray auf der Schulter wie einen Jockey. Studenten guckten.

»Psychologische Probleme«, warnte Gray jeden, der vorbeikam. Augustus war das jetzt egal. Noch im Rennen machte er sich Vorwürfe. Es hätte ihm früher einfallen müssen! Vielleicht schlüpfte ihm James jetzt wegen seiner Zerstreutheit durch die Finger!

Pippa Crissup!

Der Rotschopf, von dem ihm John der Porter erzählt hatte.

Röter geht's nicht!

Sie musste James' Schwester sein! Keine Frage! Die Wahrscheinlichkeit, dass sich in Cambridge zwei rothaarige Crissups herumtrieben, die nichts miteinander zu tun hatten, war einfach zu gering. Und sie war hier am College! *Seinem* College! Nichts war leichter, als an ihre Tür zu klopfen und... Vielleicht versteckte James sich ja bei ihr! Direkt vor seiner Nase!

Augustus fand endlich die richtige Tür, prüfte das Namensschild, strich sich über das papageienzerzauste Haar und klopfte dreimal.

»Herein! Herein!«, tönte Gray munter.

Von drinnen war ein Geräusch zu hören, ein Schleifen und Klirren. Jemand rannte, stolperte. Dann wurde die Tür aufgerissen.

»James!«

Sobald sie Augustus sah, wusch ein Ausdruck der Enttäuschung über Pippas Gesicht. Augustus seufzte. Das war der Effekt, den er derzeit auf Frauen hatte: Enttäuschung. Die Studentin sah fürchterlich aus, blass, mit geschwollenen Augen, fleckigem Sweatshirt und ausgebeulter Jogginghose. Sie hatte James erwartet – nicht ihn! Wenigstens wusste er jetzt, dass wirklich eine Verbindung zwischen den beiden Crissups bestand. Und dass James nicht hier war. Oder etwa doch? War Pippas Frage nur ein Trick? Sein Blick wanderte zum Fenster. Das Fenster stand offen.

»O Gott!«, stöhnte Pippa und ließ die Schultern hängen.

»Huff«, korrigierte Gray.

»Dr. Huff? Was ist das für ein Vogel? Warum ... was ... was suchen Sie denn hier?«

»James«, sagte Augustus schlicht.

»James! O nein! Ich hab's doch ... O mein Gott! Kommen Sie rein!«

Augustus trat in eine Studentenbude, die genau so aussah, wie er sie sich in seinen schlimmsten Albträumen ausmalte, komplett mit zweifelhaften Essensresten und ungewaschener Unterwäsche. Wer hier wohl das Bett machte? Bestimmt nicht Elena!

Vorsichtig manövrierte er zwischen Unterwäschestapel und Bett hindurch hinüber zum Schreibtisch, wo es vergleichsweise ordentlich aussah. Er warf einen Blick aus dem Fenster. Erster Stock. Für jemanden wie Crissup vermutlich ein Kinderspiel.

»Knapp daneben ist auch vorbei«, murmelte Gray.

Pippa ließ die Tür ins Schloss fallen, rührte sich aber nicht vom Fleck.

»Dr. Huff? Schlechte Nachrichten, stimmt's?«, sagte sie tonlos. »Er ist in Schwierigkeiten. O Gott, ich hab doch gewusst, dass er in Schwierigkeiten ist.«

»Nicht direkt«, sagte Augustus vorsichtig. »Ich... ich suche ihn nur. Ich möchte ihm ein paar Fragen stellen. Es geht um Elliot.«

Pippas Gesicht wurde noch finsterer. Der Name sagte ihr etwas, das war klar zu erkennen. Und ihrer düsteren Miene nach zu schließen, gehörte Pippa Crissup zur stattlichen Menge derer, die keine großen Stücke auf Elliot hielten.

»Ich muss unbedingt mit James sprechen«, sagte Augustus sanft. »Es ist wichtig. Kannst du mir sagen, wo ich ihn finde? Ich verspreche, dass ich ihn nicht in Schwierigkeiten bringe.« Zumindest nicht in größere als die, in denen Crissup sowieso schon steckte!

Pippa zupfte unglücklich an ihren feurigen Haaren. »Das ist es eben! Ich weiß nicht, wo er ist! Ich versuche schon seit gestern Abend... Aber er geht nicht ans Telefon! Und im College ist er auch nicht! Er wird sein Stipendium verlieren! Ich hätte längst zu Hause anrufen müssen, aber ich bringe es nicht übers Herz. Es ist alles so verdammt schwierig...« Sie brach in Tränen aus, dicke, saftige Tropfen, die über ihre bleichen Wangen rannen und das ohnehin schon zweifelhafte Sweatshirt weiter befleckten.

Augustus sah einige Augenblicke fasziniert zu, dann besann er sich auf seine Tutorenerfahrung und zückte ein Taschentuch. Pippa griff zu und schnäuzte sich.

»Gesundheit«, wünschte Gray.

Augustus sank frustriert auf den Schreibtischstuhl. Ganz egal, ob er sich als Detektiv oder als Tutor versuchte – das Leben schien ein ewiger Kreislauf aus Studententränen und vollgeschnäuzten Taschentüchern!

Er wartete, bis Pippa sich wieder einigermaßen unter Kontrolle hatte, dann versuchte er es erneut.

»Wann hast du James zum letzten Mal gesehen?«

»Sonntag! Er hat mich angerufen und wollte mich treffen. Ich musste ihn hier ins College schmuggeln, durch die Hintertür, wie einen Spion. James ist immer so dramatisch! Aber da hätte ich schon wissen müssen, dass etwas nicht stimmte! Er ist hierhergekommen – er kommt sonst nie. Keine Zeit mit dem ganzen Sti… Sti… Stipendium. Papa war so stolz.«

Das Taschentuch wurde wieder zur Arbeit herangezogen, und Augustus hatte einen Augenblick Zeit nachzudenken. Sonntag! Der zweite Tag nach Elliots Fall. Der Tag, an dem Crissup hier im College auf ihn gewartet hatte!

»Und er war hier?« Augustus klopfte abwesend auf die Lehne des Schreibtischstuhls.

Einmal. Zweimal. Dreimal.

»Er war… durcheinander. Hat mich komisches Zeug gefragt. Ich hatte am nächsten Tag Examen, also hab ich nicht wirklich zugehört. Hab ihn so schnell wie möglich abgewimmelt. Ich seh ihn ja eh nach dem Konzert, habe ich gedacht. Und jetzt…«

Wieder wurde das inzwischen arg mitgenommene Taschentuch bemüht.

»Gaga Uh-la-laa«, gurrte Gray mitfühlend.

»Und was *hat* er gesagt?«

»Ich weiß nicht... Er saß hier...« Pippa deutete auf das ungemachte Bett. »Und ich saß da«, auf dem Schreibtischstuhl, »und er... er hat fast geweint, glaube ich. Er hat gesagt, dass er einen fürchterlichen Fehler gemacht hat. Und – dass er sich selbst nicht mehr traut. Dass er *seinen Augen* nicht traut. Ich... ich habe gedacht, es geht wieder mal um seine Musik. Bei James dreht sich immer alles um Musik...«

Sie warf das vollgeschnäuzte Taschentuch auf den Boden und wischte sich mit dem Ärmel über das Gesicht.

Augustus schauderte.

»Und dann hatte ich Examen, und am Abend wollte ich zu James' Konzert gehen. *Und er war nicht da.* Jetzt habe ich so ein schlechtes Gewissen. Er wollte mir etwas *sagen*. Ich hätte ihm *zuhören* sollen.«

»Hat er das schon mal gemacht – so ein Konzert verpasst?«

»Eben nicht! Nie! Das ist es ja! James würde niemals so einfach ein Konzert platzen lassen. Letztes Jahr hatte er eine Lungenentzündung. Er konnte kaum stehen, und er hat trotzdem gespielt. Die Musik bedeutet ihm alles. Fast alles...«

Da war es wieder, ein winziges missbilligendes Brauenrunzeln.

»Und was bedeutet ihm sonst noch etwas?«, bohrte Augustus, doch Pippa schüttelte nur den ungekämmten Kopf.

»Wenn er jetzt vom College fliegt... das gibt Papa den Rest. Ich weiß, für manche Leute ist das keine große Sache, aber für James... für James ist es alles. Es ist sein Leben! Er *kann* gar nicht anders leben, glaube ich...«

Das hätte er sich überlegen sollen, bevor er Elliot von der Chapel schubste, dachte Augustus.

»Und äh, gibt es jemand anderen, den du fragen könntest? Ich meine, hatte James eine Freundin oder so?«

Die missbilligenden Brauen wurden wieder aktiv. »Wer, James? Nein.«

Kurz und bündig. Zu kurz. Da war etwas! Was war da?

»Gar keine Freunde?«

»Na ja, es gibt Lukas. Sie teilen sich die Verantwortung für die Gottesdienste und Chordienste und so, sie haben ziemlich viel miteinander zu tun. Aber Lukas weiß auch nicht, wo er ist...«

Sie schniefte.

Gray produzierte ein mittlerweile ziemlich professionelles Heulgeräusch.

Augustus räusperte sich verlegen und stand auf.

»Aha. Ach so. Verstehe. Ich würde dir wirklich gerne helfen, Pippa.«

Sie wusste nicht, wo James war – und wenn sie es doch wusste, war sie eine so geschickte Lügnerin, dass er niemals die Wahrheit aus ihr herausbekommen würde.

Sein Blick fiel auf ein Bild, das in einem Regal gegen Bücherrücken lehnte. Auch ein Schwarz-Weiß-Foto. Alles an diesem Fall präsentierte sich in Graustufen. Augustus trat näher. Eine lächelnde Frau mittleren Alters mit zarten

Handgelenken und schmalem Mund. Sogar in Schwarz-Weiß konnte man ahnen, dass sie feuerrote Haare hatte.

Magdalena Crissup † 8.4.2015 Requiescat in pace.

»Deine Mutter?«

Auf einmal ergab das alles ein bisschen mehr Sinn – das vernachlässigte Zimmer, die alten Jogginghosen, Pippas Panik, dass mit James etwas nicht stimmte. Und... Augustus wurde klar, dass er hier auch auf ein mögliches Motiv blickte.

Pippas Augen füllten sich wieder mit Tränen. Sie nickte. »Diesen Frühling. Krebs. Niemand sollte im Frühling...«

»Das muss sehr schwierig...«, murmelte Augustus. Magdalena Crissups Tod war gerade einmal acht Wochen her. »Wie hat James das verkraftet?«

»Er hat sich Vorwürfe gemacht«, flüsterte Pippa. »Wir haben uns *beide* Vorwürfe gemacht. Wir hätten bei ihr sein sollen, aber das wollte sie nicht. Sie war so stolz, dass wir in Cambridge waren, beide Kinder in Cambridge und James als Orgelstipendiat. Trotzdem, wir hätten bei ihr sein sollen. Es hat James aufgefressen...«

Vielleicht. Vielleicht hatte er aber auch aus ganz anderen Gründen Schuldgefühle. Hatte Elliot auch ihn als Versuchskaninchen benutzt? Hatte James sich entschieden, auf den Knopf zu drücken? Hatte er sich deswegen für den Tod seiner Mutter verantwortlich gefühlt? Hatte er *Elliot* dafür verantwortlich gemacht?

Augustus guckte genauer hin. Magdalena Crissup sah stolz aus, adrett und aufrecht, aber ihre Augen kamen ihm hart vor. Ehrgeizig vielleicht. Hatte ihr Tod ausgereicht, um einen sensiblen Musiker wie James zum Äußersten zu treiben?

»Papier«, mahnte Gray.

Der Vogel hatte wie üblich recht. Ohne Beweise war Magdalena Crissups Tod nicht mehr als ein Stück Papier.

»Das tut mir leid«, murmelte Augustus. »Das muss ein schwerer Schlag...«

»Wenn jetzt was mit James ist... das würde Papa den Rest geben. Wir müssen ihn finden, Dr. Huff. Wir müssen ihn finden, bevor er irgendeine Dummheit macht!«

Zu spät, dachte Augustus. Viel zu spät.

»Spiel das Spiel!«, riet Gray.

Augustus überlegte. Er musste James sowieso suchen – warum sollte er sich nicht mit Pippa zusammentun? Die Studentin sah aus, als könnte sie Hilfe gebrauchen, und er, Augustus, brauchte streng genommen auch Hilfe. Vielleicht konnten sie zusammen etwas erreichen?

»Wenn du willst...« Er zögerte. War es richtig, James' Schwester in seine Ermittlungen hineinzuziehen?

Pippa hing an seinen Lippen.

»Dr. Huff?«

»Wir könnten... ich meine, wir könnten zusammen sein Zimmer im College untersuchen. Dich als Schwester lassen sie bestimmt hinein. Vielleicht finden wir einen Hinweis darauf, wo er steckt.« Er zuckte mit den Achseln. »Es ist nicht viel, aber vielleicht besser als gar nichts.«

Pippa nickte. »Das wäre toll, Dr. Huff. Wenn Sie denn Zeit...«

Zeit! Das war so eine Sache mit der Zeit. Er hatte Studentensprechstunde, und er musste seine E-Mails durchsehen, um den letzten panischen Studenten Mut einzuflößen. Wenn er jetzt die Arbeit schleifen ließ, lieferte er dem

College einen Vorwand, ihn ohne viel Federlesens loszuwerden, ganz ohne Tribunal und Skandal. Andererseits... ach was!

»So gegen vier?«, schlug er vor. »Gleich nach meiner Sprechstunde?« Es war nicht die beste Zahl, aber das war ihm im Augenblick egal. Er konnte es kaum erwarten, in James' Zimmer nach Beweisen und Indizien zu suchen.

Pippa nickte und versuchte zu lächeln.

»Vier«, sagte Gray nachdenklich. Konnte der Vogel am Ende sogar zählen?

★

Nie zuvor hatte sich eine von Augustus' Sprechstunden so endlos hingezogen, nie waren ihm die Prüfungsängste seiner Studenten belangloser und langweiliger vorgekommen.

Dann war endlich der letzte Tutorenschützling aus der Tür gegrault, und Augustus packte. Telefon mit Kamera für die Beweisaufnahme, Sonnenblumenkerne für Gray, Uni-Ausweis für den Porter. Und er zog Mütze und Kletterschuhe an – man wusste ja nie.

Gerade als er die Tasche zuklappte und sich auf den Weg zur Tür machen wollte, fiepte der Computer. Eine neue E-Mail. Ausgerechnet jetzt! Augustus warf einen Blick auf die Uhr – ein paar Minuten hatte er noch, und schließlich siegte das Pflichtbewusstsein.

Er setzte sich seufzend an den Schreibtisch, während sich Gray mit großem Enthusiasmus an Computerfiepgeräuschen versuchte.

Die E-Mail war nicht von einem Studenten. Sie kam von der Viscountess.

Augustus starrte einen Moment lang ratlos auf die leere Seite, weiß und opak wie die Dame selbst, dann entdeckte er den Anhang und klickte.

Zahlen, jede Menge Zahlen und für Augustus' Geschmack entschieden zu viele Zweien, Vieren und Achten. Er brauchte einen Moment, um sich mit den Zahlen anzufreunden, dann verstand er: Telefonnummern. Nummern, die Elliot mit seinem verschollenen Handy angerufen hatte. Die Viscountess hatte es in der kurzen Zeit geschafft, Elliots Telefonregister aufzutreiben!

Huff blinzelte überrascht und begann nach Mustern zu suchen, Themen, Wiederholungen. Drei oder vier Nummern tauchten häufiger auf, eine einzige war in praktisch jeder Spalte mehrmals zu finden. Augustus hatte eine ziemlich genaue Vorstellung davon, wessen Nummer das sein konnte. Er klickte und klickte weiter, von Seite zu Seite. Elliots letzte Lebenswochen in Zahlen. Der Student hatte sein Handy nicht exzessiv genutzt – ein paar Stammnummern und dann und wann eine neue, ungewohnte, nie mehr als ein oder zwei Mal.

Wenig überraschend brach die Nummernreihe am Todestag ab. Um 5.15 Uhr morgens hatte Elliot eine letzte SMS an seine Lieblingsnummer geschickt. Unmittelbar vor seinem Tod, und dann...

Oder etwa nicht?

Augustus hielt den Atem an. Sein Herz klopfte plötzlich so laut, dass er Angst hatte, Gray könnte das Geräusch aufschnappen und imitieren.

5.15 war kurz vor dem Sturz, wenn der Porter die Wahrheit gesagt hatte.

Doch der Porter hatte nicht die Wahrheit gesagt, da war Augustus sich sicher.

Der Porter hatte bezüglich der Sturzzeit gelogen, um seine Zigarettenpäuschen zu vertuschen.

Und das bedeutete ...

Das bedeutete, dass Elliot die SMS nach seinem Tode geschickt hatte!

Das war natürlich schlecht möglich, also ... hatte diese letzte SMS jemand anders geschickt. Jemand, der Elliots Sturz beobachtet hatte, danach in aller Seelenruhe die Treppe der Chapel hinuntergeschlendert war, das Telefon des Toten an sich genommen und eine Nachricht getippt hatte!

Der Mörder.

Dreist.

Warum war er das Risiko eingegangen, sich nach dem Fall an der Leiche zu schaffen zu machen? War er nur auf das Handy aus gewesen, oder hatte er in Wirklichkeit etwas ganz anderes gesucht? Erpresserfotos vielleicht?

Und was hatte in dieser letzten, posthumen SMS wohl gestanden?

Es gab nur einen Weg, das herauszufinden.

Augustus tippte mit zitternden Fingern die Nummer in sein Handy, während Gray von seiner Schulter auf den Schreibtisch hüpfte und mit kritischer Miene die jüngsten Anthropologie-Zeitschriften begutachtete. Wenigstens einer!

»Papier«, krächzte er. Augustus hörte die Langeweile

in seiner Stimme. Immer nur Papier! Willkommen in der Universitätsstadt Cambridge, dachte er. Hier war alles aus Papier, sogar die Indizien, mit denen er sich Schritt für Schritt an den Mörder heranarbeitete: Fotos, Zigaretten, Plakate, Telefonverzeichnisse. Er brauchte etwas Handfesteres, Schwerwiegenderes, etwas, mit dem er den Täter fixieren konnte – wie mit einem Briefbeschwerer. Mit der Hand wühlte er in der Spielzeugtüte nach einem interessanteren Beknabberungsobjekt für Gray. Da! Ein Plastiksaurier.

Mit dem Ohr lauschte er ins Telefon.

Es klingelte.

Es klingelte dreimal. Ein gutes Zeichen. Doch dann sprang eine automatische Stimme an, wiederholte die Rufnummer und bat Augustus, eine Nachricht zu hinterlassen.

Augustus legte auf. Er konnte sich nicht sicher sein, wessen Nummer er gewählt hatte.

Verdammt!

»Monster!«, sagte Gray mit überlegener Miene und zwickte den T-Rex in den Plastikschwanz.

Augustus sprang auf. Egal, egal! Er würde es später noch einmal versuchen! Schließlich hatte er mehr als ein Eisen im Feuer.

Er schaltete den Drucker an und druckte das Telefonverzeichnis aus.

Während der Drucker gehorsam Papier ausspuckte, setzte Augustus Gray einen Würfel vor den Schnabel.

»Holz. Eckig.«

Augustus griff noch einmal in die Tüte und hielt Gray eine kleine Schachtel hin.

Der Drucker druckte.

Gray schwieg.

Augustus blickte überrascht auf.

Der Papagei knabberte nachdenklich an der kleinen samtbespannten Schachtel herum, den schuppigen schwarzen Greiffuß gekräuselt wie ein Fragezeichen.

Dann war der Drucker fertig, und noch immer saß Gray sprachlos da, halb ärgerlich, halb verlegen.

»Bad romance!«, beschwerte er sich.

»Schachtel«, half ihm Augustus. »Schachtel, rot.«

»Rot«, stimmte Gray zögernd zu, aber besonders überzeugt sah er nicht aus.

Augustus sah sich die Schachtel genauer an. Ein Schmuckschächtelchen. Entweder hatte Gray gerade einen uncharakteristischen Blackout, oder er hatte die Schachtel noch nie gesehen. Und wenn er die Schachtel nicht kannte, bedeutete das, dass sie eigentlich nicht unter sein Spielzeug gehörte. Jemand hatte sie in die Tüte gesteckt. Gedankenlos? Absichtlich? Elliot? Jemand anders?

Augustus klappte die Schachtel auf und fand sie leer bis auf ein kleines Samtkissen. Im Deckel waren Name und Adresse eines selbst Augustus bekannten Londoner Juweliers zu lesen.

Merkwürdig. Augustus spürte, dass er ein weiteres Puzzleteil in der Hand hatte. Aber wo gehörte es hin?

»Nimm ne Nuss!«, forderte Gray, und Huff erinnerte sich an James, Pippa und seine Verabredung.

Er lockte Gray mit drei Sonnenblumenkernen auf seine Schulter, schnappte sich die Tasche und eilte aus der Tür. So spät schon! Was, wenn Pippa nicht auf ihn gewartet

hatte? Was, wenn er seine einzige Chance verpasste, je einen Blick in James Crissups Zimmer zu werfen?

★

Doch als er mit wehenden Haaren und vergnügt quietschendem Papagei auf der Schulter vor den elfenbeinfarbenen Zuckertürmen des King's College auftauchte, stand Pippa schon da, bang und blass, wie auf Kohlen.

Als sie Augustus sah, glitt ein Ausdruck der Erleichterung über ihr Gesicht.

»Dr. Huff! Gott sei Dank! Wir können gleich reingehen, ich hab schon mit dem Porter gesprochen. Alle machen sich Sorgen um James!«

Sie sah besser aus als vorhin, in Jeans und blauer Bluse, das rote Haar zu einem Zopf geflochten, eine kleine braune Umhängetasche über der Schulter. Offensichtlich hatte sie sich wieder unter Kontrolle. Mit etwas Glück blieben Augustus' Papiertaschentuchvorräte diesmal unangetastet. Pippa winkte ihn ungeduldig am Porter vorbei und führte ihn mit hüpfendem Zopf durch die Höfe des Colleges. Ein riesiger Glitzerball schwebte an Augustus vorbei, dann eine Fahnenstange. Überall waren Arbeiter damit beschäftigt, Zelte und Buden zu errichten, Fahnen zu hissen, Tische und Stühle wie nach einem geheimen Muster über den Rasen zu verteilen. King's College bereitete sich auf seinen Maiball vor! Augustus hielt nicht viel von den Maibällen: Lärm, Unordnung, und dann der Name. Wie um alles in der Welt konnte etwas »Maiball« heißen und dann im Juni stattfinden?

Das geschäftige Treiben machte die Orientierung nicht leichter. Augustus folgte Pippa auf dem Fuß und bemühte sich, die über ihm thronende Kapelle zu ignorieren. Dort oben! So nah! Er war der Lösung des Rätsels so nah, das spürte er. Sie betraten eines der Treppenhäuser und stiegen eine altehrwürdige steinerne Treppe hinauf. Im zweiten Stock machte Pippa halt und steckte den Schlüssel ins Schloss einer wehrhaft aussehenden Eichentür.

Sie betraten einen großzügigen Vorraum mit Sitzgelegenheit, Telefon und Blumenstrauß am Fenster. Weiße Lilien. Halb vertrocknet. Ein gewaltiger Strauß.

Pippa winkte ihn hinüber zu einer zweiten, etwas schmaleren Eichentür.

»Das sind James' Zimmer.«

»Und da drüben?« Augustus zeigte auf eine zweite Tür, genau gegenüber der ersten, symmetrisch wie ein Spiegelbild.

»Ach, das ist Lukas. Der andere ...«

»Orgelstipendiat«, ergänzte Augustus.

Pippa rollte die Augen. »Sie müssen sich ziemlich oft absprechen, wegen der Chorproben und Gottesdienste, also haben sie sie zusammengesteckt. Aber James ist besser. Lukas geht ihm ein bisschen auf die Nerven, glaube ich.«

Sie machte ein überlegenes Gesicht, und Augustus hoffte, dass der leidgeplagte Lukas sie nicht gehört hatte. Aber vermutlich war er noch in der Kapelle zugange, um Gottesdienste zu organisieren, rebellische Chorknaben unter Kontrolle zu halten und die von James verursachte Krise abzuwenden.

»Dr. Huff?«

Augustus riss sich vom Anblick des vertrockneten Blumenstraußes los, der eine seltsame Faszination auf ihn ausübte. Weiße Lilien. Friedhofsblumen. War der Strauß für Elliots Beerdigung bestimmt gewesen? Fragen über Fragen. Seufzend folgte er Pippa ins Zimmer ihres Bruders.

Vom ersten Atemzug an war er enttäuscht. Eine Mörderhöhle hatte er sich anders vorgestellt. Es war nicht einmal unordentlich wie bei Pippa. Bücher zu Musikthemen im Regal, eine Büste von Beethoven auf einem Tischchen. Ein säuberlich gemachtes Bett, für das sich nicht einmal Augustus geschämt hätte. Gray flatterte hinüber zum Schreibtisch, stellte fest, dass er dort zwischen zugeklapptem Laptop und Leselampe keine Unordnung stiften konnte, und flatterte schimpfend zurück auf Augustus' Schulter. Wenn je ein mustergültiger Student in einem mustergültigen Zimmer gehaust hatte, dann war es James.

Trotzdem...

Im nächsten Augenblick wusste Augustus, was ihn störte. Es war *zu* ordentlich. Unpersönlich. Jeder Mensch, den er kannte, egal wie spartanisch, verlieh seiner Behausung eine persönliche Note. Er selbst hatte immerhin seine Briefbeschwerer. James' Zimmer dagegen war nichtssagend wie ein Wartezimmer. Als habe der Stipendiat seine Persönlichkeit aus dem Raum herausradiert. Als sei James gar nie wirklich hier gewesen.

James Crissup hatte etwas zu verbergen! Aber was?

15. Hohl

Außer dem Eingang gab es noch eine zweite Tür, und Augustus wagte einen Blick ins Nebenzimmer.

Ein Teppich.

Ein Flügel.

Ein Regal mit Noten.

Nicht gerade inspirierend, aber Gray stieß einen entzückten Schrei aus, hob von Augustus' Schulter ab und segelte, einen irren Glanz in den Augen, auf die Klaviertastatur zu. Im nächsten Augenblick war er gelandet, mit etwas, das nicht wirklich einem Akkord glich, und begann sich mit dem Schnabel in die Tasten zu legen.

Weiß, weiß, schwarz, weiß, schwarz, schwarz, schwarz. Weiß, schwarz und nochmal schwarz. Die schwarzen Tasten schienen besonders beliebt.

Nachdem Gray seine nähere Umgebung musikalisch ausgeschöpft hatte, begann er, einen seligen Ausdruck um den Schnabel, die Tastatur auf und ab zu laufen. Wenn Augustus je einen Papagei hatte grinsen sehen, dann in diesem Moment.

Er merkte, dass er selbst auch grinste.

»Dr. Huff?«

Pippas Stimme riss ihn aus seiner guten Stimmung. Vermutlich dachte sie, dass *er* hier im Nebenraum dieses schräge Konzert veranstaltete!

Er seufzte und eilte zurück in James' Wohnzimmer. Noch im Umdrehen spürte er einen Luftzug, dann das gewohnte Gewicht auf der Schulter. Die Papageienmusik war verstummt.

Pippa stand neben dem Schreibtisch und blickte ihn halb vorwurfsvoll, halb fragend an.

»Jeder Stipendiat hat sein eigenes Musikzimmer. Alles schallisoliert. Cool, nicht?«

Sie begann, eine Schreibtischschublade nach der anderen aufzuziehen und hineinzugucken. Augustus glättete verlegen sein Haar und trat an ihre Seite, um auf Notenpapier, Handcreme, einen wohlorganisierten Stiftehalter und eine stattliche Radiergummisammlung hinunterzublicken.

»War er schon immer so ordentlich?«, fragte er neidisch.

»James? Immer. Er hat gesagt, er braucht Platz für die Musik in seinem Kopf, aber ganz ehrlich, ich glaube, er braucht da Platz für ganz andere Sachen.« Sie tippte sich mit dem Zeigefinger gegen die Schläfe; eine Geste, die vielleicht – vielleicht aber auch nicht – ein Vogelzeigen war. »Er hat gesagt, er hat keine Zeit für Unordnung. Ich habe keine Ahnung, wie er das macht!«

Sie förderte ein kleines schwarzes Buch zutage.

»Das könnte wichtig sein! Sein Terminkalender!«

Sie blätterte kurz und reichte das Büchlein an Augustus weiter. Augustus schlug gleich die Woche von Elliots Sturz auf.

Chorprobe. Gottesdienst. Orgel. Seminar. Orgel. Chorprobe.

Eine Menge Chorproben. Viel Georgel.

Auch ganz früh am Tage von Elliots Fall. Früh – aber

nicht zu früh. Um sechs Uhr morgens hatte James eine Orgelprobe eingetragen.

Augustus versuchte, eher kryptisch als enttäuscht zu gucken. Was hatte er denn erwartet? Einen Eintrag »Elliot von der Chapel schubsen« in säuberlicher Stipendiatenschrift?

Ein einziger Eintrag in dem Büchlein tanzte aus der Reihe. Gestern: KONZERT!!!

Groß und mit drei Ausrufezeichen. Kein Zweifel. James hatte sich auf dieses Konzert gefreut. Pippa hatte recht – er hätte es niemals leichtfertig platzen lassen. Etwas Schwerwiegendes musste ihn veranlasst haben, sich kurz vorher aus dem Staub zu machen!

Und dann waren da ab und zu »E« in den Kalender gepinselt. Nicht oft, aber regelmäßig.

Wofür stand E? Erpressung? Essay? Elliot? Ekstase? Vielleicht ein Code für nächtliche Klettertouren?

Es war die einzige Abkürzung im Kalender. Alles andere war akribisch ausformuliert, sogar die unzähligen Gottesdienste, Chorproben und Orgelsessions. Abkürzungen schienen James nicht zu liegen. Mit dieser einen Ausnahme ...

»Weißt du, wofür ›E‹ steht?«

Pippa schüttelte stumm den Kopf, doch da war wieder das verräterische Brauenrunzeln! Sie musste zumindest einen Verdacht hegen, hatte aber wohl beschlossen, ihn im Dunkeln zu lassen. Steckten die beiden doch unter einer Decke?

Augustus klappte das Büchlein zu und versuchte sich an einem kompetenten Tutorenräuspern.

»Hm, hm. Nichts Ungewöhnliches, würde ich sagen. Aber eine Sache ist doch auffällig.«

Er hielt Pippa mit bedeutungsvoller Miene das Büchlein unter die Nase.

»Schwarz«, erklärte Gray, ebenfalls einen wichtigen Ausdruck um den Schnabel.

»Abgegriffen«, ergänzte Augustus. »Die Ecken sind stumpf. Der Buchrücken ist fast durch. Und James achtet auf seine Sachen.« Er zeigte auf den makellosen Inhalt der Schreibtischschubladen. »Ich würde sagen, es ist so abgegriffen, weil er es ständig dabei hat. In der Jackentasche vielleicht. Nur...«

»...jetzt hat er es nicht dabei...«, ergänzte Pippa, die nicht auf den Kopf gefallen war. »O Gott, er hat Cambridge geschmissen! O mein Gott!«

»Es ist zumindest auffällig«, murmelte Augustus.

»Wir müssen in sein Versteck gucken!« Pippa sah Huff entschlossen an.

»Versteck?«

»James hat *immer* ein Versteck. Seit ich denken kann. Und ich hab bisher noch jedes gefunden!«

Sie ging in die Knie und guckte unters Bett. Tastete unter der Matratze. Klopfte den Dielenboden ab.

»Wozu denn ein Versteck?«

Pippa befühlte den Boden der Schreibtischschubladen und zuckte mit den Achseln. »James muss immer irgendwas verstecken. Es ist in seiner Natur. Er ist wie... wie ein Eichhörnchen.«

Oder wie jemand mit einem dunklen Geheimnis, dachte Augustus.

Pippa ließ vom Schreibtisch ab und nahm sich das Bücherregal vor.

Augustus guckte etwas ratlos in den Lampenschirm. Eine Glühbirne guckte ausdruckslos zurück.

»Psychologische Probleme«, lamentierte Gray.

Fünfzehn Minuten später hatten sie Zimmer und Nebenraum gründlich unter die Lupe genommen: nichts, nicht einmal Staubflocken hinter dem Regal.

Pippa setzte sich aufs Bett und legte den Kopf in die Hände. Hatte James seine Eichhörnchengewohnheiten aufgegeben? Hatte er das Versteck vor seiner Flucht geleert? Oder hatte etwa jemand anders ...

»Ich glaub das einfach nicht! Nicht mein Bruder! Er muss irgendwo ...«

Ihr Blick fiel auf die Beethoven-Büste.

Gegossenes Metall. Solide.

Oder etwa doch nicht?

»Sein Idol! Einen großen Kopf hat er, nicht wahr?« Pippa grinste und kippte die Büste zur Seite. »Groß, aber hohl!« Sie steckte die Hand in den Hals und förderte einen Umschlag zutage.

»In Beethovens Kopf! Typisch James. Alles ist symbolträchtig. Alles hat eine Bedeutung.«

Augustus dachte an das, was Lukas über James gesagt hatte. »Vollkommen hohl.« Verbarg auch James' asketische Oberfläche ein Geheimnis, genau wie die der Büste?

»Hohl«, murmelte er gedankenverloren.

»Hohl«, wiederholte Gray.

Pippa lächelte. Der Triumph über die Versteckkünste ihres Bruders hatte die Sorgen für den Augenblick weg-

gewaschen. Ihre Wangen waren rosig, die Augen glänzten. Sie sah Jahre jünger aus, ein Mädchen, das gerade den Süßigkeitenhort seines großen Bruders entdeckt hat. Zumindest stellte sich Augustus vor, dass es damals um Süßigkeiten und dergleichen gegangen war. Worum ging es heute?

»Was ist es denn?«, fragte er.

»Papier«, murmelte Gray angeekelt.

Pippa spielte unschlüssig mit dem Bindfaden, der den Umschlag zusammenhielt. »Ich habe ehrlich gesagt ein wenig Angst hineinzugucken«, sagte sie. »Da ... da sind immer Sachen, die ich nicht sehen will.«

»Was für Sachen?«, fragte Augustus.

»Papier«, wiederholte Gray frustriert.

»Sachen eben. Sachen, die ich nicht erwartet habe. Sachen, die ... da nicht hingehören ...« Sie seufzte. »Aber es hilft alles nichts. Wir ... wir müssen herausfinden, was er so treibt, nicht wahr?«

»Wahr«, bestätigte Gray.

Sie löste den Bindfaden und schüttelte den Inhalt des Umschlags auf das Bett. Mehr Papier, sehr zu Grays Ärger.

Bad Romance!

Doch diesmal ging es eben nicht nur um Papier. Ganz und gar nicht. Augustus blickte auf Elliot. Elliot und immer wieder Elliot.

Elliot als winziges Quadrat, ausgeschnitten aus einem Jahresbericht.

Elliot und Familie auf einem Society-Foto, ausgedruckt aus dem Internet.

Elliot etwas verschwommen an einem Tisch, vermutlich heimlich mit einer mittelmäßigen Handykamera aufgenommen.

Elliot als kleines, überraschend schlechtes Gedicht, in dem James es fertiggebracht hatte, »Locken« auf »Socken« zu reimen.

Elliot als geschwungenes »E« auf einem kleinen, hastig beschrifteten Zettel. *Nimm Dir den Abend frei. Gray macht gerade Fortschritte. E*

Elliot als gemustertes Bandanatuch. Zumindest nahm Augustus an, dass dieses Tuch einmal Elliot gehört hatte – und seitdem nicht mehr gewaschen worden war.

»Äh.« Augustus schluckte.

Ähnlich wie der Terminkalender waren die Dinge in Beethovens Kopf *abgegriffen*.

»Ich dachte mir, dass er in ihn verschossen ist!«, flüsterte Pippa. »Warum hätte er sonst die ganze Zeit mit ihnen herumgehangen – bestimmt nicht wegen Lukas! Aber das…! Aber so! Das ist so… peinlich.«

Sie hatte recht. James' Schatzsammlung war mehr als nur Schwärmerei, sie hatte etwas Verstohlenes, Verbohrtes und irgendwie auch Tieftrauriges. Augustus war mulmig zumute, wenn er auf dieses seltsame Sammelsurium blickte. Es erinnerte ihn unangenehm an eine abgestoßene Schlangenhaut. Verbraucht und vergessen. Nur eben nicht von James.

»Hat er… Hat er je über ihn gesprochen? Über Elliot, meine ich?«

»Zu viel, wenn Sie mich fragen, aber nicht so. Nur wie klug er sei und wie cool und was für ein toller Freund. Er hat sogar angefangen, sich für Wagner zu interessieren.«

Das ließ in der Tat tief blicken.

»Ich frage mich, was Elliot von ihm gehalten hat«, sagte Augustus und zeigte auf den kleinen Zettel mit dem »E«. Streng genommen klang das eher nach der Notiz eines Arbeitgebers an seinen Angestellten. Nicht gerade ein Liebesbrief – nicht einmal besonders freundschaftlich. Was bedeutete »sich den Abend freinehmen«? Frei von was? Und für was? Eine Klettertour? Und was hatte das alles mit Gray zu tun?

Pippa verdrehte die Augen. »Er mochte ihn ein bisschen, denke ich. Wie... wie man einen zugelaufenen Hund mag. James wollte einfach dabei sein, dachte ich... Er hatte nicht gerade viele Freunde.« Sie stöhnte. »Es ist nicht, dass er schwul ist, wissen Sie. Gar nicht. Es ist, dass er immer aus allem so ein *Drama* machen muss. Immer die Arschlöcher. Immer die Unerreichbaren. Und Elliot dachte vermutlich nur, dass James ein bisschen vertrottelt ist.«

Oder er hatte ihn durchschaut! Durchschaut und verhöhnt? War James ausgetickt, weil ihn sein Idol Elliot zu Psychoexperimenten verleitet hatte?

Augustus verteilte die Bilder auf dem Bett wie ein Memory-Spiel. Was passte zusammen? Was tanzte aus der Reihe?

Was ist gleich? Was ist anders?

Was ist gut? Was ist böse?

Was ist wahr?

Ein Bild hob sich von den anderen ab. Zum einen war es nicht nur ein Schnipsel, sondern ein richtiges Foto, Hochglanz. Gestochen scharf, mit klug gewähltem Bildausschnitt und künstlerisch verschwommenem Hintergrund. Zum anderen war Elliot auf diesem Bild nicht allein. Auf seiner Schulter saß ein Augustus wohlbekannter Graupapagei mit gespreizten Flügeln und selbstzufriedenem Gesichtsausdruck, und neben ihm stand – James. Beide Männer lächelten in die Kamera, aber es waren sehr verschiedene Lächeln.

Mit den grauen Papageienflügeln links und rechts seines Kopfes wirkte Elliot geradezu grotesk engelsgleich, während James mit seinem rebellischen Rothaar einen respektablen Teufel abgab. Betrachtete man allerdings die Gesichter der beiden genauer, ergab sich ein anderes Bild. Während James mit einem Anflug seliger Entrückung in die Ferne starrte, sah Elliot direkt in die Kamera, den Hauch eines ironischen Lächelns um die Lippen, eine Augenbraue spöttisch gehoben, als wolle er dem Betrachter etwas sagen.

Was ist wahr? Was ist falsch?

Doch nichts von all dem fesselte in diesem Moment Augustus' Aufmerksamkeit. Er starrte vielmehr auf den verschwommenen Bildhintergrund, wo vage ein langes Blechdach und elegant geschwungene Zinnen zu erkennen waren.

Er hielt Pippa das Bild hin.

»Das ist oben auf der King's Chapel, oder?«

Pippa kniff kritisch die Augen zusammen, dann nickte sie.

»Keine Frage. James hat mich da einmal mit hochgenommen. Er hat jeden mit dort hochgenommen, Mama, Papa... Er war so stolz, dass er den Schlüssel hatte. Die Krone der Welt, hat er gesagt.« Sie zögerte kurz. »Moment. Ist das *Ihr* Vogel? Ist das *Elliots* Vogel?« Sie musterte Huff

und Gray, der gelangweilt an Augustus' Haaren knabberte, mit neuem Misstrauen.

Augustus hörte kaum zu. James hatte den Schlüssel zum Dach! Perfekt! Fast zu perfekt! Etwas passte nicht... Aber was? Das Foto zeigte, dass James Zugang zum Dach der Kapelle hatte. Bei Tage. Ganz und gar offiziell. Das Foto sah so harmlos aus. Und dann...

»Elliot ist von der Chapel gefallen«, murmelte er, mehr zu sich selbst, doch Pippa hörte ihn und erstarrte. Wie die meisten Studenten am College musste auch sie etwas von Elliots Ableben mitbekommen haben, und wie die meisten hatte es sie nicht besonders berührt. Doch nun begann sie Zusammenhänge zu sehen.

»O Gott! Glauben Sie, er hat...? Glauben Sie, er ist...? Er hat immer gesagt, wenn er einmal genug hätte, wäre das die beste Art zu gehen. Aber es ist ja nicht er... Elliot ist...« Sie blickte Augustus verwirrt an.

»Sie denken dasselbe wie ich, nicht wahr, Dr. Huff? Er will sich umbringen! James will sich umbringen, weil dieser Idiot vom Dach gefallen ist! Wir müssen ihn finden, Dr. Huff. Wir müssen ihn *jetzt* finden!«

Sie dachte an Selbstmord. Selbstmord um des heimlich Geliebten willen. Keine schlechte Idee.

Doch auf den Gedanken, dass James bei Elliots Ableben eine aktive Rolle gespielt haben könnte, kam sie nicht. *Die beste Art zu gehen.* Hatte James deshalb diese Todesart für Elliot gewählt?

»Grün!«, forderte Gray, der von dem ganzen Hin und Her und dem vielen Papier gründlich den Schnabel voll hatte.

»Wollen wir gehen?«, fragte Augustus sanft. »Ich glaube, hier ist nichts. Nichts, das uns verrät, wo James ist, jedenfalls.«

Heimlich dachte er, dass ihm der Besuch hier doch eine ganze Menge verraten hatte.

»Psychologische Probleme!«, drängelte Gray, und Augustus gab ihm recht.

Er erkannte die zwanghaften Züge hinter James' Ordnungsliebe. Monomanisch. Obsessiv. Deshalb fand Lukas ihn hohl! Deshalb fiel Pippa kein Freund ein, den sie nach James fragen konnte!

Augustus merkte, dass er James um die wundervoll geordnete Welt der Musik beneidete. Harmonie und Perfektion. Schwarze Linien auf weißem Papier. Schwarze und weiße Tasten, alles perfekt geordnet, nicht von Menschenhand, sondern von der Natur selbst.

Und dann war eben doch nicht alles schwarz und weiß: Selbst in Beethovens Kopf spukte Elliot herum. Eine Obsession, die James nicht abschütteln konnte. Hatte er von Fawn gewusst? Ein klammheimliches Eifersuchtsdrama, das sich zwischen diesen leeren weißen Wänden abgespielt hatte? Oder hatte Elliot ihn ausgenützt und enttäuscht?

Huff wusste aus eigener Erfahrung, dass Zwanghaftigkeit so etwas wie Kälte mit sich bringen konnte. Manchmal waren Menschen einfach nicht besonders wichtig, wenn es um essentielle Dinge wie Sauberkeit und Ordnung ging. Manchmal waren Menschen im Weg! Elliot war aus der Reihe getanzt, und James hatte aufgeräumt. Wortwörtlich!

Und jetzt war es an Augustus aufzuräumen! Aber wie?

Jemand zwickte ihn ins Ohr. Gray. Augustus merkte,

dass er sinnend in der geöffneten Tür stand, während Pippa James' Elliot-Sammlung wütend zurück in Beethovens Kopf stopfte. Dann hielt sie inne, stieß sie ein atemloses kleines »Ha!« aus und stürzte noch einmal hinüber zum Schreibtisch. Sie öffnete die rechte Schublade, und Augustus hörte sie einen Moment lang zwischen den Stiften im Stiftehalter herumkramen. Dann kam sie auf ihn zu.

Sie hielt etwas in der Faust.

Direkt vor Augustus' Nase öffnete sie langsam die Hand, vorsichtig, so als halte sie etwas Lebendiges, einen Vogel oder ein Insekt. Bloß kein Insekt!

Aber es war kein Lebewesen, das da auf Pippas Handfläche saß, sondern ein altmodischer messingfarbener Schlüssel.

»Metall«, sagte Gray erleichtert und versuchte, den Schlüssel zu beschnabeln, aber Pippa zog die Hand schnell weg.

»Das ist der Schlüssel zum Dach der Chapel«, sagte sie triumphierend. »James hat seine Schlüssel immer bei den Stiften. Er hat nur diesen einen. Und wenn er ihn nicht bei sich hat, dann... dann kann er dort nicht hoch! Das heißt, er will nicht springen, richtig?«

Augustus hörte kaum zu. Er starrte wie hypnotisiert auf Pippas Handfläche.

Der Schlüssel! Der Schlüssel zum Dach der Chapel!

Er wollte diesen Schlüssel *haben*, aber natürlich konnte er ihn nicht einfach wie Gray aus ihren Fingern schnappen.

»Bestimmt«, murmelte er, »das ist gut«, während Pippa den Schlüssel erleichtert wieder zu den Stiften steckte, nach kurzem Überlegen einen Bleistift hervorzog und eine kleine Notiz auf die Rückseite eines Notenblattes kritzelte.

»Melde Dich bitte! Ich mache mir Sorgen!! Pip«, las Augustus, der höchst untutorenhaft den Hals reckte, während Gray mit boshaftem Interesse den Bleistift musterte.

Als Pippa mit dem Schreiben fertig war, hatte Augustus bereits einen Plan.

Ein guter Plan war es nicht.

Er schritt hinüber zum Fenster und öffnete es einen Spalt weit. Ein Spalt war alles, was er brauchte.

»Ein bisschen frische Luft wird nicht schaden«, sagte er zu Pippa. »Für James, wenn er zurückkommt.«

Pippa lächelte dankbar und schräg. Augustus sah, dass sie nur halb an James' Rückkehr glaubte.

Dann waren sie zu dritt auf dem Weg die Wendeltreppe wieder hinunter und hinaus in den Hof.

»Grün!«, krakeelte Gray. Augustus hörte nicht hin. Als Nächstes musste er irgendwie Pippa loswerden, bevor sie die Porter-Loge erreichten. Natürlich hätte er nachts heimlich von außen ins College klettern können, aber bei Tage war die Sache zu auffällig. Nein, dies war ein Insider-Job. Augustus musste das Eisen schmieden, solange es heiß war. Und momentan glühte es! Mit dem Schlüssel in seinem Besitz konnte er sicher aufs Dach der Chapel gelangen und dort nach Spuren suchen. Beweisen! Selbst wenn er James nicht fand, gab es dort oben vielleicht etwas, das ihn überführte, etwas, das Augustus aus seinem Schlamassel half. Einen Moment lang war er versucht, einfach davonzurennen und sich in einem der Treppenaufgänge zu verstecken.

Einfach und effektiv. Einfach, aber sozial inakzeptabel, besonders für einen Universitätsdozenten.

Er blieb also stehen, und Pippa drehte sich überrascht um.

»Ich, äh, ich glaube, wo ich schon hier bin, besuche ich noch schnell einen Freu... einen Kollegen.« Es gab hier tatsächlich einen etablierten Anthropologen, mit dem sich Augustus vor geraumer Zeit per E-Mail gestritten hatte.

»Oh, Dr. Baker?«

»Nein, äh, Professor...« Wie hieß der Mann noch gleich?

»Grün«, raunte Gray ihm ins Ohr, und Augustus griff nach dem Strohhalm.

»Professor Grün«, verkündete er.

»Perfekt!«, lobte Gray.

»Den kenne ich nicht.« Pippa musterte ihn mitleidig, aber ohne Misstrauen. »Ich bin Ihnen wirklich dankbar Dr. Huff, dass Sie sich die Zeit genommen haben. Ich... ich weiß nicht, was ich erwartet hatte, aber... aber wenigstens haben wir etwas unternommen, nicht wahr?«

Und ob, dachte Augustus.

»Ich bin mir sicher, er taucht bald auf«, sagte er laut. »Und wenn er auftaucht, lass es mich gleich wissen, ja?«

»Klar«, sagte Pippa, lächelte ihm noch einmal freundlich zu und machte sich mit hüpfendem Zopf auf den Weg zurück zur Porter-Loge.

Endlich! Augustus verschwand schnell in einem Treppenaufgang.

So weit, so gut. Er blickte sich hastig um. Die Ballvorbereitungen waren noch in vollem Gange. Streng genommen konnte das ständige Hin und Her für Augustus nur von Vorteil sein. Er griff sich einen Stuhl, folgte mit gesenktem Blick einem Handwerker über den Rasen und seilte sich dann nach links ab. In den Innenhöfen war es ruhiger. Gray schien zu merken, dass nun Diskretion gefragt war, und hielt überraschend kooperativ den Schnabel. Augustus wurde den Stuhl wieder los und schlich zurück in den Hof, in dem James' Treppenaufgang lag. Er versuchte, zerstreut und befugt auszusehen, Gray tat sein Bestes, mit eng angelegten Federn und geduckter Körperhaltung eine Taube abzugeben.

Aus dem Schatten des überdachten Hofeingangs analysierte Augustus die architektonische Situation. Er konnte nicht einfach am helllichten Tage die Fassade hinaufklettern, so viel stand fest. Technisch eine Kleinigkeit, aber der Hof hatte Dutzende Fenster, und hinter jedem konnte ein gelangweilter Student oder ein gestresster Dozent lauern – möglicherweise sogar beide zusammen. Ein Mann um die dreißig, der mit Papagei auf halber Höhe im Efeu hing, würde mehr als nur Neugier erregen. Und dann: Alarm, Polizei, Hausverbot, Tribunal, am Ende gar noch Strafanzeige. Nein, die Kunst war es, gar nicht erst gesehen zu werden. Das konnte nur gelingen, wenn er so wenig Zeit wie möglich an der Fassade verbrachte.

Augustus überlegte. Der Efeu war gut – das eigentliche Klettern sollte ein Kinderspiel sein. Er musste nur so nah wie möglich an James' Fenster herankommen. Schräg über dem Fenster von James im dritten Stock sah er ein rundes Dachfenster, nicht groß, aber groß genug für ihn. Und vielleicht... ja, es befand sich über dem Eingang. Wenn er

Glück hatte, war es einfach vom Treppenhaus aus zu erreichen.

Augustus machte sich auf den Weg nach oben und stellte fest, dass das Treppenhaus tatsächlich mit einem kleinen Absatz und dem runden Fenster endete. Er überlegte nicht lange, sondern schwang sich nach draußen. Manche Sachen wurden durch Nachdenken nicht besser. Schnell ließ er sich von der Dachschräge hinab in den Efeu. Da war es schon – James' verheißungsvoll halb geöffnetes Fenster! Es war das erste Mal, dass er mit Gray kletterte, und der Papagei verhielt sich mustergültig. Er saß geduckt, die Krallen fest in Augustus' Jacke gegraben, schnappte ab und zu diskret nach einem Efeublatt und verhielt sich im Großen und Ganzen still. Vielleicht war es nicht das erste Mal, dass er bei einer Kletterei dabei war. Hatte Elliot ihn manchmal mitgenommen?

Augustus war fast am Ziel und wollte sich gerade auf das Fensterbrett schwingen, als er unter sich ein Knirschen hörte. Er erstarrte. Ein kahler Mann um die vierzig hatte den Hof betreten und kam zielstrebig auf James' Treppenaufgang zu. Er musste ihn sehen, er musste …

»Unhaltbar … unhaltbar … Schrödinger zeigt …«

Der Mann murmelte. Er war jetzt direkt unter Augustus. Wenn er nur für einen Augenblick den Blick vom Rasen löste …

»Grün«, schnäbelte Gray leise in Augustus' Ohr.

Bei der Vorstellung, dass es sich bei dem zerstreuten Akademiker da unten um den von ihm soeben erfundenen Professor Grün handeln könnte, hätte Augustus beinahe hysterisch losgeprustet.

Nur mit Mühe beherrschte er sich und kicherte lautlos in den Efeu. Der Mann unter ihm hielt inne und schien zu lauschen. Augustus blieb das Lachen im Halse stecken, doch dann machte der kahle Murmler kehrt und wanderte zurück zum Hofeingang.

Kies knirschte. Augustus war wieder allein.

»Schrödinger zeigt!«, sagte Gray.

Schneller, als er es sich je zugetraut hätte, hatte Huff die Beine über das Fenstersims geschwungen und war in James' Zimmer verschwunden. Er duckte sich unter das Fenster und lauschte.

Gray hüpfte von seiner Schulter und marschierte mit entschlossener Miene auf das Klavier zu. Entsetzt hechtete Huff hinterher und bekam den Vogel mit beiden Händen zu fassen. Es war das erste Mal, dass er Gray wirklich packte, und es erwies sich als unpopuläre Maßnahme. Gray biss ihn empört, aber maßvoll in den Finger.

Augustus hielt fest. Wenn der Papagei jetzt wieder ein Klavierspektakel veranstaltete, konnte er Diskretion, Schlüssel und vermutlich auch Karriere vergessen. Mit dem Fuß gab er der Tür zum Nebenraum einen Schubser. Sie fiel zu. Gray biss Augustus erneut, diesmal weniger maßvoll.

Blut tropfte auf Parkett.

Auch das noch!

Augustus ließ Gray los und fischte nach einem Taschentuch. Ein zweiter Tropfen fiel. Augustus wischte nach und eilte hinüber zum Schreibtisch.

Klecks! Ein weiterer Tropfen.

Augustus wischte.

»Böser Vogel«, äffte Gray ohne jedes Schuldgefühl.

Mit der gesunden Hand öffnete Augustus die Schublade, tastete nach dem Stiftehalter und bekam den Schlüssel zu fassen.

Der Schlüssel verschwand in seiner Jackentasche, doch Augustus starrte weiterhin in die geöffnete Schublade. Irgendetwas störte ihn hier! Irgendetwas passte nicht! Was? Stiftehalter, Notenpapier, Handcreme, Radiergummis. Harmloser ging es kaum! Schließlich gab er auf, schloss die Schublade und hielt Ausschau nach weiteren Tropfen. Sein Blick fiel auf die Beethoven-Büste und blieb dort hängen, er wusste selbst nicht so genau warum.

Klecks!

Diesmal wischte Augustus nicht nach. Er sah kaum hin. Augustus Huff hetzte wie ein Bluthund einen Gedankenpfad entlang.

James, das Eichhörnchen. Ein erfahrener Verstecker! Hatte er sich wirklich mit diesem einen Hort begnügt? Das beste Versteck war da, wo jemand bereits gesucht hatte. Gesucht und gefunden. Das beste Versteck war in einem bereits entdeckten Versteck! Entschlossen rückte Augustus Beethoven auf die Pelle, die Blutstropfen waren vergessen. Da war der Umschlag und dort...

Er griff noch einmal in Beethovens hohlen Kopf. Seine Finger fanden etwas. Etwas, das mit Klebeband von innen an Beethovens Stirn geklebt war. Er löste das Band und zog ein weiteres Bild hervor.

Und dieses eine Bild änderte alles.

*

Wie ein Schlafwandler kehrte Huff zu seinem College zurück. Es war ein Wunder, dass er beim Ausstieg aus James' Fenster und der Zitterpartie durch den Efeu nicht erwischt wurde. Er durchquerte die Porter-Loge, nickte dem Porter abwesend zu und stapfte, die Hände in den Hosentaschen, achtlos über den Rasen.

Seine rechte Hand hatte aufgehört zu bluten.

Seine linke Hand berührte etwas Glattes, Kühles. Das Foto. Er musste es mit den anderen in der Papageienstange vergleichen, aber eigentlich wusste er schon, wie der Vergleich ausfallen würde. Das gleiche Papier. Die gleiche Nuance von Schwarz-Weiß. Die gleiche Perspektive.

Von oben.

Es konnte nicht sein, und doch …

Das Foto lag schwer in seiner Tasche, gewichtiger als jeder Briefbeschwerer. Er hatte sich geirrt. Er hatte sich *gewaltig* geirrt!

Gray brabbelte ihm etwas ins Ohr, aber Huff hörte nicht hin.

Er musste denken. Er musste *alles* überdenken.

Auf dem Weg zu seinen Räumen begegnete er Sybil.

Sybil, die aufgeregt auf ihn einredete.

Gestresst. Besorgt. Übertrieben.

Er sagte ja und nein und noch ein paar andere Dinge, aber er wusste kaum, was er da so von sich gab. Er versprach ihr, diesen Abend zum Dinner zu erscheinen, ein Versprechen, das er bei klarem Verstand nie so einfach gegeben hätte. Wie sollte das gehen mit Papagei? Aber irgendwie schien jetzt nichts von alldem wichtig. Wichtig war, dass er seine Theorie so umgestaltete, dass sie das Foto

in seiner Tasche irgendwie beherbergen konnte. Keine leichte Aufgabe.

»…hat angefangen, Fragen zu stellen. Blödsinn, habe ich gesagt. Weiß der Geier warum… Wenn du dich jetzt nicht bald ein bisschen zeigst und einen normalen Eindruck machst… Huff? Huff? Hörst du mir überhaupt zu?«

Augustus nickte abwesend. Ein College-Dinner mit brennenden Kerzen und feinen weißen Servietten. Die Chance, dort mit Gray auf der Schulter einen normalen Eindruck zu machen, ging gegen null, aber das störte ihn in diesem Moment nicht.

Was ihn störte, war das Foto, das er tief drinnen in Beethovens Kopf gefunden hatte.

Ein neues Erpresserfoto.

Es zeigte einen nackten jungen Mann bei amourösen Aktivitäten.

Der junge Mann war unverkennbar Elliot.

Tagebuch eines Luftikus

10. Mai: Von der Kunst der Selbstlevitation

Genug ist genug, liebes Tagebuch!

Ich war tolerant und geduldig. Ich habe viel zu lange gezweifelt. Aber nun, endlich ist die Entscheidung gefallen. Gefallen, gefallen. Tief, so tief. Ironie des Schicksals ...

Er zieht mich nach unten wie all die anderen. Er beschmutzt mich! Er beschmutzt sie! Elliot muss sterben!

Ich habe viel zu lange gewartet. Ich habe gebangt und gehofft. Gehofft, er würde seinen Fehler einsehen. Gehofft, er sei wie ich.

Über den Dingen.

Je länger ich mir das Foto ansehe, desto sicherer weiß ich, dass Milde hier fehl am Platz ist. Die Linse kann Details festhalten, die mir bisher nicht aufgefallen sind. Ein gekräuselter Mundwinkel, nicht ganz ein Lächeln, die Art, wie eine Schulter ... Es ist unerträglich! Ich habe versucht, die beiden zu trennen, zuerst mit Worten, dann mit einer Schere. Schnipp!

Doch es ist unmöglich. Sie sind zu verschlungen, unentwirrbar wie zwei Aale.

Nun muss ich mich entscheiden. Einer von beiden wird nicht ganz bleiben, so ist es nun einmal, wenn man sich verschlingt wie ein Aal. Es geschieht ihnen vollkommen recht! Er hat mich ent-

täuscht. Ausgerechnet er! Elliot zieht mich nach unten wie ein Klotz! Er hindert mich am Schweben!

Ich hätte auf Maman hören sollen, wenigstens dieses eine Mal: Trau den Lackaffen nicht. Halte dich fern. Mach deine Arbeit. Für die sind wir Dreck. Ich habe meine Arbeit gemacht, o ja, habe geschwiegen und gelächelt und sie alle getäuscht. Und nun bin ich selbst hier und sehe sie alle so, wie sie sind. Hohl.

Nichts Gutes kommt je von Halbheiten. Es schmerzt mich, es schmerzt mich vielleicht mehr als ihn, aber daran ist nicht zu rütteln.

Elliot muss weg!!!

Schnipp mit einer scharfen Schere! Schnipp auch hier oben auf den Dächern. Schnipp-schnapp! Trotzdem werde ich mich gnädig zeigen. Wie ein Freund.

Ich werde ihn bis zuletzt ganz lassen.

Ich werde die nobelste Todesart für ihn wählen.

Das höchste Los.

Den freiesten Fall.

Maman wäre stolz auf mich.

16. Perfekt

Augustus Huff hatte am helllichten Tage die Vorhänge zugezogen. Sie bauschten sich leicht in der Brise wie höfliche Gespenster.

Die Tür war verschlossen. Dreimal verschlossen und dreimal kontrolliert.

Keine Zufälle mehr! Keine Eindringlinge! Keine Fehler!

Augustus saß an seinem Schreibtisch. Vor ihm breitete sich eine uncharakteristische Unordnung aus. Da war das Samtschächtelchen, da lagen die Erpresserfotos aus dem Gobelin. Elliot nach dem Fall als Schwarz-Weiß-Kopie, das Plakat mit James Crissup, das Telefonverzeichnis und in der Mitte, als Auge des Sturms, das Foto aus Beethovens Kopf.

Alles drehte sich um dieses Bild.

Streng genommen war es nur ein halbes Bild. Jemand – vermutlich James – hatte Elliots weiblichen Counterpart abgeschnitten. Huff sah trotzdem, dass es eine Frau gewesen sein musste, denn eine halbe Brust hatte es geschafft, der Trennung zu entgehen. Einen Moment lang stellte er sich vor, auf der Suche nach der passenden Brust durch Cambridge zu ziehen. Wie der Prinz aus dem Märchen. Aschenputtel. Wem diese Brust passt...! Er kicherte unkontrolliert los, fing sich, rieb sich die Augen. Er bekam nicht genug Schlaf. Huff dachte an die einbrüstige

Amazone, die irgendwo auf dem anderen Teil des Fotos ihr halbes Dasein fristete – doch vermutlich hatte James sie längst weggeworfen.

»Monster«, sagte Gray.

Augustus versuchte ihn zu ignorieren und dachte darüber nach, was dieses halbe Bild so alles bedeutete.

Die Schreibtischlampe brannte.

Tageslicht drängelte sich von draußen gegen flüsternde Vorhänge.

Zeit verging.

Elliot hatte dieses Bild *nicht* aufgenommen.

Vielleicht war es theoretisch möglich – mit Selbstauslöser, Fernbedienung und viel Vorbereitung –, aber es ergab wenig Sinn. Warum hätte er sich selbst stalken sollen? So schizophren war nicht einmal Elliot gewesen!

Nein, es war viel wahrscheinlicher, dass jemand anders dieses Foto gemacht hatte. Und das wiederum ließ darauf schließen, dass dieser Jemand auch die anderen Erpresserfotos aufgenommen hatte. Sybil, Elliots Professorin. Die Bibliothekarin. Frederik, der Freund des Vaters. Der Chemiker, der Coach und der Tutor. Allesamt Autoritäten. Warum war das Augustus nicht viel früher aufgefallen? Jemand hatte systematisch versucht, alle Leute zu diskreditieren, vor denen Elliot auch nur das kleinste bisschen Respekt hatte. James? Das erschien logisch: James hatte sein Idol heimlich beobachtet, und er hatte Elliots schütterem Bekanntenkreis nachspioniert, vielleicht aus Eifersucht, vielleicht, um Elliot zu beweisen, dass die Leute um ihn her moralisch fragwürdig waren.

Deshalb waren so viele der Leute auf den Fotos auf

Elliots Beerdigung erschienen. Der Erpresser hatte gezielt Leute beobachtet, die irgendeine Verbindung zu Elliot hatten!

Der Erpresser war *nicht* Elliot!

Der Erpresser war der *Mörder*!

James? Einiges sprach dafür. Sein plötzliches Verschwinden zum Beispiel. Die Tatsache, dass er von Elliot besessen schien. Der Schlüssel zum Dach der Chapel, der blank und schließbereit in seiner Schreibtischschublade lag. Augustus versuchte, mit wissenschaftlicher Objektivität an die Sache heranzugehen, aber er merkte, dass er mehr und mehr von James' Schuld überzeugt war. Er griff nach dem Plakat und sah sich den Orgelstipendiaten mit neuem Interesse an. Er wirkte freundlich, zerstreut, fast ein wenig geduckt, aber wenn man genauer hinsah, erkannte man das Selbstbewusstsein hinter der bescheidenen Geste. James hatte sich nicht einmal die Mühe gemacht, sich für das Foto in Szene zu setzen. Auf einmal glaubte Augustus zu sehen, dass Crissup eine ganze Menge von sich hielt. Und er fragte sich, wie groß der Stipendiat wohl war. Auf dem Plakat sah er geradezu winzig aus, aber neben der enormen Orgel des King's College hätte so gut wie jeder klein gewirkt.

»Spiel das Spiel!«, forderte Gray. »Was ist gleich? Was ist anders?«

Augustus fühlte einen Luftzug, dann das gewohnte Federgewicht auf der Schulter. Der Vogel hatte wieder einmal recht! Eines der Objekte auf dem Schreibtisch tanzte aus der Reihe. Augustus griff nach dem Schächtelchen, öffnete es, drehte es hin und her.

»Rot«, sagte Gray. »Bad romance!« Und dann, in geisterhaft täuschender Elliot-Stimme: »Willst du mich heiraten?«

Augustus klappte das Schächtelchen abrupt zu.

Das war es!

Elliot hatte herausgefunden, dass er kein Fairbanks war, und sich entschlossen, gesellschaftliche Verpflichtungen in den Wind zu schreiben und seine Uni-Liebe zu heiraten! Er hatte in seinem Zimmer für den Heiratsantrag geübt, und Gray hatte die Worte aufgeschnappt.

Aber wer war die Dame? Fawn? Elena? *Sybil?* Jemand *Unmögliches* jedenfalls. Jemand, den die Fairbanks nie und nimmer akzeptiert hätten. Und wo war der Ring? Hatte Elliot seinen Heiratsantrag etwa schon gemacht, oder hatte der Mord genau das verhindern sollen? Es gab nur einen Weg, das herauszufinden!

Augustus legte das Schächtelchen zurück auf den Schreibtisch und griff nach dem Telefon.

Wieder klingelte es dreimal.

Wieder antwortete die Automatenfrau.

Doch dann, als Huff schon auflegen wollte, klickte es plötzlich in der Leitung, und eine Stimme flüsterte: »Hallo?« Die Stimme hatte geweint.

Gray gab einen gurrenden Laut von sich und zirpte in den Hörer. »Hallohallo. Rehlein. Nimm ne Traube! Nimm ne Nuss! Gib nen Kuss! Setzt dich doch!«

Wenn eine Stimme blass werden konnte, dann war das jetzt der Fall.

»Wer ... Wer ist das?« Ein Wispern. Ein durchsichtiger Hauch.

Augustus räusperte sich vorsichtig.

»Äh, hier ist Dr. Huff. Augustus Huff. Ich wollte nur...« Er überlegte. Kannte er die Stimme? Sie war seltsam rau, kratzig und tonlos zugleich. Die Stimme von jemandem, der zu lange geweint hatte. Das konnte das Mädchen vom Marktplatz sein – oder auch nicht.

»Sex!«, schlug Gray vor. »Sex. Keks. Nimm ne Traube!«

Augustus hatte ihn noch nie so aufgekratzt gesehen.

»Gray? Bist du das?« Jetzt klang auch die Stimme aufgeregt.

»Gray«, bestätigte Gray.

»Gray! Geht es dir gut, Gray?«

»Total zermatscht!«, sagte Gray unaufrichtig.

»Hier ist Augustus Huff«, wiederholte Augustus Huff, der sich übergangen vorkam. »Wer ist am Apparat, bitte? Ich muss unbedingt mit Ihnen... mit dir sprechen. Es ist sehr wichtig!«

»Nein! Ich kann nicht...« Die Stimme zögerte, stockte, schwieg. Augustus schwieg mit und lauschte mit angehaltenem Atem in den Hörer. Und wie durch ein Wunder schwieg diesmal auch Gray.

»Ich würde gerne Gray sehen«, sagte die Stimme endlich zögernd. »Wenn Gray da ist, komm ich.«

»Auf meiner Schulter«, seufzte Augustus. »Eigentlich immer.«

»Gray«, bestätigte Gray.

»Okay. Ich komme.«

»Okay«, sagte Gray.

»Moment«, sagte Augustus. »Wann? Wo? Wer...?«

Doch die Stimme hatte bereits aufgelegt.

»Na toll«, sagte Augustus.

323

»Toll!«, stimmte Gray zu.

Augustus räumte seine Indiziensammlung vom Tisch und ordnete die Briefbeschwerer. Sie wollte ihn treffen! Aber wann? Und wo? Wahrscheinlich wusste sie längst, wo er wohnte. Schräg gegenüber von Elliot.

Stein. Glas. Frosch. Messingdame.

Vermutlich hatte sie schon die eine oder andere Nacht in Elliots Zimmer verbracht.

Stein. Glas. Frosch. Messingdame.

Also blieb Augustus nichts anderes übrig, als abzuwarten.

Ein neuer Gedanke kam ihm. Bisher hatte er seine Briefbeschwerer immer nach der Größe geordnet. Nie nach dem Gewicht. Warum nicht zur Abwechslung mal nach dem Gewicht?

Glas. Stein. Messingdame. Frosch.

Der Frosch war am schwersten.

Zufrieden stand Augustus auf und fütterte Gray drei Trauben und eine Viertelbanane. Er gähnte, blickte zur Tür, gähnte wieder.

Eigentlich hatte er sich vorgenommen, aus seinem Zimmer zu verschwinden, bevor Sybil ihn zum Dinner schleifen konnte. Stattdessen musste er nun auf die flüsternde Stimme warten.

Er rieb sich die Augen.

Wann hatte er eigentlich das letzte Mal richtig geschlafen?

Augustus beschloss, sich für ein Nickerchen in die Badewanne zurückzuziehen. Er fand ein neues Kopfkissen und eine Wolldecke und marschierte hinüber ins Badezimmer. Nie hatte eine Decke weicher und flauschiger ausgesehen, nie hatte der Duschkopf über ihm einschläfernder gewirkt. Seufzend sank Augustus in sein Kissen, während Gray wie ein kleiner und besonders possierlicher Albdruck auf seine Brust kletterte und etwas von wahr und falsch, gut und böse murmelte.

»Alles für dich tun. Alles, nur das nicht. Rehlein. Rehlein. Willst du mich heiraten?«

Rehlein? Augustus konnte sich beim besten Willen nicht vorstellen, dass Elliot je irgendjemanden Rehlein genannt hatte, aber Gray musste es schließlich wissen.

»Bad romance!«, warnte Gray, während Augustus im Badewannenboot hinaus aufs Meer der Träume segelte.

★

Jemand schaukelte sein Boot. Wind blähte die Segel. Der kleine graue Albdruck auf seiner Brust war verschwunden, und Augustus fühlte sich nackt.

»Dr. Huff?«

Huff schreckte aus den Kissen. Ein dicker Wassertropfen landete auf seiner Nase. Von den vielen peinlichen Momenten, die er seit seiner Bekanntschaft mit Gray erlebt hatte, war dies vielleicht der peinlichste: er in Socken, triefäugig und mit nassem Kopfkissen in der Badewanne.

Indiskutabel. Vollkommen daneben.

Nicht dass es Fawn groß zu stören schien. Auch ihre Augen waren geschwollen und gerötet. Trotzdem lag der Hauch eines Lächelns auf ihren Lippen, als sie in die Hocke ging, um mit Gray zu flirten. Sie sah so gut aus. Wie konnte man mit verheulten Augen so gut aussehen?

Der Papagei saß auf dem Badewannenrand, trippelte und zirpte und hielt Fawn den Nacken zum Kraulen hin.

Augustus kämpfte sich aus seiner Kuscheldecke und richtete sich auf.

»Äh.« Er hatte das Gefühl, irgendetwas erklären zu müssen, wusste aber nicht, was.

Fawn ließ einen Moment lang von Grays hingebungsvoll geneigtem Nacken ab und blickte Augustus an.

»Das Fenster war offen«, sagte sie entschuldigend.

Das Fenster im dritten Stock.

Huff glättete sich ohne großen Erfolg die Haare und suchte zu verstehen, was er gerade gehört hatte.

»Du kletterst *auch*?«

»Ein bisschen«, sagte sie bescheiden. »Elliot hat begonnen, es mir beizubringen. Damit ich ihn besuchen kann. Damit ich verstehe, warum es ihm etwas bedeutet. Damit...« Sie stockte. »...damit ich weiß, dass es sicher ist.«

»Aber...« Augustus hatte es endlich geschafft, die Decke abzuschütteln, und kletterte aus der Badewanne.

»Ich weiß, ich hätte... klopfen sollen oder so. Aber – ich wollte... ich will mit niemandem sprechen. Nichts erklären. Also bin ich geklettert. Da draußen ist Efeu. Es ist ganz einfach.«

Augustus pflanzte erst den einen, dann den anderen besockten Fuß auf die Badezimmerfliesen. Nichts erklären müssen. War das auch der Grund, warum er selbst gerne kletterte?

Dann standen sie voreinander. Fawn reichte ihm gerade einmal bis zum Schlüsselbein.

»Wir sollten ins Wohnzimmer gehen«, murmelte er und öffnete die Badezimmertür.

Drüben wehten noch immer Vorhänge, doch das Tageslicht war dabei, sich aus dem Staub zu machen. Wann war das Dinner? Vermutlich bald!

»Die Bude brennt!«, warnte Gray.

Augustus blickte hinüber zum Schreibtisch, wo die Briefbeschwerer noch immer brav nach dem Gewicht geordnet standen.

Glas. Stein. Messingdame. Frosch. Alle in Reih und Glied. Das machte ihm Mut. Mit Entschlossenheit und etwas System ließen sich die Dinge durchaus in den Griff bekommen! Und hier war die Chance, endlich ein paar Fragezeichen dieses verflixten Falls zu lösen!

»Tee?«, fragte er und öffnete diskret eine Kleenex-Packung. Vermutlich ging die Detektivarbeit auch diesmal nicht ohne Taschentücher ab.

Fawn schüttelte den Kopf und blickte ihn verächtlich an. Ich denke nicht mehr an Tee, werde nie wieder an Tee denken, sagte ihr Blick. Tee war vorbei. *Alles* war vorbei. Augustus' Herz sank. Vermutlich hatte sie seit Ewigkeiten nichts mehr zu sich genommen.

Gray drängte sich zwischen ihm und Fawn hindurch, hüpfte auf die Lehne des Denksessels und schüttelte ebenfalls den Kopf.

»Stich!«, warnte er.

Tatsächlich verspürte Augustus einen kleinen Stich, als er Fawn und Gray so einträchtig nebeneinander sitzen sah. Eifersucht! Auch das noch. Gerade jetzt, wo ein kühler Kopf gefragt war!

»Keks?«, lockte er.

Grays Entschlossenheit geriet ins Wanken.

»Alles, nur das nicht«, protestierte er, aber dann hüpfte er doch von der Stuhllehne und flatterte hinüber auf Augustus' Schulter.

»Monster. Keks!«

Augustus fiel ein, dass er keine richtigen Kekse mehr hatte. Er fischte einen betagten Zwieback aus dem Schrank und fasste einen Entschluss. Fawn mochte aussehen wie ein Rehlein, aber da war etwas Hartes, Zähes, Entschlossenes unter der Oberfläche. Etwas, das gar nicht schlecht zu Elliot gepasst hätte. Er musste sie nicht mit Samthandschuhen anfassen. Er konnte einfach direkt seine Fragen stellen.

»Elliot...«, begann er, aber Fawn richtete sich in seinem Denksessel auf und fauchte ihn an.

»Ich war nicht einmal auf seiner Beerdigung. *Sie* waren da, aber *ich* nicht. Es ist so lächerlich.«

»Keks«, insistierte Gray.

Augustus hielt ihm den Zwieback hin und wurde langsam wütend. Er hatte auch nicht auf die blöde Beerdigung gewollt! Die blöde Beerdigung war die reinste Schikane gewesen! War er jetzt für Gray nur noch ein Zwiebackhalter? Und musste er sich so anfahren lassen von jemandem, der in seinem Denksessel saß?

Er sagte nichts von alldem, sondern atmete tief durch und zählte im Stillen bis drei. Und noch einmal bis drei. Und noch einmal. Es ging ihm schon besser...

»Dr. Huff?«

»Spiel das Spiel!«

»Ist alles in Ordnung, Dr. Huff?«

Er blinzelte und merkte, dass Fawn ihn zweifelnd von unten anblickte, während Gray mit dem Zwieback beschäftigt war und etwas von Gesundheit und Konsequenzen murmelte. Augustus nahm sich zusammen.

»Du hast eine Nachricht bekommen«, sagte er dann. »Eine SMS. Von Elliot. Am Morgen seines, äh, Falls?«

Fawns Gesichtsausdruck änderte sich kaum, aber auf einmal sah Augustus das blanke Elend in ihren Augen.

»Ja«, sagte sie tonlos.

»Und was ... Darf ich fragen, was drinstand?«

»Psychologische Probleme«, warnte Gray, doch Fawn griff stumm in ihre Tasche und holte ein Handy hervor. Sie drückte ein paar Tasten, dann hielt sie Augustus den Bildschirm hin.

Es ist aus, stand da.

Du warst nie mehr als ein Spiel!

Das ergab Sinn. Wenn James wirklich so in Elliot vernarrt gewesen war, hatte er wahrscheinlich ein Interesse daran gehabt, die Beziehung zu leugnen, ja, sie post mortem auszuradieren.

»Das ist unmöglich«, flüsterte Fawn. »Ich glaube das einfach nicht ... Er hätte nie, nie ... Er muss verrückt gewesen sein! Vollkommen verrückt.«

»Spiel das Spiel!«, forderte Gray in seiner un-elliothaften *anderen* Stimme.

Augustus dachte an seine Jekyll-und-Hyde-Idee. Was, wenn es doch so eine Art Selbstmord gewesen war? Was, wenn es tatsächlich zwei Elliots gegeben hatte: einen, der Gray pflegte, vornehm sprach, Wagner hörte und Fawn liebte, und einen mit Cockney-Akzent, der Menschen mit

Psycho-Experimenten quälte und Fawn loswerden wollte? Was, wenn der *eine* Elliot den *anderen* umgebracht hatte?

»Ich weiß, das klingt, als ob er Schluss gemacht hätte, bevor er ... Aber das stimmt nicht! Er hätte nie Schluss gemacht.«

Augustus dachte an das Bild von Fawn einige Zimmer weiter, das selbst die Viscountess nicht aus dem Familienrahmen bekommen hatte, und musste ihr recht geben.

»Er hat mir erklärt, was seine Familie von ihm erwartet und dass er sie nicht enttäuschen kann. Er hat gesagt, dass wir keine Zukunft haben. Aber ...«, sie blickte Augustus wild an, »... wozu braucht man schon eine Zukunft, wenn man eine Gegenwart hat?«

»Wahr«, bestätigte Gray.

Dann schwiegen sie alle und folgten ihren eigenen Gedankenpfaden, Gray vermutlich Richtung Keks, Fawn dorthin, wo die Gegenwart angefangen hatte, Vergangenheit zu sein. Augustus beobachtete, wie sich ihr Gesicht langsam verschloss. Wie eine Tür. Abgesperrt. Einmal, zweimal, dreimal.

Von hinter dieser Tür starrte Fawn ihn mit plötzlichem Misstrauen an.

»Woher wissen Sie eigentlich ...? Was wollen Sie ...? Was *soll* das ...?«

Sie schnappte ihm das Handy aus der Hand.

»Ich glaube nicht, dass Elliot diese Nachricht gesandt hat«, sagte Augustus sanft. »Ich glaube, als diese Nachricht geschickt wurde, war Elliot schon tot.«

Er beobachtete, wie sich auf ihrem Gesicht erst Verstehen ausbreitete, Zweifel, sogar – einen Augenblick lang – Hoffnung und schließlich so etwas wie Gewissheit, eines nach dem anderen. Der Stein war gefallen. Ringe im Wasser.

»Nicht Elliot«, murmelte sie leise. »Wer dann?«

»Das«, sagte Augustus, »würde ich gerne von dir wissen.«

Fawn runzelte die Stirn. »Ich weiß nicht, wer. Warum sollte jemand...? Wer...?«

»Jemand, der dich nicht mochte«, schlug Augustus vor. »Oder jemand, der eifersüchtig war? Dein Ex? Ein... Freund von Elliot?«

Sie schüttelte entschieden den Kopf. »Niemand war eifersüchtig. Weil niemand davon wusste. Wir waren so vorsichtig.«

Aber nicht vorsichtig genug, dachte Augustus. Nicht vorsichtig genug, um jemandem zu entgehen, der oben auf den Dächern auf der Lauer lag.

»Dir fällt niemand ein, der das geschrieben haben könnte? Eine Freundin? Ein Freund? *Gar* niemand?«

»Seine Freunde!« Fawn schnaubte verächtlich. »Die haben ihn nur ausgenommen. Was für Freunde? Sein einziger Freund sitzt hier!«

Sie zeigte knapp an Augustus vorbei Richtung Gray, der mittlerweile zu dem Schluss gekommen war, dass Zwieback doch nicht wirklich als Keks zählte, und unmotiviert auf Augustus' Schulter herumkrümelte.

Fawn stand aus dem Denksessel auf und kam näher.

Und näher.

Und noch näher.

Zu nah, genau genommen. Aber Augustus hatte den Schreibtisch im Rücken und konnte nicht ausweichen. Fawn streckte die Hand aus.

»Ich bin nur wegen Gray gekommen. Gray ist... wie ein Stück von Elliot. Ein Stück, das noch lebt. Ich wollte mich verabschieden. Wenigstens von ihm...«

Sie hielt Gray die Hand vor die Brust, und Gray marschierte ohne Zögern auf ihren Finger.

Augustus verspürte wieder einen Stich, als Fawn ihre Lippen an die Brust des Papageis legte und sanft in die Federn blies. Die beiden flüsterten. Augustus trat von einem Bein auf das andere und wartete darauf, seinen temporären Vogel zurückzubekommen.

Schließlich gab Fawn Gray einen sanften Kuss auf die Stirn und setzte ihn auf Augustus' Schreibtisch ab, neben dem Schmiedeeisenfrosch, gewichtstechnisch vollkommen falsch. Gray zirpte wie eine vernachlässigte Grille.

Fawn glitt hinüber zum Fenster.

Sie würde verschwinden, einfach so, und Augustus mit seinen vielen Fragen alleinlassen.

»Er ist nicht gefallen«, sagte er, um sie aufzuhalten.

»Ich weiß.« Ihre Hand schob den lebhaften Vorhang zurück. »Er wäre nie gefallen.«

»Willst du denn gar nicht wissen, wer...?«

Sie schüttelte fast unmerklich den Kopf. »Es spielt keine Rolle. Es ist vorbei.«

Dann kauerte sie auf dem Fenstersims.

»Er wollte dich heiraten!«, sagte Augustus. Verdammt, er kannte noch nicht einmal ihren richtigen Namen!

»Willst du mich heiraten?«, bestätigte Gray.

Sie lachte, fast fröhlich, und blies Gray einen Kuss zu.

»Wissen Sie, wie wir uns kennengelernt haben? Bei Shakespeare im Park. Ich habe die Julia gespielt.«

Sie warf ihr Haar zurück, einen stolzen, harten Ausdruck in den Augen, und war aus dem Fensterrahmen verschwunden.

»Perfekt!«, seufzte Gray.

Augustus stürzte zum Fenster, sah aber nichts als Efeu und Dämmerung. Dann machte er sich auf die Suche nach einem zweiten Zwieback, um den Papagei zu trösten.

Wenigstens kannte er jetzt den Inhalt der mysteriösen Nachricht. Der Mörder hatte Fawn weismachen wollen, dass Elliot vor seinem Tod mit ihr Schluss gemacht hatte. Warum? Aus Rache? Weil sie ihm Elliot weggeschnappt hatte?

Die SMS war ein sehr riskantes Manöver mit relativ geringem Gewinn gewesen. Schließlich war die Beziehung mit Elliots Tod sowieso beendet. Schließlich war Fawn sowieso am Boden zerstört. Warum das Risiko eingehen, beim Durchsuchen der Leiche oder mit Elliots gestohlenem Handy ertappt zu werden?

Dass er dieses Risiko eingegangen war, verriet etwas über den Mörder: Er war nicht nur kaltblütig, sondern auch waghalsig. Für Augustus war das gut: Wer zu viel riskierte, machte früher oder später einen Fehler oder hatte einfach einmal Pech. Und dann würde er, Augustus Huff, da sein und ihn überführen!

Augustus ertappte sich dabei, dass er grinste.

»Gespielt!«, flötete Gray, und Augustus spürte, wie ihm das Grinsen vom Gesicht glitt.

Stimmt! Warum hatte Fawn das gesagt? Es schien ein bisschen aus der Luft gegriffen, außer... Was war denn das Besondere an *Romeo und Julia*? Einmal natürlich die Lie-

besgeschichte selbst, aber die war ja nun erst einmal vorbei. Zum anderen war da natürlich Julia, die Gift trank, um mit dem Geliebten vereint zu sein. Selbstmord? War es das, was Fawn hatte sagen wollen? Und er hatte keine Ahnung, wie er sie finden konnte! Augustus stürzte zum Telefon und wählte ihre Nummer.

Drei Klingeltöne, dann die Automatenfrau.

Huff dachte kurz daran, eine Nachricht zu hinterlassen, dann legte er auf. Es hatte keinen Sinn. Nichts von dem, was er sagte, würde Elliot wieder lebendig machen, und das war das Einzige, das Fawn zu interessieren schien. Er erinnerte sich an die seltsame Härte in ihren Augen. Keine Frage, das Rehlein würde genau das tun, was es beschlossen hatte, und niemand auf der Welt konnte etwas dagegen unternehmen.

Augustus seufzte und dachte, dass Fawn zweifellos eine sehr gute Schauspielerin gewesen war.

Gray seufzte auch und marschierte, am Eisenfrosch vorbei, Huffs Arm hinauf. Als er am Ellenbogen angekommen war, seufzte er ein zweites Mal und murmelte melancholisch: »Monster.«

Wie auf ein Stichwort klopfte es an der Tür, und gleichzeitig wurde die Klinke heruntergedrückt. Sybil! Diesmal kam sie nicht weit! Augustus warf einen panischen Blick auf die Uhr, während die Klinke einige zunehmend ungeduldigere Auf-und-ab-Bewegungen, vollführte.

Nur noch zwanzig Minuten bis zum Dinner! Bestimmt wollte Sybil ihn abholen. Einen Augenblick lang war Augustus versucht, sich wie Fawn aus dem Fenster zu schwingen. Keine Erklärungen, keine Fragen – nur der eine oder andere kaltblütige Killer auf dem Dach. Beinahe attraktiv! Huff nahm sich zusammen. Das Einzige, was noch schlimmer war, als mit Papagei zum Dinner geschleift zu werden, war, mit Papagei und Efeu im Haar zum Dinner geschleift zu werden. Sybil war nicht auf den Kopf gefallen – sie würde ihm im Handumdrehen auf die Schliche kommen und ihn aus dem Grünzeug lesen! Am besten gab er einfach auf!

Es klopfte wieder. »Huff, lass mich rein! Huff, was soll das?«

»Herein, herein!«, tönte Gray und ruinierte damit Augustus' Plan B: sich totstellen und so tun, als sei er gar nicht da.

»Verräter!«, murmelte Augustus und sperrte auf.

»Verräter«, stimmte Gray fröhlich zu. »Verräter! Verräter!«

Die Tür öffnete sich, und Sybil purzelte in Robe, Stöckelschuhen und Lippenstift ins Zimmer.

»Huff! Was soll der Unsinn? Wir müssen ...«

Ihr Blick wanderte von Augustus' besockten Füßen über Jeans und nasses T-Shirt bis hin zu den verstrubbelten Haaren und dem Papagei am Ellenbogen.

»Ach, Huff!«

»Ach, Huff!«, seufzte Gray scheinheilig.

»Ich hab dir doch gesagt, es ist wichtig, dass du dich zeigst. Die Jennings hat Fragen gestellt, und nach all dem, was du dir in letzter Zeit so geleistet hast ... Zieh dich *an*! *Amüsier* dich! Sei wenigstens ein paar Stunden lang *normal*!«

Augustus wollte aufbegehren, fand aber nicht die nötige Energie. Er zeigte Sybil die Hand, alle fünf Finger gespreizt.

»Fünf Minuten!«

Keine glorreiche Zahl, aber auch keine der schlimmsten. Augustus setzte Gray auf dem Schreibtisch ab und rannte wie ein nervenschwaches Huhn zwischen Garderobe und Waschbecken, Spiegel und Schuhschrank hin und her, während Gray und Sybil im Chor »Ach, Huff!« seufzten.

Endlich war er fertig.

Seine Füße steckten in glänzenden Lackschuhen.

Sein Haar war mit Gel gezähmt und klebte unangenehm um die Ohren.

Er trug Anzughose, weißes Hemd, Fliege und als Krönung sein »Fledermauskostüm«, eine schwarze Dozentenrobe.

»Na also.« Sybil seufzte erleichtert und hakte sich bei ihm ein. »Das ist doch ganz präsentabel!«

»Total zermatscht«, kritisierte Gray und landete weich auf Huffs Schulter.

Gemeinsam führten sie ihn ab, zuerst zur Tür, dann, nachdem Augustus abgesperrt hatte, den dunklen Gang hinunter.

Das Dinner mit Papagei konnte beginnen.

17. Mensch!

Wenig später saß Augustus, eingezwängt zwischen einem Mikrobiologen und einem Atomphysiker, an einer langen Tafel. Ein Unterbutler beugte sich über ihn und schenkte rubinroten Wein in sein Glas. Augustus war zu erschöpft, um abzuwehren. Er blickte starr an seinen Tischgefährten vorbei in die holzgetäfelte Halle. Kerzen brannten, Stimmen summten wie ein überqualifizierter Bienenschwarm, Geistesgrößen vergangener Jahrhunderte starrten in steifen Krägen und mit noch steiferen Mienen von Ölgemälden auf ihn herab. Augustus saß am High Table, nur durch den winzigen Mikrobiologen vom Master und seinen scharfen, dackelfaltigen dunklen Augen getrennt. Schlimmer noch: Auf der anderen Seite des Masters lauerte Jennings, die unleidliche Schatzmeisterin, und tuschelte – vermutlich über ihn, Augustus.

Unterhalb, an den Tischen der Studenten, ging es fröhlicher zu, aber selbst von dort fühlte Augustus sich beobachtet. Dozent mit Vogel. Von seinem Teller starrte ihn eine Pastete mitleidlos an.

Wie man unter diesen Umständen einen kompetenten Eindruck machen sollte, war Augustus schleierhaft.

Wie machten das bloß alle anderen?

Er führte die Gabel zum Mund, schluckte und beobach-

tete unter gesenkten Lidern seine Tischgenossen. Ihm gegenüber saß Frederik, das Gesicht wieder gerötet, in seine Pastete vertieft; etwas weiter entfernt war Sybil, mit seidigen Haaren und schon etwas abgenagtem Lippenstift, im Gespräch mit einem Wissenschaftsjournalisten. Zwischen den beiden ein amerikanischer Gastdozent, der sich eindeutig genauso unwohl fühlte wie er selbst.

Nach kurzer Beobachtungszeit und einigen halb verdauten Gesprächsfetzen kam Augustus zu dem Schluss, dass die anderen Leute am Tisch zwei entscheidende Vorteile hatten: Sie hatten sich nicht während der letzten vier Tage auf der Suche nach einem Killer verausgabt, und ihnen saß keine gefiederte Zeitbombe auf der Schulter. Vorsichtig äugte Augustus nach Gray.

Der Papagei war angewidert von Augustus' gegelten Locken abgerückt und versuchte, mit dem Mikrobiologen linker Hand Kontakt aufzunehmen.

»Nimm ne Traube! Nimm ne Nuss! Gesundheit!«

Glücklicherweise war der Mikrobiologe taub oder tat zumindest so.

Augustus starrte düster auf seine Pastete. Die Pastete leistete Widerstand, während der rubinrote Wein scheinbar mühelos durch seine Kehle glitt.

»Haben Sie schon einmal die öffentlichen Verkehrsmittel benutzt?«, fragte der Atomphysiker zu seiner Rechten vertraulich.

»Ich, äh ...« Augustus blinzelte.

»Es ist überaus interessant«, raunte der Physiker. »Man stellt sich an. Man kauft ein Billett. Und dann ist man innerhalb einer Stunde in London.«

»Ich weiß«, sagte Augustus.

»Mir war das neu«, sagte der Physiker gut gelaunt und rückte seine Brille zurecht. »Man lernt eben nie aus!«

Augustus, der sich schon häufiger erfolgreich des öffentlichen Personennahverkehrs bedient hatte, entspannte sich ein wenig und räumte endlich mit der Pastete auf. Dieser distinguiert aussehende Herr mittleren Alters hatte eben erst das Wunder des Bahnfahrens entdeckt! Vielleicht war Augustus ja doch um einiges normaler, als er selbst annahm.

»Faszinierend«, murmelte er. *Faszinierend* war bei Naturwissenschaftlern immer eine gute Wahl, während Sozialwissenschaftler normalerweise *erschreckend* bevorzugten. Man durfte die beiden nur nicht verwechseln.

Zu seiner Linken hatte es Gray endlich geschafft, mit dem kleinen Wissenschaftler ein Gespräch über Mikrobiologie anzuknüpfen.

»Wolle?«, fragte er. »Papier?«

»Beinahe überall!«, erklärte der Mikrobiologe. »Faszinierende Kreaturen. Bewundernswert.«

»Faszinierend!«, stimmte Gray zu.

»Hier. Auf dem Tisch. Auf unseren Körpern. *In* unseren Körpern. Wir sind nichts als ... Kolonien von Bakterien! Ist das nicht wundervoll?«

»Knapp daneben ist auch vorbei«, gab Gray zu bedenken.

»Es gibt eben kein ›daneben‹!«, widersprach der Mikrobiologe mit glänzenden Augen. »Sie sind überall. Sie passen sich an. Sie *sind* wir!«

»Wir!«, sagte Gray gutgläubig. »Huff?«

Der Mikrobiologe lachte. »Ich bin mir sicher, dass auch Dr. Huff da keine Ausnahme darstellt!«

Augustus fühlte, wie seine Hände zu kribbeln begannen. Bakterien! Anpassungsfähig! Überall! Sogar hier. Um ihn herum! *Auf* ihm! *In* ihm! Er musste seine Hände waschen! Jetzt gleich! Sofort! Doch das war natürlich vollkommen unmöglich. Bevor der Master seine Ansprache gehalten hatte, konnte niemand vom Tisch aufstehen. Das war seit vierhundert Jahren so und würde sich vermutlich nicht über Nacht ändern. Hilflos beobachtete Huff, wie sich seine Hände in Händewaschbewegungen wanden.

»Nehmen wir zum Beispiel E. coli!« Der Biologe war nicht zu bremsen. »Sie würden es gar nicht für möglich halten, was E. coli so alles kann!«

»Sex?«, fragte Gray hoffnungsvoll.

»Äh, das nun gerade nicht.« Der dürre Biologe tupfte sich mit der Serviette den Mund. »Bakterien vermehren sich natürlich durch Zellteilung. Die geschlechtliche Vermehrung ist, äh, vollkommen unnötig...«

Er verstummte und tupfte noch heftiger.

»Bad romance«, sagte Gray enttäuscht.

Um sie her versiegten Gespräche. Sex! Das magische Wort. Augustus spürte, wie Hunderte von Studenten im Saal die Ohren spitzten. Es war fast ein Geräusch.

Er wartete auf das Gefühl, im Boden versinken zu wollen, aber es kam nicht. Was Sex betraf, war er, wie es schien, mittlerweile gründlich abgehärtet.

Der Mikrobiologe blickte auf einmal in eine andere Richtung, aber einen Moment lang spürte Augustus die schnellen, klugen Augen des Masters auf sich. Er stocherte in seinem nächsten Gang, einem Fischgericht, und steckte Gray heimlich ein paar gekochte Erbsen zu.

Er trank Wein. Der Wein war jetzt weiß.

»Dr. Vogel?«

Augustus blickte auf und sah, dass ihn der amerikanische Gastdozent neugierig musterte. »Ich bin gerade dabei, Ihren neuesten Aufsatz über Wahrheitsdenken bei Graupapageien für die Veröffentlichung zu evaluieren. Wirklich außergewöhnlich.«

»Ich, äh ...«

»Es ist eine vollkommen neue Richtung der Verhaltensforschung. Die Lüge als kognitives Konzept! Faszinierend!«

»Faszinierend!«, heuchelte Gray.

»Ich, äh, ich bin nicht Dr. Vogel.«

»Oh, Entschuldigung. Ich dachte ...«

»Nur weil ich einen Vogel habe, muss ich noch lange nicht Vogel heißen!« Augustus war plötzlich wütend. »Dr. Vogel sitzt dort drüben.« Er nickte in Sybils Richtung.

Sybil war vollkommen in ihren Fisch vertieft, doch als der Amerikaner ihren Namen rief, musste sie reagieren. Ihr Blick traf Huffs. Sie errötete und schaute dann trotzig an ihm vorbei zu dem Gastdozenten.

In diesem Augenblick erhob sich der Master, um seine Ansprache zu halten.

Die Gespräche verstummten.

Gray witterte seine Chance und schlug mit den Flügeln.

»Alles, nur das nicht!«, verkündete er mit Elliots feiner, vornehmer, leidenschaftlicher Stimme. Laut und deutlich. Im ganzen Saal vernehmbar.

Danach waren auch die letzten Spuren von Leichtig-

keit und guter Laune aus der Halle getilgt. Niemand hörte dem Master wirklich zu. Nach der Ansprache saßen sie alle gebeugt und flüsternd ihren Nachspeisen gegenüber. Die Akademiker am High Table rutschten unbehaglich auf den Stühlen herum.

Es war, als hätte sich ein Geist an ihren Tisch gesetzt. Elliots Geist. Wie im Theater. Wie bei Shakespeare. Doch anders als bei Shakespeare verriet sich hier niemand durch Blässe, Ohnmacht oder seltsames Verhalten.

Tatsächlich taten alle genau das Gleiche: Sie löffelten einträchtig ihre Desserts.

Augustus löffelte nachdenklich mit. Sybil hatte also vor kurzem einen Aufsatz über Papageienverhalten eingereicht. Darin musste es um Grays Sprachstudien gehen – mit welchen Papageien hatte Sybil denn sonst zu tun? Das bedeutete, dass sie ihn angelogen hatte und doch mehr über Elliots Studien wusste, als sie ihm gegenüber zugegeben hatte. Und es bedeutete, dass sie gerade versuchte, Elliots Arbeit als ihre eigene darzustellen. Plagiat! Die Todsünde der Wissenschaft! Bei Sybil? Er wusste, dass sie ehrgeizig war – aber so skrupellos?

Er versuchte erneut, Blickkontakt mit ihr aufzunehmen, aber sie sah systematisch in eine andere Richtung.

»Die Trauben kannst du dir abschminken!«, raunte Gray.

Augustus steckte ihm eine Himbeere zu. Auf einmal saß ein Knoten in seiner Brust. Warum hatte Sybil ihn hierhergeschleift? Wahrscheinlich hatte sie keine Ahnung gehabt, dass der Amerikaner da sein würde, der gerade ihren Aufsatz bearbeitete. Wahrscheinlich hatte sie ihm wirklich helfen wollen. Sie *mochte* ihn, da war er sich sicher. Aber mittlerweile war er sich auch einer anderen Sache sicher: Sybil mochte ihn aus den falschen Gründen. Sie mochte ihn, weil er seltsam und tollpatschig und nicht normal war. Weil er harmlos war. Kein Konkurrent. Weil er sich nie die Arbeit anderer aneignen würde. Sie mochte ihn, weil sie ihn als Konkurrenten nicht ernst nahm.

Augustus schluckte, und ein Stück Panna cotta glitt ihm wie eine kalte Nacktschnecke die Speiseröhre hinab. Aus den falschen Gründen gemocht werden – das war fast noch schlimmer, als gar nicht gemocht zu werden.

Plötzlich beneidete er Elliot und Fawn. Die beiden hatten genau gewusst, was sie aneinander hatten. Sie hatten einander *gekannt*, auch die harten, kalten, ungeselligen Seiten. Er hingegen...

Er schob sich einen weiteren Löffel Panna cotta in den Mund und hätte sich fast daran verschluckt. Plagiat war nicht nur ein kleiner moralischer Fehltritt, sondern ein Mordmotiv. Wann hatte Sybil den Aufsatz eingereicht? Nach Elliots Tod – oder etwa schon *davor*? Hatte Elliot sie dabei ertappt? Hatte er sie unter Druck gesetzt?

Augustus, endlich fertig mit seiner Nacktschnecke von einem Dessert, teilte schnell nach links und rechts Grußformeln aus – vor allem nach links, wo der Master saß und der Mikrobiologe ihn demonstrativ ignorierte – und stand so bald wie möglich vom Tisch auf.

Aus dem Saal.

In den Hof.

»Huff! Huff, warte!«

Da war Sybil.

Augustus drehte sich nicht einmal um.

Über den Rasen. Nie hatte er ihn weniger genossen als an diesem Abend.

Sybil kam hier mit ihren Stöckelschuhen nur schwer voran.

»Warte!«, rief sie noch einmal. Wie jemand, der irgendwo gestrandet war. »Ich habe nur ... Es war eine so gute Arbeit. Ich wollte nicht, dass alles für die Katz war, nur weil dieser Schnösel alles hinschmeißen wollte. Er hat mir gedroht ... aber ich habe nicht ... Es war ein Fehler! Es war ein Fehler, Huff!«

Ich heiße Augustus!, dachte Augustus. Er stopfte die Hände in die Hosentaschen und stapfte seinen Treppenaufgang hinauf ohne einen Blick zurück.

Auf dem ersten Absatz war er einfach nur wütend.

Auf dem zweiten Absatz kamen ihm Zweifel.

Elliot hatte die Uni schmeißen wollen! Elliot? Wegen dieser Enterbungsgeschichte? Wegen Fawn? Sybil hatte sich also einige von seinen Forschungsergebnissen angeeignet, und Elliot hatte sie ertappt. Das war alles unschön, aber immer noch meilenweit von einem Mord entfernt. Und wer sagte denn, dass alles in seinem Leben mit diesem Fall zu tun hatte? Was war nur mit ihm los? Jetzt verdächtigte er sogar schon Sybil! Wer war als Nächstes dran? Frederik, der seit Jahrzehnten im Rollstuhl saß? Der Master? Elena, die die Zimmer saubermachte? Lächerlich. Er traute niemandem. Etwas stimmte nicht mit ihm! Er hatte immer gewusst, dass mit ihm etwas nicht stimmte ...

Auf dem dritten Treppenabsatz kam ihm ein noch viel schrecklicherer Gedanke: Was, wenn der Mörder in seinem Kopf saß? Was, wenn seine Theorie von Grund auf falsch war, nur ein weiterer Zwang, genau wie Händewaschen oder Briefbeschwerer-Ordnen? Was, wenn er den Mord *erfunden* hatte, *damit er ihn aufräumen konnte*? Ein Kuhhandel mit den Kräften des Chaos dort draußen?

Wenn er seine Briefbeschwerer in Ordnung hielt, würde ihm nichts Schlimmes passieren.

Wenn er seine Hände ausreichend wusch, würde er nicht krank werden.

Wenn er Elliots Fall löste, würde er für immer in Cambridge bleiben dürfen.

Wenn er den Mörder fand, würde er endlich normal sein.

Er wusste, dass so viel Händewaschen und Absperren und Bis-drei-Zählen streng genommen zum Überleben nicht notwendig war. Andere Leute kamen sehr gut ohne ständiges Zählen und Ordnen zurecht. Doch für ihn *war* es nötig. In seinem Kopf. Alles, was seine Theorie untermauerte, war in seinem Kopf! Hatte er wirklich etwas in der Hand? Papier! Fotos, von den Dächern aus aufgenommen. Ein leeres Kistchen. Ein paar Zigarettenkippen. Eine Nachricht, die Elliot möglicherweise nicht selbst geschickt hatte. Viel war es nicht, und nichts davon deutete zwingend auf einen Mord hin.

Er erreichte seine Tür, sperrte auf und trat ein. Es kostete ihn seine ganze Kraft, nicht hinter sich wieder abzusperren, aber er hatte die Nase voll von all den Stimmen in seinem Kopf, die ihm vorgaukelten, er könne durch Gesten und Zahlen das Schicksal milde stimmen. Nichts war sicher! Alles war Illusion!

»Hey Huff!« Gray auf seiner Schulter schien seine

schlechte Laune zu spüren und versuchte, ihn durch Geschnäbel abzulenken. »Spiel das Spiel!«

»Spiel dein blödes Spiel doch selbst!« Augustus hatte genug. Er setzte Gray auf dem Schreibtisch ab – sollte er ihn doch in Schutt und Asche legen, das war ihm jetzt auch egal –, eilte ins Bad und schloss die Tür hinter sich ab. Warum ließ ihn das Universum nicht einfach einmal ein paar Stündchen in Ruhe?

Augustus schaffte es etwa eine halbe Minute, sich vom Handwaschbecken fernzuhalten, dann wurde die Versuchung zu groß. Er griff sich die Seife und wusch und wusch und wusch. Besser fühlte er sich deshalb nicht.

»Hey Huff!«, krähte es zaghaft von draußen. »Nimm ne Nuss!«

Mittlerweile tat es Augustus leid, dass er den Papagei so angeschnauzt hatte, aber er konnte sich nicht vom Handwaschbecken trennen.

»Sex!«, lockte Gray von draußen. »Sex? Sex!«

»Die Trauben kannst du dir abschminken! Monster! Monster!«

»Huff! Hey Huff! Psychologische Probleme!«

Die Schreie des Papageis wurden schriller und schriller. Augustus zwang sich zur Ruhe. Gray musste lernen, ab und zu ein paar Minuten alleine zu bleiben. Er drehte den Wasserhahn zu und tupfte sich mit dem Handtuch die Finger trocken. Die Finger waren schrumpelig vom vielen Waschen.

»Mörder! Hey Huff! Mörder!«

Augustus ließ das Handtuch fallen. Da war es – so etwas wie Gewissheit. Vielleicht ging es nicht so sehr um das, was er in der Hand, sondern um das, was er auf der Schulter hatte – einen Papagei, der mit Elliots Stimme »Mörder« schreien konnte, verzweifelt, wütend und vielleicht sogar etwas verächtlich. Gray musste das irgendwo aufgeschnappt haben!

Augustus bückte sich, um das Handtuch aufzuheben. Dabei wurde ihm bewusst, dass es drüben auf dem Schreibtisch auf einmal sehr ruhig geworden war.

»Gray?«

Das *Fenster* war offen!

Die *Tür* war offen!

Augustus eilte zur Badezimmertür.

In diesem Moment hörte er Grays Schrei – wortlos diesmal und panisch – und gleich danach einen dumpfen Schlag. Krachen. Splittern von Holz. Augustus erreichte die Badezimmertür und musste feststellen, dass er sie in seiner Wut abgesperrt hatte.

Einmal.

Zweimal.

Dreimal.

Er sperrte wie verrückt, dann stürzte er ins Zimmer.

Leer.

Von Gray keine Spur. Doch Augustus' Schreibtisch war mit grauen Federn bedeckt, und in ihrer Mitte lag der Schmiedeeisenfrosch – genau an der Stelle, wo zuvor Gray gesessen hatte. Jemand hatte ihn mit solcher Gewalt auf die Tischplatte geschleudert, dass das Holz zersplittert war. Und da war Blut. Viel zu viel Blut…

»GRAY!«

Augustus spürte, wie sich in seinem Magen etwas zu-

sammenzog, und das hatte nichts mit dem Dinner zu tun und auch nichts mit dem Chaos auf dem Schreibtisch. Wo war Gray? Was war hier passiert? Hatte ihn jemand mitgenommen? *Erschlagen* und mitgenommen? Woher kamen plötzlich die ganzen Federn? Wie hatte er den Vogel einfach so alleine auf dem Schreibtisch sitzen lassen können?

Augustus eilte zum Fenster, kämpfte sich durch die bauschigen Vorhänge und steckte den Kopf nach draußen. Eine Falle? Das war ihm egal!

»Gray! Gray! Keks!« Seine Stimme zitterte. »Hey Gray! Nimm ne Nuss!«

Nichts. Nur dunkler Efeu und noch dunklere Nacht.

Einige Fenster leuchteten.

Augustus fühlte sich wie erloschen. Er ging zurück zum Schreibtisch und begann die Federn aufzulesen, eine nach der anderen, und sie sorgfältig in seiner Briefablage zu sammeln. So, als könnte er sie noch brauchen. So, als könnte Gray jederzeit wieder auftauchen und sie zurückverlangen.

Dann setzte er sich auf den Schreibtischstuhl, um zu weinen. Es ging nicht. Er war zu leer für Tränen.

Er versuchte zu verstehen, was gerade passiert war. Jemand war in sein Zimmer gekommen. Durch das Fenster oder durch die Tür. Jemand war an den Schreibtisch getreten und hatte den Eisenfrosch aufgehoben. Und dann hatte er den Frosch nach Gray geschleudert. Grays Schrei… Der Eindringling musste ihn getroffen haben. Getroffen und… mitgenommen? Warum? Wozu?

»Nicht gut genug!«, näselte eine Stimme, fast lautlos.

Augustus erstarrte und lauschte.

Nichts.

Hatte er sich die Stimme nur eingebildet?

Trotzdem, die Hoffnung war wieder da.

Augustus guckte unter den Schreibtisch. Augustus guckte auf dem Bücherregal.

»Kalt. Ganz kalt. Die Trauben kannst du dir abschminken!«

Jetzt war er sich sicher.

Gedämpft, kläglich und kleinlaut, war die Stimme doch unverkennbar die von Gray.

Er lebte! Aber wo? Augustus wurden vor Erleichterung die Knie weich, und er musste sich auf den Teppich setzen. Bleib auf dem Teppich, hatte seine Großmutter immer gesagt! Nicht dass es ihm bisher viel geholfen hatte. Vom Teppich aus schielte er unters Bett.

Nichts. Nur ein bisschen Staub. Wo kam bloß der Staub her? Augustus fiel ein, dass er seit Tagen nicht mehr saubergemacht hatte.

»Gray!«, rief er. »Ich bin's, Gray. Komm her. Er ist weg!«

»Er ist weg?«, fragte es zaghaft, noch immer zu leise, als dass eine Richtung zu erkennen gewesen wäre. »Fuck me!«

»Gray!« Augustus stand auf und musterte kritisch seine Wohnungseinrichtung. Wo in aller Welt steckte der Vogel?

»*I want your love and*
I want your revenge!
You and me! Ohh-la-laa!
Want your bad romance!«

Die Stimme kam vom Regal! Aber da war nichts! Oder doch?

Augustus trat näher. An der Regalkante klebte ein Tropfen Blut. Zwischen dem *Anthropologischen Wörterbuch* und

seinen *Gedankenpfaden*, dort, wo die Viscountess den Bildband herausgezogen hatte, klaffte eine kleine Lücke. Die *Gedankenpfade* waren gekippt und lehnten freundschaftlich schräg am Wörterbuch. Darunter eine kleine, dunkle Höhle. Und aus der Höhle sang es.

»*Rah-rah-ah-ah-aah! Ga-ga-uhh-la-laa!*«

»Gray! Mensch, Gray!«

»Mensch!«, sagte es vorwurfsvoll aus der Höhle.

Augustus bückte sich und guckte in den Spalt. Zwei graue Augen blickten ihn feindselig an.

»Hey Gray!«

»Hallo Stinker!«, antwortete Gray und zog sich etwas tiefer in die Höhle zurück.

Die Szene erinnerte Augustus an etwas. Aber an was? Und wie sollte er den Papagei aus seinem Versteck bekommen? Gray war eindeutig zu geschockt, um ihn nahe an den Spalt heranzulassen. Damit der Vogel die Chance hatte, sich ein wenig zu beruhigen, trat Huff ein paar Schritte zurück und sah sich den Tatort an.

Da war die Stelle, an der der Eisenfrosch ursprünglich gesessen hatte. Der Täter hatte ihn erhoben und dann… Gray hatte ihn vor der Attacke ganz schön nah an sich herankommen lassen!

Augustus hielt den Atem an. Der Papagei musste seinen Angreifer gekannt haben! Und er hatte ihm getraut!

»*Gaga-uhlalaa*«, sang Gray aus seinem Spalt, schon etwas kräftiger jetzt.

Er singt es für sich selbst, dachte Augustus. Er singt es, um sich zu beruhigen.

Genau wie damals, als sie einander kennengelernt hatten! Vor vier Tagen. Einer kleinen Ewigkeit. Gray hatte sich in Elliots Bett versteckt und aus Angst ein Heidenspektakel veranstaltet. Aber warum Angst? Gray war ein selbstbewusster, anhänglicher Papagei, und er musste an Reinigungspersonal, Staubsauger und Besucher in Elliots Zimmer gewohnt gewesen sein. Wäre er damals nur einsam gewesen, hätte er sich gleich auf Augustus und Elena gestürzt. So aber …

Gray hatte unter Schock gestanden! Er hatte unter Schock gestanden, weil er kurz zuvor etwas Schlimmes gesehen hatte – den Mord! Gray war ein Zeuge – der *Kronzeuge*!

Augustus ließ ihre erste Begegnung in Elliots Zimmer vor seinem inneren Auge Revue passieren. Da waren die Tür, der Gobelin, der Spiegel und das Fenster. Das *offene* Fenster! Gray konnte sehr leicht auf eigene Faust von der Chapel zum College geflattert und durch dieses Fenster zurück ins Zimmer geschlüpft sein. Elliot musste ihn bei sich gehabt haben!

Und dann erinnerte er sich an etwas, das der rauchende Porter des Clare College gesagt hatte – etwas von einer Taube, die von der Leiche weggeflattert sei »wie die Seele«. Der Porter war Augustus' Einschätzung nach keine besondere Leuchte, und mit seinen Anatomiekenntnissen stand es sicher auch nicht zum Besten.

Vermutlich hatte die vermeintliche Taube einen scharfen schwarzen Schnabel besessen, korallenrote Schwanzfedern und einen für Federvieh überdurchschnittlichen Wortschatz!

Gray!

Das bedeutete, dass der Papagei nach dem Fall bei der Leiche gewacht hatte. Also musste er auch den Mörder dabei beobachtet haben, wie er Elliots Handy an sich nahm.

Kein Zweifel – Gray kannte den Mörder! Trotzdem hatte er ihn ein zweites Mal nah an sich herankommen lassen. Das war seltsam.

Nachdenklich öffnete Augustus seine Schreibtischschublade und fand auf dem Grunde der Kekspackung noch einen einsamen Keks.

Damit bewaffnet kehrte er zum Spalt zurück.

»Hey Gray! Nimm nen Keks!«

»Mensch!«, sagte Gray anklagend.

»Keks!«, konterte Augustus.

»Total zermatscht!«, jammerte Gray. Sein Kopf guckte jetzt zwischen den Büchern hervor. Er zappelte. »Bad romance!«

Augustus wurde klar, dass der Vogel feststeckte. Er musste sich mit solcher Wucht in den Spalt gepresst haben, dass er jetzt eingekeilt war. Auch der Mörder hatte ihn auf die Schnelle nicht herausbekommen. Vorsichtig zog Huff ein Buch hervor. Seine *Gedankenpfade* hatten Gray vermutlich das Leben gerettet!

Der Weg war nun frei, und Gray watschelte etwas benommen aus seinem Versteck. Er sah eigentlich ganz in Ordnung aus, nur die Schwanzfedern schienen in schlechtem Zustand. Augustus hielt ihm die Hand hin, und nach einigen misstrauischen Blicken und einem Warnbiss stieg der Papagei auf.

Nun konnte Augustus den Schaden gründlicher in Augenschein nehmen.

»Keks!«, forderte Gray, schon mit größerem Selbstbewusstsein.

Augustus reichte ihm das versprochene Gebäckstück und drehte dabei die Hand mit Papagei hin und her. Kopf, Körper, Flügel und Füße schienen unversehrt, nur der Schwanz war zerrupft, und beim genaueren Hinsehen entdeckte Huff auch etwas geronnenes Blut.

Der Eisenfrosch musste Gray am Schwanz getroffen haben, der Papagei hatte sich losgerissen und dabei Federn gelassen. Doch woher kam das Blut?

Augustus fiel etwas ein, das er vor einigen Tagen bei der Papageienrecherche gelesen hatte: Blutfedern! Solange Federn noch wuchsen, wurden sie über ein Blutgefäß mit Nahrung und Sauerstoff versorgt. Brach eine solche Jungfeder ab, konnte es sehr blutig werden. Doch schlimme Verletzungen waren das in der Regel nicht. Gray war intakt! Die Federn würden nachwachsen! Der Blutverlust war gering!

»Psychologische Probleme!«, gab Gray zu bedenken.

»Ach was«, antwortete Augustus. »Du bist schon mit ganz anderen Dingen fertiggeworden!«

»Traube?«, schlug Gray vor, und Augustus machte sich auf den Weg zum Küchentisch, um nach Trauben zu suchen.

Auf einmal war er von einer kalten Wut erfüllt. So ein schweres Eisending wie den Schmiedefrosch nach Gray zu schleudern, der nichts als Federn und Wärme und Schnabel war! Das zeugte von einer Grausamkeit, die Augustus schaudern ließ. Seelenlos. Genug war genug! Der Mörder war kein Hirngespinst. Der Mörder war dort draußen auf

den Dächern. Er hatte am Morden Geschmack gefunden, und er musste gestoppt werden!

Crissup! Gray hatte James über Elliot kennengelernt. Er war an ihn gewohnt, traute ihm vermutlich. Es gab sogar ein Foto mit den dreien.

James Crissup. Er musste der Täter sein!

Und plötzlich wusste Augustus genau, wo er ihn finden würde!

Es war so offensichtlich, dass er nicht verstand, warum er nicht viel früher auf diesen Gedanken gekommen war. James war ein Verstecker! Jemand, der Dinge da verbarg, wo man schon gesucht hatte. Oder da, wo man gar nicht erst suchte ...

Augustus trat ans Fenster. Der Himmel war von farbigen Lichtern erfüllt. Stimmengewirr und Musik wehten durch die Nacht. Studentenlachen. Die Luft war mild, gut gelaunt und sommerlich. Augustus schloss das Fenster, und die Stimmen verblassten.

Auf einmal verstand er, was heute für ein Abend war: King's Affair! Der Abend, an dem das King's College seinen Maiball gab und sich in eine taumelnde, tanzende, wild wirbelnde Maskerade verwandelte.

Augustus setzte Gray vorsichtig auf den Küchentisch und streifte sein Fledermauskostüm ab, schlüpfte aus seinen Lackschuhen und zog schwarze Kletterschuhe an. Ein Abendjackett mit geräumigen Taschen. Und dann musste er schnell noch etwas basteln ...

Aus der ganzen Wohnung suchte er Dinge zusammen: Klebstoff und Pappe, Schere, Nadel und Faden und ein altes schwarzes T-Shirt. Er schnitt, nähte und klebte.

Endlich war er fertig, steckte einige unentbehrliche Kleinigkeiten in die Tasche und – nach einem Moment des Zögerns – auch den schweren Metallfrosch.

Dann ging es los.

Sonnenblumenkerne und Taschenlampe in die Hosentasche.

Den Papagei auf die Schulter.

Aus dem Fenster.

Den Efeu hinunter.

Genau wie Fawn hatte Augustus keine Lust mehr, sich mit Türen und Fragen aufzuhalten.

★

Wenig später hätte ein aufmerksamer Beobachter im Licht der vielfarbigen Scheinwerfer eine Gestalt beobachten können, die jenseits des Cam in Gesellschaft einiger Kühe auf dem Common stand und das Treiben um King's College mit kritischem Blick beobachtete.

Ein Papagei saß auf ihrer Schulter.

Eine schwarze Augenklappe verdeckte ihr rechtes Auge.

18. Total zermatscht

Augustus stand im Schutze einer Linde auf der Weide und versuchte zu entscheiden, wie er am besten hinüber ins King's College gelangte. Einerseits sorgte das geschäftige Treiben dort drüben für Anonymität, andererseits würden Porter und Sicherheitspersonal in dieser Nacht besonders wachsam sein. Jeder, der sich an diesem Abend an einer der Mauern versuchte, würde entdeckt und aus dem Verkehr gezogen werden. Doch vor seinen Augen entstand gerade ein anderer Weg hinüber zum College. Ein Weg über Wasser.

Der Cam hatte angefangen, sich mit Booten zu füllen. Wer immer einen halbwegs wassertauglichen Untersatz besaß, schien unterwegs, um vom Fluss aus den besten Blick auf das Feuerwerk zu erhaschen. Noch hüpften die Boote hin und her wie aufgeregte Entenküken, doch bald würden sie still liegen, dicht gedrängt, Kiel an Bug an Heck. Eine Brücke, die ihn trockenen Fußes nach drüben bringen konnte, wenn er nur dreist genug war, sie zu betreten.

Am wichtigsten war, dass er nicht auffiel. Dafür war ausnahmsweise einmal Gray zuständig. Und die Augenklappe.

Um ihn herum muhten schläfrige Kühe.

Gray muhte auch, mit überraschendem Erfolg.

Augustus schlug das Herz bis zum Hals.

Er wartete, bis die Masse der Boote zu einer lückenlosen Fläche erstarrt war, dann trat er, wie er hoffte, nonchalant unter seinem Baum hervor und schlenderte, begleitet von bewundernden Kuhblicken, hinunter zum Ufer.

»Cooler Vogel!« Jemand lachte und reichte ihm eine halbleere Sektflasche. Hygienisch inakzeptabel, aber als Tarnung hervorragend. Augustus betrat das erste Boot. Es schwankte, und seine Insassen buhten ihn aus. Augustus tat, als sei er betrunken. Es war gar nicht schwer, er fühlte sich schwindelig vor Nervosität. Bewaffnet mit der Flasche torkelte er weiter.

»Arschloch!«

»Wichser!«

»Hey, Captain! Verpiss dich!«

Die Studenten beschwerten sich, wenn Augustus ihre Boote aus dem Gleichgewicht brachte, aber niemand hielt ihn auf. Im Gegenteil, alle schienen hocherfreut, sobald er ihr Boot endlich hinter sich gelassen hatte.

»Knapp daneben ist auch vorbei«, warnte Gray.

Augustus ließ sich das nicht zweimal sagen. Er war fast am anderen Ufer, aber der letzte Schritt würde der schwerste sein. Ein Boot vom Festland entfernt kauerte er sich kurz nieder und fand sich Aug in Aug mit einem blonden Studenten, der ihn seltsam an Elliot erinnerte. Elliot, aber schwächlich und mit Brille.

»Dieses Boot ist besetzt«, sagte der Student überraschend höflich.

»Ich weiß«, sagte Augustus. »Ich bin gleich weg!«

»Besetzt!«, mahnte Gray.

»Cool!«, sagte der Student.

Augustus wartete, bis sich die allgemeine Aufmerksamkeit auf ein gekentertes Boot nahe der Flussmitte gerichtet hatte, dann rief er: »Mein Vogel! Mein Vogel!«, und sprang von dem Boot hinüber auf den Rasen. Einige Leute guckten. Wahrscheinlich dachten sie, er gehöre zum Unterhaltungsprogramm. Er hoffte inständig, dass sie sich irrten. Eine Katzenmaske im bodenlangen Kleid zeigte mit dem Finger auf ihn, aber niemand hielt ihn auf. Er eilte über den Rasen zu einem Torbogen.

»Uh-la-laaa«, sagte Gray.

Bald waren sie in der Menge verschwunden.

Augustus brauchte eine Weile, um sich zu orientieren. King's College war natürlich noch immer King's College, aber heute Nacht, im Licht der Kerzen und Scheinwerfer, mit Musik, Krach und seltsamen Gestalten sah es vollkommen anders aus. Ein Labyrinth. Eine Art Unterwelt.

Es hätte fröhlich sein können, aber auf Augustus, der mit dunklen Vorahnungen und einer noch dunkleren Mission hierhergekommen war, wirkte es bedrohlich. Wo um alles in der Welt war die Chapel?

Die Augenklappe störte, aber sie war unverzichtbar. Anders als die meisten Maibälle war der des King's College ein Maskenball, und mit Augenklappe und Vogel passte Augustus bestens ins Bild.

Die Sektflasche hingegen hatte ihre Schuldigkeit getan und wurde ihm langsam lästig. Er sah sich nach einem Mülleimer um. Nichts. Schließlich entschloss er sich schweren Herzens, die Flasche einfach in ein Gebüsch rollen zu lassen.

Da. Weg.

Mit der Flasche hatte er nichts mehr zu tun.

Schuldbewusst vollführte er eine halbe Drehung. Ein Mädchen in Tüll prallte gegen ihn wie eine trunkene Motte, kicherte und legte den Finger an die Lippen.

»Bad romance«, warnte Gray, aber das war gar nicht nötig. Augustus hatte schon die Chapel im Blick und bahnte sich langsam, aber sicher seinen Weg.

Stimmen summten, Gläser klirrten. Überall war Musik.

Augustus zog durch das Treiben wie ein einsamer Wanderer. Wotan mit seinem Raben. Pirat mit Papagei.

Er durchquerte einen weißen Pavillon. Studenten, die Hände an Sektgläsern oder um Frauenhüften. Ein Wildschwein brutzelte am Spieß. Flammen leckten seine gebundenen Beine hinauf. Die Glut knackte. Es roch heidnisch.

»Nimm ne Nuss«, riet Gray, aber Augustus hatte keinen Appetit. Er verließ den Pavillon, navigierte vorsichtig um einen Zauberkünstler herum und steuerte wieder auf die Chapel zu. Faune auf Stelzen staksten durch die Menge. Gray hatte Angst vor den Faunen, also tauchte Huff wieder in ein Zelt ein. Dieses war erfüllt von Nebel und Licht und – seltsamerweise – Stille. Studenten mit Kopfhörern tanzten zu lautloser Musik. Das gefiel Gray schon besser.

»Gaga uhlalaa!« Der Papagei nickte anerkennend.

Behutsam schob Augustus sich an den Tanzenden vorbei und murmelte nach allen Seiten Entschuldigungen, die niemand hörte. Jenseits des Zeltes fand er sich in einem Hain von Birkenreisern wieder. Nymphen reichten Cham-

pagner und Erdbeeren. Eine Frau mit Blumen im Haar spielte Cello.

»Rarara.« Gray bekam von einer fremden Nymphe eine Erdbeere zugesteckt.

Augustus passierte einen Schokoladenbrunnen, dann stand er endlich an der Pforte der Chapel.

Zu.

Natürlich.

Er hatte nicht wirklich erwartet, diese Türe offen zu finden – schließlich waren draußen trunkenes Treiben und drinnen ein Rubens –, und trotzdem war er enttäuscht. So nah! Er musste da hinein. Irgendwie.

Er ließ sich auf den Stufen nieder und wartete.

Gray, der von Augustus' Schulter aus etwas von Sex, Monstern und Trauben erzählte, zog bald ein kleines Publikum an.

Studenten lachten, boten Augustus Champagner an und fütterten Gray weitere Erdbeeren.

Augustus lehnte den Champagner ab und wartete.

Nie würde es einfacher sein, ungesehen zu der kleinen Tür im Kircheninneren zu kommen, die auf das Dach der Chapel führte, als heute Nacht. Wenn es dafür ein kleines Wunder brauchte, dann wartete er eben auf ein Wunder.

Das Wunder erschien in Gestalt eines bebrillten Hasen. Die anderen Studenten hatten sich auf der Suche nach neuen Attraktionen zerstreut, aber der Hase setzte sich neben Augustus und Gray und grüßte sie höflich.

»Wir hatten Glück mit dem Wetter«, sagte der Hase.

Augustus nickte. Warm und trocken. Hervorragendes

Kletterwetter, wenn es ihm nur gelang, dort oben hinaufzukommen!

Der Hase rückte seine Plüschohren zurecht und musterte Augustus kritisch.

»Du hast keinen Spaß«, sagte er anklagend. »Jeder soll heute Nacht Spaß haben.« Er breitete die felligen Arme aus. »Ich habe das alles hier organisiert.«

Der Hase war ziemlich dicht, beschloss Augustus.

»Faszinierend«, sagte Gray.

Augustus rutschte unbehaglich auf seiner Steinstufe hin und her.

»Du willst überhaupt nicht hier sein«, sagte der Hase traurig. »Warum bist du dann hier?«

»Sex!«, erklärte Gray. Augustus warf einen sehnsüchtigen Blick Richtung Kirchentüre.

Der Hase grinste plötzlich. »Da hast du aber mächtig Glück, dass du den Hasen getroffen hast.«

Er kramte in seiner Hasentasche herum und holte einen Schlüssel hervor. »Hase bei Nacht, Bellringer bei Tage.«

Er zwinkerte Augustus zu und öffnete die Kirchentüre. Huff traute seinen Augen kaum.

»Nur einen Spalt!«, murmelte der Hase. »Na komm schon!«

Augustus ließ sich das nicht zweimal sagen und schlüpfte ins Innere.

»Perfekt!«, sagte Gray anerkennend.

Über ihnen wölbte sich die nächtliche Kirche. Glasfenster funkelten wie dunkle Juwelen.

»Ich muss hinter dir wieder absperren«, sagte der Hase. »Stell nichts an. Bis später.«

Er küsste Augustus auf den Mund, dann fiel die Tür wieder ins Schloss.

Igitt. Augustus wischte sich den Mund mit einem Taschentuch. Langsam dämmerte ihm, dass dies wohl eine Art Rendezvous sein sollte. Ein Rendezvous mit einem Hasen. Aber das machte nichts. Bevor es dazu kommen konnte, würde er längst dank James' Schlüssel durch die zweite Tür verschwunden sein.

Hinauf aufs Dach.

Er schlich auf Zehenspitzen durch die Chapel, obwohl man bei dem Trubel dort draußen nicht einmal eine Elefantenherde auf Kulturreise gehört hätte.

Die Kirche um ihn herum atmete.

Könige mit steinernen Bärten blickten streng auf ihn herab.

Augustus steckte James' Schlüssel ins Schloss und drehte. Einen Augenblick lang geschah gar nichts, und Augustus blieb fast das Herz stehen, doch dann klickte das Schloss, und die Türe zum Dach öffnete sich vollkommen lautlos. Überraschend gut geölt.

Er wusste, dass manchmal monatelang niemand auf das Dach der Chapel stieg. Abgeschieden. Einsam. Das perfekte Versteck. Mit ein paar Vorräten und einem Schlafsack konnte man es dort oben wochenlang aushalten. James musste sich einen zweiten Schlüssel besorgt haben und den ersten in seinem Zimmer gelassen haben, um seine Spur zu verwischen.

Vorsichtig schloss Augustus die Türe hinter sich und löste das Band seiner improvisierten Augenklappe. In dieser Nacht würde er beide Augen weit offen halten müssen.

Noch während er die Augenklappe abnahm, dachte er, dass dies wahrscheinlich die Nacht war, auf die Elliot gewartet hatte. Die Nacht, in der er um Fawns Hand anhalten wollte. Hoch über der Stadt, mit Pauken, Trompeten und Feuerwerk. Stattdessen war es jetzt Huff, der ein Date hatte – ein Date mit einem Mörder.

»Stein«, sagte Gray besorgt.

Dann begann der Aufstieg.

Rund und rund die Wendeltreppe hinauf.

Rund und rund.

Nach einer Weile begann Augustus' Herz laut zu pochen, nicht nur vor Aufregung, sondern auch wegen der Anstrengung. Sein Atem ging schneller.

Rund und rund.

Gray, der das wilde Treiben dort unten mit stoischer Ruhe ertragen hatte, rückte unbehaglich enger an Huffs Ohr heran.

Auf halber Höhe – zumindest hoffte er, dass sie schon die Hälfte geschafft hatten – blieb Augustus bei einem kleinen Fensterloch stehen und lauschte. Der Maiball war nun nicht viel mehr als ein fernes Rauschen. Augustus kam es so vor, als hätten sich die Jahrhunderte um ihn versammelt, höflich, aber beharrlich, und warteten darauf, dass er ihnen endlich die nötige Aufmerksamkeit schenkte.

Heinrich der Sechste hatte den Grundstein für die Kapelle gelegt, vor fast sechshundert Jahren. Richard der Dritte hatte trotz seiner Shakespeare-Schurkereien Zeit gefunden, den Bau voranzutreiben. Die Kirche war schon siebzig Jahre alt gewesen, als Heinrich der Achte begann, seinen Frauen die Köpfe abzuhacken.

Die King's Chapel hatte sicher mehr gesehen, als sich Augustus überhaupt vorstellen konnte, trotzdem war dies vermutlich das erste Mal, dass ein Mann mit Papagei den Turm erklomm, um einen Mörder zu stellen. Ein historischer Moment.

Mit bangem Herzen und so etwas wie Geschichtsbewusstsein kämpfte sich Augustus Huff die Stufen hinauf. Langsam war es an der Zeit, darüber nachzudenken, was er mit Crissup anfangen sollte, sobald er ihn gestellt hatte. Der Eisenfrosch wog schwer in seiner Tasche, aber Augustus wollte nicht wirklich zu solchen Mitteln greifen. Irgendwie musste er James dazu bringen zu gestehen. Aber wie? Ein strenger Blick und ein höfliches Hüsteln, die Methoden, die Huff normalerweise bei seinen Studenten anwandte, würden hier kaum genügen.

Draußen explodierte ein voreiliger Feuerwerkskörper, und für einen Augenblick zeichnete buntes Licht Formen auf die von der Zeit glattgeschliffenen Steinstufen der Wendeltreppe. Mit dem Licht kam die Erleuchtung. Moment mal! Warum hatte Crissup Gray eigentlich angegriffen? Auf den ersten Blick sah es aus wie eine riskante und völlig unnötige Brutalität. Eine Gemeinheit, die Huff einschüchtern sollte. Aber was, wenn dem nicht so war? Egal, wie kalt und abgebrüht Crissup bisher gehandelt hatte, Augustus konnte sich nicht vorstellen, dass er sich zu Akten sinnloser Gewalt hinreißen ließ. Der Typ war er nicht. Ein solcher Anschlag wäre spontan und chaotisch gewesen, und wenn James etwas fürchtete, dann war es das Chaos.

Nein, Gray hatte aus dem Weg geschafft werden sollen,

weil er etwas *wusste*! Der Mörder hatte befürchtet, von ihm verraten zu werden! Irgendetwas von dem, was Gray so vor sich hin plapperte, konnte Crissup überführen! Aber was?

Augustus ging die Dinge durch, die Gray bisher von sich gegeben hatte, und kam auf nichts Verräterisches. Vielleicht hatte Gray es ja noch nicht gesagt? Vielleicht glaubte der Täter nur, dass er es sagen *könnte*?

»Du weißt etwas, nicht wahr?«, murmelte Augustus in Grays Brustfedern. »Was weißt du?«

»Keks?«, fragte Gray hoffnungsvoll. »Traube? Nuss? Bad romance?«

Augustus seufzte. Er verschwendete wertvolle Zeit. Also ließ er seine Gedankenpfade Gedankenpfade sein und setzte den Aufstieg fort. Selbst wenn er noch nicht genau wusste, wie er den Mörder überführen sollte, konnte er jetzt jedenfalls bluffen, um James unter Druck zu setzen. Vielleicht verriet sich Crissup ja von selbst. Augustus musste eben improvisieren und bei der Konfrontation verdammt gut auf den Papagei aufpassen. Diesmal durfte es keine Attacken geben!

Er hatte den ersten Teil des Aufstiegs beendet und fand sich in einem schmalen, langen Gang wieder. Das musste eine der Galerien sein, die sich auf beiden Längsseiten der Chapel erstreckten, von außen kaum mehr als ein gefälliges Lochmuster kleiner Fenster, von innen ein klaustrophobischer Albtraum, lang und schmal, mit schattigen, lauernden Nischen und hallenden Tritten, die sich im Nichts verloren. Doch direkt über ihnen wartete das Dach, und nur ein Weg führte dorthin: immer weiter die Galerie entlang.

Augustus eilte so schnell und leise wie möglich vorwärts. Es war so eng. Seine Schultern schrammten Stein.

Das einundzwanzigste Jahrhundert schien meilenweit entfernt.

Gray saß noch immer geduckt neben seinem Ohr. Sein Brabbeln war verstummt, und Augustus war froh darüber. Solange Gray den Schnabel hielt, hatte er eine echte Chance, James zu überraschen.

Draußen schien noch immer der Mond und zeichnete Fenster um Fenster auf Stein. Pfützen aus Licht. Meere aus Dunkelheit. Ein bisschen wie das Leben.

Und dann eine Tür.

Hinter der Tür lauerte Schatten einer vollkommen anderen Qualität, ein wahrer Ozean, ein Pazifik des Schattens, dicht, tintig und stumm.

Augustus und Gray blieben einige Minuten an der Türöffnung stehen und lauschten in diesen stillen Schattensturm hinein. Nichts. Fast nichts. Manchmal ein winziges Geräusch wie Wind oder Atem oder ein ferner Flügelschlag.

Nachdem sich Augustus davon überzeugt hatte, dass die Stille dort drinnen nahezu vollkommen war, machte er sich auf den Weg. Vielleicht schlief James? Was konnte man in dieser Dunkelheit auch sonst tun?

Der Stein unter seinen Füßen war jetzt roh und grob behauen. Der Boden hatte aufgehört, ein Weg zu sein. Und es ging hinauf, über große, sanfte, unregelmäßige Stufen. Augustus wurde klar, dass er gerade den Dachboden der Chapel betreten hatte. Unter ihm vollendete Spätgotik, um ihn her deren rohe, dunkle Schattenseite. Ihm war, als sei er durch einen Zerrspiegel geschlüpft, hinein in eine verkehrte Welt, so wie er es immer befürchtet hatte.

Mittlerweile hatten sie sich einige Schritte von der Tür entfernt und standen in fast vollständiger Dunkelheit, trotzdem spürte er, dass sie einen immensen Raum betreten hatten. Es war der Hall. Die Art, wie sich selbst sein Atem in der überraschend kühlen Luft verlor und dann vervielfachte. Oder atmete hier etwa sonst noch jemand?

Augustus gab sich Mühe, bei seinem Anstieg so gut wie kein Geräusch zu machen, aber selbst die Stille hallte.

Etwas roch unangenehm.

Tauben.

Tauben, die hier nisteten und lebten, schissen und starben. Augustus schauderte.

Grays Federn pressten sich gegen sein Ohr, und er glaubte, in der drückenden, unruhigen Stille einen Papageienherzschlag zu hören.

Ratatam. Ratatam. Ratatam.

Rara Uh-lala.

Bad romance.

Augustus erreichte, mehr gefühlt als gesehen, den höchsten Punkt. Die Wirbelsäule der Kapelle wölbte sich unter ihm, gespannt gegen eine Haut aus Stein. Was jetzt? Wohin? Er kauerte sich auf den Boden und wartete.

Nach und nach schälten sich Formen aus der Stille. Das enorme niedrige Gewölbe. Gefälle links und rechts, wo sich unter ihm filigrane Säulen dem Boden entgegenstreckten. Unglaublich, dass er auf diesem schwerelos schwebenden Dach stand. Es war wie ein fliegender Teppich. Es war wie ein Traum.

Trotz der Dunkelheit erkannte Augustus die vollendete Symmetrie der Chapel nach und nach wieder. Und dort hinten, am Fuße einer der Säulensenkungen, etwas, das diese Symmetrie empfindlich störte.

Ein Haufen.

Ein Haufen am Boden.

Ein Haufen, der dort sicher nicht hingehörte.

Langsam wie ein Albtraum kroch Augustus auf den störenden Haufen zu, als plötzlich ein lautes Geräusch erklang.

»Ga-ga Uh-lalaa. I want your bad romance!«

Doch das Geräusch kam nicht von Gray. Es kam von dort draußen! Ein Handyklingeln! James' Handy? Nur rührte sich der asymmetrische Haufen vor ihnen nicht!

»Rara uh-lalaa.«

Das Klingeln verstummte.

Das war schon komisch. Warum reagierte James so gar nicht auf sein Handy? Wusste er, dass Augustus ihm auflauerte? Wer lauerte hier eigentlich wem auf?

Plötzlich hielt Augustus es nicht mehr aus und fingerte in seiner Jackentasche nach der Taschenlampe. Einen Moment lang berührten seine Hände den beruhigend kühlen und schweren Eisenfrosch, dann hatte er die Lampe gefunden und knipste sie an. Der Lichtkegel schnitt einen Kreis aus der Dunkelheit. Die Symmetrie des Gewölbes um ihn her verschwand im Schwarz. Verdammt! Auf einmal sah er gar nichts mehr!

Sein Herz schlug. Sein Atem ging schneller.

Eins. Zwei. Drei.

Eins. Zwei. Drei.

Er versuchte, seine Panik durch Zählen unter Kontrolle zu bekommen.

»Monster«, warnte Gray kaum vernehmlich an seinem Ohr.

Endlich erwachte Augustus aus seiner Starre und bewegte die Hand. Der Lichtkegel setzte sich in Bewegung und begann zu suchen.

Augustus hatte inzwischen gründlich die Orientierung verloren und konnte den asymmetrischen Haufen nicht mehr finden. Oder hatte der sich etwa bewegt? Dort, wo Augustus ihn vermutet hatte, war er jedenfalls nicht.

Endlich streifte der Lichtkreis etwas, das nicht wie Stein aussah. Stoff. Augustus hetzte das Licht dorthin zurück, und eine Gestalt kam ins Blickfeld, viel näher, als er vermutet hatte. Nur wenige Schritte entfernt.

Ein roter Haarschopf.

James!

Und er schlief nicht.

19. Monster

Augustus trat vorsichtig näher. James Crissup rührte sich nicht. Er lag auf dem Rücken und starrte gen Dach. Zu still für einen Schläfer.

Totenstill.

Einen Moment lang stand Augustus' Theorie noch vor ihm wie ein perfektes Kartenhaus: der Eifersuchtsmord, die Gewissensbisse, die Versuche, alle Spuren zu verwischen und Augustus einzuschüchtern. Der versuchte Mord an Gray. Verzweiflung. Wahrscheinlich hatte James so nach und nach gemerkt, dass er ohne Elliot gar nicht leben *wollte*. Dann der Selbstmord hoch oben auf der Chapel, beinahe am Ort der Tat. Vielleicht hatte Crissup springen wollen und sich im letzten Moment doch nicht getraut.

Stattdessen – was?

Augustus ging noch näher heran.

»Uh-la-la«, stöhnte Gray angeekelt.

Huffs Fuß stieß gegen etwas Hartes, und das Kartenhaus zerstob in alle vier Winde.

Er leuchtete nach unten.

Ein Ziegelstein.

Ein *blutiger* Ziegelstein.

Das Licht hetzte wieder zu James. Auch hier war Blut – wegen des roten Haars und der schlechten Lichtverhältnisse hatte Augustus es nicht gleich gesehen. Doch je näher er kam, desto roter wurde das Bild. James lag auf dem Rücken, die Augen weit aufgerissen, in einem Heiligenschein aus Rot. Hier und da am Boden kleine Stückchen, die dort nicht hingehörten. Er erinnerte Augustus an etwas. Er erinnerte ihn an Elliot am Fuße der Chapel. Nur näher, unmittelbarer und in Farbe. Viel zu viel Farbe. Die Zeit des Schwarz-Weiß war vorbei.

Augustus stand und starrte in stummem Horror. Es dauerte eine Weile, bis sein Kopf all die unschönen Bilder richtig zusammengesetzt hatte, aber im Prinzip wusste er längst, was hier nicht stimmte.

Jemand hatte James mit dem Ziegelstein den Schädel eingeschlagen – kaum eine praktikable Selbstmordmethode. Was Huff hier vor sich hatte, war kein Selbstmord, sondern Mord! Und das wiederum bedeutete, dass James auf einmal als Hauptverdächtiger wenig wahrscheinlich war. Sicher, es gab noch immer die Möglichkeit, dass jemand anderes ihn entlarvt und Rache genommen hatte – die leidenschaftliche Fawn vielleicht? Oder gar die Viscountess? Es überraschte Augustus, wie leicht er den beiden eine solche Tat zutraute.

Er überwand seinen Widerwillen, trat näher, noch näher – und ging in die Hocke.

Uh-la-laa.

Kein Zweifel: James *roch.*

»Total zermatscht!«, analysierte Gray die Situation.

Daran gab es nichts zu rütteln.

Jemand hatte James zermatscht. Wann? Warum?

War das hier oben passiert? Wahrscheinlich. Augustus

konnte sich nicht vorstellen, dass jemand den blutigen James die Wendeltreppe und dann die enge Galerie entlanggeschleift hatte, ohne eine gewaltige Sauerei zu veranstalten.

Wie lange er hier wohl schon lag? In dem Gewölbe über der Kirche war es saisonuntypisch kühl, trotzdem sah James' Haut bereits wächsern und fleckig aus. Künstlich. Keine Frage: frisch war er nicht. Augustus dachte an das geplatzte Konzert – jetzt wusste er, warum James nicht zum Orgelspielen erschienen war. Pippa hatte sich zu Recht Sorgen gemacht.

Sein Blick blieb an einer bleichen, gekrümmten Hand hängen. Sie war schmal, feingliedrig und makellos, wie aus Elfenbein geschnitzt. Selbst im Tode schien die Haut weich – und auf einmal wusste Augustus, was ihn die ganze Zeit heimlich gestört hatte an seiner Theorie und an James als Hauptverdächtigem.

Die Handcreme! Die Handcreme in der Schublade! Ein Detail nur, aber Augustus wusste, dass in diesem Leben alles, alles, alles im Detail steckte. Ein Mann – nein, ein Organist! –, der Handcreme in seiner Schreibtischschublade hatte ... James' Hände waren nicht einfach Hände, nein, sie waren seine Instrumente gewesen, und er hatte sie obsessiv gepflegt, genau wie alles andere, das ihm wichtig war. Vermutlich hatte er so oft gecremt, wie Augustus sich die Hände wusch. Vielleicht sogar öfter. Niemals hätte ein Vollblutmusiker wie James seine wertvollen Flossen bei einer rauen Sportart wie dem Klettern riskiert! Auf einmal schien das sonnenklar.

Es bedeutete, dass der Kletterer, der Augustus in der

Nacht zuvor auf der Bibliothek von Caius aufgelauert hatte, nicht James gewesen sein konnte! James war zu diesem Zeitpunkt wahrscheinlich schon tot gewesen!

Augustus dachte an ein anderes Paar Hände, das er vor nicht allzu langer Zeit gesehen hatte, eines, das bei genauerer Betrachtung ganz und gar nicht zu seinem Besitzer zu passen schien. Seiner Besitzerin? Wann? Wo? Ein Bild blitzte vor seinem inneren Auge auf, wurde dann aber viel zu schnell von der roten Sauerei überstrahlt.

»Hau ab!«, riet Gray. Vermutlich war das ein guter Ratschlag.

Trotzdem wollte Huff James Crissup nicht einfach hier alleine vor sich hin rotten lassen, fernab vom Leben, ohne Licht und Musik, nur die sanften Geräusche pudriger Taubenflügel zur Gesellschaft.

Er hatte ihn nicht gekannt. Er hatte ihn nie Orgel spielen gehört. Und er hatte ihm unrecht getan.

Augustus ließ sich neben dem toten James auf dem Boden nieder, fast wie ein Freund.

Seine Gedankenpfade hatten sich zu engen Schluchten verengt, tief und zwingend, und er hetzte sie entlang.

Warum hatte James einen Ziegelstein über den Kopf gezogen bekommen? Aus demselben Grund, aus dem jemand einen Metallfrosch nach Gray geschleudert hatte! Er hatte etwas gewusst, das den Mörder entlarven konnte. Wahrscheinlich hatte er versucht, sein Wissen mit jemandem zu teilen. Zuerst mit Pippa, die im Prüfungsstress war und keine Zeit für ihn hatte; dann mit Huff, der gerade mit einem Papagei auf der Schulter erste Ermittlungen anstellte und nicht in seinem Zimmer zu finden war. James hatte auf ihn gewartet, stundenlang, doch schließlich hatte er aufgegeben. Vielleicht hatte er Angst bekommen. Vielleicht hatte er vermutet, dass der Mörder ihn schon beobachtete. Und jetzt war er tot. Anders als Gray hatte James keinen dicken Wälzer wie die *Gedankenpfade* gefunden, unter dem er sich verstecken konnte. Und genau wie Gray hatte er seinen Mörder sehr nahe an sich herangelassen. Es war jemand, dem er getraut hatte. Jemand, dem sie *beide* getraut hatten!

Wer?

»Kalt«, sagte Gray gehässig. »Ganz kalt!« Und dann klar und nasal und eindringlich in schönstem Elliot-Diktum: »Willst du mich heiraten?«

»Nicht jetzt«, murmelte Augustus.

»Spiel das Spiel!«, schnorrte Gray kaltherzig. »Ein Stern. Ein Stern vom Himmel.«

Augustus erstarrte. Er kannte die Stimme! Hätte er nicht schon gesessen, er hätte sich jetzt hingesetzt.

Auf einmal verstand er! Auf einmal verstand er so gut wie *alles*!

Die Familie, die Experimente, die Erpresserfotos, Fawn ... so viele Puzzleteile, und sie passten so schlecht zusammen. Was, wenn er nicht zu wenige Informationen hatte, sondern zu *viele*? Was, wenn einige Teile gar nicht zu Elliots Puzzle gehörten? Was, wenn er in Wirklichkeit *zwei* Puzzles vor sich hatte?

Augustus hatte es am eigenen Leib erlebt: Sobald man den Papagei auf der Schulter hatte, wurde man für die Menschen so gut wie unsichtbar. Alles, worauf sie achteten, war der Vogel. Philomene hatte am Anfang gedacht, er sei Elliot. Sogar Fawn hatte ihn von hinten für Elliot gehalten. Das Einzige, worauf die Leute achteten, war der Papagei! Er hätte natürlich nachfragen sollen, aber er hatte es nicht getan. Genau wie alle anderen hatte er angenommen, dass »der Typ mit Papagei« eine ausreichende Beschreibung für Elliot war. Doch war das richtig?

Zwei Seelen – ach! Aber sie wohnten eben *nicht* in einer Brust!

Elliot hatte nicht an einer Persönlichkeitsspaltung gelitten – und Gray auch nicht. Gray hatte zwei verschiedene Arten zu sprechen, weil er sie von *zwei verschiedenen Personen* aufgeschnappt hatte: Elliot – und dem *Sitter*! Der Person, der Elliot den Vogel anvertraut hatte, wenn er selbst nicht bei ihm sein konnte.

Der Sitter war bisher vollkommen unsichtbar gewesen, obwohl er in Grays – und vermutlich auch in Elliots – Leben eine wichtige Rolle gespielt hatte. Der Sitter konnte zu den verschiedensten Tageszeiten mit Gray unterwegs gewesen sein, und niemandem wäre das wirklich aufgefallen. Der Vogel auf der Schulter hatte ihn unsichtbar gemacht!

Was wusste Augustus schon über den Typen, der mit sexy Ivy und vermutlich auch anderen seine perversen Knopfdruckexperimente durchgeführt hatte? So gut wie nichts, außer dass er Gray auf der Schulter gehabt hatte! So gut wie jeder hätte es sein können – je unauffälliger, desto besser. Bei genauerer Überlegung sprach vieles dafür, dass nicht Elliot diese Experimente durchgeführt hatte, sondern der *Sitter*!

Deswegen hatte Gray den Eindringling so dicht an sich

herangelassen! Augustus musste an die Worte des Mikrobiologen denken. *Sie passen sich an. Sie sind wir.* Der Killer hatte sich angepasst, war so normal, dass niemand ihn sah. Er war jemand, der gerne im Verborgenen blieb. Jemand, der Spaß daran hatte, Leute klammheimlich bei ihren intimsten Tätigkeiten zu beobachten. Vermutlich war es sein Voyeurismus, der ihn auf die Dächer geführt hatte.

Dort musste er eines Tages Elliot begegnet sein. Elliot, der nur aus Freiheitsdrang und Rebellion kletterte; Elliot, der dachte, einen Gleichgesinnten gefunden zu haben. Sie mussten zu Kletterfreunden geworden sein. Irgendwann hatte Elliot ihm wohl vorgeschlagen, gelegentlich den Papagei zu sitten. Bestimmt hatte er ihm Geld angeboten, aber Elliot wäre nicht Elliot gewesen, wenn er nicht zur Sicherheit auch ein wenig Druck ausgeübt hätte, wahrscheinlich mit Informationen über das Kletterhobby. Einem Fairbanks ließ man solche Possen am College vielleicht durchgehen, einem gewöhnlichen Sterblichen aber schon weniger. Elliot hatte das durchblicken lassen, und der Sitter, halb Bewunderung, halb Ressentiment, hatte zugestimmt. Allein durch das regelmäßige Sitten musste er eine ganze Menge über Elliots Tagesablauf gewusst haben. »Nimm Dir den Abend frei.« Frei von was? Frei von Gray! Die Nachricht in Beethovens Kopf war nie für James bestimmt gewesen – sondern für den Sitter!

»Willst du mich heiraten?«, insistierte Gray und brachte Augustus damit auf noch einen neuen Gedanken: Fawn hatte gedacht, ihre Beziehung mit Elliot sei vollkommen geheim, aber natürlich war es schwierig, vor jemanden, der vom Dach aus Leute beobachtete, ein Geheimnis zu bewahren. Und dann hatte der Sitter von dem geplanten Heiratsantrag erfahren – weil Gray es ihm durch sein Geplapper verraten hatte!

Es musste der Tropfen gewesen sein, der das Fass zum Überlaufen brachte. Wie genau die Dinge zusammenhingen, war ihm noch nicht klar, aber vermutlich war auch hier so etwas wie Eifersucht im Spiel gewesen. Auf Elliot? Auf Fawn? Vielleicht auf beide!

Wenn der Killer versucht hatte, so wie Elliot zu sein – mit Klettertouren und Papageienexperimenten –, hatte er vielleicht auch das haben wollen, was Elliot hatte: Fawn.

Es gab nur eine Möglichkeit, sich Gewissheit zu verschaffen – Augustus musste ihn fragen!

Und dann wusste er auf einmal, wer Elliot von den Zinnen gestoßen und James den Schädel eingeschlagen hatte – wusste es so genau, als wäre er selbst dabei gewesen. Doch niemand würde ihm glauben.

Das Alter Ego. Jemand, der Gray bei Bedarf in einen schallisolierten Raum sperren konnte. Jemand mit unangebracht kräftigen Händen. Die einzige Person, die den Papagei auf seiner Schulter vollkommen ignoriert hatte!

Augustus erhob sich so abrupt, dass Gray einen kleinen Schrei ausstieß. Huff war fast schwindelig. Es war wunderbar, endlich Gewissheit zu haben.

Er knipste die Taschenlampe aus und wartete ungeduldig ab, bis sich seine Augen wieder an die Dunkelheit gewöhnt hatten und um ihn her aus der Finsternis graue Konturen auftauchten.

Er brauchte einen Beweis!

Wenn er nur einen Beweis hätte!

Augustus drehte sich um.

Da, hoch oben, war eine Tür. Nicht diejenige, durch die er gekommen war. Eine andere Tür.

Sie stand offen und führte in den Himmel. Zumindest sah es von hier unten so aus.

Augustus hatte das seltsame Gefühl, dass diese Tür nicht offen stehen sollte. Es war falsch.

»Die Bude brennt«, murmelte Gray.

Augustus Huff machte sich nichts daraus. Er wusste, *wer*, aber er wusste noch immer nicht genau, *wie*. Und es gab nur einen Weg, das herauszufinden. Er setzte sich in Bewegung und ging mit schlafwandlerischer Sicherheit auf die Himmelstür zu.

★

Augustus trat in eine milde Sommernacht hinaus, eine ganz andere, wie es schien, als die, die er vor kurzer Zeit dort unten zurückgelassen hatte. Die Nacht hier oben war drückend und bedeutungsschwer. Sie wartete auf Augustus. Darauf, dass er etwas *tat*. Also ging Augustus, noch etwas benommen vom Grausen auf dem Dachboden, an der steinernen Balustrade entlang über das Blechdach, hinüber zum östlichen Turm. Der östliche Turm überragte den Kirchenvorplatz. Es war der Turm, von dem Elliot gestürzt sein musste.

Augustus blieb stehen und blickte nach oben. Da war er. Zierlich wie Zuckerwerk. Spitz wie eine Nadel. Respekteinflößend. Doch von hier aus sah der Aufstieg zur Turmspitze unproblematisch aus. Augustus lehnte sich über die

Brüstung. Hier musste auch Elliot gestanden und seinen Aufstieg geplant haben.

Aber warum?

Ein Stern. Ein Stern vom Himmel!

Augustus hatte einen Verdacht.

Er sah, dass das College dem Turm eine Art Halsband aus stählernen Spitzen umgelegt hatte, vermutlich, um genau solche Kletterabenteuer zu verhindern, aber er sah auch, dass zwei dieser Spitzen fehlten. Eine Lücke. Nicht groß, aber groß genug für einen geschickten Kletterer wie Elliot – oder Augustus.

Wie in Trance schwang er die Beine über die Brüstung und kletterte los, den verdächtig stummen Gray wie einen Ohrwärmer gegen die linke Kopfseite gepresst. Der Aufstieg schien einfach, trotz des gähnenden Abgrunds unter ihm. Nur ein paar Meter nach oben. Das war alles. Jeder kompetente Kletterer hätte es dort hinauf geschafft – solange er nicht hinunterblickte. Augustus erreichte die Lücke in den Stahlzacken und durchkletterte sie.

Ohne Zwischenfälle erreichte er die Turmspitze. Dort, sicher in eine Ritze im Stein geklemmt, leuchtete etwas, leuchtete selbst im schwachen Widerschein der Stadt.

Ein Stern. Ein Stern vom Himmel.

Augustus löste den Verlobungsring aus der Ritze und steckte ihn nachdenklich in die Tasche. Elliot hatte vorgehabt, hier oben um Fawns Hand anzuhalten. Er hätte sie heraufgeführt – vermutlich heute Nacht, auf dem Ball, zu Musik und Feuerwerk – und dann die Turmspitze erklettert. Dann hätte er so getan, als würde er etwas vom Himmel pflücken.

Ein bisschen arrogant, ein bisschen kitschig und ein bisschen rührend. Sie hätte bestimmt ja gesagt. Verdammt. Sie hätte sogar ja gesagt, wenn Elliot auf dem örtlichen Recyclinghof um ihre Hand angehalten hätte!

Doch der Sitter hatte das verhindert. Er hatte Grays Geplapper richtig zusammengesetzt und Elliots Plan erraten. Er hatte den richtigen Zeitpunkt gekannt, weil Elliot ihn zum Sitten bestellt hatte. Und als Elliot hier heraufkam, um den Ring in Position zu bringen, hatte der Sitter ihm eine Falle gestellt.

Doch wo war die Falle? Nicht auf dem Weg hinauf, so viel stand fest – Elliot hatte den Ring erfolgreich versteckt.

Die Falle musste auf dem Rückweg liegen.

Mit bangem Herzen machte sich Augustus an den Abstieg.

Kein Papagei stieg gerne nach unten und Augustus Huff genau genommen auch nicht. Hinab war immer komplizierter als hinauf, und so brauchte er eine ganze Weile, bis er die rundliche kleine Turmkuppel hinter sich gelassen hatte. Nun galt es, eine lange, senkrechte Gerade zu überwinden, und Huff fand sich zwischen zwei Steinrosen wieder.

Grays Schweigen klang laut in seinem Ohr.

Die Falle war nah. Er spürte es. Aber was? Wo?

Der Papagei schien seine Aufregung zu fühlen und rückte noch enger an seine linke Wange heran.

»Knapp daneben ist auch vorbei!«

Eine tödliche Falle.

Der Fall der Fälle.

Und er war aus Neugier einfach so hineingeklettert!

20. Ein Stern

Er ist dem Himmel so nah, und der Himmel ist wunderbar, satt und samtig und schwarz wie ein Tintenfass. Darunter treiben Wolken wie faule Seekühe, golden erleuchtet vom Schein der Stadt unter ihm.

Cambridge. Zitadelle der Wissenschaft. Licht im Dunkel.

Ein Fluss. Eine Stadt. Ein paar Kühe. Viele Akademiker. Ein Labyrinth von Colleges. Ein Labyrinth von Wissen und Unwissen.

So viel Vergangenheit.

So viel Zukunft – wenn man ihrer nur habhaft werden könnte.

Momentan ist es um die Zukunft eher schlecht bestellt.

Er steht im Nichts, vierzig Meter über dem Erdboden gegen einen Kirchturm gepresst, die Füße in einen lächerlich schmalen Vorsprung gekeilt, die Arme ausgebreitet wie ein Kreuz. Seine Hände umklammern zwei steinerne Rosen. Die rechte Wange berührt rauen Stein.

So kühl. So alt. So unbeteiligt.

Seine Mission war erfolgreich. Doch was jetzt?

Was von unten noch unkompliziert ausgesehen hat, erweist sich auf den zweiten Blick als technisch anspruchsvoll. Es gilt, ein Stück blanken Stein zu überwinden, um

dann darunter ein schmales Sims zu erreichen. Er spannt sich zwischen den beiden Steinrosen auf und tastet vorsichtig mit dem linken Fuß.

Zum ersten Mal wird ihm klar, wie hoch über dem Erdboden er hier klettert. Sterbenshoch.

Seine Hände sind feucht vor Schweiß. Er wirft noch einen Blick hinunter zum Vorplatz der Kapelle und über die Colleges und Gärten. Dahinter, in der Ferne, der Fluss, ein schimmerndes Band.

So weit. So tief. So klein wie Spielzeug.

Ein Lufthauch streichelt seine Wange wie ein Kuss.

Fast da! Es ist ja gar nicht weit!

Ein Dehnen, ein Griff – das ist alles.

Doch zuerst muss er den Halt an einer der steinernen Rosen aufgeben, sich durch nackte Luft strecken und alles einer einzigen Steinnase, einer einzigen Hand anvertrauen. Ein unangenehmer Geruch erreicht seine Nase. Ein Hauch von Verwesung. Er hat gehört, dass manchmal Tauben in die Hohlräume der Türme geraten, dort sterben und zerfallen. Ein Taubenfriedhof der Extraklasse, vielleicht nur Zentimeter von seinem Kopf entfernt hinter dem alten gelben Stein. Tod und Verfall. Generationen grauer Federn. Generationen feiner, bleicher Knochen. Er hat keine Lust, einer der Knochen zu werden. Er muss zurück ins Leben!

Er streckt die Hand aus, weiter und weiter, und kann den rettenden Vorsprung doch nicht erreichen. Vorsichtig lockert er auch den Griff der linken Hand. Dies gibt ihm ein wenig mehr Spielraum, und endlich fühlt er dort drüben Stein unter den Fingern, erst nur dessen Kühle, dann auch Feuchte und Textur.

Wie Krötenhaut.

Gesichert durch diesen neuen Halt, kann er sich strecken und mit dem linken Fuß ...

Doch dann ... Leere!

Ein Fuß gleitet von dem Vorsprung.

Seine linke Hand rudert im Nichts.

Seine Rechte schnellt verzweifelt nach vorne – und greift ins Leere.

»Mörder!«, wettert eine Stimme wie in weiter Ferne.

»Mörder! Mörder! Mörder ...«

★

Wie durch ein Wunder bekam Augustus doch noch eine der beiden Steinrosen zu fassen und riss sich wieder in die Höhe.

Füße auf das Sims.

Eins. Zwei.

Hände an die Rose.

Eins. Zwei.

Der Himmel über ihm explodiert in farbigem Licht.

Wo war die Drei? Wo war Gray? Nicht mehr auf seiner Schulter jedenfalls. Augustus erinnerte sich vage daran, dass seine Hand bei dem jähen Schmerz hochgeschnellt war und den Papagei von der Schulter gestoßen hatte. Er versuchte zu denken, aber die Gedanken kamen nur langsam und vereinzelt.

Ein grünes Rad drehte sich am Himmel, dann ein gelbes, dann eines aus Feuer. Böller knallten. Blaue Funken regneten scheinbar direkt auf ihn herab.

Das Feuerwerk. Augustus starrte verständnislos auf die bunten Ringe.

Etwas Warmes rann seine linke Schläfe hinab. Blut. Es würde Flecken geben, und er konnte sich noch verdammt glücklich schätzen, wenn dies die einzigen Flecken des Abends blieben.

Während über ihm das Feuerwerk tobte, saß Augustus benommen auf seinem Sims und versuchte so etwas wie einen klaren Gedanken zu fassen. Warum zitterten seine Hände so? Wieso schlug sein Herz so laut?

Warum in aller Welt?

Es war doch ganz unglaublich, dass Gray...

War *das* die Falle?

War Elliots Killer das bisschen Flaum und Wortschatz auf seiner Schulter?

Augustus holte tief Luft und suchte im Dickicht nach so etwas wie einem Gedankenpfad. Da, dort hinten war er, steinig, dunkel und trostlos.

Es war durchaus möglich, dass der Sitter den Vogel irgendwie darauf trainiert hatte, zu Elliot zu fliegen und ihn genau im richtigen Moment zu beißen – oder im falschen. Ein gezielter Biss in dieser prekären Lage hätte ausgereicht, um selbst einen Meisterkletterer wie Elliot aus dem Gleichgewicht zu bringen – und hatte nicht auch Elliot Verletzungen an der Schläfe gehabt? Verletzungen, die im allgemeinen »Zermatscht« nicht weiter aufgefallen waren?

Gray war die *Mordwaffe*!

GRAY?

Es war einfach und kalt und teuflisch, aber es passte wie der linke Fuß auf den Gedankenpfad.

Trotzdem sträubte sich etwas in Augustus gegen diese Theorie.

Gray als fliegenden Killer abzurichten war vielleicht möglich, aber es war nicht *denkbar*. Denn der kleine graue Vogel war mehr als nur Stimulus und Response, Versuch und Irrtum. Gray dachte ständig kleine graue und schnabelscharfe Gedanken. Unvorstellbar, dass er seinen Besitzer Elliot angegriffen hätte. Es war falsch.

Was ist gut? Was ist böse?

Augustus dachte an ihre erste Begegnung: Gray aufgedreht unter der Bettdecke, Elliots offenes Fenster – auch Gray hatte für die Mordnacht kein Alibi! Er konnte nach der Tat leicht durch das Fenster zurück in Elliots Zimmer geflattert sein.

Von wegen Kronzeuge! Gray war der *Täter*!

»Perfekt!«

Augustus guckte nach oben und entdeckte den Vogel, der sich auf den Kopf eines gotischen Steinungeheuers geflüchtet hatte und Augustus von dort aus mit glitzernden Augen anstarrte.

Augustus schaute weg, hinunter in den Abgrund. Ihm war schlecht vor Ärger. Wie? Warum? Was ging in diesem wahnsinnigen kleinen Vogelhirn vor? Schweiß rann ihm über die Stirn, hinein in die Bisswunden an seiner Schläfe. Es brannte, aber nicht so sehr wie sein Herz. Verdammt, Gray hatte ihm etwas bedeutet! Er war sein offizieller temporärer Halter! Und jetzt das! Würden sie den Papagei wegsperren? Einschläfern? Sein Magen zog sich zusammen.

»Warum, Gray? Warum?«

Der Papagei sah ihn schräg von oben an. Es war eine Frage, auf die er keine Antwort gelernt hatte.

»Stich!«, beschwerte er sich.

Es war nur ein Wort, aber es brachte Augustus von seinen düsteren Gedankenpfaden zurück in die Realität. Die Realität sah von hier oben düster genug aus, trotzdem gab es Fakten. Der Kletterer auf dem Dach der Bibliothek war ein Fakt. Das Attentat auf Gray war ein Fakt, ebenso wie der Ziegelstein neben James' Leiche. Hinter diesen Dingen steckte jemand – und es war nicht Gray. Mensch!

Augustus hatte ein überwältigendes Bedürfnis, sich die Hände zu waschen. Auf einmal merkte er, wie seltsam sich seine Rechte anfühlte, nicht nur feucht vor Schweiß, sondern geradezu klebrig. Glitschig. Ölig.

»Hey Huff! Nimm ne Nuss!«

Augustus atmete tief ein und spürte, wie sich unendlich langsam ein Stein von seinem Herzen löste und fiel.

Der Stein fiel tief und der Groschen noch tiefer, während das Feuerwerk um ihn her seinem Höhepunkt zustrebte und dann in einer Kakophonie von Farben endete. Applaus und Jubelrufe wehten aus der Tiefe empor. Augustus hätte fast eingestimmt.

Hier war die Falle! Nicht Gray! Ganz im Gegenteil: Gray hatte ihm vermutlich gerade das Leben gerettet!

Die Falle war eine ölige Schmiere dort oben auf der Steinnase! Der Sitter hatte gesehen, wie wesentlich diese Nase für den Abstieg zwischen den Zacken war. Für den Weg nach oben brauchte man sie nicht, aber hinunter war sie die erste Wahl jedes Kletterers!

Gray hatte die Falle und den Fall beobachtet, und dieses Mal hatte er gewarnt – und zum Dank eine Ohrfeige bekommen!

»Stich!«, murmelte Augustus erschüttert.

»Bad romance!«, bestätigte Gray vorwurfsvoll.

Augustus umhalste seine Steinrose und schickte seine Gedanken drei verschiedene Pfade entlang.

Der erste beschäftigte sich beinahe nebenbei mit seiner Theorie, Kausalität, Ursache und Wirkung. Schmiere! So einfach – und so effektiv! Deshalb hatte der Täter das Risiko eingehen müssen, unten auf dem Kirchenvorplatz zu der Leiche zurückzukehren – er hatte Elliot das Geschmier von der Hand wischen müssen. Eine ordentliche Obduktion hätte vermutlich Reste unter den Fingernägeln zutage gefördert – aber eine ordentliche Obduktion hatte natürlich nie stattgefunden. Diesmal lag er richtig! Augustus hatte ein vages Gefühl des Triumphs – selbst hier in luftiger Höhe.

Auf dem zweiten Pfad ging es darum, wie er sich je von dieser vermaledeiten Steinrose lösen und heil und ganz zurück auf den Erdboden gelangen sollte. Keine unwichtige Frage. Die Falle war weiterhin aufgespannt – und sie funktionierte ganz ausgezeichnet!

Der dritte Gedankenpfad betraf die Frage, wie er mit dem zutiefst enttäuscht guckenden Gray oben auf seinem Wasserspeier wieder Frieden schließen konnte. Diese Frage war vielleicht von allen die wichtigste!

»Hey Gray!«, versuchte es Augustus.

Der Vogel schwieg und starrte. Hätte nicht ein leichter Wind seine Kopffedern bewegt, hätte man denken können, er sei auch aus Stein.

Augustus schluckte. Er hatte Gray verdächtigt. Was ließ sich darauf schon groß sagen? Nimm nen Keks?

»Stich«, gab Augustus zu. »Stich, Stich, Stich.«

Der Papagei beobachtete ihn mit ausdruckslosem Blick.

»Knapp daneben ist auch vorbei«, sagte er schließlich. Es klang versöhnlich.

Bangen Herzens löste Huff die linke Hand von der Rose und streckte sie Gray entgegen, die Handfläche nach unten, wie er es von Philomene gelernt hatte.

Gray legte den Kopf schief und begutachtete die Hand, zuerst mit dem einen Auge, dann mit dem anderen.

»Bad romance«, sagte er bedauernd.

»Das kannst du laut sagen!« Augustus seufzte. »Aber ich glaube, sie ist vorbei, Gray.«

»Vorbei?«

Augustus beobachtete mit angehaltenem Atem, wie Gray sich von dem Wasserspeier löste und mit unbeholfenen Flügelschlägen zu ihm herübersegelte. Im nächsten Augenblick spürte er das vertraute Federgewicht, zuerst auf der Hand, dann auf der Schulter. Gray beknabberte ihm freundschaftlich das Ohr. Huff merkte, dass seine Hände mit dem Zittern aufgehört hatten. Er fühlte sich ganz. Wieder im Gleichgewicht. Nun konnte er sich der Frage zuwenden, wie er von dem vermaledeiten Turm herunterkam.

Durch die Lücke zwischen den Zacken ging es nicht, so viel stand fest. Also musste er einen anderen Weg finden, Schritt für Schritt, linker Fuß voran.

Er begann, sich an dem Zackenkranz entlang auf dem Sims um den Turm zu schieben. Vielleicht waren diese beiden Zacken ja nicht die einzigen, die fehlten! Sein Weg führte ihn weiter weg vom sicheren Dach, auf die Außenseite des Turms, aber daran war nun einmal nichts zu ändern. Tatsächlich – auf der dem Fluss zugewandten Seite gab es eine Zacke, die zwar noch da, aber verbogen war, sodass ein sehr geschickter Kletterer seinen Weg hinüber finden konnte. War er geschickt genug? Gleich würde es sich zeigen!

Augustus schluckte, unter sich nichts als Sommernachtsluft. Eine Menge Sommernachtsluft. Das rettende Dach der Chapel schien meilenweit entfernt. Die Boote auf dem Cam lösten sich langsam wieder voneinander, der Pfad, der Augustus herüber ins King's College geführt hatte, verschwand. Kleine Gruppen von Studenten wanderten über das Gras, dahinter weideten Kühe. Huff hatte keine Lust, als Fleck auf den Pflastersteinen zu enden und ihnen allen den Abend zu verderben.

Wieder sicherte er sich an zwei Steinrosen. Wieder tastete er mit dem Fuß. Wieder vertraute er nach vorsichtigem Tasten sein Gewicht einer Steinnase an. Er wartete darauf, dass Gray ein zweites Mal explodierte – diesmal war er darauf gefasst –, aber der Vogel blieb ruhig.

»Total zermatscht!«, warnte er.

»Halt den Schnabel!«, flüsterte Augustus.

»Stinker!«, konterte Gray.

Dann waren sie beide durch die Lücke, sicher auf einem der unteren Simse. Nun musste er die Umrundung des Turms fortsetzen und es irgendwie zurück aufs Dach schaffen.

Auf der anderen Seite des Turms angelangt sah Augustus,

dass er tiefer geraten war, als er es eigentlich vorgehabt hatte. Er würde von außen über die Brüstung zurück klettern müssen, um sich auf das Dach zu schwingen.

Keine große Herausforderung, denn die Brüstung war durchbrochen von Hunderten kleiner Fenster, Türmchen und Ornamente, die Handhalte boten.

Keine große Herausforderung, außer...

Mit der Silhouette aus Türmchen und Wasserspeiern stimmte etwas nicht.

Die Symmetrie fehlte.

Das durfte nicht sein. Symmetrie war wesentlich.

Als Augustus genauer hinsah, merkte er, dass sich ein neuer Wasserspeier in die steinerne Gemeinschaft über ihm eingefügt hatte – Lukas, zweite Orgel, Papageiensitter und mehrfacher Mörder wartete dort oben stumm auf Gray und ihn.

Dr. Augustus Huff, Fellow und Anthropologe, tastete kurz in seiner Tasche nach dem Eisenfrosch und begann zu klettern.

21. Mörder

Erst als er nur noch eine Manneslänge vom rettenden Rand der Brüstung entfernt war, wagte Augustus den Blick nach oben.

Lukas, der Orgelstipendiat, stand direkt über ihm, die Arme verschränkt.

Ein Lächeln klebte unter der Nachtsichtbrille.

»Dr. Huff!« Es klang freundlich, milde vorwurfsvoll. So als hätte er Augustus auf einer Party dabei ertappt, wie er seinen Drink in einen Zimmerpflanzentopf kippte.

Eine Konversation mit einem Mörder.

Eine Konversation war deutlich besser, als einen Ziegelstein auf den Kopf zu bekommen, also rang sich auch Augustus ein Lächeln ab.

»Eine schöne Nacht«, sagte er etwas gezwungen.

Lukas zuckte mit den Schultern. »Für mich vielleicht. Für Sie – nicht so sehr. Was machen Sie bloß hier oben, Dr. Huff? Ich habe wirklich mein Möglichstes getan, Sie aus der Sache herauszuhalten. Ich habe Ihnen alle Chancen gegeben.«

»James den Schädel einzuschlagen? Die Attacke auf Gray? Und dann diese Fotos... nennst du das dein Möglichstes?« Nicht gerade Partygeplänkel, aber Augustus merkte erst beim Sprechen, wie wütend er eigentlich war.

Auf Lukas, der so achtlos mit dem Leben und der Privatsphäre anderer umging, aber auch auf sich selbst, weil er die Zeichen nicht früher richtig gedeutet hatte. *Drei Freunde* – nicht nur James und Elliot. Drei. Er hatte die Drei viel zu lange ignoriert! Das Foto mit James, Elliot und Gray auf der Chapel! Spätestens bei diesem Foto hätte er die Wahrheit erkennen müssen! Denn das Wesentliche an dem Bild war nicht, wer darauf zu sehen war, sondern, wer *nicht* darauf zu sehen war: der Fotograf, der mit einer professionellen Kamera oben auf dem King's College gestanden hatte. Der Dritte im Bunde! Lukas, der durch das Stipendiatentum mit James befreundet war und Elliot beim Klettern kennengelernt haben musste. Das fehlende Bindeglied zwischen den beiden – Augustus war so wütend, dass er fast keine Angst mehr hatte.

Fast.

»Oh, meine Ameisenstudien. Gelungene Aufnahmen, nicht wahr? Sie hätten diese Fotos nie zu sehen brauchen!« Lukas zuckte bedauernd mit den Schultern.

Sein milder, lehrerhafter Ton brachte Augustus immer mehr in Rage.

»Hast du Elliot die Fotos gegeben? Hast du ihn erpresst?« Wenn er schon in Lebensgefahr über dem Abgrund hing, konnte er wenigstens versuchen, ein paar Antworten zu bekommen. Außerdem schien Lukas das Thema interessant zu finden. Wenn er ihn lange genug ablenkte, konnte er vielleicht ... ja, was?

»Erpresst.« Lukas schnalzte vorwurfsvoll mit der Zunge. »Aber nicht doch. Ich bin Wissenschaftler, kein Krimineller. Ameisenforscher, würde ich sagen. Nein, ich wollte ihm nur zeigen, wie wertlos seine so genannten Freunde und Lehrer sind. Wie Würmer! Aber er...«

Wieder das bedauernde Schulterzucken.

Augustus begann die Anstrengung in Fingern und Armen zu spüren. Ewig konnte er nicht hier draußen an der Chapel hängen. Selbst Gray, der sich dünn und zitternd an sein Ohr presste, schien schwerer als sonst. Er musste über die Brüstung! Wenn er Lukas nur irgendwie ablenken könnte, nur einen Moment lang...

Augustus eilte dunkle Gedankenpfade entlang. Die Knopfdruckexperimente? Das Klettern? Gray? Nein, all diese Themen führten direkt auf die Chapel und würden Lukas nur daran erinnern, warum er hier war: um ihn, Augustus, von der Brüstung zu stoßen.

»Die Bude brennt«, zirpte Gray leise wie eine Grille. »Total zermatscht. Spiel das Spiel! Gespielt. Gespielt.«

Dann hatte er es. Dunkle Augen und dunkles Haar. Ein Bild, gerahmt in Familiensilber. Ein Bild, das da war, wo es nicht hingehörte. Lukas hatte dieses Bild mitnehmen wollen, als er in Elliots Räumen herumstöberte, aber Augustus Huff hatte ihn gestört! Fawn! Ihr Bild hatte nicht nur Elliot, sondern auch Lukas etwas bedeutet!

»Und Fawn?« Er schleuderte die Frage nach oben wie ein Geschoss. »Ist sie etwa auch eine Ameise?«

Ein träumerischer Ausdruck zeigte sich unter der Nachtsichtbrille. »Oh, nicht doch. Fawn ist so gut wie... vollkommen. Ein vollkommenes schwarzes Herz. Die Sache mit Elliot habe ich ihr längst verziehen. Jeder macht Fehler, nicht wahr, Dr. Huff?«

Augustus hörte kaum hin. Er hatte zu klettern begon-

nen, konzentriert wie selten in seinem Leben. Lukas schien das nicht zu stören.

»Sie wird bald einsehen, dass Elliot *nichts* war. Ein Ausrutscher. Ein schiefer Akkord. Er ist gefallen, nicht wahr? Ihr Fehler war, dass sie nicht nach *innen* sehen konnte. Aber es ist nicht zu spät. Ich werde mich ihr offenbaren und dann...«

Augustus dachte an Lukas' Innenleben, schauderte und legte erst eine Hand, dann die zweite über die Brüstung. Jetzt musste er nur noch...

Doch der Student schüttelte leise lächelnd den Kopf.

Warum war ihm nicht gleich aufgefallen, wie unnatürlich dieses ständige Lächeln war? Eine Maske. Und dahinter... Hinter der Maske aus Lächeln steckte der echte Lukas und murmelte manisch vor sich hin.

»Also wirklich, Dr. Huff. Glauben Sie etwa, Sie könnten Erfolg haben, wo Elliot gescheitert ist? *Sie*?« Er seufzte theatralisch. »Alles muss man selber machen! Warum könnt ihr nicht einfach in meine Falle gehen? Warum geht niemand in meine Falle?« Das wahnsinnige Lächeln wurde breiter. »Aber keine Sorge, Dr. Huff, das haben wir schnell korrigiert. Es ist gleich vorbei, versprochen.«

Er kam noch näher heran und begann, in aller Seelenruhe Augustus' Griff an der Brüstung zu lösen. Finger um Finger. Es hätte wehtun müssen, aber Augustus fühlte keinen Schmerz. Auf seiner Schulter hatte Gray angefangen zu schreien.

»Mörder! Mörder! Mörder!«

Elliots Stimme. Es war kaum Angst in ihr, nur Verachtung.

Augustus klammerte sich verzweifelt an der Brüstung fest. Innerlich war er weit weg, in einem sicheren Winkel seines Gedankenlabyrinths, und dachte nach über das, was Lukas sagte. Genau wie Augustus war auch Elliot nicht in die Schmierfalle gegangen! Hatte Gray auch ihn gewarnt? Genau wie Augustus hatte auch er versucht, über die Brüstung in Sicherheit zu klettern. Doch Lukas hatte auf ihn gewartet, genau wie er jetzt auf Augustus gewartet hatte. Dann hatte er Elliots Griff gelöst, Finger um Finger um Finger ...

»Mörder! Mörder! Mörder!«

Endlich wusste Augustus genau, wie Gray dieses Wort gelernt hatte. Und er hoffte, dass der Vogel sich diesmal irrte.

Langsam fand der Schmerz in seinen Fingern den Weg zu ihm. Über ihm monologisierte Lukas manisch in den Nachthimmel.

»Machen Sie sich nichts daraus, Dr. Huff. Ameisen können Fälle aus enormer Höhe überleben. Vielleicht überleben Sie ja auch.« Dann, nachdenklich, fast bedauernd: »Elliot hat nicht überlebt.«

Doch anders als Elliot versuchte Augustus nicht, sich festzuhalten. Er löste die Hand, an der sich Lukas zu schaffen machte, von dem Sims und tastete in seiner Tasche nach dem Eisenfrosch. Mit links.

Blut rauschte in seinen Ohren.

Sekunden. Mehr hatte er nicht.

Sekunden, bis Lukas sich über die rechte Hand hermachen würde.

Der Orgelstipendiat runzelte die Stirn.

Eins.

Das Lächeln flackerte einen Moment lang.

Zwei.

Er griff nach Augustus rechter, letzter ...

Gray stürzte sich mit einem schrillen, verzweifelten Schrei auf die Insektenbrille.

Drei.

Augustus riss die freie Hand hoch und zog Lukas den Eisenfrosch über den Schädel.

Mit links.

Dann war endlich Ruhe. Niemand machte sich an Augustus' Händen zu schaffen, während er sich, zitternd wie Espenlaub, über die Brüstung schob und auf dem Blechdach der Kapelle zusammenbrach.

Einen Moment lang war alles um ihn her angenehm schwarz und still.

Dann ein Schmerz.

Jemand zwickte ihn in die Nase, dann in die Augenbraue.

Er hörte Gray, in weiter Ferne, wie in Watte gepackt.

»Hey Huff!«

»Hey Huff! Knapp daneben ist auch vorbei!«

Wieder wurde er in die Nase gezwickt, diesmal energischer.

Der Papagei versuchte, ihn aufzuwecken, so wie er es damals bei Elliot auf dem Kirchenvorplatz versucht hatte. Deswegen die Kratzspuren! Und anders als bei Elliot war es für Huff noch nicht zu spät!

»Gesundheit!«

Benommen richtete Augustus sich auf und sah sich Aug in Aug mit einem enthusiastisch flatternden Graupapagei.

»Hey Huff! Nimm ne Nuss! Gesundheit!«

Das mit der Gesundheit konnte sich schnell ändern.

Gray kletterte leise singend seinen Arm hinauf, während Augustus blinzelnd das Blechdach musterte.

Kein Lukas.

Kein Lukas war schlecht.

Kein Lukas bedeutete, dass jederzeit ein Ziegelstein auf ihn herabsausen konnte, genau wie auf den unglücklichen James.

Augustus fühlte reine, flüssige Panik. Die Benommenheit war wie weggefegt. Seine Hand tastete nach dem Eisenfrosch.

»Total zermatscht!«, sagte Gray bedauernd.

Augustus' Hand fand etwas. Es war nicht der Eisenfrosch. Es war eine Brille.

Er wirbelte herum.

Lukas lag hinter ihm auf dem Boden, ohne Insektenbrille, eine Beule an der Schläfe, das Lächeln erloschen. Ein ganz normaler Student mit Ziegenbärtchen, ein bisschen wie eine schlafende, überforderte Fledermaus.

Er atmete.

Gray flatterte von Augustus' Schulter auf das Blechdach und beäugte den Bewusstlosen zweifelnd.

»Nimm ne Nuss! Stinker!« Er ging näher heran und zwickte Lukas in die Hand, dann sprang er plötzlich mit einem Schrei zurück. »Mörder! Mörder!«

Er schlug mit den Flügeln und legte die Federn an. »Hau ab! Nimm nen Keks! Fuck me!«

Hilfesuchend guckte der Vogel zu Augustus hoch.

Augustus konnte Gray gut verstehen. Lukas war sein

vertrauter Sitter, jemand, mit dem er im letzten Jahr viel Zeit verbracht und zweifelhafte Experimente durchgeführt hatte; jemand, auf dessen Schulter er durch Cambridge gereist war. Aber er war auch der Typ mit der Insektenbrille, der Elliot von der Chapel gestoßen und einen Eisenfrosch nach Gray geschleudert hatte. Das war ein bisschen viel für einen kleinen grauen Papagei, sogar für einen so intelligenten wie Gray.

Endlich wusste Augustus genau, was den Vogel in der Nacht von Elliots Sturz so verstört hatte – es war nicht nur der Todesfall gewesen. Der echte Schock war später gekommen, als das Monster mit Insektenbrille unten auf dem Kirchenvorplatz neben der Leiche niederkniete, um Elliot die Schmiere von der Hand zu wischen und das Handy an sich zu nehmen. Es hatte seine Brille abgenommen und sich in Lukas den Orgelstipendiaten verwandelt. Gray hatte seinen vertrauten Sitter erkannt und war... ja was? Abgehauen? Ausgerastet?

Jedenfalls war es etwas gewesen, das das kleine Vogelhirn nur schlecht verkraftet hatte. Streng genommen konnte auch Augustus es schlecht verkraften – wie war es möglich, dass dieser unscheinbare, ewig lächelnde Student so viel Dunkelheit in sich hatte? So viel Dunkelheit, dass sie überfloss?

Perlendes Lachen riss ihn aus seinen Gedanken. Cambridge! Ein Maskenball! Dort unten, zig Meter und Lichtjahre entfernt. Augustus musste zurück! Er entfernte sich vorsichtig von Lukas. Noch war der Student bewusstlos, aber das konnte sich jederzeit ändern. Huff musste zurück auf den Dachboden, die Galerie entlang, die Treppe hinunter, hinaus aus der Kirche und Hilfe holen. Notarzt, Sanitäter und natürlich die Polizei. Er durfte keine Zeit verlieren!

Den ganzen Weg nach unten verfolgte ihn das Bild des zerschmetterten James wie ein Phantom. War da ein Geräusch in den Tiefen des Dachbodens? Lauerte in der Galerie ein Schatten, der dort nicht hingehörte?

James war in der Mordnacht in aller Herrgottsfrühe zum Orgelspielen in der Chapel erschienen und hatte etwas gesehen. Eine offene Tür zum Dach? Es war nicht unwahrscheinlich, dass Lukas in seinem Eifer vergessen hatte, die Tür zu schließen, und eine zwanghaft ordentliche Seele wie James konnte das natürlich nicht einfach so hinnehmen. James war, halb besorgt, halb neugierig, auf die Chapel gestiegen. In den Galerien mussten die beiden einander dann verpasst haben; James, der nach oben stieg, und Lukas, der nach unten raste, um Beweise zu vernichten.

Dann war James auf das Dach hinausgetreten und hatte unten auf dem Kirchenvorplatz etwas Schreckliches beobachtet: seine Liebe Elliot, tot, aber auch eine Gestalt, die sich an der Leiche zu schaffen machte.

Augustus hielt inne. Sein Puls raste noch immer. Waren das Schritte, die da über ihm die Wendeltreppe herunter pochten, oder war das sein Herz?

James konnte Lukas nicht einfach erkannt haben, sonst wäre er sicher zur Polizei gegangen, aber er hatte *etwas* gesehen, das ihn zweifeln ließ, vielleicht die Sache mit dem Telefon. Und er hatte Grays Reaktion beobachtet. Genug für einen Verdacht, aber nicht genug für Gewissheit? Hatte

er mit Augustus sprechen wollen, um mehr über Grays Reaktion zu erfahren?

Augustus erreichte die Kapelle und trat mit einem Gefühl immenser Erleichterung in das Mondlicht unter den Kirchenfenstern. Und dann fiel ihm ein, dass er ja nicht aus der Chapel herauskam. Der Hase hatte abgesperrt! Mechanisch tastete er nach seinem Briefbeschwerer und stellte fest, dass er ihn oben auf dem Dach gelassen hatte. Wenn Lukas ihn jetzt erwischte, würde er ihm den Garaus machen, so viel stand fest.

»Teufel!«, fluchte Gray.

Augustus sperrte die Tür zum Dach hinter sich ab und sah sich panisch nach einem Versteck um. Dort oben, auf der Orgel? Mit klopfendem Herzen hockte er sich in den Schatten und lauschte nach dem schrecklichen Geräusch eines Schlüssels, der im Schloss umgedreht wurde.

»Die Trauben kannst du dir abschminken!«, beschwerte sich Gray.

Augustus konzentrierte sich so sehr auf das Schlüsselschlossgeräusch, dass andere Klänge erst nach und nach einen Weg zu ihm fanden.

Der Schrei einer Frau.

Ein plötzliches Anschwellen von Stimmen. Rufe. Sirenen. Niemand dort draußen auf dem Ball lachte mehr.

Dann erschien der Hase.

»Komm raus!«, sagte er nüchtern, alle Avancen schienen vergessen. »Etwas...« Er brach ab und blickte sich gehetzt um. »Die Party ist vorbei.«

»Bad romance«, murmelte Gray.

Augustus trat auf den Kirchenvorplatz, wo sich schon

eine Menschentraube gebildet hatte. Trotzdem erhaschte er einen Blick auf Lukas. Wie Elliot starrte der Orgelstipendiat gen Himmel. Sein Lächeln war erloschen.

»Total zermatscht!«, sagte Gray.

Es klang erleichtert.

Tagebuch eines Luftikus

15. Juni: Von der Kunst des Fallenlassens

Jetzt auch Huff! Er ist mir dichter auf der Spur, als mir lieb ist. Zu dicht. Er muss weg! Der verdammte Crissup! Von Crissup ist es nur noch ein winziger Schritt zu mir. Was, wenn er in dem, was der Papagei sagt, meine Stimme erkennt? Wenn er herausfindet, wo der Vogel Bad Romance aufgeschnappt hat? Diese winzigen Dinge – wie ist es möglich, dass sie sich so gegen mich verschwören können? Wie zum Teufel hat dieser Wurm es fertiggebracht, mir so nahe zu kommen?

Ich hätte ihn vorgestern, als sich diese schöne Gelegenheit bot, vom Dach stoßen sollen!

Aber alle Dinge lassen sich korrigieren, mit etwas gutem Willen.

Huff ist nicht entkommen. Er wird nur tiefer fallen!

Alles wird leichter mit etwas Übung.

Elliot von der Brüstung zu lösen – das war schwer. Jeden einzelnen Finger. Zeigefinger, Mittelfinger, Ringfinger, während er mich anbrüllte. Mörder. Mörder. Er hätte nicht so brüllen sollen. Ich war sein Freund. Er hätte wissen müssen, dass es für uns alle das Beste ist. Er hatte nicht einmal richtig Angst. Ich hätte mir so gewünscht, dass er Angst hat, dass er bettelt, wenigstens ein einziges Mal in seinem Leben. Aber nicht Elliot, o nein. Diese feinen

Pinkel. Bloß nicht die Beherrschung verlieren, koste es, was es wolle. Koste es das Leben.

Elliot war nicht wie die Ameisen, das muss ich ihm lassen. Er war ... schlimmer. Er hat mich enttäuscht. Er war mein Freund – dachte ich. Er hat die Sache mit der Sexpuppe auf sich genommen, damit ich am College bleiben konnte. Das war anständig von ihm. Ich dachte, dass er wie ich über den Dingen steht.

Wir hätten uns nie mit dem Rotschopf abgeben sollen. Der Rotschopf mit seinen Milchhänden, der sich nicht einmal auf die Dächer traut! Crissup hat uns verdorben.

Alles wird leichter mit etwas Übung.

Crissup den Schädel einzuschlagen war leicht. Leichter als alles andere. Ein Feuerwerk. Eine Symphonie. Es war, als hätte ich mein ganzes Leben dafür geprobt. Ich hätte erschrecken müssen, als ich ihn von der Chapel gucken sah, auf Elliot und mich, aber ich bin nicht erschrocken. Ich war entzückt! Jetzt muss er weg, dachte ich. Endlich gibt es einen Grund, dass er wegmuss! Und dann hatte der kurzsichtige Wurm fast nichts gesehen. Nicht das Handy, nicht das Tuch, mit dem ich Elliots Finger abgewischt habe. Nur mich, vielleicht, irgendwie. Der Idiot dachte, ich leiste erste Hilfe!

Doch dann fing er an, um Huff herumzustreichen – halleluja! –, und ich konnte mich doch an die Arbeit machen. So einfach, ihn auf die Chapel zu locken. So lächerlich einfach!

Nun also Huff.

Ich hätte mich gleich auf Huff konzentrieren sollen, nicht auf den Papagei.

Es ist eine einfache Gleichung.
Der Papagei ist nützlich. Huff nicht.
Der Papagei wird mir weiter bei meinen Studien helfen, genau wie vorher. Alles wird sein wie vorher, nur besser. Ich und der Vogel und Fawn! Wir werden Elliot nicht vermissen. Elliot hat die falschen Fragen gestellt. Wen interessiert schon, ob der Vogel Lüge von Wahrheit unterscheiden kann? Die wahre Frage ist doch, ob er Gut und Böse kennt! Sogar er. Und wenn er es kennt… bedeutet das, dass ich recht habe!
Mein Werk. Widerlegung der Moral. *Sie werden sich darum reißen.*
Alles ist korrupt. Es gibt keine Unschuld.
Es gibt nur ein Oben und Unten.

Erstes Nachspiel: unten

Es war ein warmer Sommerabend. Die Luft war weich und anschmiegsam wie ein Seidenhandschuh, Motten warfen sich enthusiastisch gegen die Straßenlaternen, und der unansehnliche Fleck vor der Chapel war längst verschwunden.

Geschrubbt. Vertrocknet. Vergessen. Verweht.

Das Leben ging weiter. Paare schlenderten Hand in Hand durch die Gassen, Trauben von fröhlichen, bierbewehrten Menschen hingen um die Türen der Pubs und Restaurants. Die metallene Heuschrecke der Corpus-Uhr fraß weiterhin pflichtbewusst die Zeit.

Es wurde langsam dunkel. Gray schwebte auf der Schulter seines offiziellen Halters Dr. Augustus Huff durch Cambridge, ein grauer Schatten, dunkler als das warme Grau der Sommernacht.

Offizieller Halter. Das »temporär« war längst Geschichte. Mehr noch: Die Viscountess hatte Augustus den Papagei offiziell zum Geschenk gemacht, als sie von seinem Abenteuer auf den Zinnen der King's College Chapel erfuhr.

Besitzer.

Man musste die beiden nur zusammen durch die Straßen gehen sehen, um genau zu wissen, wer hier wen besaß.

»Knapp daneben ist auch vorbei!«, warnte Gray, und Augustus sputete sich. Der Vogel hatte wieder einmal

recht. Er war tatsächlich ein wenig spät dran, doch das konnte seiner guten Laune nichts anhaben. Die Seite acht war bezwungen. Der Master war ausgesöhnt. Seine akademische Arbeit machte Fortschritte.

Aber halt! Hatte er auch wirklich sein Apartment abgeschlossen? Besorgt tastete Augustus in der Tasche seines feinen Abendjacketts nach dem Schlüssel und fand etwas ganz anderes: klein, rund, glatt und hohl. Warm in der Hand.

Überraschend schwer.

Ein Ring.

Ein Stern. Ein Stern vom Himmel.

Erinnerung überkam Augustus, so plötzlich, dass er stehen bleiben musste.

Atmen.

Eins. Zwei. Drei.

Als er dieses Jackett zum letzen Mal getragen hatte, hatte er auf dem Dach der King's College Chapel gestanden.

Gehangen.

Sein Leben.

An einem seidenen Faden.

Und nun? Er wollte den Ring von sich schleudern, aber dann brachte er es doch nicht fertig, etwas so Schönes einfach in die Gosse zu werfen. Wohin damit?

Er gehörte nicht der Familie, die so sehr gegen die Verbindung gewesen war, so viel stand fest.

Und Fawn selbst würde der Ring nichts als Kummer bringen.

Augustus kam widerwillig zu dem Schluss, dass der Ring momentan wohl wirklich am besten in seiner Jackentasche aufgehoben war, umgeben von Sonnenblumenkernen für Gray und verlässlichen, alltäglichen Dingen.

Schlüssel. Portemonnaie. Briefbeschwerer.

Er steckte den Ring also zögernd zurück und blickte hinüber zu dem Restaurant. Die großen Fenster sahen aus wie klassische Gemälde, perfekt beleuchtet, schwebend und irgendwie inszeniert. Da saß sie schon, die Beine übereinandergeschlagen, gerahmt von Ziegelsteinen und Dunkelheit. Philomene hatte ihr Haar hochgesteckt und trug eine Kette mit einer einzigen Perle. Sie sah ganz anders aus als sonst im Café, und Augustus schluckte.

Seit dem Ende des Falls Elliot hatte er wahre Heldentaten vollbracht. Er hatte offiziell mit Sybil Schluss gemacht, sich bei Frederik entschuldigt und seinen ganzen Mut zusammengenommen und Philomene zum Dinner eingeladen. Philomene hatte Sommersprossen, lachte tief in der Kehle, und es machte ihr nichts aus, wenn man mit Papagei aufkreuzte. Kein schlechter Start.

»Bad romance!«, beschwerte sich Gray.

»Ich glaube nicht«, sagte Augustus sanft. »Diesmal nicht.«

Er öffnete die Tür und betrat, linker Fuß voran, das Restaurant.

Zweites Nachspiel: oben

In manchen Nächten, wenn sich der Sommer trocken und etwas drückend über die Dächer von Cambridge wälzt, könnte ein später Passant hoch über sich eine Gestalt entdecken. Die Gestalt steht reglos, manchmal direkt an der

Dachrinne, manchmal nonchalant an einen Kamin gelehnt, und blickt hinunter auf die Stadt.

Sinnend. Wachsam.

Der Beobachter wird die Augen zusammenkneifen, blinzeln. Steht dort oben tatsächlich jemand, oder ist das nur eine Statue? Eine Pappfigur? Dann bemerkt er die Flügel. Echte Flügel, keine Frage, Flügel, die sich spreizen, um den Nachtwind einzufangen.

Spätestens zu diesem Zeitpunkt wird der nächtliche Beobachter den Blick wieder senken, auf das Kopfsteinpflaster der Vernunft, wird beschließen, den Alkohol wenigstens ein paar Tage lang sein zu lassen oder sich endlich einmal frei zu nehmen. Ein Tag im Grünen.

Wie schön.

Augustus hatte die Dächer nicht aufgegeben, aber er betrat sie mit gemischten Gefühlen. Da war einerseits Cambridge, zierlich und wohlgeordnet, mit Türmen, Kühen und Straßenlaternen. Eine Oase. Eine Welt.

Andererseits war da der Abgrund.

Manchmal ertappte Augustus sich dabei, wie er unter dem kritischen Blick des Papageis an der Dachrinne vorbei hinunter aufs Pflaster spähte. Der Abgrund war nicht groß, possierlich geradezu, verglichen mit den klaffenden Abgründen der schottischen Inseln und südamerikanischen Tepui, aber er war groß genug, um Menschen zu verschlingen. Der Abgrund hatte sich über Elliot hergemacht, über James – auf Umwegen – und schließlich auch über Lukas.

Lukas hatte den Abgrund *gewählt*. Warum war er gesprungen? Warum hatte der Stipendiat Fall und Chaos dem Aufgeräumt-Werden vorgezogen? Was war in den letzten Minuten seines Lebens in ihm vorgegangen?

Die Enden der Geschichte flatterten im Wind, und Augustus hätte gerne ein paar gedankliche Briefbeschwerer verteilt. Doch je länger er nach unten starrte, desto mehr verschwammen die Dinge, und schließlich musste selbst er sich eingestehen, dass der Mörder sich seiner Ordnung entzogen hatte.

Alles, was blieb, war, weiterhin ein wachsames Auge auf den Abgrund zu haben – und auf das nächtliche, unruhig träumende Cambridge.

Glossar

Das Cambridge, durch das sich Augustus und Gray bewegen, ist ein fiktives Cambridge und nicht in allen Details mit der echten Universitätsstadt identisch. Trotzdem gibt es viele Ähnlichkeiten, und dieses kleine Glossar wird dem Leser helfen, seinen Weg durch beide Städte zu finden:

Cam – Der Fluss, der durch Cambridge fließt und der Stadt ihren Namen gibt. Typisch für Cambridge ist das *Punten*, das Befahren des Flusses mit flachen Booten (*Punts*), eine Tradition, die bei Studenten und Touristen gleichermaßen beliebt ist.

Colleges – Die Universität von Cambridge umfasst 31 Colleges. Das älteste wurde im Jahre 1284 gegründet, das jüngste 1977. Anders als an deutschen Universitäten ist der Studienalltag an den Colleges streng strukturiert und findet oft in kleinen Studiergruppen statt. Viele Studenten und Lehrende haben die Möglichkeit, direkt in ihrem College zu wohnen.

Common – Historisch eine Gemeindewiese, die alle Einwohner gemeinsam nutzen, um dort ihr Vieh grasen zu lassen. Heutzutage sind die meisten Commons Grünflächen oder Parks inmitten der Städte.

Corpus Clock – Große, moderne Uhr des Corpus Christi College. Hauptcharakteristikum ist der Chronophage (Zeitfresser), eine riesige metallene Heuschrecke. Mit ihrem ungewöhnlichen Design hat sich die Uhr schnell zur Touristenattraktion entwickelt.

Dean – Wichtige Position am College. Der Dean ist meist für Disziplin am College oder für die Leitung der College-Kapelle zuständig.

Fellow – Jemand, der eine feste Forschungs- oder Lehrstelle an einem der Colleges hat. Die Zugehörigkeit zu einem College ist bindend und bringt einige Privilegien bis hin zu Kost (am High Table) und Logis mit sich – und natürlich das Recht, den Rasen zu betreten.

Fitzbillies – Traditionelles Café in Cambridge. Spezialität ist der *Chelsea Bun*, eine süße, zimtige Rosinenschnecke.

Haunted Bookshop – Antiquariat in Cambridge, das neben einem guten Büchersortiment auch mit der *White Lady* aufwarten kann, einer weißen, leicht nach Veilchen duftenden Geistererscheinung.

High Table – Tisch für die Fellows eines Colleges und deren Gäste. Er steht erhöht am Ende des Speisesaals.

Jeu de Paume – *Real tennis*, historischer Vorläufer des uns bekannten Tennis. *Real tennis* begann als höfische Sportart und wird bis heute in Hallen gespielt.

John Lewis – Englische Kaufhauskette, vergleichbar mit Galeria Kaufhof.

Maibälle – Prächtige Bälle, die zum Ende des akademischen Jahrs in den Gärten der Colleges von Cambridge abgehalten werden. Die Bälle verlangen formale Abendgarderobe und werden oft von Konzerten oder Feuerwerken begleitet. Trotz des Namens finden die Maibälle heutzutage im Juni statt.

Master – Leiter eines Colleges mit Führungs- und Repräsentationsaufgaben. Die *Master's Lodge* ist die Residenz des Masters, befindet sich oft direkt im College und wird häufig für Empfänge genutzt.

Porter – College-Angestellter. Die Pflichten des Porters sind je nach College unterschiedlich, umfassen aber oft Pförtnerdienste, Post- und Wachdienst, aber auch, auf Disziplin unter den Studenten zu achten.

Scotch Eggs – Gekochte Eier, frittiert im Hackfleischmantel. Ein beliebter Snack.

Tutor – Studienbegleiter, der für das Wohlergehen und die persönliche Entwicklung der Studenten im weitesten Sinn verantwortlich ist, von gesundheitlichen und emotionalen Problemen bis hin zu Disziplinfragen, finanziellen Dingen und Studiengestaltung. Der Tutor ist fachfremd und nicht für akademische Inhalte zuständig, wohl aber für die Integration der Studenten in den College-Alltag.

Dank

an

meine Agentin Astrid Poppenhusen
meine Lektorinnen Claudia Negele und Susanne
  Wallbaum
Rumi & Camilla für fachliche und fachfremde
  Unterstützung
Alison Liebling für Exkursionen in die College-Welt
Eva Nanopoulus für eine unvergessliche Stunde auf dem
  Dach der Chapel
Dr. Corina Logan für Einblicke ins Vogelverhalten
Prof. Nicola S. Clayton für Hintergrundwissen zu Alex,
  dem klügsten Graupapagei
Werner & Susi, Steffi und Oliver fürs Testlesen
Tanja für Tipps in der letzten Minute
M fürs Hüten
und
F&R für das Schmunzeln im Alltag

Gray ist ein absoluter Ausnahmevogel – nicht jeder Graupapagei wird sich so verständig und wortgewaltig zeigen oder so viel Banane vertragen. Papageienhaltung ist eine große Verantwortung über Jahrzehnte hin und sollte nur nach umfassender Recherche und gründlicher Überlegung unternommen werden.

Einzelhaltung ist nicht artgerecht.